Les Disparus du Pays imaginaire

AIDEN THOMAS

LES DISPARUS DU PAYS IMAGINAIRE

Traduit de l'anglais
par Noëmie Saint-Gal

SABRAN

Ceci est une œuvre de fiction.
Toute ressemblance avec des personnages, lieux, organisations
ou évènements existant ou ayant existé ne serait que purement fortuite.

AVERTISSEMENT DE CONTENU

ALCOOLISME, ANXIÉTÉ, ARMES À FEU, DÉPRESSION, ENLÈVEMENTS, INSOMNIE, MEURTRE, MORT D'UN PROCHE, TRAUMATISME

Les Disparus du Pays imaginaire
par Aiden Thomas

Lost in the Never Woods

Illustration de jaquette (édition reliée) et couverture (édition brochée) : Loika
Illustration de couverture (édition reliée) : d1sk/Shutterstock.com

Conception graphique des couvertures, jaquette, tranches et pages de garde françaises :
Volodymyr Feshchuk – Eilean Books

Ouvrage publié sous la direction de Cyril Granoulhac

Composition et mise en pages
Nord Compo à Villeneuve-d'Ascq

Le papier intérieur de cet ouvrage est composé de fibres naturelles, renouvelables, recyclables et fabriquées à partir de bois issu de forêts plantées expressément pour la fabrication de pâte à papier.

ISBN : 978-2-37876-244-5 (broché)
ISBN : 978-2-37876-245-2 (relié)
ISBN : 978-2-37876-246-9 (e-book)

Dépôt légal : juin 2023

1re édition
10 9 8 7 6 5 4 3 2 1

Achevé d'imprimer en République tchèque par FINIDR, en juin 2023.

SOMMAIRE

Chapitre 1. Étoiles filantes 11
Chapitre 2. Peter 30
Chapitre 3. Portes fermées 43
Chapitre 4. Le tonnerre 57
Chapitre 5. Les Arroyo 63
Chapitre 6. Rêves 70
Chapitre 7. Les criquets 79
Chapitre 8. Souvenirs 101
Chapitre 9. Histoires 106
Chapitre 10. L'ombre 132
Chapitre 11. Retrouvailles 149
Chapitre 12. Avertissement 176
Chapitre 13. Chewing-gum 192
Chapitre 14. Dans les bois 221
Chapitre 15. Le gland 246
Chapitre 16. L'arbre 264
Chapitre 17. Lumières 279
Chapitre 18. Douleur 296
Chapitre 19. Grandir 314

Chapitre 20. La vérité 323
Chapitre 21. Perdue dans les bois imaginaires........ 341
Chapitre 22. Trouvés 358

ÉPILOGUE 375

REMERCIEMENTS................................... 379

À tous les cœurs lourds
Qu'on a forcés à grandir trop vite

CHAPITRE UN

ÉTOILES FILANTES

Quand Wendy Darling ouvrit la porte, le silence se fit. Tous les regards convergèrent vers elle. Elle se tenait là, des dossiers sous les bras, lorsque les chuchotements commencèrent. Ses cheveux se dressèrent sur sa nuque. Simple bénévole dans le seul hôpital de la ville, elle avait passé la journée à faire des photocopies au sous-sol. Cette partie de ses tâches était ennuyeuse à mourir, mais elle voulait devenir infirmière. L'adolescent de base ne rêvait peut-être pas de passer son dix-huitième anniversaire ainsi ; Wendy, elle, cherchait à éviter toute attention.

Un échec spectaculaire.

Le poste des infirmiers était bondé de personnel soignant en blouse et d'agents de police en uniforme. Ils regardèrent tous Wendy hésiter à la porte, cramponnée à ses chemises en plastique.

Ses mains moites ne lui rendaient pas la tâche facile, alors, malgré l'inquiétude qui la poussait à s'échapper, elle traversa vite la pièce et les posa sur le bureau. Des yeux curieux et le grésillement incohérent des radios des policiers la suivirent.

« Doux Jésus, tu as déjà terminé ? »

L'apparition soudaine de l'infirmière Judy à ses côtés la fit sursauter.

« Euh… oui. »

Wendy recula vite et passa les mains dans ses cheveux à la coiffure courte et grossière. Judy était une femme de petite taille, à la présence immense, vêtue d'une blouse Snoopy. Sa voix de stentor surmontait à la perfection le brouhaha des salles d'attente bondées et elle éclatait toujours d'un rire fort, sans complexe, qui lui servait souvent à taquiner les médecins.

« Eh bah, ma petite ! Tu nous fais tous passer pour des paresseux ! »

Elle n'était pas du genre à s'en laisser conter et, d'ordinaire, elle s'exprimait avec franchise, alors son sourire pincé et ses mains fébriles accentuèrent l'appréhension de Wendy.

Elle se força à lâcher un petit rire qui mourut très vite dans sa gorge. Derrière Judy, de l'autre côté du bureau en forme de U, se trouvait l'agent Smith. La lumière pâle et fluorescente se réfléchissait sur son crâne chauve. Les pouces dans les bretelles de sa veste en kevlar, il bombait le torse et dévisageait Wendy en mâchant un chewing-gum, les lèvres pressées au-dessus de sa mâchoire carrée. Sur son visage bronzé, une marque de lunettes de soleil encadrait ses yeux vifs en toute saison. Son regard avait la particularité de vous faire ressentir de la culpabilité, même si vous n'aviez rien fait de mal. Ces cinq dernières années, Wendy en avait été de nombreuses fois la cible.

« Wendy. »

Il grommelait toujours son nom, comme si le seul fait de la mentionner l'agaçait.

Mal à l'aise, Wendy le salua de la tête. Elle voulait demander ce qui se passait, mais vu comme tout le monde la dévisageait…

« Te voilà ! »

On tira brutalement sur son bras et elle se retourna d'un coup vers Jordan à l'expression rayonnante.

« Je te cherchais partout ! »

Jordan Arroyo était la meilleure amie de Wendy depuis le collège. Chaque fois que Wendy faisait quelque chose sortant de l'ordinaire, c'était parce que Jordan l'y encourageait, et parfois l'y poussait. C'était elle qui l'avait convaincue d'envoyer sa candidature à des universités réputées et qui avait hurlé et dansé de joie quand elles avaient toutes les deux été reçues à l'université de l'Oregon. Lorsque Wendy s'était inquiétée que ce soit trop loin d'Astoria et de ses parents, Jordan lui avait promis qu'elles feraient les quatre heures de voiture pour rentrer ensemble chaque fois que Wendy le désirerait.

Elle ressentit un peu de soulagement.

« Je…

— Tu as fini ? »

Les yeux noirs de Jordan se portèrent sur la pile de dossiers. Elle était grande, avec une peau d'un brun chaud qui ne souffrait jamais d'acné. Ses cheveux noirs, encadrant d'ordinaire son visage en boucles serrées, étaient retenus par une queue-de-cheval.

« Oui…

— Super ! »

Avant que Wendy proteste, Jordan attrapa leurs sacs d'une main et l'entraîna dans le couloir de l'autre.

« On file ! »

Wendy s'attendait à moitié à ce que l'un des trois agents de police l'arrête. On les regarda partir, surtout l'agent Smith, toutefois personne ne dit rien.

Lorsque la porte se ferma derrière elles et qu'elles furent seules dans le couloir, Wendy inspira profondément.

« Qu'est-ce qui se passe ? demanda-t-elle en jetant un coup d'œil par-dessus son épaule pour voir si on les avait suivies.

— De quoi tu parles ? »

Wendy dut accélérer pour ne pas se laisser distancer par les longs pas déterminés de son amie.

« La police et tous ces gens.

— Pff, qui sait ! »

Jordan haussa brusquement les épaules et entra le code de la porte de la salle de pause.

Wendy fronça les sourcils. Jordan était une vraie commère. Elle ne laissait passer aucun ragot, se renseignait sur le moindre événement intéressant de l'hôpital, qu'il s'agisse d'un garçon du coin qui avait tiré sur l'orteil de son ami lors d'une partie de chasse illégale dans les bois ou d'un médecin faisant pleurer l'une des aides-soignantes. Elle passait de l'un à l'autre, insistait pour avoir tous les détails, avant d'aller à la recherche de Wendy et de tout divulguer.

Elle cachait quelque chose.

« Hé, attends, dit Wendy, la tension lui déchirant les épaules.

— Assieds-toi ! » Jordan la poussa sur une chaise devant la table bancale jonchée d'assiettes en carton et de couverts de plats à emporter laissés sur place. « OK, je sais que tu détestes fêter ton anniversaire… » Jordan traversa la pièce comme une tornade, attrapa deux fourchettes en plastique et un Tupperware dans le vieux frigo. « Mais tu as 18 ans, quoi ! Il fallait bien que je fasse quelque chose !

— Jordan.

— J'ai préparé ton gâteau préféré ! » Jordan se battit avec le couvercle du Tupperware sans lui accorder un regard. « Tu vois ? » Son sourire tremblait au mieux lorsqu'elle plaça un *cupcake* jaune sur une petite assiette devant Wendy. La couche de glaçage chocolat coulait sur le côté du papier. « Il n'a pas une très bonne tête, mais tu sais que je suis nulle en pâtisserie. »

Le cœur de Wendy battait dans sa gorge. Pourquoi Jordan refusait-elle de la regarder ?

« Jordan.

— Mais mon père en a mangé au moins trois, et je ne l'ai pas vu aux urgences. » Jordan planta une bougie violette dans le *cupcake* et l'alluma avec un briquet jaune. « Alors ils ne doivent pas être si mal !

— *Jordan* », insista Wendy.

Son amie poussa le *cupcake* vers elle. Son large sourire ressemblait à une grimace.

« Fais un vœu !

— JORDAN ! » Elle rentra les épaules et même Wendy sursauta à la violence de sa propre voix. Enfin, Jordan leva les yeux, les sourcils froncés et les lèvres pincées. « Qu'est-ce qui se passe ? » répéta Wendy d'une voix bien plus inégale. Elle se pencha. La chaleur de la bougie lui frôla le menton. « Pourquoi il y a tant de policiers ? Qu'est-ce qui s'est passé ? »

Jordan dit enfin d'une voix douce : « Ashley Ford a disparu. »

On aurait dit qu'une main géante s'abattait sur la poitrine de Wendy.

« Disparu ? »

Wendy sortit son téléphone de façon mécanique. Elle n'avait pas reçu d'alerte AMBER[1], mais le sous-sol était en béton et elle n'avait aucun réseau.

« Plus tôt dans la journée », répondit Jordan en la scrutant avec soin.

La pièce tangua. Les paumes moites, Wendy s'agrippa au bord de la table.

« Mais je l'ai vue ce matin...

— Apparemment, elle jouait devant la maison. Sa mère est allée chercher quelque chose à l'intérieur et à son retour, Ashley avait disparu. »

---

1. Aux États-Unis, alerte massive à la population d'un enlèvement d'enfant. *(NdT)*

Wendy connaissait bien la petite fille. Quand elle ne s'occupait pas de l'aspect administratif, elle passait la majorité de son temps à l'hôpital dans le service de pédiatrie, à faire la lecture aux enfants ou de l'art plastique. Mme Ford était une patiente de l'hôpital, elle avait besoin de dialyses régulières. Lors de ses rendez-vous, elle laissait Ashley dans la salle de jeux avec Wendy. Ashley n'avait que 8 ans, mais elle était très vive et possédait une connaissance encyclopédique des arbres. Ce matin-là, assise dans un pouf géant qui engloutissait presque son petit corps, elle avait récité le nom de ceux qu'elle voyait depuis les grandes fenêtres.

« Ils ne savent pas où elle est ? »

Jordan secoua la tête. Pas étonnant que tout le monde ait regardé Wendy.

« Et Benjamin Lane ?

— Lui non plus. » Jordan se mordit la lèvre sans quitter Wendy des yeux. « Ça fait deux enfants disparus en vingt-quatre heures, mais des tas de gens les cherchent », ajouta-t-elle très vite. Sa voix parvenait étouffée à Wendy, comme si elle avait la tête sous l'eau. « C'est pour ça que les policiers sont là, ils interrogent ceux qui l'ont vue en dernier au cas où ils auraient remarqué quelque chose d'étrange… »

Jordan se tut. Wendy savait à quoi elle pensait.

La tête lui tourna. Benjamin Lane, un garçon du coin, avait disparu la veille dans l'après-midi. Il n'avait que 10 ans, mais il était du genre rebelle. Puisqu'il avait déjà fugué, tout le monde pensait qu'il se cachait chez un ami. C'était l'explication la plus facile, que tous avaient vite acceptée, en affichant leur désapprobation à cette preuve de mauvaise éducation : « Les enfants, de nos jours ! »

Car à Astoria, dans l'Oregon, le crime était presque inexistant. Surtout les crimes graves. Surtout les enfants disparus. Sauf, bien sûr…

Wendy s'affaissa. « Mes frères. » Elle déglutit. « Est-ce qu'ils croient... ? »

Jordan secoua vigoureusement la tête et lui pressa l'épaule. « Mais non, ça n'a rien à voir avec toi. Elle s'est probablement rendue chez une amie ou un truc du genre. Ou ils la trouveront saine et sauve sur un terrain de jeu. »

Elle essayait de se donner l'air assuré, mais ça ne marchait pas sur Wendy.

L'angoisse l'étouffa à l'idée d'être à nouveau interrogée par la police. À l'idée d'Ashley seule et perdue, ou pire.

Wendy pressa le front dans ses mains, quand une douleur lui brûla soudain le menton. Elle s'éloigna d'un coup de la flamme de la bougie en inspirant entre ses dents.

Jordan la souffla très vite. De la cire violette coula sur le chocolat. Avec un juron étouffé, elle passa vite une serviette en papier brune sous l'eau et la tendit à Wendy. « Ça va ? »

Wendy pressa la serviette fraîche sur la petite brûlure qui naissait sur son menton. « Oui. » Elle grimaça. « Ce n'est qu'une petite brûlure.

— Ce n'est pas ce que je voulais dire. »

Elle évita le regard de son amie.

« Je veux rentrer chez moi. »

Les têtes se tournèrent vers elles quand elles traversèrent le hall et sortirent de l'hôpital. Jordan pallia le silence de Wendy, en expliquant ses aventures pâtissières mouvementées : à la première tentative, les *cupcakes* avaient été encore plus liquides que quand elle les avait mis au four.

Sur le parking, le soleil venait tout juste de disparaître derrière les collines hérissées d'arbres. Pendant que Jordan l'emmenait à son pick-up, Wendy contempla les rayons tardifs couvrant les bois lointains d'un bordeaux profond. Elle n'avait pas eu l'intention de rester si longtemps. Enfermée dans ce sous-sol aveugle, elle n'avait pas vu les heures passer.

Le pick-up de Wendy était vieux et cabossé. À une époque, il avait été d'un turquoise pâle, en majorité disparu sous des taches de rouille orange. Il était plus vieux qu'elle, mais continuait à rouler grâce à Jordan et à son père. M. Arroyo dirigeait l'un des deux garages de la ville et sa fille lui servait d'apprentie. Elle semblait toujours prendre soin de Wendy.

Celle-ci se dirigea vers la portière, mais son amie s'y appuya.

« Tu vas pouvoir rentrer ? demanda-t-elle, les paupières plissées pour se protéger des rayons du couchant.

— Oui, ça ira, répondit Wendy, à Jordan et elle-même à la fois.

— Si seulement je ne travaillais pas ce soir, grommela son amie, en fronçant ses sourcils d'une parfaite symétrie.

— Ça ira. »

Wendy tourna les yeux vers la lumière qui déclinait.

« Tu sais, je peux ne pas y aller, ajouta Jordan plus vite, comme quand elle cherchait à se convaincre de faire quelque chose. On peut retrouver Tyler ? Ils font des huit sur les petites routes. Ou on pourrait aller voir un film au Gateway ?

— Non, ça va aller, sincèrement. »

Wendy aimait bien le petit ami de Jordan, Tyler, mais elle n'avait pas envie de passer du temps dans sa voiture avec ses amis et lui. Il s'agissait d'un énorme 4×4 Toyota Auroux. Wendy avait toujours du mal à y monter. Il prenait les virages trop vite et les voix fortes combinées à l'odeur de la bière lui donnaient la nausée. Quant au film, Jordan voulait toujours voir le dernier film d'horreur. Elle supporterait un documentaire indépendant sur les crocodiles d'Amazonie pour Wendy, mais cette dernière avait les nerfs trop à vif pour lui rendre la pareille.

« De toute façon, je n'ai pas très envie de faire la fête. »

Cette réponse ne ravit pas Jordan, mais au grand soulagement de Wendy, elle n'insista pas plus.

« Rentre bien, alors. » Jordan s'écarta du pick-up et tira avec affection sur les cheveux blond foncé de Wendy. « Et envoie-moi un message si tu as besoin de quoi que ce soit, d'accord ? »

Wendy se passa la main dans les cheveux en ouvrant la portière et monta.

« Promis.

— Et tu as intérêt à manger le *cupcake* et à me dire si ça t'a plu ! ordonna Jordan en lui tendant le Tupperware dans lequel le *cupcake* était tout écrasé. Oh ! J'ai failli oublier ! »

Elle fouilla dans son sac de sport et sortit un cadeau de format rectangulaire, emballé à la va-vite dans un papier bleu marine brillant.

« Allez, ouvre ! »

Elle sautilla sur place et son excitation fit rire Wendy malgré elle. Elle décolla le papier cadeau qui cachait un carnet à dessins. Sur la couverture se trouvait un oiseau en plein vol et Jordan y avait scotché une boîte de crayons.

« Un carnet à dessins ? s'étonna Wendy, un peu déroutée.

— Oui ! lança Jordan, triomphante. J'ai remarqué à quel point tu gribouillais, ces derniers temps. » Elle leva fièrement le menton et croisa les bras.

« Ah bon ?

— Euh… bien sûr ! s'indigna-t-elle avant de sourire. Je faisais juste semblant que non pour que tu sois d'autant plus surprise en recevant ton cadeau. Un carnet, c'est bien mieux que des bouts de papier, non ? »

Wendy lâcha un rire en passant le pouce sur les pages épaisses.

« Oui, absolument.

— Tu dessines beaucoup d'arbres, non ? » Vu son sourire, Jordan essayait de se vanter de tout ce qu'elle avait remarqué. « Et ce garçon, c'est qui ? »

Wendy écarquilla les yeux. « Un garçon ?

— Oui, celui que tu dessines tout le temps… » Jordan attrapa une feuille volante qui traînait sur la console centrale. « Lui ! Tu vois ? »

Elle la tendit à Wendy. C'était le dessin d'un garçon assis dans un arbre, en train de passer la jambe au-dessus d'une branche, l'esquisse de fossettes sur les joues. Ses cheveux désordonnés tombaient devant ses yeux, cachant une partie de ses traits. Dans le coin se trouvait le croquis non terminé d'un vieil arbre noueux, aux branches nues et aux racines difformes.

Les joues de Wendy s'empourprèrent.

« Personne ! »

Elle arracha la feuille des mains de Jordan et la froissa.

Jordan s'illumina.

« Oh, je rêve… ! Wendy Darling, est-ce que tu rougis ?

— Non ! »

Et voilà, elle avait le visage brûlant.

Jordan rit à gorge déployée.

« OK, maintenant tu es obligée de tout me dire ! C'est qui ce garçon, Wendy ? » Elle leva un doigt. « Et je t'interdis de me mentir ! »

Wendy appuya la tête contre le dossier du siège et poussa un gémissement. Si elle mentait, Jordan le saurait et continuerait à la harceler. Mais la vérité l'embarrassait si fort…

Elle regarda son amie qui haussa un sourcil attentif.

« *Eurgh !* » Elle soupira. « C'est Peter Pan, marmonna-t-elle.

— Peter Pan ? répéta Jordan, sourcils froncés. Peter… Attends, le type des histoires de ta mère ?

— Oui. »

À la naissance de Michael, John avait 3 ans et Wendy 5. Tous les soirs avant de dormir, leur mère leur racontait les aventures de Peter Pan et de son groupe d'enfants perdus, pleines de pirates et de sirènes. Wendy, John et Michael avaient passé leurs journées dans les bois derrière la maison, à jouer à se battre contre des ours et des loups auprès de Peter Pan. Tous les soirs, ils se cachaient sous une couverture avec une torche pendant que Wendy leur parlait de Peter et de fées. Un garçon magique qui vivait sur une île imaginaire dans le ciel. Surtout, Peter Pan savait voler et ne vieillissait jamais.

En grandissant, Wendy avait repris le rôle de conteuse. Elle recyclait les histoires de sa mère, mais inventait aussi les siennes.

Après ce qui était arrivé à John et Michael, elle ne parlait plus de Peter que durant l'heure des contes à l'hôpital. Quand elle s'occupait des enfants, Jordan jouait en général à des jeux de plateau avec les plus âgés, mais il lui arrivait d'écouter Wendy.

« Je rêve de lui, ces derniers temps. » Elle défroissa le papier sur le volant et scruta le dessin. « Plus ou moins. J'oublie toujours ce qui s'est passé au réveil, à part quelques détails, comme des jungles humides, des plages blanches et des glands. » Elle s'agita nerveusement sur son siège. « Il y a quelques soirs, j'ai commencé à le croquer tel que je l'imagine.

— Et les arbres ? » demanda Jordan.

Une intensité sourde s'était emparée d'elle pendant qu'elle écoutait Wendy.

« Aucune idée. Ce ne sont que des arbres. »

Jordan garda le silence un instant. Wendy avait horreur de ça. Elle avait l'impression que son amie devinait toujours quand elle cachait quelque chose. Mais elle haussa les épaules.

« Peut-être que tu te sens vieille et que tu veux rester jeune à tout jamais, comme ce Peter Pan. Peut-être que tu veux t'enfuir avec lui au Pays imaginaire. »

Un sourire naquit sur ses lèvres.

Wendy leva les yeux au ciel.

« Très drôle. »

Jordan se pencha soudain à l'intérieur et étreignit Wendy très fort. Avant que celle-ci fasse plus que se tendre, elle la relâcha et recula. Wendy n'était pas du genre à faire des câlins. Ça lui paraissait toujours forcé, embarrassant. Durant ces cinq dernières années, elle avait oublié leur fonctionnement. Elle se faisait beaucoup taquiner à ce sujet. Il était d'une douloureuse évidence que le contact physique la mettait mal à l'aise. Jordan, elle, ne se moquait jamais d'elle. Et si quelqu'un devait l'étreindre, autant qu'il s'agisse de sa meilleure amie.

Jordan tapa très fort sur le toit du pick-up.

« Joyeux anniversaire, Miss Majeure ! » lança-t-elle avant de se diriger vers sa voiture de l'autre côté du parking.

Wendy attendit que Jordan démarre et fit un dernier salut à son amie avant qu'elle disparaisse au coin de la rue.

Elle s'affaissa alors sur son siège et relâcha longuement son souffle. La voie étant libre, elle se pencha et posa le carnet sur le siège passager. Dessous, le sol était jonché de feuilles volantes. Certaines pliées, d'autres froissées ou même déchirées. Oui, Wendy s'était mise à dessiner, mais c'était bien plus que ça.

Elle n'arrivait plus à arrêter.

Ça avait commencé de façon innocente. Après un moment à rêvasser à l'hôpital, quand elle baissait le regard, il y avait des yeux dessinés au coin d'un dossier. Parfois, à l'heure du déjeuner, distraite par sa discussion avec Jordan sur les derniers potins concernant leurs amis, elle se rendait soudain compte qu'elle avait dessiné un arbre sur le reçu qu'elle était censée signer. Ça arrivait de plus en plus souvent. Wendy ne réalisait jamais ce qu'elle faisait avant de baisser la tête vers le visage du garçon.

Celui de Peter. Ou pas loin. C'était *censé* être lui, mais il y avait toujours quelque chose qui clochait. Quelque chose de pas tout à fait exact.

Et il ne s'agissait pas d'arbres en général. Il s'agissait d'*un* arbre. Un arbre spécifique.

Wendy ne savait pas duquel il s'agissait. Elle ne se rappelait pas en avoir jamais vu de pareil, il semblait presque d'un autre monde. Alors que les croquis de Peter Pan étaient assez réalistes, bien plus que Wendy s'en serait cru capable, il y avait quelque chose d'étrange au niveau de l'arbre. Quelque chose de mauvais dans sa forme tordue et pointue. Bizarrement, il lui donnait la chair de poule.

Elle n'aurait su expliquer pourquoi elle continuait, pourquoi elle ne se rendait jamais compte qu'elle dessinait avant d'avoir terminé. Et désormais, il existait des piles et des piles de dessins sur des serviettes, des reçus et même des prospectus. Elle ne voulait pas qu'on les trouve, alors elle les avait jetés dans son pick-up. Toutefois, ça n'avait pas échappé à Jordan.

Le ventre de Wendy se noua. Elle n'aimait pas l'idée que son cerveau et ses mains soient capables d'invoquer des choses à son insu. Elle attrapa son sweat à capuche et le jeta sur les dessins pour qu'elle n'ait plus à les apercevoir du coin de l'œil. À son arrivée, elle les jetterait dans la poubelle. Il ne manquerait plus qu'on ait une raison supplémentaire de la trouver bizarre. De la prendre pour un mauvais présage, sinon une fille maudite.

Wendy commençait à croire que les gens avaient peut-être raison.

Astoria n'était qu'un petit bout de terre entourée d'eau, et les bois formaient une grande tache d'encre verte sur la carte qui la séparait des villes voisines. Williamsport Road, ou le Dépotoir, comme on l'appelait ici, coupait la forêt jusqu'à l'autre bout de la ville, où vivait Wendy. Seuls les habitants prenaient cette route nichée entre les collines. Plusieurs chemins d'exploitation forestière creusés par les pneus s'en détachaient. Ils se croisaient entre les arbres et revenaient sur eux-mêmes. Certains s'arrêtaient même en plein milieu des bois. Les touristes ne cessaient de s'y perdre et les parents interdisaient toujours à leurs enfants de s'y rendre, en vain. Wendy détestait conduire dans les bois, surtout la nuit, mais le trajet était plus court que par les rues principales.

Du plus loin qu'elle se souvienne, on défendait à tous les enfants d'Astoria de prendre ces chemins. On leur disait que les bois étaient dangereux, de ne pas s'y promener. Les parents Darling avaient interdit à ses frères et elle d'explorer les chemins, alors qu'ils passaient dans les bois derrière leur maison.

Après ce qui était arrivé, Wendy était la preuve vivante du danger.

Le moteur du pick-up vrombit lorsqu'elle accéléra. Plus vite elle irait, plus vite elle serait sortie. Les branches d'arbres trop envahissants et des buissons griffaient parfois la fenêtre côté passager, bien qu'elle serre la ligne centrale continue. Ses yeux gris écarquillés, sur le qui-vive, elle jetait des regards furtifs aux arbres. Les articulations blanches, elle pliait et dépliait ses doigts secs et craquelés sur le volant. Le porte-clés au contact frappait en rythme contre le tableau de bord.

Elle voulait juste rentrer chez elle, peut-être lire un peu, puis se coucher pour en finir avec son anniversaire. Wendy jeta un coup d'œil à son sac sur le siège passager qui sautait au rythme du pick-up. Un stylo bleu avait laissé une tache au coin en bas et la boucle ajustable, autrefois d'un cuivre brillant, était devenue gris pâle. Mais elle l'adorait, parce que ses frères l'avaient choisi pour elle et l'avaient payé avec leur argent de poche. Le premier et le dernier cadeau d'anniversaire qu'ils lui avaient jamais offert.

Fourrés dedans, d'autres dessins de Peter Pan et de l'arbre mystérieux.

La nuit était chaude et l'intérieur du pick-up étouffant. La climatisation avait probablement cessé de fonctionner bien avant sa naissance et Wendy ne voulait pas ouvrir la vitre. Une goutte de sueur coula dans son dos quand elle se pencha. De la musique la distrairait. Elle supporterait même la complainte de l'une des nombreuses fréquences spécialisées dans la country si ça l'empêchait de réfléchir. Elle alluma la radio et une voix s'éleva des haut-parleurs grésillants.

« *Une alerte AMBER a été lancée dans le comté de Clatstop. Ashley Ford, 8 ans, a disparu de chez elle à 12 h 45 ce jour...* »

Wendy se dépêcha de changer de station. Ce n'était pas de l'indifférence, bien au contraire, mais elle se sentait incapable de supporter tout ça. Pas aujourd'hui, pas maintenant. Elle sentait déjà le tremblement dans sa poitrine et il lui fallait toute sa concentration pour le retenir.

Elle voulait juste sortir des bois et arriver chez elle. Elle appuya sur un autre bouton programmé de sa radio. La même voix s'éleva à nouveau des haut-parleurs.

« *Ashley a les cheveux blonds et les yeux marron. Elle a été vue pour la dernière fois devant sa maison portant une chemise à carreaux blancs et jaunes et un pantalon bleu. Cette disparition fait suite à celle de Benjamin Lane, un autre enfant de la région, hier après-midi. Les autorités n'ont pas encore commenté si ces deux disparitions sont en lien avec...* »

Elle tourna une nouvelle fois le bouton. Le son finit par disparaître avant de se changer en violent grésillement. Wendy prit une profonde inspiration pour se calmer et jeta un coup d'œil à la lueur vacillante de la stéréo.

Elle connaissait chaque virage de ce chemin et pouvait y conduire les yeux fermés, alors elle s'agrippa très fort au volant de sa main gauche. Elle tapa du poing droit contre la radio. Cela réglait la majorité des problèmes de son pick-up. Cette fois, le grésillement s'obstina.

Elle serra la mâchoire et leva les yeux. Le grand virage arrivait, mais ce bruit la faisait grincer des dents. Elle regarda à nouveau la radio, faisant tourner le bouton, sans trouver une seule station. Elle était sur le point d'appuyer sur AM quand tout s'arrêta. Elle se retrouva seule avec le grondement régulier du moteur.

Une branche fouetta la fenêtre côté passager.

Wendy sursauta si violemment qu'elle se fit mal.

Une ombre atterrit sur le capot de la voiture, lui bouchant la vue. Elle était d'un noir d'encre, solide. Quelque chose de sombre et de tordu semblable à des doigts passa sur son pare-brise. Un crissement horrible lui vrilla les oreilles.

Wendy hurla et la *chose* d'ombres glissa du capot juste à temps : elle vit une masse au milieu de la route illuminée par ses phares. Un cri lui déchira la gorge lorsqu'elle freina de toutes ses forces. Cramponnée au volant, elle braqua à droite.

Les pneus tournèrent sur de la terre meuble et le pick-up s'arrêta d'un coup entre la route et les bois. Wendy regarda le nœud de branches par le pare-brise. Son souffle rapide vola l'air frais de l'intérieur de la voiture. L'adrénaline lui parcourait les veines. Elle avait le cou et les tempes battantes.

Elle jura tout bas.

Elle déplia ses doigts raides du volant. Les mains tremblantes, elle se tapota la poitrine et les cuisses pour s'assurer d'être en un seul morceau. Puis elle enfouit le visage dans ses paumes.

Comment avait-elle pu être aussi stupide ? Elle s'était laissée dominer par son angoisse. Elle savait bien qu'il ne fallait jamais détourner les yeux de la route, surtout la nuit. Son père serait fou furieux ! Et si elle avait détruit son pick-up ? Elle aurait pu se tuer ou, pire, tuer quelqu'un d'autre !

Puis elle se rappela la masse sur la route.

Elle en eut le souffle coupé. Il aurait pu s'agir d'un animal mort, mais elle savait d'instinct que ce n'était pas le cas. Elle se tordit sur son siège et essaya de voir par le pare-brise arrière. La lueur rouge de ses feux éclairait à peine la silhouette de ce qu'elle avait failli écraser.

Pitié, pas un cadavre !

Elle détacha avec difficulté sa ceinture de sécurité et sortit d'un coup de son pick-up. Elle observa tout de suite les alentours avec méfiance, en reculant de quelques pas. Mais dans l'atmosphère lourde de l'été, tout était silencieux, immobile. On n'entendait que les feuilles frissonnant dans la brise et sa respiration pénible.

Avec hésitation, elle scruta l'avant de son véhicule. Il s'était arrêté sur la bande d'arrêt de terre, le pare-chocs dangereusement proche d'un gros arbre, toujours intact. Il y avait un renfoncement sur le capot, causé par ce qui était tombé dessus. Le pare-brise était craquelé… non, pas craquelé.

Des griffures ?

Wendy passa les doigts sur les longs traits. Il y en avait quatre parallèles. Qu'est-ce qui avait pu faire ça ? Ni un daim ni une branche.

Et qu'avait-elle failli écraser ? Elle tourna d'un coup la tête par-dessus son épaule, vers le milieu de la route. La masse n'avait toujours pas bougé.

Wendy la rejoignit sur la pointe des pieds, afin de rester aussi discrète que possible. Elle fit chaque pas lentement, les yeux ouverts aussi grand que possible pour les forcer à s'habituer à l'obscurité. Elle tendit le cou au moment où un nuage s'écarta de la lune. Une lueur argentée éclaira le garçon allongé sur le côté.

Un frisson la secoua et elle se mit à courir, tombant à genoux à côté de lui. Du gravier pointu s'enfonça dans son jean.

« Hé. » Sa voix tremblait, tout comme ses mains qu'elle tenait au-dessus du garçon sans savoir quoi faire. « Est-ce que ça va ? »

Est-ce que tu es vivant ?

Il lâcha un gémissement de douleur.

Elle ramena ses mains vers elle.

« Oh, mon Dieu ! »

Wendy le contourna très vite pour voir son visage. Sa mère lui avait appris à ne jamais bouger quelqu'un d'inconscient.

Il était allongé sur le côté, les bras repliés contre sa poitrine, comme endormi. Il portait un tissu qui couvrait ses épaules et son torse, jusqu'à ses genoux. Dans le noir, elle n'aurait su en déterminer la matière, mais les bords étaient irréguliers et sentaient les feuilles qu'elle dégageait des gouttières au printemps.

Une main appuyée par terre, Wendy se pencha. Lentement, avec soin, elle écarta les cheveux mouillés du garçon, passant le pouce sur son front. Les taches de rousseur qui saupoudraient son nez sous ses paupières fermées lui étaient familières…

Avant qu'elle puisse l'identifier, un gémissement s'éleva du plus profond de son torse. Le garçon roula sur le dos, ouvrit les yeux et son regard se braqua sur elle.

Son instinct fut de reculer, mais son corps ne lui obéit pas. Les iris du garçon étaient stupéfiants. Un cobalt profond parcouru d'éclats bleu cristallin tout autour de ses pupilles.

Elle connaissait ces yeux. Elle les avait dessinés encore et encore sans jamais parvenir à les reproduire tout à fait. Mais c'était impossible. Il ne pouvait…

« Wendy ? » souffla le garçon.

Une odeur d'herbe caressa son visage.

Wendy recula précipitamment. Au même moment, les yeux de cosmos du garçon roulèrent dans leurs orbites et se fermèrent à nouveau.

Elle plaqua la main sur sa bouche.

Il était plus âgé que le garçon de ses dessins. Son visage n'était pas aussi rond, ses joues pas aussi pleines que sur les dizaines de croquis qui jonchaient sa voiture, mais elle reconnaissait le tracé de son nez et l'arrondi de son menton.

Sa respiration faisait trembler ses épaules et s'échappait par son nez. Comment connaissait-il son prénom ? Son cœur se débattait dans sa cage thoracique comme un animal sauvage. Impossible, elle ne pouvait pas le reconnaître. Ce garçon ne pouvait être le même que celui de ses dessins.

Peter Pan n'était pas réel ! Ce n'était qu'une histoire que sa mère avait inventée. Wendy paniquait et son cerveau lui jouait des tours. Elle ne pouvait croire ce qu'affirmait son instinct.

Même si chaque fibre de son être lui hurlait que c'était lui.

Ça n'avait aucun sens. Elle se laissait emporter par son imagination. Il fallait qu'elle appelle les secours.

Elle essaya de surmonter son étourdissement. Elle enfonça la main dans sa poche et sortit son téléphone. L'écran était flou. Comme dans un rêve, elle se rendit compte que les larmes lui montaient aux yeux. Elle réussit tout de même à taper le numéro.

Dès que la sonnerie s'interrompit, avant que l'opérateur prononce un mot, Wendy lâcha d'une voix étranglée : « À l'aide ! »

CHAPITRE DEUX

PETER

« Comment vous appelez-vous, mademoiselle ?

— Wendy Darling », répondit-elle en se penchant sur le côté pour voir le garçon toujours inconscient.

Les autres ambulanciers l'étendaient sur un brancard.

« Savez-vous où vous vous trouvez ?

— À un peu plus d'un kilomètre de chez moi, coincée ici avec vous ! »

Elle ramena sa main vers elle d'un coup quand il essaya de prendre son pouls.

« Je m'appelle Dallas. Je suis secouriste. »

Wendy jeta un coup d'œil au badge brillant sur son uniforme bleu marine, à l'écusson brodé sur sa manche où on lisait ASTORIA, CASERNE DE POMPIERS DE L'OREGON – SECOURISTE.

« Je vois ça.

— Je vais faire quelques tests pour être sûr que tout soit en ordre », continua-t-il.

Les pompiers étaient arrivés après son appel, suivis de près par une ambulance. Ils s'étaient dirigés droit vers le garçon avant de la prendre à part pour l'interroger.

« Je n'ai rien, Dallas le Secouriste », déclara-t-elle en repoussant la lampe-stylo qu'il braquait sur son visage.

Étant donné tout le bénévolat qu'elle faisait à l'hôpital, sans parler de sa mère qui travaillait aux urgences, Wendy connaissait tout le personnel d'urgence d'Astoria. Dallas le Secouriste était nouveau. Il était probablement encore en stage, si on en croyait son interrogatoire tout à fait conforme au manuel.

« Est-ce que vous avez mal quelque part ?

— Juste au derrière, à force de rester assise sur le côté de la route. »

Elle tendit le cou vers l'ambulance.

Les secouristes chargèrent le brancard dans un grand fracas. Wendy eut envie de leur hurler de faire plus attention.

« Est-ce que vous avez eu un choc à la tête pendant l'accident ?

— Ce n'était pas un accident. Je vais bien, ma voiture va bien. » Elle inspira profondément. « Il n'y a pas eu d'accident.

— Très bien, mademoiselle. »

Il se leva et rangea son stéthoscope dans son sac. Les portières de l'ambulance claquèrent.

Ils l'emmenaient. Wendy sentit monter en elle une vague de panique. Il fallait qu'elle le voie, qu'elle lui parle, qu'elle sache qui il était. Il fallait qu'elle se prouve que ce n'était pas Peter Pan, rien qu'un garçon ordinaire. Un garçon très perdu qui s'était retrouvé au milieu de la route.

« Je veux aller à l'hôpital », dit-elle soudain.

Dallas s'étonna. « Pardon ?

— L'hôpital. Je veux y aller. Je peux suivre l'ambulance ? Je l'ai dit, mon pick-up n'a rien, il est garé sur le côté de la route. »

Ce besoin insistant de le suivre ne devint que plus intense lorsque l'ambulance commença à s'éloigner.

Dallas cligna des yeux. « Ce n'est pas une très bonne idée de conduire si vous pensez qu'une visite à l'hôpital est nécessaire... »

Wendy sentit l'irritation l'envahir. « Ma mère y travaille. Je veux la voir, elle est infirmière. » Les lumières de l'ambulance disparurent dans le virage.

« Oh. » Le secouriste cligna à nouveau des yeux. « Très bien. » Il hésita et regarda son sergent près du camion de pompiers, qui parlait à la radio. « Hé, Marshall ! Dis à la police de nous rejoindre à l'hôpital. »

La police. Elle allait devoir leur parler. Super ! Parcourue de chair de poule, elle sentit la sueur mouiller son T-shirt.

Dallas se tourna à nouveau vers elle.

« Vous êtes certaine d'être en état de conduire ? »

Wendy le regarda droit dans les yeux.

« Je me déclare saine de corps et d'esprit et je refuse d'être prise en charge », récita-t-elle.

Il fronça les sourcils, mais finit par soupirer et sortit son porte-bloc en métal.

« Signez ici afin de reconnaître que... »

Wendy le lui arracha des mains et griffonna vite son nom à l'endroit désigné avant de le lui rendre. Il le rattrapa avec difficulté.

Il plissa les yeux en lisant son permis avant de le lui tendre.

« Joyeux anniversaire, d'ailleurs.

— Ouais, merci. »

Elle rejoignit son pick-up au petit trot. Dans un vrombissement du moteur, elle s'écarta en reculant de l'entrelacs de branches et se dirigea vers le centre-ville. Derrière elle, les bois disparurent dans la nuit.

Wendy entra le code lui donnant accès aux urgences par la petite porte de la salle d'attente. Le service était petit et vieillot, en tons de bleu et vert. On avait peint en bleu et décoré de nuages le plastique des horribles lumières fluorescentes, comme pour adoucir leur violence. Le poste infirmier se trouvait en plein milieu et les six salles d'urgence l'entouraient en formant un U. Des rideaux et des portes vitrées les fermaient. Wendy se dirigea droit vers le distributeur de gel hydroalcoolique accroché au mur, appuya trois fois sur le poussoir et se frotta vigoureusement les mains. Ses doigts gercés la brûlèrent.

On ne lui accorda aucune attention. Les urgences étaient constamment bondées et en sous-effectif. Il n'y avait pas assez d'espaces de rangement, alors des étagères à roulettes pleines de fournitures médicales longeaient les murs, prêtes à passer d'une salle à l'autre.

Au moins ici, tout le monde était trop occupé pour la remarquer. Elle aperçut le garçon sur le brancard dans l'alcôve opposée juste avant qu'une infirmière ferme le rideau.

Elle s'assit sur un siège plastifié adossé au mur et scruta les pieds des infirmiers et des médecins autour du lit. Elle se répétait sans cesse qu'il s'agissait d'un garçon qui s'était perdu au milieu des bois, point final. Il avait fait sombre sur la route, elle n'avait pas réussi à bien le voir. Elle était fatiguée, stressée, et son imagination lui jouait des tours. Une fois qu'elle se serait prouvée à elle-même qu'elle avait affaire à un inconnu, elle pourrait rentrer chez elle et se coucher.

Mais elle refusait de partir sans le voir.

« Déjà de retour ? » La voix familière de l'infirmière Judy l'arracha à ses réflexions. Elle se tenait derrière le bureau, un plateau de seringues à la main, l'observant par-dessus ses lunettes. Elle lui trouva une excuse avant que Wendy ait besoin d'en chercher une. « Oh, tu attends ta mère ? » Son expression se détendit. « Elle est dans la salle de pause, elle ne devrait plus tarder.

— Merci. »

Judy sembla satisfaite de cet échange et reprit son travail. Parfois, Wendy et sa mère rentraient ensemble, quand elles finissaient aux mêmes heures.

Wendy enroula les doigts dans le bas de son débardeur. Il fallait juste qu'elle voie le garçon une dernière fois. Elle pourrait alors sortir de là avant qu'on la remarque et qu'on se pose des questions.

Bien sûr, c'était trop demander.

La porte des urgences s'ouvrit sur Dallas, Marshall, l'agent Smith et un autre policier qu'elle ne reconnaissait pas.

Son ventre se noua, elle monta les pieds sur le siège et ferma les bras autour de ses genoux. Peut-être qu'ils ne la verraient pas…

Dallas tendit de la paperasse à l'agent Smith et indiqua Wendy du menton. Le policier la dévisagea d'un air mauvais. Elle se concentra à nouveau sur les rideaux fermés.

Génial.

Wendy n'aimait pas les policiers. Après ce qui lui était arrivé dans les bois, elle ne leur faisait plus confiance. Ils n'avaient fait que l'effrayer et lui poser les mêmes questions en boucle. Ils ne l'avaient pas crue quand elle avait affirmé ne se souvenir de rien.

Et ils avaient été incapables de retrouver ses frères.

L'agent Smith avait été l'un de ces policiers.

Wendy entendit le claquement de leurs ceintures utilitaires et le crissement de leurs bottes sur le lino taché. Ils s'arrêtèrent devant elle. Elle tenta de se détendre et d'afficher son ennui, le regard droit. Son cœur traître s'agita dans sa poitrine.

L'agent qu'elle ne reconnaissait pas s'adressa à elle en premier. « Mademoiselle Darling ? » Sa voix était trop douce. Il s'était trompé de carrière.

« Mmh.

— Nous avons quelques questions à vous poser. » Il sortit un carnet dans un froissement de papier.

« J'ai déjà parlé aux secouristes », dit-elle d'un ton plat.

L'agent Smith s'avança. Ses menottes brillèrent à sa ceinture. « Ouais, eh bien, nous en avons d'autres. »

Une colère rebelle s'alluma en Wendy. « Vous ne feriez pas mieux de chercher les enfants disparus au lieu de m'embêter ? » Elle regretta ses paroles presque à l'instant où elle les prononça.

« Effectivement, Wendy. »

La voix brusque de l'agent Smith lui fit lever les yeux. Les poings sur les hanches, il était très renfrogné. L'autre policier, jeune, avec les cheveux courts bien coupés, semblait mal à l'aise.

D'après son uniforme, son nom de famille était CECCO. Un nom familier. Wendy allait au lycée avec une fille appelée ainsi. Ce devait être son frère aîné.

L'agent Cecco regarda Wendy et Smith tour à tour.

« Raison pour laquelle tu dois coopérer afin que nous déterminions si ce garçon était une victime », continua l'agent Smith.

Wendy déglutit, mais leva un sourcil.

« Alors ? »

Cecco se racla la gorge.

« Vous avez dit que quelque chose est tombé sur le capot de votre voiture ?

— Oui.

— Comme une branche d'arbre ?

— Non… pas une branche d'arbre, plutôt… »

Wendy songea à l'étrange chose noire qu'elle avait vue. Ça n'avait pas été assez solide pour être une branche. C'était plutôt trouble, et la matière dont elle était faite avait ondulé et bougé, comme si elle avait coulé entre les doigts si on avait essayé de la toucher.

Mais comment décrire cela à la police ?

« Ça a enfoncé mon capot et griffé mon pare-brise.

— Comme une branche d'arbre », insista Smith, irrité, en changeant de pied d'appui.

Wendy leva le menton et tenta de rester ferme. « Non. » Forcément, il ne la croyait pas. « Je ne sais pas ce que c'était, mais ce n'était pas une branche.

— D'après les secouristes, il n'y avait aucun signe que la victime… » Wendy grimaça. « … ait été renversée par une voiture, continua Cecco. Et vous avez déclaré qu'il vous a parlé. Est-ce qu'il a expliqué ce qui s'est passé ?

— Non.

— Vous avez rapporté qu'il a prononcé votre nom. » Sa voix s'adoucit encore. « Vous le connaissez ? »

Elle ouvrit la bouche pour nier à nouveau, mais sa voix se bloqua. Elle hésita.

Elle dirigea son regard vers le poste infirmier.

Surprise, Judy regardait les agents parler à Wendy. Elle s'était rembrunie. Un instant, Wendy crut qu'elle allait surgir en furie et les chasser. Mais elle se dirigea vite vers la salle de pause.

Wendy s'agrippa plus fort à ses jambes. Son souffle s'accéléra. *Pourvu que Smith et Cecco ne le remarquent pas…*

« Non. »

Mais elle n'en paraissait plus aussi certaine. Elle ne pouvait pas leur dire qu'elle avait failli écraser un garçon qui n'aurait dû exister que dans des histoires pour enfants.

Sa tête la tirailla douloureusement.

« Vous en êtes sûre ?

— Oui. »

Smith plissa ses yeux gris et froids. « Comment a-t-il atterri au milieu de la route ? Est-ce qu'il arrivait d'un des chemins d'exploitation forestière ? »

Wendy regarda enfin directement les deux agents. Moqueuse, elle sourit. « Peut-être qu'il est tombé du ciel ? »

Smith pinça très fort les lèvres, le muscle de sa mâchoire se crispa. Wendy en éprouva une petite satisfaction. Cecco se frotta la nuque de désarroi. Après un regard nerveux à Smith, il reporta son attention sur Wendy.

« Comment connaît-il votre... ?

— Que se passe-t-il, ici ? intervint une voix calme, mais sévère.

— Maman », souffla Wendy.

Sa mère surgit entre les deux agents.

Mary Darling portait une blouse d'hôpital bleu délavé et un chignon désordonné retenait ses cheveux châtains. Ses mains s'agitaient le long de ses flancs, et elle regarda chaque policier tour à tour de ses yeux d'un marron perçant. Sa présence autoritaire d'autrefois ployait sous ses épaules affaissées et les cernes soulignant ses yeux.

Wendy se leva et dépassa Smith et Cecco pour se tenir à ses côtés.

« Est-ce que ça va ? demanda Mme Darling en lui jetant un coup d'œil de côté. Que s'est-il passé ? Ton père... ?

— Non, tout va bien », répondit-elle vite. Sa mère pourrait régler cette histoire, lui donner un sens. « Il y a ce garçon...

— Madame, nous devons parler à votre fille, intervint Smith.

— Et pour quelle raison, monsieur l'agent ? »

Il retira sa casquette, prêt à se lancer dans une explication.

« Wendy ! »

Tout le monde se retourna. Les rideaux bleus autour du lit du garçon s'agitèrent. Des infirmières se précipitèrent dans le box.

« WENDY ! »

Les paroles des médecins étaient noyées sous les appels paniqués. Des plateaux de métal tombèrent à terre dans un grand fracas.

Tout le monde la dévisagea. Les infirmières, les médecins, les agents, sa mère.

« WENDY ! »

La tête lui tourna. Les bruits lui parvinrent étouffés, déformés, à l'exception de ces hurlements perçants.

Elle vivait un cauchemar. Sa poitrine se souleva péniblement tandis qu'elle fermait les poings. Elle se dirigea vers le lit.

« Wendy. »

Cette fois, ce fut la voix de sa mère posant une main légère sur son épaule, mais elle la chassa. Elle dépassa les infirmières qui la regardaient ouvertement et qui s'écartèrent devant elle.

« Wendy ! »

Elle était assez proche désormais pour toucher le rideau de coton. Elle hésita, remarquant combien ses mains tremblaient. Elle tira d'un coup.

Des infirmières couraient dans tous les sens. Des hommes en blouse bleue de chaque côté du garçon essayaient d'attraper ses bras. Il battait des jambes sous la couverture gaufrée. Un médecin attendait avec une aiguille et une petite bouteille de verre.

Puis tout s'arrêta. Wendy le regarda, il la regarda. Ses cheveux étaient d'un auburn foncé, les reflets de roux apparaissaient même à la lueur pâle de l'hôpital. La couleur des feuilles à la fin de l'automne. Il portait une blouse d'hôpital. On avait apparemment découpé ses vêtements pour l'en sortir.

« Wendy ? »

Il ne criait plus. Il pencha la tête sur le côté, la scrutant de ses yeux bleus lumineux plissés.

Wendy n'arrivait pas à parler. Elle ne savait que dire. Elle avait ouvert la bouche, mais rien n'en sortait.

Le garçon sourit jusqu'aux oreilles, révélant un petit bout d'incisive manquant et de profondes fossettes. Ses yeux étoilés s'illuminèrent, ceux qu'elle n'avait jamais réussi à représenter dans ses dizaines de dessins. Mais c'était impossible…

« Je t'ai trouvée », déclara-t-il, triomphant.

Il continua à lutter contre les deux hommes qui le retenaient, sans jamais perdre son sourire. Sous ce regard, les joues de Wendy s'enflammèrent et son cœur s'emballa.

Le médecin enfonça l'aiguille dans son bras et appuya.

« Non ! »

Le mot lui échappa, trop tard. Le garçon se crispa sans pouvoir s'éloigner. Presque tout de suite, ses yeux lumineux se brouillèrent.

Sa tête vacilla et il retomba sur le lit d'hôpital.

« Je savais que je te retrouverais. »

Sa voix était pâteuse, son regard se promenait dans la pièce, déboussolé, mais il affichait tant de bonheur. De soulagement.

Wendy passa devant une infirmière et le rejoignit.

« Qui es-tu ? » demanda-t-elle, agrippée à la barrière du lit.

Le garçon se renfrogna. Il leva les sourcils, luttant contre le sommeil.

« Tu m'as oublié ? »

Ses yeux allaient et venaient à la recherche de son visage.

Le cœur de Wendy s'emballa. Elle ne savait que faire, et elle était trop consciente que tout le monde regardait. Elle avait tant de questions, mais le sédatif l'emportait vite.

« Comment t'appelles-tu ? » se dépêcha-t-elle de demander.

Son regard endormi croisa enfin le sien. « Peter. » Il cligna lentement des yeux, et sa tête retomba sur l'oreiller. Il lâcha un petit rire soûl. « Tu es si vieille... »

Il ferma les yeux et son corps s'immobilisa, à l'exception de sa poitrine se soulevant au rythme de sa respiration.

Peter. On s'agita à nouveau autour d'elle. On lui posait des questions, mais elle ne les entendait pas. Elle fut emmenée par du personnel soignant, écartée en douceur de Peter. Wendy eut soudain envie de vomir. De la salive s'accumula dans sa bouche alors que le monde tanguait autour d'elle.

Tu m'as oublié ?

Elle enfouit le visage dans ses mains. Son cœur battait la chamade. Elle sentait encore le parfum de l'humus et de l'herbe mouillée sur sa peau. Elle ferma fort les paupières et des images d'arbres et de crépuscule entre les feuilles surgirent devant ses yeux.

Quelqu'un lui frotta le dos et la guida vers un siège où elle mit la tête entre ses genoux, croisa les mains derrière sa nuque en sueur et pressa ses bras contre ses oreilles.

Comment la connaissait-il ? Pourquoi la cherchait-il ? Et qui était-il ? Ce ne pouvait être Peter Pan, son Peter à elle. Il n'était pas réel, rien qu'une histoire inventée. Non ?

Tu m'as oublié ?

Elle avait tant oublié, des mois entiers effacés de sa mémoire. Et s'il en faisait partie ? Et s'il savait ce qui s'était passé ?

Soudain, l'idée qu'il se réveille la terrifia.

Tout le monde autour d'elle s'écarta, elle sentit la pression légère de ce qui était sans aucun doute la main de sa mère sur sa tête. Wendy leva les yeux vers elle, entre ses bras.

« Je vais te ramener à la maison, d'accord ? »

Les soignants derrière Mme Darling les observaient toujours, mais cette dernière regardait les cheveux de Wendy. Elle enroula un doigt autour d'une mèche et tira doucement.

Wendy acquiesça.

« Madame Darling. » Smith était toujours là. « Nous avons d'autres questions à poser à votre fille. »

Une appréhension méfiante avait remplacé l'air soupçonneux précédent.

Sa mère croisa les bras. « Il ne se passera rien ce soir. Ma fille a déjà eu bien assez d'émotions pour aujourd'hui. Mais nous vous parlerons sans problème demain. »

L'agent Cecco recula et dit quelques mots très vite dans sa radio.

« Je suis désolé, madame, mais… »

Wendy cessa d'écouter.

Elle appuya la joue contre son genou et regarda à nouveau le lit de Peter.

Le plateau renversé avait été ramassé, et elle devinait l'une de ses mains, le poignet entouré d'une menotte en cuir. On l'avait attaché au lit.

Elle se rappelait bien la sensation de ces menottes autour de ses poignets à elle, après qu'on l'avait découverte dans les bois le jour de son treizième anniversaire.

Au début, elle s'était trouvée à l'hôpital pour des blessures bénignes, mais comme elle ne cessait de pleurer et de se réveiller au milieu de la nuit en hurlant et en se débattant, on lui avait attaché les poignets et les chevilles. Pour la protéger, disait-on. Après ça, elle ne se souvenait plus de grand-chose, sinon des visites régulières des médecins, des assistants sociaux et des psychologues.

Ses frères étaient toujours perdus et c'était de sa faute.

À côté de Peter, une infirmière vérifiait ses fonctions vitales. Mme Darling et l'agent Smith étaient plongés dans leur conversation. Le visage du policier était devenu violet, et la mère de Wendy avait relevé un menton entêté. L'autre agent parlait désormais dans un téléphone portable, dos à eux.

Lorsque l'infirmière partit, Wendy descendit de son siège.

Elle se dirigea à nouveau vers lui. Elle parcourut du regard les contours de sa mâchoire, ses oreilles, ses cheveux. Elle cherchait la preuve qu'il ne s'agissait pas de Peter Pan. Il était bien plus âgé que le garçon de ses histoires et ses dessins. Le Peter Pan qu'elle connaissait ne grandissait jamais. Celui du lit d'hôpital était de toute évidence un adolescent. C'était un détail idiot auquel se raccrocher, cette idée que ça ne pouvait être Peter Pan, car Peter Pan ne grandirait jamais. Ça restait tout de même quelque chose.

Le garçon avait des pommettes bien définies et, même à la lueur fluorescente, sa peau était brunie par le soleil. Ses taches de rousseur ressortaient comme des éclats de feuilles d'automne entre des tas de terre.

Il y avait un petit pli entre ses sourcils. Wendy se pencha. Il les fronçait dans son sommeil, comme victime d'un mauvais rêve.

Elle passa doucement le pouce sur son front, encore et encore, jusqu'à ce qu'il se détende et que son visage ne soit plus que douceur.

Elle baissa à nouveau les yeux vers son poignet attaché, suivit du regard sa paume jusqu'à ses longs doigts fins. Il s'était rongé les ongles presque jusqu'au sang, et ils étaient tout sales.

L'image de ses propres ongles lorsqu'on l'avait retrouvée lui revint. Sales, brisés, du rouge dessous.

Wendy eut un geste de recul, un tremblement remonta le long de sa colonne vertébrale. Elle pressa le distributeur de gel hydroalcoolique et se frotta vigoureusement les mains. L'odeur forte, acide, picota son nez.

« Wendy. »

Elle sursauta et se tourna vers sa mère qui l'attendait au bout du couloir.

« Nous partons », déclara celle-ci, agrippée à son sac à main.

Elle semblait soudain bien plus âgée. Comme si quelque chose pesait sur ses épaules, lui faisait ployer la tête et lui arrondissait le dos.

Wendy passa le revers de sa main sur son front en sueur.

« Et mon pick-up ?

— Tu viendras le chercher demain matin, répondit sa mère en cherchant ses clés dans son sac.

— D'accord. »

Mme Darling s'éloigna d'un pas vif. Wendy la suivit. Lorsqu'elles passèrent les portes vitrées, deux personnes en costume entrèrent.

Quand les portes se fermèrent, Wendy se remémora Peter dans son lit, et le sourire à ses lèvres.

CHAPITRE TROIS

PORTES FERMÉES

Au retour, Wendy s'assit sur le siège arrière, derrière sa mère. Elle se recroquevilla et pressa le front contre la vitre fraîche, dos à la forêt. Dans un effort pour ne pas laisser errer ses pensées, elle ferma les paupières et répéta en boucle les paroles de sa chanson préférée.

Le bruit du gravier sous les roues annonça leur arrivée. Elle se redressa et ouvrit la portière, en faisant bien attention à ne pas la cogner contre la voiture de son père.

« Je dois retourner à l'hôpital finir mon service, dit sa mère.

— OK.

— On discutera demain matin.

— OK. » Wendy hésita. Une sorte de curiosité ou peut-être de culpabilité l'empêcha de sortir. « Maman, est-ce que ça va ? »

Mme Darling soupira. Wendy essaya de croiser son regard dans le rétroviseur, mais elle continua à scruter le volant.

« Ça va. Tout va bien. »

Qui essayait-elle de convaincre ?

Sa mère partit avant que Wendy n'ait le temps de sortir ses clés. Son père avait encore oublié d'allumer la lumière du porche. Elle batailla quelques secondes avant d'arriver à la déverrouiller.

Le salon était plongé dans le noir, à l'exception de la bande de lumière visible sous la porte du bureau de son père. Elle alla presser l'oreille contre le montant. On n'entendait que des ronflements profonds.

Parfait. Au moins, elle n'aurait pas à répondre à ses questions. Du moins pour l'instant.

Son corps comme son esprit vibraient d'une énergie anxieuse. Il lui fallait une distraction, qu'elle s'occupe les mains, alors elle rangea la cuisine. Elle vida le lave-vaisselle, qu'elle avait rempli la veille. Elle déchira la petite pile d'emballages en carton de bières et les mit avec le reste du recyclage. À l'évier, elle se frotta à nouveau les mains, la peau rouge et craquelée par ce tic compulsif.

Ces tâches l'occupèrent jusqu'à ce qu'elle s'installe pour écrire la liste des courses. Elle contempla le petit carnet, le bout du stylo bleu levé au-dessus de la feuille, sans réussir à se concentrer sur ce qu'elle devait acheter cette semaine-là, l'une de ses nombreuses responsabilités. Maintenant qu'elle était assise, ses pensées la rattrapèrent. Elle envisagea d'allumer la télé pour les noyer, mais elle refusait de voir les visages de Benjamin Lane et Ashley Ford tournés vers elle.

Et elle ne voulait pas réveiller son père.

Wendy ferma les paupières et se força à inspirer profondément. Elle avait les tempes douloureuses. Elle appréhendait le moment où il apprendrait les derniers événements. Elle n'était pas certaine de ce qui s'était passé, alors comment l'expliquer à quelqu'un d'autre ? Sa seule certitude, c'était que quelque chose avait atterri sur le capot de sa voiture et qu'elle avait découvert un garçon allongé au milieu de la route. Et qu'il s'appelait Peter. Ce qui ne signifiait en rien qu'il s'agissait de *son* Peter.

Wendy secoua doucement la tête.

Elle devait se concentrer.

Les courses. Elle pouvait faire un gratin de pâtes. C'était rapide et facile à emporter au travail pour ses parents.

Sur le point d'écrire *marinara*, Wendy baissa les yeux vers le carnet et s'arrêta net. Elle inspira vivement. La chair de poule remonta le long de ses bras.

Elle avait recommencé.

Le carnet était couvert d'encre bleue. Des lignes grossières croquaient l'arbre noueux. Le tronc était épais, en dents de scie. Les racines se tordaient et s'enroulaient à ses pieds. Le dessin avait continué au-delà du papier, des branches tordues à angles nets parcouraient la table de bois.

« Merde ! »

Wendy sortit un produit nettoyant de sous l'évier et une poignée de serviettes en papier. Elle frotta vigoureusement. L'encre bleue disparut, mais elle avait pressé le stylo si fort qu'il en avait laissé des marques dans le bois. Elle jura à nouveau et frotta plus fort.

Le tracé fantomatique des branches persista. D'un coup sec, Wendy ouvrit le tiroir où l'on rangeait les belles nappes pour les fêtes et sortit des sets verts. Elle les disposa de façon à cacher les traits.

Elle pressa la paume de ses mains contre ses yeux. Que lui arrivait-il ? Est-ce qu'elle perdait la tête ? Elle devait revenir sur terre. Ce garçon n'était pas Peter Pan. Les enfants disparus n'avaient aucun rapport avec elle ou ses frères. Elle était épuisée. Il lui fallait juste une bonne nuit de sommeil.

Elle monta à l'étage, s'arrêtant un instant sur le palier. À sa droite, une porte. Elle menait à la chambre qu'elle partageait autrefois avec ses frères, John et Michael. Une porte restée fermée ces cinq dernières années. Après ce qui s'était passé,

Wendy avait refusé d'y entrer, alors ses parents l'avaient tout de suite déménagée dans la salle de jeux.

Ils lui avaient acheté de nouveaux vêtements et un nouveau mobilier. Ce genre de séance shopping aurait dû être l'occasion d'une sortie entre filles très amusante, mais Wendy avait passé la plupart des premières semaines à l'hôpital, à consulter différents médecins sans beaucoup s'exprimer. Alors sa mère s'était chargée de ces achats seule, et au vu du mélange de style et de couleur du bois, elle avait dû choisir les premières choses qu'elle avait vues et les faire livrer.

Tournant le dos à la porte, Wendy passa les doigts dans ses cheveux courts et entra dans sa chambre, à gauche. La vision de son lit avec ses oreillers empilés et sa couette moelleuse dans une housse bleu clair, sans un pli, souligna son épuisement.

Le lit se tenait devant la fenêtre, contre le mur opposé. La petite corbeille sous la table de chevet débordait d'autres dessins froissés de Peter et de l'arbre tordu.

Dans sa petite salle de bains, Wendy s'éclaboussa le visage et la nuque. Appuyée au lavabo, elle contempla son reflet dans l'armoire à pharmacie. Il n'avait rien de différent, sinon un visage un peu pâle. Des yeux trop grands, des cheveux trop cendrés pour briller, des épaules trop larges à cause de la natation. Ordinaire et sans intérêt, ce qui lui convenait.

Wendy enfila une chemise de nuit blanche. L'air sur sa peau moite la soulagea un peu de la chaleur.

Seul le dessus de sa commode aurait pu être qualifié de désordonné. De petits trésors ramassés au fil des années y étaient éparpillés. Il y avait une rangée de ses livres préférés, un phoque en peluche que sa grand-mère lui avait rapporté de San Francisco, un bonnet de piscine violet royal où la mascotte de son lycée, le *Fighting Fisherman*[2], était imprimée

2. Littéralement, le « pêcheur combattant ».

sur le côté, ainsi que ses médailles d'argent et de bronze dans un coin.

Wendy prit le bonnet de piscine pour le jeter dans son sac, révélant ainsi une petite boîte à bijoux. Elle marqua une pause.

Il s'agissait d'un coffret tout simple en vieux bois. Elle l'avait acheté plusieurs étés avant d'avoir perdu ses frères, dans l'une des petites boutiques de la côte. Elle s'en servait surtout de presse-livres, mais y mettait parfois quelques petits objets.

Elle l'ouvrit avec soin. Dedans, on trouvait un vieux collier de métal terni de mauvaise qualité qui sentait le cuivre. Quelques pièces de monnaie, un bout de quartz violet et, dans le coin, un gland.

Elle le sortit et le couvercle retomba dans un bruit sec. Elle fit tourner doucement le gland entre ses doigts. Il avait noirci avec le temps, et elle l'avait tant frotté que sa surface en était toute polie. La cupule, ou son petit chapeau comme elle l'appelait autrefois, avait séché et des bouts manquaient.

Quand le garde-forestier l'avait retrouvée cinq ans plus tôt, elle le tenait entre les mains. D'après les rapports de police, elle l'avait serré si fort que la petite pointe avait marqué sa paume.

Cela faisait bien longtemps qu'elle ne l'avait pas sorti de sa cachette. Avant, elle le tournait dans sa main tous les soirs avant de se coucher, cherchant un message caché ou une ouverture invisible qui révélerait un secret, lui parlerait de ces six mois. C'était tout ce qui lui restait de ce jour-là. Le reste, ses longs cheveux blonds, ses vêtements, avait été jeté pour de bon, mais elle s'était accrochée au gland.

En le posant avec soin entre ses mains, Wendy se dirigea vers son lit et s'écroula sur le dos. Elle s'enfonça dans la couette, qui l'enveloppa comme un nuage. Elle alluma la guirlande lumineuse qui encadrait la fenêtre au-dessus de la tête de lit. Les petites lumières déployèrent une lueur chaude au-dessus d'elle et du gland brillant.

Quelle journée désastreuse !

Personne n'aimait l'anniversaire de Wendy. Ni ses parents ni elle, parce qu'il leur remémorait la disparition de John et Michael. La seule bonne nouvelle, c'était qu'elle avait désormais 18 ans, qu'on était en été, et que deux mois plus tard, elle partirait à l'université. Loin des fantômes qui la hantaient.

Elle ne cessait de penser à Benjamin Lane et Ashley Ford. La police organiserait-elle des battues dans les bois à leur recherche, comme lors de sa disparition et celle de ses frères ? Ces disparitions pouvaient-elles être liées à ce qui leur était arrivé ?

Elle ne l'espérait pas. Et même, elle l'appréhendait. Wendy avait passé cinq ans à essayer d'échapper à cette ombre menaçante, tout ça pour qu'elle la dévore à nouveau.

Et puis il y avait Peter.

Ce garçon surgi des bois, inconscient au milieu de la route. N'était-ce qu'une étrange coïncidence ? Était-ce lié ? Avait-il été enlevé ? Avait-il échappé à quelqu'un avant qu'elle le découvre ? La tête renversée, elle contempla les petites lumières. Quand elle était plus jeune, sa mère lui avait raconté que ces guirlandes-fées surveillaient les enfants pendant leur sommeil et les protégeaient. Cette idée semblait ridicule désormais. Elle roula sur le côté, en continuant à jouer avec le gland.

Pourtant, elle les gardait allumées chaque soir. Elle refusait de dormir dans le noir, ou plutôt, elle ne pouvait pas. Jordan l'avait invitée à passer la nuit chez elle un jour, quelques mois après sa sortie de l'hôpital. Au moment d'éteindre la lumière, Wendy avait eu une telle crise de panique qu'elles avaient été toutes les deux assez terrifiées pour ne plus jamais recommencer.

Wendy frotta la joue contre son oreiller et remonta les jambes sous sa chemise de nuit. Peut-être qu'elle devrait retourner à l'hôpital et essayer à nouveau de parler à Peter. Peut-être qu'après une bonne nuit de sommeil, elle aurait les idées plus claires, elle verrait qu'il ne s'agissait que d'un garçon tout à fait ordinaire. Elle pressa le gland entre le pouce et l'index.

D'où viens-tu ? interrogea-t-elle. Elle le posa sur sa table de nuit et le contempla encore un peu avant de s'endormir enfin.

Le lendemain matin, Wendy remit le gland dans sa cachette, se lava les mains, se coiffa et descendit. Sa mère se trouvait dans la cuisine, assise à la petite table. Elle tenait entre les mains un mug blanc empli d'eau chaude, de citron et de miel, posé sur le set de table qui cachait les traits gravés dans le bois. Elle avait la tête basse et les yeux fermés. Elle rappelait les corps silencieux et repliés des gens dans les salles d'attente.

« Bonjour », dit Wendy. Sous ses pieds nus, les carreaux de la cuisine étaient frais.

Mme Darling soupira et leva la tête. « Bonjour. » Elle mélangea doucement le contenu de son mug avec une cuillère à café.

Wendy se pencha sur le comptoir. « Tu rentres tout juste ?

— Oui. » Sa mère se pinça l'arête du nez.

Wendy voulait l'interroger au sujet de Peter, s'il s'était réveillé, s'il avait dit quelque chose, mais elle n'en eut pas besoin.

« Ils ont perdu le garçon. »

Le sol se déroba sous les pieds de Wendy.

« Il est mort ?! s'exclama-t-elle.

— Non ! Il a disparu, corrigea vite Mme Darling. Il a dû s'échapper pendant la nuit. » Elle ferma les yeux et se frotta les tempes. « Personne ne sait comment. Un instant il était là, le suivant… »

Elle fit tourner ses poignets, les doigts repliés dans l'air.

Enfui. Disparu. Perdu.

Cette information consterna Wendy, la paniqua presque. Mais quelque chose en elle, quelque chose de très lâche, en fut soulagé.

« Est-ce qu'il a été kidnappé ? C'est pour ça qu'il était au milieu de la route ? Est-ce qu'on est sûr que quelqu'un ne l'a pas enlevé de l'hôpital ? »

Wendy enchaîna les questions, de multiples scénarios horrifiants défilaient dans sa tête.

« Non, rien de tel, répondit doucement sa mère. Ce qui est étrange, c'est qu'on n'a vu personne entrer ni sortir. Ils ont même consulté les caméras de surveillance. Rien. Comme s'il s'était évaporé. »

Les sourcils froncés, elle contempla sa tasse.

Voilà un événement bien étrange. L'hôpital n'était pas à la pointe de la technologie, mais l'une des caméras aurait dû le filmer en train de partir.

« Est-ce que… est-ce qu'il a dit quelque chose ? osa demander Wendy en se préparant à la réponse.

— Il s'est réveillé quelques heures après le sédatif, expliqua sa mère en pressant un autre quartier de citron dans sa boisson. Je ne l'ai pas vu, mais d'après les autres, il racontait des choses incompréhensibles, peut-être le contrecoup du sédatif… Il ne cessait de parler d'une ombre. » Son air renfrogné la vieillissait bien au-delà de son âge. « Je ne sais pas. Peut-être qu'il s'est juste perdu sur les chemins d'exploitation, qu'il était déshydraté et délirant… Ils ont fait venir quelqu'un de l'assistance sociale qui n'a rien obtenu de plus clair. » Elle garda un instant le silence avant de lever enfin les yeux vers Wendy. Son regard perçant la traversa de son intensité inquisitrice. « Et il n'a pas cessé de t'appeler.

— Ça n'a aucun sens », déclara Wendy, parce que c'était le cas.

Elle croisa les bras, les décroisa, les croisa à nouveau.

Mme Darling passa le bout du doigt sur sa lèvre inférieure en la scrutant le temps d'un silence.

« Est-ce que tu le connais ? demanda-t-elle enfin.

— Non, bien sûr que non ! » rétorqua-t-elle un peu trop violemment.

L'irritation lui mettait les nerfs à vif. Ce garçon mystérieux avait donné l'impression qu'ils se connaissaient alors que non, et surtout, il la faisait passer pour une menteuse. Et voilà qu'elle-même avait la sensation de mentir, comme si elle cachait quelque chose. Comment était-ce possible, puisqu'elle ne l'avait jamais vu ?

Et non, l'apparence *éventuelle* que donnait son imagination à un garçon inventé ne comptait pas !

« Ce n'est qu'un garçon sorti des bois, comment je pourrais le connaître ? »

Le désespoir commençait à remonter dans sa gorge. La dernière chose dont elle avait besoin, c'était que sa mère commence *elle aussi* à douter d'elle.

« Comment… »

Toc toc.

Wendy sursauta et elles se tournèrent vers la porte.

Mme Darling fronça les sourcils, mais se leva et alla ouvrir. Sous le porche se trouvaient un homme et une femme, tous les deux vêtus d'un costume-cravate.

« Mary Darling ? »

L'homme parla le premier, la main dans la poche de sa veste. Il était grand, les épaules larges.

Mme Darling replia les doigts sur la poignée. Wendy s'extirpa de son siège et se pencha pour voir derrière sa mère.

« J'ai dit à l'agent que nous irions au poste plus tard. Je dois…

— Je suis l'inspecteur James et voici ma partenaire, l'inspectrice Rowan. »

Wendy se crispa. Il tendit un badge, imité par la femme derrière lui. Il ne restait qu'une ombre de ses cheveux noirs rasés, ce qui mettait en relief chaque trait de son visage anguleux : ses pommettes marquées, ses yeux sombres et sa peau d'un marron profond. Elle regarda Wendy par-dessus l'épaule de Mme Darling sans changer d'expression.

« Des inspecteurs ? répéta Mme Darling, déroutée.

— Oui, madame, répondit-il. Nous appartenons au département du shérif de Clatsop County. Pouvons-nous entrer ? » Ses yeux noisette se portèrent sur Wendy. « Nous avons des questions à poser à votre fille. »

Wendy supplia mentalement sa mère de refuser et de les faire partir. Elle pourrait lui dire de leur interdire d'entrer, mais avait-on le choix avec des inspecteurs ?

À sa grande horreur, Mme Darling s'écarta et les laissa passer. Elle se dirigea vers sa fille et resta debout à côté d'elle, les bras croisés sur sa poitrine.

« Wendy ? » demanda l'inspecteur James.

Pourquoi poser la question, s'il le savait déjà ?

« Oui. »

Assise là, elle se sentait soudain toute petite.

L'inspectrice Rowan se tenait les mains croisées devant elle tandis que son partenaire sortait un carnet et un stylo de sa poche.

« Nous avons juste quelques questions, puis nous vous laisserons tranquille. »

Il lui adressa un sourire, mais c'était un de ces sourires factices, qui ne ridaient pas la peau autour des yeux. Il avait les cheveux bruns, une barbe de trois jours et une cicatrice qui traversait son sourcil gauche. Wendy se demanda d'où venait la blessure.

« OK. »

Ce n'était jamais aussi simple que ça.

« Nous avons déjà le rapport des secouristes et de la police, dit-il en parcourant au moins cinq pages de notes. Alors inutile d'en parler. Toutefois, nous devons savoir si vous connaissiez ce garçon, Peter ? »

Mais à part ça, pas de question répétitive...

« Non, je ne le connaissais pas. »

Devait-elle parler de lui au passé ou au présent ?

« Vous en êtes sûre ? insista-t-il, le stylo levé, en attente.

— Oui, certaine.

— Est-ce qu'il vous a rappelé quelqu'un ? » demanda cette fois l'inspectrice Rowan.

Wendy eut un temps d'arrêt. Personne n'avait jamais posé la question sous cette forme.

« Non », répondit-elle un peu trop tard.

Lui avait-il rappelé quelqu'un ? Oui, mais elle ne pouvait expliquer en quoi. On ne la croirait pas. Ça semblait impossible... Non, *c'était* impossible.

« Vous n'avez aucun souvenir de lui ? Il ne ressemblait pas à quelqu'un que vous avez déjà rencontré ? » continua l'inspectrice lentement, le ton égal.

Wendy se sentit prisonnière de son regard.

« Non. » Cette fois, elle avait répondu trop vite. « Je... » Elle ferma les yeux très fort pendant une seconde. « Non, je ne sais pas qui il est. »

L'inspecteur James consulta sa partenaire du regard. Wendy ne pouvait interpréter leurs pensées, mais ce genre de communication silencieuse résultait d'années de complicité. Elle comprenait, car si elle croisait le regard de Jordan à l'autre bout de la classe, elle savait exactement à quoi pensait sa meilleure amie.

L'inspecteur James se tourna à nouveau vers Wendy et sa mère. Il croisa les mains devant lui, sans lâcher le petit carnet et le stylo. Désormais, chacun reflétait l'autre. Deux hautes sentinelles qui la dévisageaient.

« Vos frères et vous avez disparu il y a environ cinq ans, n'est-ce pas, Wendy ? » demanda l'inspecteur James.

Mme Darling inspira vivement.

Les bras de Wendy furent parcourus de chair de poule.

Il l'avait dit avec tant de nonchalance, comme si Wendy ne croulait pas chaque jour sous le poids de cet événement. Comme s'il ne s'agissait pas d'une tache salissant son enfance, une malédiction familiale dont ils ne parlaient jamais.

Comme si ce n'était rien.

« Ou… oui, croassa Wendy.

— D'après les rapports de police de l'époque, vous, vos frères, John et Michael, et votre chienne avez disparu du jardin derrière la maison le 23 décembre. » L'inspecteur James parla lentement sans la quitter des yeux. « Vous aviez 12 ans, je crois, John 10 et Michael 7 ? » Il en faisait une question, mais de toute évidence, il connaissait tous les détails par cœur. Il n'avait pas regardé ses notes une seule fois. « Seule votre chienne est revenue ce jour-là, et ils ont trouvé du sang sur sa fourrure. »

Celui de Michael.

La nausée s'empara de Wendy.

Sa mère était immobile comme une statue, le visage presque aussi pâle.

« L'agent Smith nous a relaté qu'ils ont passé les chemins d'exploitation forestière et les bois au peigne fin, sans rien trouver. Du moins, jusqu'à six mois plus tard, lorsqu'un garde forestier vous a découverte dans les bois. D'après lui, vous vous teniez sous un arbre, la tête levée, immobile. » Sous son regard inflexible, elle se sentait paralysée. « Il a voulu vous faire bouger, mais vous n'avez pas réagi, alors il vous a portée et a appelé la police. »

L'inspecteur James consulta enfin son carnet.

Wendy avait l'impression de regarder un film. L'une de ces séries policières britanniques que sa mère aimait tant. Quel rapport avec Peter ?

Elle n'était pas assez courageuse pour poser la question.

« Vous aviez quelques coupures et des hématomes, mais aucune blessure majeure, continua l'inspecteur James en parcourant sans hâte les pages de ses notes, sans les lire. Les éléments les plus intéressants à prendre en compte sont les suivants : vous n'aviez aucun souvenir de ces six derniers mois, une partie de vos vêtements avait été recousue avec des matières naturelles originaires de climats tropicaux, introuvables en Oregon... » Il s'interrompit un instant. « Et vous aviez des traces du sang de vos frères sous les ongles. »

La vue de Wendy se brouilla. Elle se rendit à peine compte que des larmes brûlantes coulaient sur ses joues.

« Mademoiselle Darling, dit l'inspecteur James d'un ton bas, sérieux. Je suis navré, mais je dois à nouveau vous poser la question : avez-vous le moindre souvenir de ce qui vous est arrivé dans ces bois ? »

Un souffle étranglé se coinça dans la gorge de Wendy. Elle n'en avait aucun souvenir, mais ces événements, quels qu'ils soient, vivaient encore dans la moelle de ses os. Ils se cachaient entre ses côtes, se nichaient dans sa colonne vertébrale, s'éveillaient par moments. Son corps se rappelait ce dont son esprit était incapable.

Le menton de Wendy trembla, un mélange amer d'embarras et de peur lui tordait le ventre. Elle pressa les lèvres entre ses dents et perçut du sel sur sa langue. Elle aurait voulu lancer une remarque sarcastique, les rabrouer et les forcer à la laisser tranquille, mais rien d'intelligent ne lui venait.

Ce fut sa mère qui s'avança.

« De quoi s'agit-il exactement, inspecteurs ? »

Elle haussa la voix, mais la main qu'elle pressait contre sa poitrine trembla. Elle avait le visage crispé, presque grimaçant, comme si elle se préparait à l'impact. Qu'elle savait déjà ce qu'ils allaient lui dire.

L'inspecteur James récita comme un discours répété : « Lorsque les agents de police à qui vous avez parlé ont fait leur rapport, on a remarqué des liens entre votre fille, le lieu de l'incident et les dates. Des dossiers classés sans suite ont été ressortis et nous avons été convoqués. »

Dossiers classés sans suite. Wendy frissonna. Mme Darling n'ajouta rien.

« Madame Darling, dit-il plus bas. Les vêtements que portait ce garçon étaient de la même matière que celle prélevée sur les vêtements de Wendy il y a cinq ans. »

CHAPITRE QUATRE

LE TONNERRE

Wendy sentit quelque chose s'éveiller au plus profond de ses os. Ça avait commencé quand on l'avait trouvée dans les bois. Un tremblement incontrôlable. Pas de ceux qui se déclenchaient quand elle avait nagé trop fort, trop longtemps, ou le frisson qui vous parcourait après avoir joué dans l'eau glacée de la côte. Ce n'était même pas la terreur qui vous mettait à genoux. Cela venait du plus profond d'elle-même, une petite créature qui vivait dans sa poitrine et qui, dans un élan de folie, secouait ses côtes tels les barreaux d'une cage. Un tremblement paralysant.

C'était sa faute. Rien que sa faute. Wendy était l'aînée, elle était censée veiller sur John et Michael. Prendre soin d'eux. Et elle avait échoué. Elle était la seule à être revenue.

Ses frères étaient toujours portés disparus et c'était de sa faute. Tout le monde le savait : Wendy, ses parents, les habitants de la ville.

Elle aurait forcément pu les ramener d'une façon ou d'une autre. Pourquoi ne l'avait-elle pas fait ? Et pourquoi n'arrivait-elle pas à *se le rappeler* ?

Elle plia les doigts. Elle ne devait pas laisser le tremblement commencer, elle craignait qu'il ne s'arrête plus jamais.

« Vous comprenez, madame ? »

L'inspecteur James scrutait la mère de Wendy, mais elle restait immobile, les doigts contre le bas de sa gorge, à le dévisager.

L'inspectrice Rowan se tourna vers Wendy qui frissonna.

« Nous pensons que ce garçon, Peter, peut être en lien avec la disparition de Wendy », continua l'inspecteur James.

Wendy ne pouvait plus les regarder. Elle se concentra sur le fantôme arrondi d'une tache d'eau sur la table.

« Il est possible qu'il se soit échappé du lieu où vos enfants ont été emmenés. Il est possible que s'il connaît Wendy, alors il connaissait aussi John et Michael. »

Connaissait.

Elle n'aimait pas entendre le nom de ses frères dans la bouche de cet étranger.

« Nous croyons également qu'il pourrait être lié à la série de disparitions en ville, puisqu'elles sont arrivées près des bois. »

Le tremblement dans sa poitrine commença à remonter le long de sa colonne vertébrale. Wendy avait envie de crier, de hurler, de s'enfuir, ou peut-être juste d'exploser.

« Madame Darling ? »

Au moment où l'inspecteur James s'avança vers sa mère, la porte du bureau s'ouvrit d'un coup.

Le père de Wendy emplit entièrement le cadre. Il avait les cheveux poivre et sel, mais la moustache teinte. Son nez était large et bulbeux, son front creusé de rides profondes même lorsqu'il n'était pas renfrogné, ce qui, en toute franchise, arrivait peu. Il portait la même veste de costume qu'à son départ pour la banque la veille. Le tissu d'un noir terne était froissé, tout comme celui de sa chemise à rayures, et il n'avait pas de cravate.

Son visage était rubicond. Sous ses épais sourcils, ses petits yeux scrutèrent les deux inspecteurs tour à tour avant de parcourir son épouse silencieuse et d'enfin s'arrêter sur Wendy assise à la table. Il s'accrocha si fort à l'encadrement de bois qu'on entendit un petit grincement.

« Qui êtes-vous ? demanda-t-il de sa voix de stentor. Et qu'est-ce que vous faites chez moi ? »

L'inspectrice carra les épaules et regarda M. Darling en toute placidité pendant que l'inspecteur James faisait défiler rapidement les notes de son carnet.

« Euh... George Darling ? »

Le père de Wendy ne répondit pas.

« Je suis l'inspecteur James, voici l'inspectrice...

— Des inspecteurs ? » Les traits de son père se creusèrent encore plus. « Pourquoi est-ce qu'il y a deux inspecteurs chez moi ? »

Son attention se porta sur sa fille, pleine d'accusations.

Wendy rentra les épaules et se recroquevilla sur sa place. Elle avait déjà des ennuis. Ça ne promettait rien de bon.

« Il y a eu un incident hier soir...

— Quel incident ? »

L'inspecteur James relata à nouveau l'histoire. Wendy n'y accorda aucune attention. Elle ne voulait pas entendre ce qu'elle avait vécu la veille. Elle regarda plutôt sa mère, qui sembla sortir de sa transe.

Elle tira une chaise et s'assit. Sans un coup d'œil à Wendy, elle posa les coudes sur la table et pressa le visage dans ses mains. Un autre frisson parcourut Wendy. Peut-être qu'elles pensaient toutes les deux à la même chose.

Que plus personne n'avait l'espoir de retrouver John et Michael.

Les inspecteurs n'avaient pas abordé cette possibilité. Sa mère n'avait montré aucun signe de soulagement.

Wendy regarda ses mains, se rappela le sang sous ses ongles. Non. Personne d'autre ne s'attendait à les retrouver en vie, mais elle gardait espoir. Il y avait quelque chose en elle qui *savait* qu'ils avaient survécu. Un instinct primaire. Wendy ne croyait pas à grand-chose, mais à ça, oui, et elle se cramponnait fermement à cette foi, ils étaient là, quelque part, même si personne n'y croyait.

Soudain, elle ne supporta plus de continuer à écouter. Il fallait qu'elle sorte de là. Qu'elle prenne l'air et se vide la tête.

Elle s'écarta de la table et se leva. Elle se dirigea vers la porte, mais son père tendit d'un coup le bras, la montrant du doigt.

« Où crois-tu aller comme ça ? »

Tout le monde la dévisageait à nouveau.

Elle croisa les bras pour cacher ses mains tremblantes.

« Chez Jordan », croassa-t-elle.

Le regard de son père la transperça.

« Tu ne vas nulle part ailleurs. »

Elle acquiesça et sortit en courant.

Elle voulait partir de là et rejoindre son amie. La seule personne vers qui elle pouvait se tourner. La seule qui ne doutait jamais d'elle, ne la remettait jamais en question. Contrairement à tous, elle écoutait ce que Wendy avait à lui dire et la croyait.

« Wendy, est-ce que ça va ? »

Cette voix soudaine la fit sursauter. Elle se tourna vers son voisin, Donald Davies, qui ramassait son journal sur son perron, dans une robe de chambre rouge foncé. Il s'agissait d'un homme grand et mince qui, lorsqu'il n'était pas en costume, ne portait que des chemises en flanelle de diverses teintes de rouge. Il avait les cheveux bruns et bouclés et une épaisse barbe brune. Il travaillait à la même banque que son père. Wendy gardait ses fils, Joel, 10 ans, et Matthew, 7, depuis des années. Il lui donnait toujours un énorme pourboire, et chaque fois qu'elle essayait de le lui rendre, il insistait pour qu'elle le garde pour l'université.

« Bonjour, monsieur Davies », dit-elle en essayant de maîtriser sa voix.

Elle jeta un coup d'œil au journal qu'il tenait. La photo d'Ashley Ford lui souriait depuis la première page. M. Davies descendit les marches de son perron.

« Tout va bien ? » répéta-t-il.

Elle devait faire une de ces têtes ! Elle devait donner l'impression d'avoir vu un fantôme. Tout pâle, M. Davies ne cessait de regarder la voiture de police garée devant leur maison. Il serra le journal entre ses mains.

Wendy se força à sourire.

« Oui, ça va, dit-elle en reprenant son chemin. Il faut que j'y aille, je dois retrouver Jordan et je suis en retard. »

Il cligna des yeux de surprise. D'habitude, Wendy était une bonne voisine. Elle s'arrêtait et discutait avec lui si elle avait le temps. Mais à cet instant, elle n'en avait pas l'énergie.

Sa tête grésillait. Il fallait que tout ralentisse, pour que ses pensées rattrapent les événements. Elle étouffait dans sa propre peau. Elle voulait partir. S'enfuir. Qu'on cesse de la dévisager et de chuchoter quand elle arrivait en ville. Elle ne voulait pas faire mine que tout allait bien.

Mais Wendy refusait de se laisser aller à pleurer. Elle avait mis si longtemps à tout barricader, la dernière fois. Elle n'y arriverait plus.

Les six mois qui s'étaient écoulés entre sa disparition dans les bois et le moment où elle avait été retrouvée formaient un trou noir dans sa tête. Quand elle se trouvait à l'hôpital, les médecins l'avaient poussée à insister, à secouer et à creuser pour surmonter son amnésie, en vain.

C'était loin d'être de la mauvaise volonté ! Si elle se rappelait ce qui s'était passé, alors on lui rendrait ses frères. Les secrets qui permettraient de les retrouver résidaient dans ces souvenirs perdus.

Il ne lui restait que des cauchemars dont elle s'était réveillée en hurlant à l'hôpital, des fantômes d'images dans leur sillage. Des arbres, le sourire de Michael, les chaussures de John, des fous rires, et deux yeux comme des étoiles.

CHAPITRE CINQ

LES ARROYO

La porte du garage des Arroyo était ouverte, dévoilant des étagères et des pièces de voiture. Il y avait deux véhicules. L'un appartenait à Jordan, une berline cabossée au capot rouillé qui s'intégrait bien dans les mécanismes graisseux tout autour. Quant à l'autre, il s'agissait de la plus belle œuvre de M. Arroyo, toute d'argent, à la silhouette épurée. Chaque fois que Wendy avait des problèmes mécaniques, Jordan et son père lui venaient en aide. Elle aurait besoin de leurs services pour réparer son capot enfoncé et son pare-brise griffé, mais pour le moment, il y avait des sujets bien plus urgents.

Elle courut à moitié jusqu'au perron et sonna. Sa gorge était serrée à l'en étrangler.

Jordan ouvrit la porte, pieds nus, en jogging gris. Elle tendait un bras au-dessus de sa tête pour se gratter le dos, remontant par la même occasion le bas de son T-shirt de la Croix-Rouge délavé. Wendy se levait toujours tôt, vacances d'été et week-ends de l'année scolaire compris, tandis que Jordan avait le rythme d'un chat domestique très paresseux. Un bout de tartine dépassait de sa bouche étirée en un léger sourire. Ses bouclettes brunes bien serrées encadraient son visage en forme de cœur.

« Salut, toi... » Elle s'interrompit et fronça les sourcils dès qu'elle regarda mieux Wendy.

Cette dernière se balança sur la pointe des pieds en se tordant les mains.

Jordan laissa retomber son bras.

« Qu'est-ce qui ne va pas ? » demanda-t-elle, la bouche pleine.

Wendy ouvrit la sienne, mais rien n'en sortit. Elle sentit sa lèvre inférieure trembler.

D'un geste fluide, Jordan l'entraîna à l'intérieur. Elles traversèrent vite l'entrée et passèrent devant la cuisine. Jordan jeta le reste de sa tartine sur le comptoir. Wendy entendit M. Arroyo s'exclamer : « *¡ Ay, Jordan ! ¿ Qué haces ?* » Elle l'aperçut en train de ramasser le morceau de toast humide, puis de le jeter dans la poubelle d'un air grognon.

« Désolée ! » Jordan se plaça de façon à cacher Wendy. « Wendy vient d'arriver. On va dans ma chambre, annonça-t-elle d'un ton détendu.

— Oh, d'accord, très bien. Bonjour, Wendy », dit M. Arroyo distraitement, tout en essuyant le beurre fondu à l'aide d'un torchon.

Jordan poussa Wendy dans le couloir avant même qu'elle tente de répondre. Il était décoré de photos de Jordan et son père au fil du temps, tout souriants, à la pêche, en train de camper ou à des matchs de foot. Il y en avait même quelques-unes de Mme Arroyo, décédée quand Jordan était bébé.

Chez Wendy, il n'y avait rien d'équivalent. Les murs étaient en majorité nus, à l'exception de quelques reproductions de tableaux de Monet que sa mère avait achetées des siècles plus tôt. Le temps avait délavé les couleurs autrefois vives en nuances de bleu pâle.

Wendy entra dans la chambre de Jordan qui ferma la porte derrière elle. Les quatre murs étaient de très mauvais goût, tout noir, rouge et violet. Il y avait des drapeaux et des affiches des Thorns de Portland, l'équipe de foot préférée de Jordan, écarlate et noir. Ses médailles étaient pendues à des rubans violets. Comme toujours, le reste de sa chambre était un bazar absolu. Un tas de vêtements traînaient dans un coin et des magazines, des trophées et de vrais déchets jonchaient toutes les surfaces.

Mais il y avait aussi une fenêtre par laquelle passait la plus belle des lumières et une couette bleu d'eau. Des photos de ses amies et elle étaient collées sur sa tête de lit. Plusieurs incluant Wendy. Sur la plupart, elle grimaçait, alors que Jordan, un bras autour d'elle, adressait un sourire rayonnant à l'appareil photo.

Wendy s'assit sur le bord du lit. Jordan tira sa chaise de bureau, poussa la pile de chaussures et s'installa en face d'elle. Elle se pencha et posa une main sur l'avant-bras de son amie.

« Qu'est-ce qui s'est passé ? »

Wendy sentit la panique remonter dans sa gorge. Elle s'humecta les lèvres et prit une profonde inspiration avant de tout raconter à Jordan.

Cette dernière l'écouta intensément, les coins de la bouche abaissés. Elle haussa les sourcils de temps en temps, sans l'interrompre une seule fois.

Quand Wendy arriva aux événements de la matinée, les mots lui manquèrent.

« Et les inspecteurs ont dit... Ils ont dit qu'il était peut-être avec nous, alors peut-être qu'il sait quelque chose ? » Wendy se frotta les bras en essayant de chasser les frissons. « Peut-être qu'il sait où sont mes frères ? »

Un silence s'instaura. Jordan s'enfonça dans son siège et relâcha son souffle. Wendy tenta de calmer sa respiration, mais ça ne fit qu'empirer les choses.

« Quel âge a-t-il ? demanda Jordan.

— Je ne sais pas. Il était à peu près de ma taille, mais plus jeune que nous… Peut-être en troisième ? »

Wendy pressa le pouce contre sa paume tandis que Jordan hochait la tête. Si ce garçon avait environ l'âge des enfants Darling au moment de leur disparition, peut-être qu'il y avait un lien.

« Et tu ne l'as pas reconnu ? »

À nouveau, cette question fit battre son cœur plus fort. Impossible d'avouer qu'elle pensait qu'il s'agissait de Peter Pan. Jordan, la seule du collège à avoir cru qu'elle avait perdu la mémoire, n'avait jamais insisté ou douté de ses paroles. Mais même sa meilleure amie n'avalerait pas un truc pareil. Non, Wendy ne pouvait rien lui dire, pas alors que c'était totalement impossible.

Elle secoua la tête.

« Et ils ne l'ont pas retrouvé ? interrogea Jordan en se passant une main dans les cheveux.

— Pas que je sache… mais je… je ne…

— Tu ne veux pas qu'ils y arrivent ?

— Si ! » Wendy secoua la tête. « Ce n'est pas ça. S'il a des informations, alors oui, je veux que la police le sache pour qu'on retrouve mes frères. » Elle avait du mal à croiser le regard attentif de son amie. « C'est la première fois en cinq ans que nous avons la moindre nouvelle information, le moindre espoir de les retrouver. Mais c'est… c'est quand même…

— Terrifiant », termina Jordan tout doucement.

Wendy acquiesça.

Les sourcils froncés, Jordan regarda le mur derrière Wendy. Elle avait été présente avant, pendant et après la disparition. Lorsque Wendy avait enfin eu la permission de rentrer chez elle, Jordan avait été la seule du collège à lui rendre visite. Elle s'était comportée comme si de rien n'était. Durant des années, elles avaient refusé d'aller dans le jardin, toutefois elles jouaient à des jeux de société et faisaient des puzzles dans le séjour.

Parfois, M. Arroyo les laissait même jouer au ballon dans la maison, tant qu'il était en mousse et ne pouvait faire trop de dommages.

Une ou deux fois, quand Wendy était encore à l'hôpital, M. Arroyo et Jordan avaient tenté de lui rendre visite. Les médecins avaient expliqué que son état était trop « fragile » et qu'on ne devait pas prendre le risque de déclencher une crise de détresse émotionnelle.

Depuis, Wendy éprouvait une immense reconnaissance envers les Arroyo. Elle avait tant de chance de les avoir et devait tant à l'amitié de Jordan. Alors, elle était terrifiée à l'idée de la perdre.

« Je ne peux pas revivre tout ça », lâcha-t-elle.

Jordan lui pressa le bras. « Bien sûr que non.

— Et si… ?

— Tu ne dois pas y penser, Wendy.

— Mais…

— Ça n'arrivera pas. » Sa voix était ferme. Pas le tremblement de terre de son père, plutôt la solidité de la pierre. Ses mains stabilisèrent Wendy. « Personne ne t'emmènera nulle part. Tout ira bien. Rien n'a…

— Changé ? demanda Wendy, pleine de colère sans aucune cible contre laquelle se défouler. Après tout ça, comment veux-tu que rien ne change ? Comment suis-je censée aller de l'avant ? Je veux juste… » Elle serra les poings. « J'ai juste envie de m'enfuir. Je veux partir d'ici !

— Je sais. » Sans perdre son calme, Jordan la taquina gentiment. « Au Pays imaginaire, c'est ça ? »

Wendy lâcha un rire exaspéré. Si elle savait !

« La bonne nouvelle, c'est que tu vas pouvoir t'enfuir, on va le pouvoir toutes les deux ! continua Jordan en se frappant les cuisses. À l'université ! Ce n'est pas une île magique dans les étoiles, mais il y aura de la nourriture de cantine dégueu, des piscines olympiques et plein d'étudiants sexy. » Jordan sourit, mais Wendy réussit à peine à relever le coin des lèvres. « On va pouvoir décorer nos chambres, se coucher beaucoup trop tard et boire des tonnes de café pendant qu'on se prépare à la fac de médecine…

— L'école de soins infirmiers », corrigea Wendy.

Ça faisait deux ans que Jordan essayait de la convaincre d'étudier la médecine, mais Wendy voulait être infirmière. Elle voulait aider les gens, toutefois l'idée de devenir médecin et de sauver la vie de patients ? C'était trop de responsabilité.

Jordan fit la sourde oreille. « Ce que je veux dire, c'est qu'on peut faire ce qu'on veut. On peut recommencer à zéro. On doit juste survivre aux deux prochains mois. » Elle serra fort les bras de Wendy. « D'accord ? »

L'université. Le phare dans la nuit, la lumière au bout du tunnel, ne cessait-elle de se dire. Elle devait juste tenir le coup jusque-là, et elle serait libérée. Mais en attendant ?

« Ça, ça ne changera pas, malgré tout ce qui se passe, lui assura Jordan comme si elle lisait dans ses pensées.

— Les gens comme moi n'ont pas le droit de vivre normalement, Jordan. »

Un mantra qu'elle se répétait tout le temps, en boucle. Mais c'était la première fois qu'elle l'exprimait à voix haute. Elle savait qu'elle généralisait, que c'était injuste. Cette ville lui donnait pourtant l'impression que quelque chose clochait chez elle. Et que c'était contagieux.

Wendy détourna le regard lorsque la pitié menaça de dominer l'expression de son amie. D'habitude, elle la cachait bien mieux.

« Tout ira bien. »

Jordan était si sûre d'elle.

Wendy haussa les épaules. Elle n'y croyait pas, toutefois elle ne s'était pas sentie aussi calme depuis qu'elle avait sorti son pick-up de la route.

« Tu as faim ? Il y a une tartine froide, à moitié mangée, qu'on peut partager », proposa Jordan avec une sincérité feinte.

Wendy leva les yeux au ciel et essaya de rire alors qu'elle se sentait écrasée. Sourire lui demandait beaucoup trop d'énergie.

« Tu es dégoûtante », dit-elle en poussant l'épaule de Jordan.

Son amie rit et tira affectueusement sur une de ses mèches blondes.

« Le monde est à toi, Wendy, d'accord ?

— Si tu le dis. »

CHAPITRE SIX

RÊVES

Wendy passa la majorité de la journée chez les Arroyo. Jordan savait comment emplir les vides et lui changer les idées. Elles parlèrent de l'université et de leurs projets d'été. Lorsque Wendy se taisait et se perdait dans ses pensées, Jordan la ramenait. Elles firent même des muffins aux mûres ramassées dans le jardin. Plus tard, elle déposa Wendy à l'hôpital. Celle-ci avait demandé la permission à son père, puisqu'elle devait récupérer son pick-up.

Une fois rentrée chez elle, Wendy retira ses sandales à la porte. La moquette marron élimée offrait un contraste décevant avec la beige bien moelleuse des Arroyo.

Son père était assis à la table du séjour, dos à elle. Les informations défilaient à la télévision. Une journaliste parlait sur le côté de l'écran, mais le volume était trop bas pour comprendre ce qu'elle disait.

Les visages d'Ashley Ford et Benjamin Lane apparaissaient en gros plan. Ces photos où ils souriaient lui donnaient la nausée. Elle se rappelait très bien ces mêmes photos scolaires qui avaient servi lorsque ses frères et elle avaient disparu. Wendy portait un chemisier blanc à fleurs bleues. John, lui, avait une chemise blanche, les cheveux parfaitement coiffés sur le côté, les yeux agrandis par ses lunettes. Quant à Michael, il était complètement débraillé. Sa chemise sortait de son pantalon et un bouton était défait.

Même après que Wendy avait été retrouvée, sa photo avait continué à défiler avec celle de ses frères, avec l'explication détaillée de ce qu'on savait et ce qu'on ignorait. À 13 ans, elle n'avait pas supporté de voir ses frères comme ça. Au bout de quelques crises de sanglots incontrôlables, ses parents lui avaient interdit de regarder les informations. Mais parfois, sa mère ne l'entendait pas descendre et Wendy apercevait des images avant qu'elle ne change vite de chaîne.

Elle s'arracha à l'écran.

Elle se tourna vers son père et soupira intérieurement. Elle ne voulait vraiment pas se faire crier dessus ou sermonner, quoi que ses épaules crispées présagent. Bon, plus vite elle en aurait fini, plus vite elle pourrait monter dans sa chambre... Elle se prépara au pire et le rejoignit.

M. Darling tenait très fort un mug à moitié plein de café. Le logo bleu de sa banque était imprimé sur le côté.

« Où est maman ? demanda prudemment Wendy.

— Elle s'est couchée. »

Il ne leva pas les yeux, elle acquiesça quand même. Après tous ces événements, sa mère devait avoir particulièrement besoin de repos.

Quant à elle, elle n'aurait pas dit non à l'équivalent de cinq ans de sommeil réparateur.

« Tu connais ce garçon ? »

Le regard perçant de son père se focalisa sur elle. La question secoua Wendy, mais bien sûr, elle l'avait vue arriver.

« Non.

— Tu l'as juste trouvé sur la route ? »

Il haussa un sourcil épais.

« Je l'ai juste trouvé sur la route, répéta-t-elle avec un soupir.

— Mmh. »

Son père poussa un grognement et prit une gorgée de son café. Quand Wendy était plus jeune, il le sucrait tellement avec de la crème de noisette que ses frères et elle se battaient pour en avoir une gorgée.

Wendy changea de pied d'appui.

« Si tu le revois… » Il leva la main et la montra du doigt. Même lorsqu'il était assis, il arrivait très bien à la faire se sentir toute petite. « Tu appelles la police et tu me le dis tout de suite, compris ? » Sa voix se répercuta contre les murs.

Wendy acquiesça. « D'accord. »

Il baissa la main. « Après-demain, je commence tard, alors je t'emmènerai parler à ces inspecteurs. »

Ça ne servait à rien de protester, elle n'avait de toute façon pas le choix, alors elle acquiesça à nouveau.

M. Darling se leva de son siège et entra dans son bureau. Il ferma la porte et, un instant plus tard, Wendy entendit du verre tinter.

Elle monta à l'étage d'un pas lourd, appréhendant ce que le lendemain lui réservait.

Sur le palier, elle marqua l'arrêt devant la porte de son ancienne chambre.

Ce n'était pas nouveau. Elle passait devant tous les jours, pourtant quelque chose la fit s'arrêter. Elle ne savait pas ce qu'elle attendait, néanmoins son regard restait fixé sur le bouton de porte. Elle tendit la main et posa doucement les doigts sur le cuivre froid, vieilli.

Le lit superposé de ses frères se trouvait-il toujours contre le mur droit ? John, en bas, le faisait toujours très bien, son deuxième geste du matin, après avoir mis ses lunettes. Wendy se rappela ses cheveux rebiquant derrière, ses paupières à peine ouvertes tandis qu'il longeait son lit en rentrant les coins.

Quant à Michael, il ne le faisait jamais, ce qui irritait profondément son frère. Il dormait toujours avec ses chaussettes, au cas où un de ses pieds sorte de la couette la nuit. Tout le monde savait qu'une jambe nue courait le risque d'être dévorée par un monstre.

Wendy était responsable de cette peur : le début d'une histoire qu'elle avait racontée à ses frères un soir. Michael se réveillait toujours avec une chaussette manquante, ce qui ne faisait que perpétuer le mythe. À tel point que même l'été, quand la chaleur empoissait la chambre et que Wendy et John dormaient sur leurs draps, en sous-vêtements, Michael se roulait toujours en boule sous sa couette, les chaussettes bien en place.

Wendy n'aurait su dire depuis combien de temps elle se tenait là lorsqu'un petit bruit la sortit de sa transe. Elle retira la main et recula d'un pas. Elle n'avait pas remarqué qu'elle s'était mise sur la pointe des pieds comme un oiseau prêt à s'envoler. Elle pressa les mains sur sa poitrine, la sentit se soulever et redescendre au rythme des longues inspirations qu'elle prenait pour se calmer.

Elle entendit à nouveau ce bruit, mais il ne venait pas de la porte devant elle.

Cette fois, elle reconnut un chuchotement.

Son cœur se serra douloureusement. Elle se pencha pour regarder au coin, au bout du couloir qui menait à la chambre de ses parents. Les lumières étaient éteintes, le petit interstice au bas de la porte était plongé dans le noir.

Wendy frôla le mur en traversant le couloir à pas de loup, là où elle risquait le moins de marcher sur une latte grinçante. Elle l'avait fait si souvent qu'elle savait comment atteindre la porte de ses parents sans se faire prendre.

Agrippée au montant, elle se recroquevilla contre le mur et pressa l'oreille contre la porte. Elle ferma les paupières et tenta de ralentir sa respiration, guettant le moindre bruit.

Elle se pressa encore plus près en espérant du plus profond d'elle-même que ça n'avait été que le vent, bien qu'il s'agît d'une journée humide, sans brise, de mi-juin.

« Mes petits garçons… »

Wendy ferma plus fort encore les paupières.

La voix de sa mère avait quelque chose de chantant. Une mélodie que Wendy n'entendait plus, qui s'était perdue dans les bois avec ses frères. Désormais, elle n'échappait à sa mère que dans son sommeil.

« Vous me manquez si fort… »

Une nuit, pas plus d'une semaine après le déménagement de Wendy dans sa nouvelle chambre, elle était descendue prendre un verre de lait. À son retour, elle avait cru entendre la voix de Michael dans la chambre de ses parents. À ce son, elle avait lâché son verre qui était tombé avec un bruit sourd sur la moquette et couru sur la pointe des pieds jusqu'à la porte de ses parents. Elle avait pressé l'oreille contre le battant. Sa mère disait : « Mes petits garçons. »

Puis Wendy avait entendu la voix de John. Elle n'arrivait pas à savoir ce qu'il disait, mais c'était lui. C'était John et Michael, de l'autre côté de la porte.

Wendy l'avait ouverte en grand. La chambre était plongée dans le noir. Par la fenêtre ouverte, les rayons de la lune éclairaient la forme endormie de sa mère. Elle était couchée sur le côté, une main au-dessus de la tête, ses cheveux châtains rassemblés en volutes sur son oreiller. Ses doigts délicats semblaient se tendre vers quelque chose.

Perdue, Wendy avait regardé autour d'elle. Elle avait entendu ses frères, pourtant ils n'étaient pas là. Elle avait cherché derrière la porte, il n'y avait personne. Elle s'était approchée sans bruit de sa mère.

Ses paupières étaient fermées, ses cils déployés sur les cernes sous ses yeux. Les lèvres écartées, elle disait, la mélodie dans sa voix disparaissant déjà : « Revenez, je vous en prie… »

Wendy avait alors découvert que sa mère parlait à ses frères disparus dans son sommeil. Elle avait dû imaginer leurs voix. Ça n'avait été que le murmure de sa mère, quelque part entre le sommeil et le réveil, s'adressant à des absents qui ne reviendraient peut-être jamais.

Quand M. Darling était rentré, il avait trouvé Wendy dans l'escalier. Elle pleurait, le col de sa chemise de nuit assombri par les larmes, tout en épongeant le lait renversé.

Il lui avait doucement pris la serpillière sans un mot, l'avait soulevée dans ses bras et portée à son nouveau lit. Il avait allumé la guirlande électrique et l'avait caressée dans le dos jusqu'à ce que ses sanglots se calment et qu'elle s'endorme d'épuisement.

Wendy se laissa glisser par terre. Ses joues étaient trempées, et son nez coula sur sa main pressée contre sa bouche.

Petit à petit, sa mère avait arrêté de parler dans son sommeil. Ça faisait des années que ce n'était pas arrivé, et voilà que ça recommençait. Wendy inspira à grandes goulées avant de se mettre à genoux et de cacher la tête dedans.

« Faites de beaux rêves, mes chéris », prononça la voix tendre de sa mère. Puis le silence se fit, il ne restait que Wendy, recroquevillée par terre, qui tentait de ravaler la boule dans sa gorge.

Elle suait à grosses gouttes, elle avait mal à la tête. Il lui fallait de l'air frais. Il fallait qu'elle sorte de la maison, loin des paroles de sa mère et de ce sentiment horrifiant d'être prisonnière.

Wendy se leva, descendit l'escalier quatre à quatre et traversa la cuisine. Elle ouvrit d'un coup la porte vitrée et se précipita dans le jardin.

L'adrénaline lui courait dans les veines et battait dans sa poitrine. Les chaînes grincèrent lorsqu'elle poussa les balançoires et passa sous le portique abandonné. Elle était comme prisonnière d'un cauchemar. Les secrets et les souvenirs terrifiants auxquels elle essayait d'échapper la rattrapaient.

Wendy courut, ses pieds étaient prêts à l'emporter n'importe où, à fuir, mais elle s'était dirigée vers une impasse.

L'élan de panique ne l'avait portée que sur une courte distance, interrompu par une barrière délabrée face aux bois. Le soleil venait de se coucher, baignant tout d'une lueur orangée, même le vert brillant des arbres.

Si elle avait été plus courageuse, elle aurait sauté la petite barrière et continué sa course. Mais elle ne pouvait se forcer à entrer dans les bois.

Elle se plia en deux, les coudes sur les cuisses et, haletante, elle contempla ses pieds nus et sales. L'odeur des pins et de l'air estival lourd emplissait ses poumons.

Peut-être qu'elle devrait retourner chez Jordan. Laisser un mot à ses parents et y passer la nuit. Peut-être que la présence de son amie apaiserait son angoisse et retiendrait tous les souvenirs qui sortaient des bois.

Si elle arrivait à prendre sur elle et se calmer, ses pensées ne partiraient plus en vrille. Elle se sentait de plus en plus mal avec ce sentiment de catastrophe imminente, de peur inéluctable, et un épuisement que nul sommeil ne réparerait.

Peut-être…

« Wendy ? »

Elle leva la tête d'un coup.

Il se tenait là, comme s'il s'était matérialisé dans les feuilles mortes.

Peter.

Impossible d'échapper à ses yeux, ils l'emprisonnèrent d'un coup. Ils étaient d'un bleu si intense. Les éclats lumineux, cosmiques, ne devaient rien au jeu des lumières fluorescentes de l'hôpital. Elle les voyait aussi clairement qu'en plein jour.

Il était perché sur la barrière, une jambe dans le vide. Son pied nu flottait à quelques centimètres du sol. La position de quelqu'un qui essayait de ne pas effrayer un oiseau.

« Wendy, pourquoi tu pleures ? » demanda-t-il doucement.

Sa voix était si familière, comme si elle l'avait toujours connue.

Elle voulait croire qu'il s'agissait vraiment de lui, mais son corps réagit comme face à un danger. Un animal sauvage, une créature appartenant aux bois dont elle avait si peur.

Wendy cligna des paupières pour éclaircir sa vision. Un appel au secours monta de ses poumons sans réussir à s'échapper. Ses bras pendaient, lourds et inutiles.

Peter sauta par terre, avec une telle légèreté qu'elle ne l'entendit même pas, même si un bourdonnement grandissait dans ses oreilles. Il tendit les mains de chaque côté, les paumes ouvertes en signe de paix.

Wendy recula d'un pas. « Non, arrête, fut tout ce qu'elle réussit à dire.

— Qu'est-ce qui ne va pas ? »

Ses yeux lumineux scrutaient son visage. Ce pli entre ses sourcils était de retour.

Wendy poussa un cri étranglé entre le rire et les larmes. C'était impossible ! Elle devait partir d'ici. Ça ne pouvait être Peter Pan. C'était un inconnu lié à bien trop de ses cauchemars.

Et si les inspecteurs avaient raison ? Et s'ils avaient été ensemble, pendant ces six mois disparus ?

Il fit un pas vers elle.

« Pitié, non. »

Elle trébucha sur ses pieds en essayant de reculer. Il se trouvait désormais juste devant elle. Wendy tenta de s'enfuir et se cogna contre quelque chose de dur. Avant de perdre connaissance, elle entendit le cliquetis des balançoires et sentit des bras qui la rattrapaient.

CHAPITRE SEPT

LES CRIQUETS

Wendy remarqua d'abord le bruit de bois qu'on brisait. Il lui vrilla les tympans et la força à reprendre connaissance. L'air sentait le bois humide et la terre poussiéreuse. De la fumée lui picotait le nez. Elle avait chaud et quelque chose de dur lui rentrait dans le dos. Elle bougea et gémit lorsqu'une douleur dans sa tempe la tirailla. Elle roula sur le côté, ce qui déclencha une symphonie métallique sous elle.

Elle ne se trouvait pas dans son lit.

Wendy ouvrit les paupières. Deux yeux bleus la regardaient, à moins de trente centimètres au-dessus d'elle. Des images de la forêt, de l'hôpital, de ses parents et des inspecteurs défilèrent dans sa tête.

Peter esquissa un sourire qui lui creusa des fossettes. Ses yeux pétillèrent d'amusement.

« Salut. »

Wendy le frappa en plein visage.

Peter cria et recula en titubant. Il percuta une table et un bocal se renversa.

Wendy tenta de reculer précipitamment, mais le matelas trop mou glissa sous elle et la renvoya contre le mur. Sa jambe droite tomba entre les ressorts. Elle tira, mais ils se refermèrent douloureusement autour de sa cheville.

« Ne me touche pas ! » gronda-t-elle.

Elle fit de son mieux pour se rendre intimidante, alors qu'elle était en proie à la terreur.

Cela dut fonctionner, car Peter recula très loin, sous le choc et même un peu effrayé.

« C'est toi qui m'as frappé ! » s'indigna-t-il en se frottant la mâchoire.

Elle tenta de se libérer pour s'échapper, mais les ressorts ne firent que se resserrer sur sa jambe. Elle siffla de douleur.

« Pourquoi tu m'as enlevée ? Où est-ce que je suis ? »

Durant les quelques secondes qu'il mit à lui répondre, son imagination s'emballa, emportée par d'innombrables scénarios plus terribles les uns que les autres.

« Je ne t'ai pas enlevée ! Tu t'es assommée sur le portique à balançoires, alors je t'ai amenée jusqu'ici ! »

Il donna des petits coups le long de son visage, une paupière fermée en grimaçant.

Wendy fit rapidement le tour de la pièce du regard, essayant de comprendre où elle se trouvait tout en gardant un œil sur Peter.

La seule lumière provenait d'une lampe à huile cabossée pendue à un crochet. Elle repéra la fenêtre bancale, découpée dans la paroi. De l'autre côté de la vitre couverte de saleté, il faisait complètement noir.

La nuit.

Elle se trouvait dans une petite structure de rondins. Le toit était affaissé et il y avait un autre lit de camp sale en face, semblable à celui qui l'emprisonnait. Des bouteilles de bière poussiéreuses étaient éparpillées sur le plancher. Une tête de chevreuil moisissante était accrochée au-dessus d'un vieux support à fusil vide.

« Une cabane de chasse », comprit soudain Wendy avec un gémissement.

Kidnappée. Elle avait été kidnappée et emmenée dans une cabane de chasse au milieu des bois. Est-ce qu'il allait... ?

« Tu te bats beaucoup mieux, lui dit Peter d'un ton égal, les poings sur les hanches. Qui t'a appris à frapper comme ça ? »

Debout au milieu d'un décor tiré d'un roman d'horreur, Peter semblait bizarrement... normal.

Elle s'était à moitié attendue à ce qu'à leur rencontre suivante, il vole en brandissant une épée de pirates. Elle se sentait d'autant plus ridicule. Bien sûr que non, ce n'était pas Peter Pan. Rien qu'un garçon normal, pas un être magique tiré d'un conte.

Ses vêtements n'avaient rien d'étrange, toutefois ils étaient bien trop grands. Une corde à nœuds retenait le bermuda et le T-shirt au col effiloché pendait de ses épaules. Ses vêtements étaient tout sales.

Wendy secoua la tête. Elle refusait de se laisser influencer par un sentiment de sécurité factice, par ce garçon qui l'avait emmenée dans une cabane de chasse au milieu des bois.

« Est-ce que tu vas me tuer ? » lâcha-t-elle d'un coup.

Il cligna des paupières. « Quoi ?

— Est-ce que tu vas me tuer ? » répéta-t-elle.

Du sang chaud, visqueux, coulait sur son mollet. Elle avait vu cette scène dans au moins une douzaine de films. Elle disparaîtrait, sa photo serait diffusée dans tout le pays, ses parents revivraient cette torture...

Peter éclata de rire, mais ses sourcils étaient toujours froncés d'incompréhension.

« Je... Quoi... Wendy, pourquoi je te tuerais ? demanda-t-il en faisant un pas vers elle.

— STOP ! »

Elle brandit la main, les doigts écartés, comme si elle arriverait à le retenir, coincée dans ce vieux lit de camp décrépit. Elle fut surprise qu'il s'arrête vraiment, l'air encore plus perdu.

Sa carrure n'avait rien de très impressionnant, mais sa fine silhouette apparaissait tout de même musclée. Wendy posa sa main libre sur son front et tenta de se calmer.

« S'il te plaît, arrête.

— Arrêter quoi ? » Peter se toucha à nouveau la joue. « Je ne fais rien ! Wendy…

— Arrête… Arrête de m'appeler Wendy ! »

Elle parcourut à nouveau la pièce du regard. La porte était la seule sortie, et de l'autre côté se trouvaient les bois. Qui savait jusqu'où il l'avait emmenée, à quelle distance elle se trouvait de chez elle ?

Peter haussa un sourcil.

« Tu… ne veux pas que je t'appelle par ton prénom ? dit-il avec lenteur.

— Non. »

Il ne devrait même pas le connaître !

Peter se renfrogna et se gratta la nuque.

« Ça n'a aucun sens, déclara-t-il en baissant la main de découragement.

— Est-ce que tu as kidnappé Benjamin Lane et Ashley Ford ?

— Kidnappé ? » Les yeux grands écarquillés, il lui jeta un regard perdu. « Qu'est-ce que… »

L'irritation gronda au fond de la gorge de Wendy. « Qui es-tu ? Qu'est-ce que tu me veux ? »

Il se pencha vers elle et se montra du doigt. « Je suis Peter », articula-t-il.

On aurait dit qu'il expliquait quelque chose de très simple à un petit enfant. Elle n'aurait su dire s'il était sérieux ou s'il se moquait d'elle.

Quoi qu'il en soit, Wendy lui jeta un regard assassin. « Non. Je veux dire, qui es-tu *vraiment* ? »

Peter se gratta à nouveau l'arrière de la tête. Il y avait des épines de pin coincées dans ses cheveux auburn ébouriffés. « Tu agis de façon vraiment bizarre. C'est un jeu que je ne comprends pas ? »

Un rire hystérique échappa à Wendy. « Moi, je suis bizarre ? Tu m'as kidnappée et tu me retiens en otage dans une cabane de chasse au milieu des bois !

— Kidnappée ? Je ne t'ai pas kidnappée, tu t'es évanouie…

— Je me suis *assommée* parce que…

— Évanouie », corrigea-t-il. Wendy bafouilla. Est-ce qu'il était sérieux ? Mais il continua : « Tu t'es évanouie, je t'ai ramenée ici pour que tu ne passes pas la nuit allongée dans l'herbe. » Il cessa de compter sur ses doigts pour lui jeter un regard de côté. « De rien, d'ailleurs. Et la seule chose qui te retienne "en otage", ce sont ces ressorts dans lesquels tu t'es coincée toute seule ! »

Il indiqua sa jambe.

Wendy vacilla sur son pied valide. Ce qu'il disait tenait à peine debout, pas mieux qu'elle en tout cas. Ça paraissait à moitié rationnel, mais elle ne lui faisait toujours pas confiance. Elle le scruta avec méfiance.

Son attitude, à la fois victorieuse et amusée, ne la mit pas de meilleure humeur.

C'était infernal, car oui, elle le reconnaissait, mais pour des raisons qui n'avaient aucun sens. Il avait tout du Peter Pan de son imagination. Le petit bout d'incisive cassée. Sa voix confiante. Ce fichu sourire charmeur. Et ces yeux qui donnaient l'impression de regarder les étoiles.

Wendy se força à se concentrer, à réfléchir de façon pragmatique. Il fallait qu'elle se mette en sécurité, parce que rester avec lui éveillait en elle une sensation de danger. La même que lorsqu'on s'apprête à plonger depuis une falaise : une poussée d'adrénaline au creux de son ventre qui la picotait jusqu'aux doigts.

« Pourquoi tu ne m'as pas ramenée chez moi, plutôt ? »

Il se mordilla l'intérieur de la joue. Les muscles de sa mâchoire se tendirent et se détendirent, accentuant la courbe de ses pommettes saupoudrées de taches de rousseur.

« Je ne voulais pas tomber sur tes parents, avoua-t-il en frottant le sol de son talon nu. Je veux dire que ça aurait été carrément bizarre si j'avais débarqué avec toi inconsciente. »

Wendy essaya de déterminer s'il mentait. Elle ne savait toujours pas comment il connaissait son nom.

« Tu es toute pâle », intervint Peter, inquiet.

Il fit mine de s'approcher, puis sembla changer d'avis et s'arrêta.

Était-il une sorte de harceleur ? Non, ça non plus, ça ne collait pas. Difficile de voir en lui une menace alors qu'il ne cessait de baisser le menton et de la regarder avec prudence. Il plissa légèrement les yeux.

Essayait-il de la détailler, lui aussi ?

Wendy s'humecta les lèvres. Elle voulait lui demander comment il la connaissait, avoir une vraie réponse, mais elle n'en trouvait pas le courage.

« Donc… » Peter se balança sur ses pieds, les mains dans les poches. « Tu veux que je t'aide à sortir de là ? »

Sa bouche trembla d'un sourire réprimé.

Le jean de Wendy était fichu. En remontant le long de sa jambe, les ressorts de métal l'avaient déchiré. Les coupures n'étaient pas profondes mais elles la piquaient énormément. Un mince filet de sang coulait le long de sa cheville jusque dans sa chaussure. Elle leva les yeux vers Peter. Elle ne lui faisait pas confiance, pas une seconde. Mais là, pieds nus, soucieux, il n'avait rien d'inquiétant. Et plus vite elle se sortirait de là, et des bois, mieux ce serait.

« Oui », acquiesça-t-elle enfin, non sans honte.

Peter fit un pas prudent vers elle. « Tu promets de ne plus me frapper ?

— Non », rétorqua Wendy avec un regard meurtrier.

Peter libéra son sourire. Ses fossettes creusèrent profondément ses joues. Il haussa les épaules.

« Bon, d'accord. »

Il s'agenouilla à côté du lit de camp. Une peur persistante incita Wendy à se presser en arrière contre le mur, loin de lui. Le métal tira dans sa chair.

« Arrête de lutter, tu n'arriveras pas à te libérer », déclara Peter en levant les yeux vers elle.

Sa proximité la paniquait. Elle n'arrivait pas à savoir si elle voulait le repousser à nouveau ou le toucher, juste pour vérifier qu'elle ne rêvait pas.

Elle grogna, à moitié d'irritation, à moitié de douleur.

« Très bien », dit-elle entre ses dents serrées.

Il la scrutait toujours de ses yeux au bleu si surprenant.

« Arrête de me regarder comme ça ! »

Il baissa vite la tête, mais elle apercevait le coin de son sourire.

Avec prudence, elle reporta son poids sur sa jambe intacte, ce qui lui permit de baisser et de détendre l'autre. Peter passa les doigts entre les nœuds des ressorts et tira dessus. Soudain, elle fut libérée. Son pied tomba sur le plancher et elle lâcha un cri de surprise.

Lorsqu'elle bascula en avant, elle attrapa la main de Peter pour se retenir. Sa paume était calleuse, chaude. Wendy battit en retraite et perdit à nouveau l'équilibre. Elle exécuta une danse ridicule sur un pied avant de s'éloigner du lit de camp délabré en boitant.

Peter se leva. Il affichait un grand sourire.

Wendy se renfrogna. « Quoi ?

— C'était marrant, répondit-il en haussant les épaules.

— La ferme. »

Il ne fit aucun effort pour cacher son amusement. « Comment va ta jambe ?

— Comme si je l'avais coincée dans un piège à ours », répondit-elle sèchement.

Elle posa le pied par terre et tenta de s'appuyer dessus. La blessure était douloureuse, mais il ne semblait pas y avoir d'autres dommages.

Au moins, elle pouvait bouger, même si elle était à une seconde de passer à travers le plancher à moitié pourri.

« Qu'est-ce que tu fais là ? lui demanda-t-elle d'une voix qui se radoucit.

— Bah, je viens de te dégager des ressorts...

— Non, qu'est-ce que tu fais *ici* ? »

Peter gémit et renversa la tête. « Ça ne va pas recommencer ! »

Wendy ferma les yeux un instant pour retenir son agacement. « Je veux dire, reprit-elle, qu'est-ce que tu fais dans cette vieille cabane de chasse ? »

Peter regarda autour de lui et haussa les épaules. « J'habite là ? » dit-il lentement, comme pour s'assurer qu'il répondait bien à la question.

Ça n'avait aucun sens. Pourquoi quelqu'un vivrait-il de son plein gré dans un lieu pareil ? Il y avait au moins une douzaine de cabanes de chasse le long des chemins d'exploitation forestière. On aurait dit que personne à part Peter n'avait mis les pieds dans celle-ci depuis des années.

« Où sont tes parents ? »

Il n'était clairement pas majeur. Bien plus âgé que Peter Pan, le garçon magique que Wendy connaissait à travers ses histoires, mais il n'avait certainement pas 18 ans.

« J'en ai pas. »

Il l'avait dit si simplement, avec une telle indifférence, qu'elle mit un moment à comprendre.

Il n'avait pas de parents ? Alors il était orphelin ? Est-ce qu'il était SDF ?

« Est-ce que… est-ce qu'il y a d'autres personnes dans les bois ? »

Il haussa les épaules.

« J'en ai pas vu.

— Alors qu'est-ce que tu y fais ? » Wendy déglutit difficilement. Une question montait dans sa gorge, qu'elle devait poser, mais elle avait peur de la réponse. « Est-ce que quelqu'un… t'a amené là ? Est-ce que tu as été kidnappé ? »

Peter rit. « Quoi ? Non ! C'est quoi ton problème avec les kidnappings ? »

L'irritation fit son grand retour.

« Dans ce cas, qu'est-ce que tu fais ici ? Pourquoi étais-tu au milieu de la route ? Qu'est-ce que tu faisais *chez moi* ?

— Je… » Il baissa les yeux. « J'ai besoin de ton aide.

— Besoin de mon aide pour quoi ? » interrogea-t-elle lentement.

Un frisson la parcourut. La flamme de la lampe à huile trembla derrière le verre sale.

Peter se rembrunit.

« Tu dois m'aider à retrouver mon ombre. »

Wendy le dévisagea.

Là encore, il l'avait dit si simplement, comme si ça n'avait rien de bizarre. Ne sachant comment réagir, elle se força à rire.

Sérieusement ? Il se fichait d'elle ?

« Euh… tu as essayé de regarder par terre ? »

Peter pencha la tête sur le côté, un sourcil haussé. On aurait dit qu'elle avait posé une question ridicule. « Tu plaisantes ? »

Wendy souffla et leva les yeux au ciel. « Elle est juste… »

Elle montra le sol, où se trouvait son ombre. Plutôt, où elle aurait dû se trouver.

Il n'y en avait pas. Juste ses pieds, très sales et nus, sur les planches usées par le mauvais temps. Un détail si léger sur lequel se tromper que c'en était déroutant. L'effet d'une image mal modifiée, mais en personne.

« Ce n'est pas... »

Wendy leva la tête et Peter sembla attendre sa réaction. Elle regarda les murs autour d'elle, cherchant un signe, une tache dans la lumière. Il n'y avait aucune trace de son ombre.

Wendy examina la sienne. Elle ondulait, reproduisant ses mouvements contre le mur.

Où était celle de Peter ?

« Ça n'a aucun sens. » Wendy le foudroya du regard. Il s'agissait forcément d'un tour de passe-passe bizarre. « C'est impossible !

— Je te l'avais dit. »

Sa placidité était insupportable.

« Comment tu as fait ça ? Tu as forcément une ombre, tout le monde en a une ! »

Pas dans le noir, bien sûr, mais la lumière ici suffisait à lui en créer une, ainsi qu'au lit de camp et à la petite pile de bûches dans le coin.

« Ce doit être un jeu de lumière, quelque chose comme ça », essaya de raisonner Wendy.

Si elle cherchait « tour de magie avec ombre » sur YouTube, elle trouverait une explication. Elle se rapprocha de lui, il se tenait peut-être à l'endroit parfait pour que la lumière rebondisse sur lui sans créer d'ombre. Elle ne savait pas vraiment comment ça marchait.

Mais lorsqu'elle s'arrêta à côté de lui, son ombre à elle l'avait suivie, et celle de Peter manquait toujours à l'appel.

« Je… Qu'est-ce que…, bredouilla Wendy en le dévisageant, déroutée.

— Elle est partie, je ne sais pas comment », lui dit Peter.

Son sourire avait disparu.

Wendy avait l'impression d'être prisonnière d'un rêve très étrange. Une nuit, elle avait rêvé que tout était normal, sauf que trois soleils brillaient dans le ciel. C'était exactement pareil.

Mais elle était réveillée. Elle sentait le picotement des griffures sur sa jambe, et elle voyait Peter devant elle, de façon très nette. Ni une apparition, ni un rêve, ni une invention.

Pourtant, Peter en lui-même irradiait le fantastique. Un garçon sorti de ses rêves et des histoires de sa mère, devant elle. Il n'avait rien d'ordinaire. Il était composé de poussière d'étoiles et du parfum de l'été.

« De temps en temps, je l'aperçois, continua-t-il comme si Wendy n'était pas en pleine crise existentielle. Dans les coins, sous les lits. » Il jeta un coup d'œil au lit de camp et ses épaules remontèrent jusqu'à ses oreilles. « Mais je n'ai pas réussi à l'attraper. Et plus le temps passera, pire elle sera. » La lueur du feu faisait ressortir les rides d'inquiétude sur son front. Il semblait épuisé. « Puisque la dernière fois tu m'as aidé à la retrouver, tu pourrais m'aider à nouveau. » Il se mordillait la lèvre, avec de grands yeux pleins d'espoir.

Wendy se rebella. « Comment ça, la dernière fois ? rétorqua-t-elle, de plus en plus agacée. On s'est rencontrés hier soir pour la première fois ! »

Peter fronça les sourcils et fit un pas en avant. « Tu m'as vraiment oublié ? »

Elle avait envie de lui crier que non, elle ne pouvait pas se souvenir de lui, puisque tout était impossible, Peter Pan n'existait pas ! Pourtant, il se trouvait devant elle, comme surgi des milliers de dessins cachés dans son pick-up. Un peu plus vieux qu'elle l'avait imaginé, mais quand même. En chair et en os, et sans son ombre.

Comme elle ne réagissait pas, Peter continua : « Avant, je venais à la fenêtre t'écouter raconter des histoires sur moi. » Les yeux de Wendy sortirent de leurs orbites, alors Peter enchaîna très vite : « Je sais, je sais ! C'est un peu bizarre, mais… » Il haussa les épaules, embarrassé, à court de mots et incapable de s'expliquer. « On s'est rencontrés officiellement un soir où vous dormiez déjà. » Peter se tordit les doigts. « Avant que je reparte, mon ombre s'est libérée dans votre chambre, et j'ai dû lui courir après… »

L'éclat d'un souvenir s'alluma dans l'esprit de Wendy.

« Tu m'as réveillée », s'entendit-elle dire avant de pouvoir s'en empêcher.

C'était plus un rêve qu'un souvenir, pourtant Wendy pouvait l'imaginer de façon nette : tirée de son sommeil par un bruit étrange, elle avait découvert Peter Pan, un jeune garçon d'environ 11 ans, comme elle, en train de se battre avec quelque chose de sombre, et transparent.

Peter parut tout aussi surpris, mais plutôt que de refléter l'angoisse de Wendy, son visage s'éclaira d'excitation.

« Oui ! Je l'ai rattrapée, mais je n'arrivais plus à la remettre alors…

— Je l'ai cousue… », chuchota-t-elle pour elle-même.

Comme dans la plupart des rêves, elle ne se rappelait pas les détails, juste des images pâles et floues.

Le sourire rayonnant de Peter ne la réconforta pas beaucoup.

« Oui ! Tu m'as aidé à la remettre ! » Un rire soulagé secoua ses épaules. « John et Michael ont continué à dormir malgré tout… »

Wendy eut l'impression d'avoir été poignardée. Elle inspira vivement.

Peter ne le remarqua pas. « Mais ils ont toujours eu un sommeil lourd. »

Il connaissait Wendy. Il se souvenait de ce qu'elle avait oublié, ce qu'elle croyait n'être que des rêves, car c'était *impossible,* non ? Tout comme l'absence d'ombre. Et il connaissait ses frères. Que savait-il d'autre ? Quels souvenirs gardait-il, qu'elle avait oubliés ?

Elle avait la sensation d'avoir plongé dans de l'eau glacée. Sa peau la picotait et elle avait la tête qui tournait dangereusement.

« Wendy ? »

La voix de Peter la rappela. Elle se força à se concentrer dessus, à s'ancrer dans la réalité. À un moment, il s'était rapproché. Il la regardait avec inquiétude, les sourcils froncés et les mains tendues, prêt à la rattraper.

« Est-ce que ça va ? Tu n'as pas l'air très en forme... »

Wendy passa la main sur son front en sueur. Soudain, il fit une chaleur éprouvante dans la cabane, suffocante. C'était trop à digérer en une fois.

« S'il te plaît, ramène-moi chez moi.

— Mais...

— Je t'en supplie. »

Elle s'en voulait de se montrer aussi pathétique, au bord des larmes. Il fallait qu'elle sorte des bois. Qu'elle rentre chez elle.

« On va s'occuper de tout ça, de cette histoire d'ombre et tout, mais d'abord, il faut vraiment que je rentre chez moi. »

Elle mentait à moitié. À cet instant, elle aurait dit n'importe quoi pour sortir de la cabane.

Peter marqua une pause. Elle craignit qu'il proteste. Elle le vit réfléchir, faisant bouger nerveusement le muscle de sa mâchoire. Mais il acquiesça.

« OK, d'accord. »

Il traversa la pièce et ouvrit la porte de bois gondolée.

Dehors, à la lumière de la cabane, elle vit une petite clairière. Au-delà, l'obscurité des bois dévorait tout.

Elle se raidit sur le seuil.

« Est-ce que ça va ? » demanda Peter, juste derrière son épaule.

Elle tordit ses mains moites et acquiesça.

« Ou… oui, ça va. J'ai juste un peu peur… du noir. »

Ce n'était qu'un demi-mensonge. Elle avait peur des bois, et surtout la nuit.

Peter rit. Il y arrivait si facilement. « Quelle idée ! » Il attrapa la lanterne au crochet et la posa entre les mains de Wendy. « Et voilà ! dit-il, le menton fièrement levé. Problème réglé ! »

Wendy serra fort la poignée de métal. « Bien sûr. »

Il bondit par-dessus le seuil et se dirigea paresseusement vers les arbres.

À contrecœur, elle lui emboîta le pas.

« Depuis quand tu as peur du noir, d'ailleurs ? » demanda-t-il en lui jetant un coup d'œil par-dessus son épaule.

Wendy s'arrêta presque. Elle voulait s'éloigner du ton familier qu'il prenait avec elle. Il la dévisageait, sincère, sans hésitation. Alors que ses joues à elle brûlaient sous son attention.

Ses mains tremblèrent si violemment que la poignée en métal de la lanterne cliqueta. Peter fronça les sourcils. Wendy l'agrippa plus fort pour arrêter le tremblement. La peau sèche et craquelée de ses poings la tirailla sous la pression.

Peter continua à ouvrir le chemin à travers les bois. Pieds nus, il franchissait sans difficulté les rochers et les racines.

« Les lions, les sables mouvants, les médicaments amers : ça, ce sont de bonnes raisons d'avoir peur. » Il sauta sur un arbre à terre et marcha tout le long, les bras tendus de chaque côté. Il semblait parfaitement à l'aise. « Mais le noir ? » Il sauta du tronc et continua à côté de Wendy. « Vraiment ? » La voix taquine, il se pencha pour passer sous une branche basse.

Wendy, elle, eut seulement besoin de pencher la tête.

Elle lui jeta un regard furieux. Sa fierté essaya de remonter à la surface, à travers la peur acide dans son ventre.

« Je n'ai pas peur du *noir*, corrigea-t-elle. Je me méfie de ce qui s'y cache. »

Elle leva la lanterne un peu plus haut, afin de mieux voir les bois devant elle. Son ombre solitaire attira son attention lorsqu'elle longea un arbre sur sa droite. Celle de Peter manquait toujours à l'appel. C'était tellement... étrange.

« De ce qui pourrait m'attaquer », marmonna-t-elle, surtout pour elle-même.

Sa jambe blessée lui faisait mal, et il n'était pas facile de la protéger des gifles des branches et des feuilles du sous-bois.

Peter s'arrêta et la scruta un instant, la tête penchée sur le côté. Il lui rappelait sa vieille chienne, Nana, quand Wendy lui parlait. Perdue, essayant de comprendre. Une expression innocente et un peu bête. Malgré les circonstances, un rire lui chatouilla la gorge.

Puis Peter reprit sa route.

« Moi, je trouve les gens bien plus effrayants que le noir. Une personne très dangereuse pourrait se tenir face à toi sans que tu le saches. »

Son dos s'enfonça dans l'obscurité, mais Wendy resta où elle se trouvait. C'était... d'une sagacité surprenante.

Au petit trot, elle le rejoignit. Ça n'avait rien de logique, pourtant sa présence la rassurait. On aurait dit qu'il émettait sa propre lumière, qu'il chassait l'obscurité des bois.

« Alors, de quoi as-tu peur ? demanda Wendy. Des gens ?

— Quoi ? » Peter ricana et secoua la tête avec force. « Non. Je n'ai peur de rien. »

Elle leva les yeux au ciel. Quelle réponse immature !

« Tout le monde a peur de quelque chose !

— Tout le monde sauf moi. »

Elle lutta contre l'envie de le pousser.

Elle se concentra sur son visage, essayant de déchiffrer son expression éclairée par la lumière ondulante. Elle s'humecta les lèvres, parfumées de questions brûlantes.

« Quel âge as-tu ? s'enquit-elle enfin.

— Quel âge as-tu, toi ? » rétorqua-t-il, évasif, un sourcil haussé.

Wendy dut ravaler un « c'est moi qui ai demandé en premier » grognon.

« 18 ans. »

On aurait dit qu'elle l'avait giflé. Il recula d'un coup en clignant des paupières avant de se renfrogner. « 18 ans ? »

Wendy se sentit très vulnérable quand il la détailla sans vergogne de la tête aux pieds. Indignée, même. Certes, elle était petite, mais au moins, elle pensait faire son âge.

Elle passa une main dans ses cheveux courts et se racla la gorge.

« C'était mon anniversaire quand nous… Quand… » *Quand j'ai failli te renverser avec ma voiture ? Quand tu as semé la panique dans au moins la moitié de l'hôpital ? Quand tu as débarqué sans prévenir dans ma vie ?* « Hier. Mon anniversaire, c'était hier.

— Oh. » Perdu dans ses pensées, il regarda vers l'horizon. Il continuait tout de même à traverser les bois sans difficulté, alors que Wendy trébuchait derrière lui. « J'ai 19 ans », déclara-t-il en sortant de sa rêverie, le menton levé.

Le moindre sourire creusait profondément ses joues.

Wendy commençait à avoir mal à la tête, à force de froncer les sourcils.

« 19 ans ? Je n'y crois pas une seconde. Tu as l'air d'en avoir 15. »

Son visage arborait toujours une rondeur enfantine, le nez retroussé au bout, un peu trop petit. Ses muscles étaient toujours déliés. Il aurait eu facilement sa place dans la foule des élèves de troisième dégingandés.

Il lui adressa un grand sourire suffisant, les mains croisées dans le dos.

« Je suis plus grand que toi », remarqua-t-il, comme s'il s'agissait d'une preuve irréfutable.

D'accord, il était grand pour quelqu'un de 15 ans. Ça ne changeait rien.

« À peine ! rétorqua-t-elle. Et ça ne veut rien dire, de toute façon. »

Crac.

Une branche au loin.

La lanterne retentit d'un bruit métallique quand Wendy sursauta avec violence. Elle trébucha, se cognant le dos contre l'épaule de Peter. Il tituba, la rattrapa par les avant-bras et leur fit reprendre l'équilibre.

« C'était quoi, ça ? » demanda-t-elle, les mots sortant tout seuls de sa bouche.

Quelque chose se cachait-il dans les arbres ? Quelqu'un ? Est-ce qu'on les espionnait ? Elle déglutit. Elle rêvait de sortir de ces fichus bois.

« J'allais te poser la même question. »

Il la relâcha, mais Wendy recula à nouveau et se pressa contre lui.

« J'ai entendu quelque chose. »

Malgré le tremblement de son corps, la chaleur de Peter irradiait à travers son T-shirt.

« Tout va bien, dit-il, la voix si douce qu'elle avait envie de le croire. Donne. » Il lui prit la lanterne des mains et elle referma automatiquement les bras autour d'elle-même. Peter leva la lumière bien au-dessus de sa tête pour mieux voir. « Il n'y a rien. C'est probablement une chouette. »

À point nommé, un hululement lointain s'envola dans les arbres.

Wendy lâcha un profond soupir de soulagement.

Un hululement bien plus fort retentit soudain à côté d'elle et elle fit un bond de côté. Elle se retourna d'un coup. Peter avait arrondi les lèvres en forme de petit *O*. La chouette appela à nouveau et Peter lui répondit.

Wendy pressa les doigts contre sa poitrine où son cœur battait la chamade.

« Comment as-tu fait ça ? »

Jordan arrivait plutôt bien à siffler sur le même ton que les oiseaux, mais lui hululait en tout point comme une vraie chouette.

Le sourire jusqu'aux oreilles, il haussa les épaules.

« L'entraînement, on va dire. »

Il reprit son chemin et Wendy resta tout près de lui. Son bras frôlait le sien à chaque pas.

« Tu as dû beaucoup t'entraîner, alors, remarqua-t-elle sans son sarcasme habituel.

— Je suis juste doué pour imiter des choses. Les animaux. Les gens.

— Les gens ? »

Est-ce qu'il reproduisait leur voix comme les comiques, parfois, ou faisait-il semblant d'être un pirate ? Elle était sur le point de poser la question quand Peter cogna la lanterne contre une branche. Un bruit de verre et de métal éclata. Wendy sursauta avec une grimace.

« Oups. Désolé », dit Peter.

Elle n'en supporterait pas beaucoup plus.

« Est-ce qu'on est presque arrivés chez moi ? » demanda-t-elle, en fermant très fort les paupières.

Elle avait les nerfs à fleur de peau.

« Je crois.

— Comment ça, tu crois ? gémit-elle. Si nous…

— Tu veux savoir ce que je sais imiter d'autre ? »

Non. Elle voulait sortir de là et rentrer chez elle.

Sans attendre sa réponse, Peter lui rendit la lanterne et plaça les mains en coupe de chaque côté de sa bouche. Un gazouillis léger sortit de ses lèvres. Wendy l'avait déjà entendu, sans pouvoir l'identifier. Une hirondelle ? Ou peut-être un rossignol ? Elle ne savait rien sur les oiseaux.

Peter baissa les mains, coinça sa lèvre inférieure sous ses incisives et projeta la vibration sourde des criquets.

On aurait dit ceux qui vivaient sous sa fenêtre. Wendy s'endormait avec ce bruit tous les soirs pendant l'été. Peter remonta les coins des lèvres et la lumière de la lanterne scintilla dans ses yeux. Il continua à pousser ces doux cris. La mélodie délia les épaules tendues de Wendy.

Le souvenir de la chasse aux criquets la nuit en compagnie de ses frères dansa au fond d'elle. John qui attendait en silence, une coupe en papier à la main, guettant l'un des insectes musicaux. Michael qui traversait les buissons à grand fracas quand il en attrapait un, effrayant les autres. John piquait toujours une crise. Ils n'arrivaient jamais à en capturer plus d'un à la fois. Ils le mettaient dans un bocal, éteignaient les lumières de leur chambre et se taisaient – après que Wendy l'avait répété à Michael au moins trois fois – jusqu'à ce que le criquet, rassuré, reprenne sa chanson. Même dans le noir, elle savait que John et Michael souriaient aussi fort qu'elle.

C'était l'un de ses bruits préférés.

« Tu es très doué », dit-elle tout bas en le regardant.

Ils s'étaient arrêtés.

Les yeux baissés vers elle, il cessa de gazouiller. Cette façon de la scruter lui donnait envie de détourner la tête, mais cela paraissait impossible.

« Tu ne te souviens vraiment pas de moi ? demanda-t-il tout bas, les traits tendus.

— Comment pourrais-je me souvenir de toi ? On vient de se rencontrer... »

Elle mentait, car la vérité n'avait aucun sens, malgré son envie d'y croire.

« Et dans tes rêves ? Tu ne rêves plus de moi ? »

Wendy plissa les yeux. « Mes rêves ? »

De la tristesse, presque une blessure, assombrit le visage de Peter.

« On ne peut pas rêver de quelqu'un qu'on ne connaît pas… » Si ? Le bruit des criquets flotta à nouveau vers elle alors que les lèvres de Peter restaient immobiles.

Il inspira et expira dans un soupir. « C'est moi, Wendy. Peter. Peter Pan. » Son regard bleu croisa le sien avec sincérité. Il lui prit les mains. « Je sais que tu te souviens de moi, il le faut… »

Wendy avait envie de pleurer, rire et s'enfuir à la fois. Elle secoua très vite la tête.

« C'est impossible. Peter Pan n'existe pas. »

Alors même qu'elle prononçait ces mots, le doute l'envahit. Aussi ridicule que ce soit, une part d'elle voulait y croire.

Une chose était certaine : il savait qui était Peter Pan. Alors, elle avait beau lutter contre cette réalité, il connaissait ses histoires. À un moment, elle les lui avait racontées.

« *Wendy Moira Angela Darling !* »

La voix de son père se répercuta dans la nuit. Wendy regarda autour d'elle. Ils se trouvaient à l'orée du bois. La barrière blanche du fond de son jardin se tenait à quelques mètres.

À travers les arbres clairsemés, elle vit le seuil de la porte de derrière. La lumière de la cuisine éclairait la silhouette massive de son père.

« Où étais-tu ? C'est le milieu de la nuit ! Ça fait des heures que je t'appelle ! »

Comme toujours, le téléphone de Wendy dans sa poche était en mode silencieux. La sonnerie la faisait toujours sursauter et elle trouvait les vibrations tout aussi gênantes.

« Je… » Wendy se retourna. Peter n'était plus là, disparu avec la lanterne. Elle était seule, les mains froides. « Peter ? » chuchota-t-elle dans l'obscurité. Sur la pointe des pieds, elle fit de son mieux pour scruter les bois aussi loin que possible. « Où es-tu ? »

Wendy déglutit et se tourna vers la maison. Derrière elle, la brise qui traversait les arbres lui chatouillait la nuque. Ils la terrifiaient à peine plus que son père qui l'attendait sur le seuil.

Elle courut à moitié jusqu'à la barrière, l'escalada avec maladresse et, en traversant le jardin, elle se prépara au regard furieux et aux cris de son père.

Rouge écarlate, il se cramponnait de ses grands doigts à l'encadrement de la porte. Wendy n'aurait pas été surprise qu'il l'arrache.

« Tu étais dans les bois ?! » rugit-il.

Des postillons volèrent de ses lèvres.

Wendy chercha une excuse crédible, mais ses pensées erraient toujours dans les bois avec Peter.

« Non, j'ai cru avoir vu quelque chose, alors j'étais juste allée…

— Ne me mens pas ! »

Elle s'empourpra. Elle ne savait que dire. Elle ne pouvait lui raconter la vérité. S'il apprenait qu'elle s'était rendue dans la forêt avec le garçon de l'hôpital, que la police croyait lié à sa disparition et à celle de ses frères… Wendy ignorait comment il réagirait, mais ça ne promettait rien de bon.

Elle se sentait coupable et, à sa grande surprise, effrayée pour Peter. Il était seul, avec la cabane de chasse pour seul refuge. Pour la seconde fois en vingt-quatre heures, elle se demanda si elle le reverrait un jour.

« Je…

— Et qu'est-ce qui t'est arrivé ? »

Son père gonfla la poitrine et son visage passa du rouge au violet.

Wendy baissa les yeux sur sa jambe de pantalon déchirée, sentit la douleur à sa tête. Heureusement, ce n'était plus qu'une pression sourde.

« J'étais assise sur la barrière et je suis tombée.

— Je *t'interdis* d'aller dans ces bois ! » Il la fusilla du regard, mais ses yeux brillaient d'émotion. « Après tout ce qui s'est passé, je te croyais assez intelligente pour le savoir ! »

Wendy grimaça.

Non, elle ne pouvait pas lui dire la vérité. Pas avant de savoir quoi faire au sujet de Peter. Elle ne pouvait pas non plus se sortir de ce genre de situation en mentant.

« Je suis désolée, papa », dit-elle tout bas.

Son père respira fortement à travers ses narines dilatées. Wendy se prépara à d'autres cris, mais ses épaules s'affaissèrent.

« Va te coucher », lui ordonna-t-il d'une voix désormais étouffée.

Elle préférait presque les hurlements. Ce ton découragé empirait son sentiment de culpabilité.

Il s'écarta pour la laisser passer. Lorsqu'elle s'avança, il leva la main. Wendy crut qu'il la poserait sur son épaule, mais il hésita et laissa retomber le bras. « N'y retourne pas », répéta-t-il.

Wendy acquiesça et croisa les bras sur sa poitrine. « Promis. »

Elle ne lui en voulait pas d'être en colère.

Elle n'était pas la seule à avoir perdu quelque chose dans ces bois.

CHAPITRE HUIT

SOUVENIRS

À la porte de sa chambre, Wendy écouta son père exprimer son irritation. Il ne faisait les tâches ménagères que pour manifester sa colère, même au milieu de la nuit. Elle savait très bien interpréter quelqu'un qui pliait furieusement une chaussette dans votre direction ou lavait une assiette avec rancœur.

Une fois le calme revenu et qu'elle fut certaine que son père ne surgirait pas en clamant « Et tant qu'on y est ! », elle entra dans sa salle de bains. Elle ouvrit le robinet de la baignoire et retira son jean. Il y avait deux déchirures inégales, ce qui n'était pas grave vu son âge. Assise sur la baignoire, elle prit de l'eau dans ses mains en coupe et la fit couler sur ses blessures. Elles n'étaient pas très profondes et les picotements s'étaient atténués. Elle avait connu pire au bord de la piscine pendant l'entraînement de natation.

Elle plongea un gant de toilette dans l'eau et regarda son ombre l'imiter contre le mur. Pendant que sa jambe trempait, elle tapota le sang séché sur la bosse douloureuse à sa tête. Elle était dans un état pitoyable. Ces dernières vingt-quatre heures avaient été lamentables. Tout était lamentable ! Elle s'étira vers le placard sous l'évier et en sortit son kit de couture. Elle rapiéça de son mieux la jambe de pantalon. Pour faire des économies, elle avait passé de nombreux après-midi à repriser et raccommoder l'ourlet des vêtements de ses parents. Les costumes de son père n'étaient pas donnés, alors il valait mieux recoudre un bouton ou replacer un pli que racheter une veste. Sa mère était toute petite, les pantalons d'hôpital toujours trop longs. À force de traîner par terre, l'ourlet s'usait trop vite, alors Wendy les remontait. Elle scruta son œuvre, tira pour vérifier que ça tenait. Les fils étaient un peu de travers, mais ce jean serait parfait pour traîner à la maison.

Avec un soupir, elle le jeta dans le panier à linge.

Qu'était-elle censée faire, maintenant ? Comment expliquer tout cela, Peter, son ombre, à quiconque ?

Ah, oui, j'ai failli renverser un garçon avec mon pick-up la nuit dernière. Il prétend être le héros d'histoires inventées par ma mère ! Je vous ai dit qu'il n'avait pas d'ombre ? Littéralement. Il a besoin de mon aide pour la retrouver !

Wendy se rembrunit. Ça n'avait aucun sens. Pourtant, elle avait constaté de ses yeux l'absence de son ombre. Elle ne pouvait plus nier son identité.

Elle essaya de mettre de l'ordre dans ses pensées. Que savait-elle vraiment ?

C'était le garçon qu'elle dessinait de façon inconsciente. Ses rêveries faites chair, même s'il était un peu plus âgé que le Peter de ses histoires. Il l'avait clairement entendue en raconter, et surtout, il connaissait ses frères. Parmi toutes ces incroyables coïncidences et ces événements impossibles, tels que des ombres disparues, le plus troublant, c'était qu'il connaissait John et Michael.

Wendy se sécha et enfila un T-shirt de nuit trop grand. Elle se dirigea à pas de loup vers sa commode et sortit de sa petite boîte à bijoux le seul objet qu'elle associait à ses souvenirs perdus : le gland. Elle s'assit au milieu de son lit et le scruta, en équilibre sur sa paume.

Peter savait des choses qu'elle ne se rappelait pas. Il était la clé. S'il pouvait remplir les trous qu'on avait creusés de force dans sa mémoire, elle comprendrait alors ce qui s'était passé. Elle retrouverait ses frères et les ramènerait. Cela avait quelque chose d'invasif, cette idée que Peter sache ce qui lui était arrivé. Qu'il détienne les secrets de ces mois oubliés. Qu'il puisse donner à Wendy la réponse aux questions qui la dévoraient depuis des années.

Et au centre de tout ça, une interrogation : était-il vraiment Peter Pan ?

Wendy fouilla dans sa corbeille et défroissa l'un de ses nombreux croquis du visage de Peter Pan. Elle s'allongea sur ses draps, car il faisait encore trop chaud pour dormir dessous, soupira et tenta de se calmer. Le gland entre le pouce et l'index, Wendy s'endormit en comptant les lumières de la guirlande autour de sa fenêtre.

Wendy était assise sur un tronc tombé au milieu d'un bosquet, bien différent des bois de derrière chez elle. Des lianes aussi épaisses que des cordes entouraient ce tronc. Sous ses mains, l'écorce était humide et lisse. Des géants vert sombre aux feuilles brillantes s'élevaient dans le ciel. Le soleil filtrait entre les frondaisons. Au milieu du sable blanc, des palmiers ployaient sous les noix de coco. Elle se trouvait sous une canopée luxuriante.

Wendy n'avait jamais quitté la région du Pacifique nord-ouest, pourtant elle savait qu'il s'agissait d'une jungle. Des perroquets colorés de plumes vives, rouges, bleues et jaunes, piaillaient sur des branches tout près. Au loin, on entendait le bruit sourd de fruits trop mûrs qui tombaient à terre. Il devait y avoir une plage non loin. Wendy reconnaissait le chant régulier des vagues qui s'écrasent sur la rive, filtré par la jungle. L'air était chaud et lourd. Elle avait la peau collante et du sel sur les lèvres.

Elle baissa les yeux. Elle n'avait pas la carrure de nageuse qu'elle avait développée ces dernières années. C'était celle, petite, maigrichonne, d'une enfant. Elle portait un legging blanc aux ourlets de dentelle et un chemisier tout aussi blanc aux manches bouffantes. Elle n'arrivait ni à se lever ni à bouger. Elle ne contrôlait pas son corps. Le hululement d'une chouette attira son attention. Sa tête tourna alors et elle vit un jeune garçon assis à côté d'elle, les mains en coupe autour de sa bouche. Il avait une crinière de cheveux auburn en bataille et des yeux éblouissants, d'autant plus brillants au soleil.

Un gloussement s'échappa des lèvres de Wendy. Le garçon baissa les mains à son côté et lui sourit, radieux. Il avait cette même petite incisive cassée.

La gorge de Wendy se serra, mais elle s'entendit dire : « Tu es tellement doué, Peter ! Tu veux bien m'apprendre, s'il te plaît ? »

Peter, évidemment. Le Peter qu'elle avait toujours imaginé. Bien plus jeune que la veille, mais Peter, de façon indéniable.

« Bien sûr ! » Sa voix, plus haute, couinait dans son enthousiasme, mais l'assurance était toujours là. « Je sais faire aussi ça. » Il fit la moue et émit une symphonie de chants de criquets. Les mêmes que la veille dans les bois.

L'impression d'avoir vécu cette scène était si forte qu'elle en devenait douloureuse. Plus qu'une sensation de déjà-vu, c'était un souvenir.

« Oh, j'adore les criquets ! » s'exclama à nouveau sa voix bien plus jeune.

Peter sourit jusqu'aux oreilles et se rapprocha, balançant ses jambes maigres par-dessus la souche à côté d'elle.

« Je sais, dit-il en donnant un coup de son pied nu contre le sien.

— Wendy ! Peter ! »

Le souffle qu'elle avait inspiré lui déchira la poitrine.

« Wendy, où es-tu ? »

Elle aurait reconnu ces voix n'importe où.

Peter s'écarta vite de Wendy. Elle s'entendit glousser à nouveau, mais elle se concentra pour percevoir les voix de John et Michael.

« On est là ! » répondit Peter.

Elle entendit les deux paires de pieds frapper le sable. Le craquement du sous-bois luxuriant qu'ils traversaient. Le rire de John et Michael qui chouinait : « Attends-moi ! »

Ils étaient juste là, derrière ces arbres. D'un moment à l'autre, ils surgiraient et elle verrait à nouveau ses frères.

« Wendy ? »

Elle se réveilla d'un coup. Une sueur froide couvrait sa peau et ses cheveux collaient à son front humide.

Elle se trouvait à nouveau seule dans sa chambre. Elle ouvrit les doigts. Elle s'était endormie en serrant le gland. C'était peut-être le stress, mais Wendy aurait juré qu'elle le sentait vibrer d'énergie. Sa main tremblait avec une telle violence que le gland roula sur le lit. Elle ramena ses jambes contre sa poitrine et appuya très fort le front sur ses genoux en prenant de profondes inspirations tremblantes.

C'était réel, forcément. Ce n'était pas un rêve, c'était un souvenir. Elle ne savait ni quand ni où, mais ses frères et Peter avaient été là.

Peter.

Un rire hystérique remonta dans sa gorge. Son Peter. Peter Pan. Il était réel !

Et il fallait qu'elle le retrouve.

CHAPITRE NEUF

HISTOIRES

Malheureusement, ses responsabilités et son bénévolat l'empêchèrent de partir tout de suite à sa recherche. Déjà en retard, elle dut courir dans tous les sens pour s'habiller, ce qui ne l'aida pas à se calmer.

Elle était au milieu de l'allée, en train de sortir sa clé de voiture de son sac, quand elle vit le véhicule de police. Elle se figea, les clés pendues à son doigt. Elle tourna la tête dans tous les sens, cherchant quelqu'un en uniforme. Ce n'était pas le moment pour qu'ils fouinent dans le coin ! Elle devait retrouver Peter et…

« Je ne comprends pas pourquoi on m'interroge ! »

Cette voix agitée venait de chez le voisin. Debout sur son perron, M. Davies triturait un journal enroulé, les jointures blanches. À côté de lui, sa femme agrippait sa robe de chambre. L'inspectrice Rowan se tenait sur la marche, l'inspecteur James juste derrière elle, sur sa droite.

« Nous discutons simplement avec les gens du voisinage, monsieur », dit Rowan d'un ton égal.

Impassible, elle avait les mains croisées dans le dos. Son badge brillait à sa hanche.

M. Davies portait toujours son pyjama. Son visage était d'une pâleur fantomatique. Wendy se dit qu'elle devait faire la même tête quand elle parlait à la police.

« Nous pensons que l'un des enfants a été enlevé chez lui, alors nous rappelons aux gens, surtout ceux qui ont des enfants, de bien verrouiller portes et fenêtres la nuit et de s'assurer que toute arme est bien hors de portée. » L'inspectrice Rowan marqua une pause. « Avez-vous des armes à feu chez vous, monsieur ? »

Il secoua vivement la tête.

« Donald chassait autrefois, mais il a arrêté il y a des années, expliqua Mme Davies d'un ton sec, comme si l'inspectrice la dérangeait profondément.

— Je me suis débarrassé de tous mes fusils il y a longtemps », confirma son mari.

Son regard erra au-delà des inspecteurs et s'arrêta sur Wendy. Il le détourna vite, mais l'inspecteur James l'avait suivi et se mit à l'observer.

La culpabilité empourpra ses joues. Wendy baissa la tête, courut au petit trot jusqu'à son pick-up et y rentra vite. En s'engageant dans la rue, elle se força à ne leur accorder aucune attention.

La police pensait que quelqu'un avait enlevé Ben et Ashley. M. Davies avait raison d'avoir si peur. Tous les parents d'ici seraient terrifiés pour leurs enfants. Et voilà que les inspecteurs faisaient du porte-à-porte.

Elle n'avait pas fini de les croiser. Et de loin.

Une fois à l'hôpital, Wendy se dirigea vers l'ascenseur du deuxième étage en cherchant son badge. Elle fronça le nez quand elle vit sa photo. Son sourire était douloureusement forcé, ses yeux bleus trop écarquillés par le choc du flash et son T-shirt froissé.

Une courtepointe cousue à la main pendait derrière l'accueil. Des dessins d'enfants décoraient le mur entre les portes. Presque toutes les infirmières portaient des blouses aux couleurs vives. L'odeur piquante des produits chimiques flottait dans l'air, tout comme ce parfum léger, sucré, qui semblait suivre les enfants partout.

C'était le dernier endroit où elle voulait être, mais son absence attirerait d'autant plus l'attention. Et elle aimait passer du temps avec les enfants, même si, là, elle brûlait d'envie de partir à la recherche de Peter.

Avec une profonde inspiration, Wendy ramena ses cheveux rebelles derrière ses oreilles et se dirigea vers la salle de jeux. Elle fit de son mieux pour éviter de croiser le regard des deux infirmières qui la dévisageaient depuis le bureau en chuchotant. Pressée de fuir les curieuses, elle ne fit pas attention et se cogna contre quelqu'un en blouse Snoopy.

« Houla ! » Deux mains l'attrapèrent par les épaules. « Tout doux, Speedy Gonzales !

— Je suis désolée ! »

À son grand soulagement, il s'agissait de Judy.

L'infirmière-cadre rit et agita la main avant de ramasser le stéthoscope que Wendy lui avait fait lâcher.

« Ce n'est pas grave. Ne t'inquiète pas ! » Judy leva les yeux et fronça tout de suite les sourcils. « Wendy ? Qu'est-ce que tu fais là ? »

Elle donnait toujours l'impression qu'elle vous réprimandait, mais Wendy avait appris que c'était sa façon à elle de montrer son affection.

« J'ai… J'ai des heures de bénévolat », bredouilla-t-elle.

Si quelque chose la surprenait encore cette semaine, elle finirait par faire une crise cardiaque.

Judy se renfrogna encore plus.

« Tu n'étais pas obligée de venir aujourd'hui. Tu peux rester chez toi, tu dois être...

— Ça va », l'interrompit Wendy.

Elle n'avait vraiment pas envie d'avoir cette conversation, surtout devant tout le monde.

« J'avais envie de venir, promis. Ça me change les idées. »

Elle jeta un coup d'œil nerveux par-dessus son épaule.

Judy suivit son regard, les lèvres pincées. « Très bien, alors vas-y. Et dis-moi si quelqu'un t'embête, d'accord ? » Wendy acquiesça. Elle se dirigea vers la salle de jeux tandis que Judy aboyait aux autres infirmières : « Vous devez vous ennuyer, à rester là à ne rien faire ! J'ai des bassins hygiéniques à vous faire nettoyer ! »

Wendy tourna au coin et ouvrit la porte de la salle de jeux. Une vague de bruit la balaya. Des blocs de construction étaient empilés dans un coin de la pièce. Au fond, du papier cartonné de couleur et des feutres attendaient sur des tables. Des poufs étaient rassemblés près des livres et des enfants bondissaient de partout. Tout au fond se trouvaient deux ordinateurs dépassés que les plus âgés s'aventuraient parfois à utiliser. Il y avait toujours au moins une infirmière qui surveillait le chaos. À cet instant, elle essayait de reprendre un bâton de colle à Cindy-Qui-Enfonce-Tout-Dans-Son-Nez.

Quelque chose s'écrasa contre les genoux de Wendy. Elle poussa un cri étranglé et recula. Heureusement, elle se rattrapa avant de basculer.

« Mademoiselle Wendy ! couina la petite fille en s'agrippant à ses jambes.

— Rachel. »

Wendy poussa un soupir de soulagement. Elle fit de son mieux pour lui sourire, même si elle avait failli sauter au plafond.

« Tu m'as fait peur.

— Est-ce que tu vas nous raconter une histoire ? » demanda Rachel avec un grand sourire.

Il y avait un trou à la place de ses incisives. Elle possédait de magnifiques boucles brunes que sa mère essayait de coiffer en couettes, et qui finissaient toujours tordues, des mèches retombant sur sa nuque. Rachel adorait colorier et avait un talent particulier pour se mettre du feutre partout sur les joues. Son impétuosité devait angoisser ses parents, étant donné qu'elle faisait des allers-retours à l'hôpital afin de subir plusieurs interventions de l'œil.

« Bien sûr que oui », répondit Wendy.

Elle la guida jusqu'au coin de la pièce où on trouvait quelques bibliothèques basses. Elles débordaient d'un arc-en-ciel de couvertures de livres.

La recherche de Peter devait attendre. Pour le moment, elle devait se concentrer et finir son service.

« Génial ! » Rachel tapa dans ses mains et se jeta dans un pouf.

Wendy s'assit sur la chaise de plastique rouge. « Bien. Qu'est-ce que vous… » Elle s'interrompit. À côté de Rachel, un garçon était enfoncé tête la première dans un pouf, bras et jambes écartés. « Euh… Tristan, est-ce que ça va ? »

Il n'avait que 7 ans, mais un talent particulier pour jouer la comédie.

« Je suis une étoile de mer », grommela-t-il en réponse.

Preuve à l'appui.

« Une étoile de mer ? » répéta Wendy en ne cachant qu'en partie son amusement.

Rachel croisa les bras et souffla.

« On jouait à “Sous l’océan” et Tristan voulait être le requin, mais on a décidé de le laisser à Alex parce qu’il est nouveau, et puis Tristan s’est énervé quand on lui a dit qu’il faisait l’étoile de mer, et maintenant il boude. »

Tristan répondit par un « Humph ».

Wendy acquiesça solennellement.

« Oh, je vois », dit-elle du ton le plus sérieux possible.

Cela ne suffit pas à Rachel.

« Tristan, si tu continues à être méchant, on jouera plus avec toi !

— Je m’en fiche ! »

Rachel le fusilla du regard et se retourna de façon dramatique.

« Alex ! Viens t’asseoir à côté de *moi* ! »

Elle agita la main, couverte d’encre bleue, en direction d’un petit garçon que Wendy n’avait pas remarqué. Il se tenait à l’écart des autres. Il avait une tignasse noire et de grands yeux marron à l’air inquiet. Son sweat à capuche bleu exagérait encore sa petite taille.

« Bonjour, Alex. Je m’appelle Wendy », le salua-t-elle avec un sourire.

Quelques autres enfants les rejoignirent.

Les joues d’Alex devinrent rouge vif et il se précipita vers une chaise. Il appuya le menton sur la table et regarda Wendy entre les manches de son sweat-shirt.

« Il est timide », déclara Lucie en prenant place à côté de Rachel. Née avec les os du poignet fusionnés, Lucie subissait une série d’interventions pour y remédier. Wendy avait très vite découvert qu’il s’agissait d’une de ces enfants dont les mains collaient en permanence, et ce, de façon inexplicable. La petite fille chuchota : « Il ne fait pas très bien le requin. »

Rachel poussa Lucie et Alex se cacha le visage.

« C’est pour ça que ça aurait dû être moi ! » déclara Tristan en se laissant tomber sur le dos.

Tout le monde, sauf Alex, se mit à parler en même temps.

« On se calme ! » intervint Wendy. De toute évidence, les requins étaient un sujet sensible. « Quel livre voulez-vous que je vous lise aujourd'hui ? demanda-t-elle en passant un doigt le long des ouvrages.

— Peter ! » cria Lucie. Wendy se figea. « Raconte-nous une histoire de Peter Pan ! »

Les autres enfants acquiescèrent avec enthousiasme.

Wendy se mordit la lèvre. Sérieusement ? Ce temps de bénévolat était censé lui changer les idées, mais il semblait qu'elle ne pouvait échapper à Peter.

Elle eut presque envie de rire. Pas par amusement, plutôt de façon hystérique.

« Mais, mademoiselle Wendy, Alex ne sait pas qui est Peter Pan ! déclara Rachel, soucieuse.

— Et alors ? » marmonna Tristan.

Wendy se concentra.

« Eh bien, ce n'est pas grave. Je lui expliquerai. »

Alex frottait un bout de papier cartonné bleu entre son pouce et son index, sans cesser de lui jeter de petits coups d'œil. Wendy se pencha et appuya les coudes sur ses genoux. Son jeune public se tut. Même Tristan la triste étoile de mer se redressa.

« Comme la plupart d'entre vous le savent, Peter Pan est un garçon magique, commença Wendy. Il ne grandit jamais, il est enfant depuis la naissance des étoiles. Il se sert de la poussière de ses amies les fées pour voler jusqu'à la Terre et retrouver les enfants perdus, des garçons et des filles qui le rejoignent au Pays imaginaire. Là, ils vivent des aventures avec lui. On peut arriver au Pays imaginaire en suivant…

— La deuxième étoile à droite ! » s'exclama le groupe en chœur.

Wendy sourit. La familiarité de l'histoire était un réconfort.

« Exactement. La deuxième étoile à droite, et tout droit jusqu'au matin. »

Une phrase bien répétée, celle que sa mère énonçait, celle qu'elle disait à ses frères, et maintenant aux enfants de l'hôpital.

« Peter et les enfants perdus vont à la chasse au trésor, construisent des cabanes dans les arbres, volent avec les fées, combattent des pirates...

— Et rencontrent des sirènes ! » ajouta Rachel.

Wendy acquiesça.

« Oui, et rencontrent des sirènes ! Un jour, Peter Pan explorait des rochers dans le lagon des sirènes et ramassait des coquillages dans les mares quand il entendit quelqu'un appeler à l'aide. » Elle prit un ton inquiétant. « La voix venait d'une grotte profonde et noire, entourée de rochers acérés. Mais puisque Peter Pan est très courageux, il entra dans la grotte pour venir en aide à la personne en danger. À l'intérieur, il vit une sirène prisonnière sur un rocher, retenue par un...

— Un pirate !

— Non, un ours !

— Ça ne nage pas, les ours, espèce d'idiot. Comment il pourrait...

— Si ! Je l'ai vu à la télé un jour...

— Un requin ! » continua Wendy.

Les enfants s'exclamèrent.

« La sirène pleurait, et elle dit à Peter que le requin refusait de la libérer tant qu'elle ne lui donnait pas son collier de perles. Mais la sirène avait passé des années à chercher les perles parfaites qui le composaient sur les rives du Pays imaginaire, et cela lui aurait brisé le cœur de renoncer à son collier.

» Alors Peter jeta un coquillage au requin et le toucha en plein dans le nez ! »

Les enfants éclatèrent de rire.

« Peter cria au requin : “Hé, laisse cette sirène tranquille ! Ce n’est pas parce que tu es grand et effrayant que tu dois donner des ordres !” Mais le requin agita sa grande queue pointue et éclaboussa Peter.

» “Je veux ces perles pour les donner à ma femme ! déclara-t-il. J’ai oublié son anniversaire, alors je dois lui offrir un cadeau très spécial pour qu’elle me pardonne. Et je veux ces perles !” Peter voyait bien que le requin ne l’écouterait pas. Et il avait beau être un excellent combattant, il ne pourrait pas battre un requin. Il savait voler, mais la sirène serait trop lourde à porter. Cependant, Peter Pan était un garçon très intelligent.

» “Hé, le requin ! lança-t-il. Si je te trouve un collier de perles, est-ce que tu la laisseras tranquille ?” Le requin réfléchit un instant et nagea d’un côté puis de l’autre. “Si tu trouves un autre collier de perles, je le prendrai et je la relâcherai. Mais tu dois faire vite ! C’est presque l’heure du dîner et je dois retourner auprès de ma femme !” Peter promit à la sirène qu’il serait vite de retour et s’envola jusqu’à la plage.

» Il trouva le sable le plus blanc et avec sa salive, il forma de toutes petites boules de la taille d’une perle, et il les enfila avec un immense morceau d’algue. Il retourna très vite à la grotte et agita les fausses perles. “Hé, monsieur le requin ! Je t’ai trouvé un collier de perles !”

» Le requin agita la queue d’excitation. “Parfait ! Donne-le-moi tout de suite !” Peter Pan savait que les requins avaient une très mauvaise vue, alors avant de donner le faux collier, il lança : “Libère-la d’abord !”

» Malgré son agacement, le requin accepta. La sirène sauta dans l’eau et s’échappa de la grotte. “Maintenant, donne-moi ces perles !” s’exclama le requin.

» Peter jeta le collier dans les airs et il retomba dans l’eau. Le requin l’attrapa entre ses dents, mais les fausses perles de sable fondirent dès qu’elles touchèrent l’eau. Quand il apporta le collier à sa femme, il ne restait qu'une algue. Face à un tel cadeau d'anniversaire, Mme Requin fut si furieuse qu'elle poursuivit M. Requin dans tout l'océan en lui mordant la nageoire !

» Peter et la sirène les regardèrent depuis la rive et éclatèrent de rire tellement le requin avait l'air bête. Aujourd'hui encore, dans les eaux du Pays imaginaire, on peut voir un requin à qui il manque un gros bout de nageoire. »

La fin de l'histoire fit mourir de rire les enfants.

« Crétin de requin ! lança Tristan.

— Ne dis pas "crétin", c'est un gros mot ! rétorqua Lucie. Et c'est toi qui voulais être un requin !

— Plus maintenant ! »

Wendy rit et secoua la tête tandis qu'ils se lançaient dans une discussion intense pour savoir si Tristan devait être un requin ou une étoile de mer. À l'hôpital, tous les enfants adoraient ces histoires de Peter Pan. Qu'ils les aient entendus des dizaines de fois ou qu'il s'agisse de la toute première, ils semblaient tous adorer le personnage de Peter Pan. Comment leur en vouloir ? Il était magique, merveilleux. On ne le forçait jamais à grandir et il pouvait faire ce qu'il voulait. Wendy l'enviait.

Elle se leva de sa chaise et s'étira. Est-ce qu'Alex avait aimé l'histoire ? Il semblait si timide. Elle espérait que Rachel et Tristan ne l'avaient pas effrayé au point de lui faire quitter la salle de jeux.

Lorsqu'elle se tourna vers la table où il était assis, il n'était plus seul.

Peter était assis à côté du petit garçon, lui-même sur le bord de son siège, en train de regarder entre ses mains en coupe. Peter portait une blouse et affichait un sourire satisfait. Bouche bée, Alex écarquillait ses grands yeux marron.

Wendy trébucha par-dessus les poufs et évita les enfants qui couraient.

« Qu'est-ce que tu fais ici ? » s'exclama-t-elle.

Elle tourna vite la tête de gauche à droite pour voir si quelqu'un l'avait remarqué. Il y avait bien quelques parents et une infirmière, mais, bizarrement, personne ne leur prêtait attention. Ce qui était étrange, étant donné toute celle que Wendy avait attirée. Son pouls s'emballa de panique. Si quelqu'un le reconnaissait, elle aurait de gros ennuis ! Comment pourrait-elle s'expliquer ? Et Peter ?

Alex sursauta, mais Peter regarda Wendy avec un sourire, comme si tout était normal, et qu'il entrait toujours dans les hôpitaux de façon clandestine. Entre ses mains se trouvait un requin simple, mais délicat, plié avec du papier cartonné bleu.

« Salut, lança-t-il joyeusement.

— Où est-ce que tu as trouvé ça ? interrogea Wendy en indiquant l'uniforme bleu.

— Quelque part, répondit-il avec un geste vague de la main.

— Qu'est-ce que tu fais là ? » répéta-t-elle, agacée par son calme et sa nonchalance.

Elle avait cru qu'il serait impossible de le retrouver, et voilà qu'il pliait des origamis ici.

« Je suis venue écouter tes histoires », répondit-il simplement avant de se retourner vers Alex. Le petit garçon scrutait avec intensité le requin de papier en le tapant du bout du doigt. « Elle était pas mal, mais en général, ce sont les sirènes qui embêtent les requins. »

Wendy s'esclaffa de dédain. Ce n'était pas le moment de critiquer ses talents de conteuse !

« Elles peuvent être très méchantes. Tu ne te souviens pas de celles qui ont essayé de te noyer ? demanda Peter en lui jetant enfin un coup d'œil.

— Quoi ? fit Wendy, incrédule. Non…

— Mmh, oui, en fait il vaut mieux », admit-il.

Elle mourait d'envie de le pousser de sa chaise.

« Alex, et si tu allais jouer avec les autres un moment ? » suggéra Wendy. Il fallait qu'elle sorte Peter de là sans qu'il se fasse voir. Du moins par quelqu'un d'autre.

« Il nageait ! » s'exclama Alex en montrant le requin de papier.

Wendy fronça les sourcils. « Il nageait ?

— Oui, il l'a fait nager ! »

Peter sourit d'un air très satisfait et s'appuya contre le dossier de sa chaise. « Tu peux le garder, si tu veux. » Il mit sa création dans la main du petit garçon.

Alex la posa sur la table et la scruta avec tant d'intensité que Wendy craignit qu'il se fasse mal aux yeux.

« Qu'est-ce qu'il veut dire par "l'a fait nager" ? Attends, non. » Wendy leva la paume et interrompit Peter avant même qu'il réponde. Elle ne se laisserait pas distraire. « Comment es-tu entré ici ? D'où tu sors ça ? » demanda-t-elle encore, les dents serrées, en montrant son uniforme.

Peter haussa les épaules et tira sur le col de la blouse.

« Je l'ai trouvé sur une pile dans le couloir », déclara-t-il.

Wendy se frotta le front et lâcha un petit grognement. Elle avait passé la matinée à se demander comment elle allait retrouver Peter. Maintenant qu'il était entré dans l'hôpital comme dans un moulin, elle ne savait que faire de lui. Toutefois, ce qu'elle savait, c'était que si quelqu'un le reconnaissait et le voyait avec elle, ils étaient fichus.

« Il faut que je te parle, déclara-t-elle en jetant un coup d'œil angoissé autour d'elle. Il faut qu'on sorte d'ici avant que quelqu'un te remarque. »

Elle se sentait coupable de le dissimuler au personnel soignant et à la police qui le recherchaient, mais avant que quiconque mette la main sur lui, elle avait elle-même des questions à lui poser.

Rachel se cogna à nouveau contre Wendy et tira sur le bord de sa jupe.

« Mademoiselle Wendy ! chouina-t-elle. Raconte-nous une autre histoire !

— Pas maintenant, Rachel. » Elle essaya de se libérer de la poigne de fer de la petite fille. « Mon *ami* et moi devons discuter. » Elle jeta un regard appuyé à Peter et indiqua la porte du menton.

Rachel se retourna pour le regarder, l'ayant, semblait-il, juste remarqué.

« Bonjour », lui dit-il avec un sourire.

Rachel n'avait jamais été aussi silencieuse que dans les secondes qui suivirent.

Elle le scruta avec soin, les sourcils froncés de concentration. Lui semblait tout à fait détendu. Le silence s'étira, long et pesant.

Wendy était sur le point de demander à la petite fille si elle se sentait mal quand un grand sourire aux dents manquantes naquit sur ses lèvres.

« PETER ! cria-t-elle en se jetant presque sur lui.

— Rachel, non ! »

Wendy tenta de l'écarter, mais elle arriva à se dégager et saisit le T-shirt de Peter.

Il éclata d'un rire lumineux.

« Wendy, c'est Peter Pan ! Tu es amie avec Peter Pan ? » Elle les regarda tour à tour et tira sur le bras de Peter. « Ooh, je savais que tu étais réel !

— Tu vois ? Rachel sait qui je suis, elle », déclara Peter avec satisfaction.

Wendy lutta contre l'envie de le sortir de là en le tirant par l'oreille. Elle le montra du doigt. « Tu ne m'aides pas ! » Ils allaient attirer l'attention de quelqu'un ! « Rachel, ce n'est pas Peter Pan. Peter Pan n'est pas réel, il est inventé. » Encore qu'elle n'en soit plus vraiment convaincue.

L'expression blessée de Peter lui fit presque regretter ces paroles, mais ils n'avaient pas de temps à perdre !

Rachel refusait d'y croire. « Bien sûr que si, il est réel ! » Elle se libéra d'un coup de la prise de Wendy et pressa les joues de Peter entre ses petites mains. « Tu vois ? »

Oui, elle voyait. C'était difficile de ne pas rire face à son visage écrasé, mais elle voyait. Les yeux, l'incisive cassée, les cheveux auburn. Tout était là, qu'elle le reconnaisse ouvertement ou pas.

« Il est un peu vieux, continua Rachel comme si ça jouait en sa défaveur. Mais c'est quand même lui. Ça se voit là dans ses yeux ! Et sa bouche. » Elle tapota sa lèvre inférieure. « Et là, c'est la cicatrice de son combat contre le capitaine Crash McCreevy ! »

Elle indiqua la cicatrice en forme de V sur son bras supérieur. La mention du capitaine rappela à Wendy l'histoire qu'elle avait racontée au moins une douzaine de fois. Un vieux capitaine pirate souhaitait voler tous les bébés tigres pour en faire une couverture, jusqu'à ce que Peter le défie en un duel éprouvant. Le capitaine s'était battu avec le rostre d'un espadon qui avait laissé une coupure en forme de V sur le bras de Peter.

Cette preuve éveilla une autre crise d'excitation chez Rachel.

« C'est Peter Pan !

— Elle a de bons arguments, confirma-t-il.

— Mais Peter, pourquoi tu es si vieux ? demanda Rachel dont le sourire disparut sous l'inquiétude.

— C'est quelque chose que j'aimerais expliquer à Wendy, mais on dirait qu'elle a du mal à me croire. »

Rachel adressa un regard accusateur à Wendy qui se renfrogna.

Le comble, ce serait que Rachel raconte à tout le monde qu'elle avait rencontré Peter Pan. Apparemment, celui-ci y avait déjà songé.

« Tu veux bien me rendre un service, Rachel ? » demanda-t-il en se penchant un peu plus vers elle.

La petite fille acquiesça avec vigueur.

« Ne dis pas aux adultes que je suis là ou je risque d'avoir des ennuis, d'accord ? Ça doit rester un secret entre nous trois... Oh, et Alex », ajouta-t-il avec un geste de la tête en direction du garçon qui scrutait toujours le requin de papier sans ciller.

Rachel acquiesça solennellement.

« Je ne dirai rien. C'est promis. Est-ce que tu reviendras bientôt nous rendre visite ?

— Oui, bi...

— Non ! » coupa Wendy.

Elle écarta enfin Rachel de Peter.

« Il faut qu'on parle, maintenant, Rachel. Va jouer avec Alex. »

Peter se leva et ébouriffa les cheveux déjà bien frisés de la fillette.

« Au revoir, Peter ! »

Rachel le serra très fort avant d'aller s'asseoir sur le siège à côté d'Alex.

Wendy foudroya Peter du regard.

« On y va », gronda-t-elle.

Lorsqu'elle le poussa vers la porte, elle entendit Alex annoncer à Rachel : « Il l'a fait flotter !

— Bah oui, c'est Peter Pan ! »

Wendy traversa le couloir le plus vite possible en tirant Peter par le poignet. Elle ne cessait de regarder autour d'elle, paranoïaque à l'idée que quelqu'un les repère et qu'elle se retrouve plongée dans les ennuis jusqu'au cou. Elle l'entraîna au rez-de-chaussée et traversa le hall jusqu'à une porte vitrée qui s'ouvrait sur une cour déserte.

Lorsqu'elle se retourna d'un coup vers lui, il affichait une expression très amusée. Ses sourcils étaient haussés et le côté droit de ses lèvres tremblait sous ses efforts pour réprimer un sourire.

Ça n'améliora pas l'humeur de Wendy.

« Comment tu as réussi à rentrer sans que personne ne t'arrête ? »

Il y avait un bureau à chaque étage et chaque visiteur devait se présenter avec un badge, et ce *même* s'il portait une blouse.

« Comment ça se fait que personne ne t'ait remarqué ? »

Il n'était pas vraiment discret. Il y avait quelque chose chez lui qui était nettement… d'un autre monde, à défaut d'une meilleure définition. Elle n'arrivait pas à mettre le doigt dessus, mais c'était la sorte d'aura qu'il dégageait.

Aura ? Wendy se pinça l'arête du nez. Mais à quoi pensait-elle ?

« Parce que je ne *voulais* pas qu'on me remarque, expliqua Peter comme si c'était la réponse évidente à une question très bête. Je passe facilement devant les adultes sans qu'ils me voient, de toute façon, ils ne font déjà pas très attention. Mais j'y arrive devant n'importe qui, tu le sais bien, ajouta-t-il avec un rire.

— Non. Je ne te connais même pas ! » rétorqua Wendy en jetant un nouveau coup d'œil à la porte.

Malgré ses paroles, elle perçut le doute dans sa voix.

Peter gémit et renversa la tête. « On joue encore à ça ? » Les sourcils froncés, il se rapprocha. « C'est moi, Peter ! Tu me connais, Wendy ! Je suis réel, le Pays imaginaire est réel. Tu m'as oublié, c'est tout, c'est ce qui se passe quand on grandit ! »

Le ton de sa voix, presque suppliant, la surprit. Il la saisit par le coude.

« Tu te souviens forcément de quelque chose, insista-t-il.

— Je n'y arrive *pas* ! » rétorqua-t-elle en se libérant d'un coup. Elle n'en pouvait plus qu'on le lui répète encore et encore. « Je ne me souviens de rien ! »

Peter baissa les épaules.

Encore que ce ne soit pas tout à fait vrai.

« Enfin… » Wendy déglutit. « J'ai fait un rêve hier soir. Peut-être… peut-être un souvenir. »

Oh non, est-ce qu'elle l'admettait vraiment ?

Peter s'illumina. « C'est vrai ? »

Elle acquiesça. « J'ai rêvé de toi. » Le souffle lui manquait. « Et de moi. Et du Pays imaginaire. »

Un sourire éclaira le visage de Peter, lumineux, immédiat, dévorant. Il la percuta en pleine poitrine.

« Alors tu t'en souviens bien ! »

Mais Wendy n'était pas prête à l'accepter.

« Si tu es vraiment Peter Pan, tu devrais savoir voler et tu es censé être un enfant. Tout l'intérêt de l'existence de Peter Pan, c'est qu'il ne grandit jamais. »

Wendy n'arrivait pas à croire qu'elle débattait de cette logique.

« Oui, bon… » Peter frotta son pied contre le sol. « Ça fait plus ou moins partie du problème. Je ne sais pas pourquoi, mais je grandis, et très vite. »

Il semblait sincèrement inquiet. Depuis leur rencontre, Wendy ne l'avait vu que tout sourire, assuré, bien que doté d'un peu trop d'imagination. Mais voilà qu'il s'agitait nerveusement et jouait avec ses doigts.

« Depuis le départ de mon ombre, j'ai un peu de mal à voler », ajouta-t-il en montrant ses pieds.

Alors que l'ombre de Wendy se formait sur le ciment sous elle, tout comme la veille, la sienne était absente. Elle éclata de rire.

« C'est n'importe quoi !

— Si on ne retrouve pas mon ombre, d'autres enfants vont disparaître, lança Peter avec impatience.

— Quoi ? demanda-t-elle, incrédule. De quoi tu parles ? » Les pièces du puzzle commencèrent à se mettre en place. « Attends… Tu sais ce qui est arrivé à ces enfants disparus ? »

Elle indiqua la direction générale de la salle de pause où, *a priori*, le journal continuait d'être diffusé.

« C'est ce que j'essayais de te dire ! s'exclama Peter en levant les mains. C'est moi qui suis censé trouver et aider les enfants perdus, comme dans les histoires, OK ? » Wendy acquiesça. « Mais depuis que je t'ai découverte avec tes frères dans les bois… »

Wendy eut l'impression d'avoir été giflée. Cette mention désinvolte de ses frères était d'une violence déstabilisante. Ses cheveux se dressèrent sur sa nuque et son cœur remonta dans sa gorge.

Peter ne dut pas le remarquer, car il continua : « Tout a déraillé ! »

Wendy avait l'impression de ployer sous ses mots. C'était trop, trop vite. Elle ne se sentait plus très courageuse, elle ne pouvait plus maintenir son scepticisme. Une vague de nausée la noyait, la même chaque fois qu'on parlait de ses frères.

« Quoi ? » souffla-t-elle.

Le visage de Peter devint très sérieux.

« Ce jour-là, John, Michael et toi, vous êtes venus au Pays imaginaire avec moi. Quand on a cru que vous aviez disparu, vous étiez avec moi.

— Je… Comment… »

Elle ne trouvait pas les mots. Dans la panique et la confusion, elle ne put éteindre une lueur d'espoir au sujet de ses frères.

« Tu sais ce qui est arrivé à John et Michael ? » demanda-t-elle d'un ton pressant.

Peter grimaça et baissa les yeux.

Elle s'avança, insista. « Tu les as vus ? Tu sais où ils sont ? »

L'espoir allumé par les quelques mots de Peter avait quelque chose de fragile, de dangereux.

Jusque-là, il parlait à toute vitesse, et voilà qu'il s'interrompait.

« C'est une longue histoire… compliquée. Ce serait plus facile si tu te souvenais…

— Tu dois me raconter », ordonna Wendy en lui saisissant la main.

Il lui fallait des réponses, et tout de suite.

Les oreilles de Peter rougirent. Il prit une profonde inspiration.

« Comme je te l'ai dit, avant, je venais t'écouter quand tu racontais des histoires à mon sujet. Je venais depuis le Pays imaginaire à la recherche d'enfants perdus ayant besoin de mon aide. Et puis un jour, je t'ai entendue raconter mes histoires à tes frères, alors j'ai écouté derrière la vitre…

— Oui, le truc super malsain de la fenêtre, interrompit Wendy en le lâchant.

— D'accord, mais… » Les joues écarlates, Peter se gratta l'arrière de la tête. « C'était juste pour t'entendre raconter des histoires à mon sujet ! À mon retour au Pays imaginaire, je les répétais aux enfants perdus, ça paraît beaucoup plus malsain que ça ne l'est vraiment, promis. »

Sceptique, Wendy plissa les yeux.

« Bref, un soir, on a discuté, quand mon ombre a disparu la première fois. » Il le disait de façon si naturelle. « Et puis… eh bien, quand vous vous êtes perdus dans les bois. »

Le cœur de Wendy s'emballa, imposant sa présence. Ces cinq dernières années, elle s'était demandé ce qui leur était vraiment arrivé. Tout ce temps, elle avait été privée de réponses et voilà qu'elles tombaient du ciel. C'était peut-être le désespoir, mais à cet instant, elle ne remettait plus du tout ces paroles en question.

« Est-ce que tu sais ce qui nous est arrivé ? » s'étrangla-t-elle.

Peter lui jeta ce regard. Celui de tout le monde quand on parlait de ses frères : les sourcils froncés, la grimace. L'expression universelle de la pitié. Elle la détestait.

« On devrait peut-être aller ailleurs pour en discuter, dit-il doucement.

— Non, tu dois me dire maintenant ! »

Elle lui prit à nouveau la main. Elle ne supporterait pas d'attendre une seconde de plus sans devenir folle, alors tout ce temps pour changer de lieu ?

« OK, OK ! » De sa main libre, Peter lui fit signe de baisser la voix. « Quand je vous ai trouvés, vous étiez au milieu des bois. Je… je ne sais pas ce qui s'est passé avant. » Il hésita un instant. « Mais il faisait presque nuit et vous aviez peur, alors je vous ai emmenés au Pays imaginaire.

— L'île magique dans le ciel ? »

Wendy avait toujours du mal à l'accepter, mais, surtout, elle voulait qu'il lui raconte le reste.

Peter fit la moue.

« C'est la description la plus simple, on va dire.

— Pourquoi tu ne nous as pas ramenés chez nous ? »

Une autre longue pause.

« Je… Vous ne vouliez pas rentrer, vous vouliez rester avec moi », dit-il avec un petit haussement d'épaules.

Si ça n'avait pas été si impossible, ça aurait été presque crédible. L'un des derniers souvenirs de Wendy, juste avant la disparition, c'était d'un conflit avec son père. Il voulait qu'elle quitte la chambre qu'elle partageait avec ses frères et qu'elle en ait une à elle. Il lui avait dit qu'il était temps qu'elle grandisse et qu'elle ne pouvait continuer à inventer des histoires avec ses frères éternellement.

Elle avait été si furieuse contre lui. Et elle savait qu'il se sentait coupable de leur disparition, qu'il croyait qu'ils avaient fugué parce qu'il les séparait.

Mais qu'en était-il de Nana ? Elle s'était enfuie dans les bois et ils lui avaient couru après. Wendy s'en souvenait.

« C'était génial de vous avoir au Pays imaginaire », continua Peter, plus bas.

Wendy était plus que consciente de sa proximité, de la chaleur de sa main dans la sienne.

« On a vécu des aventures, vous avez pu rencontrer les autres enfants perdus et moi je t'écoutais tout le temps raconter des histoires. »

Il lui adressa un faible sourire qui disparut vite.

« Et puis un tas de trucs bizarres ont commencé. D'abord, des petites choses. Les fées se sont mises à avoir peur, elles ne voulaient plus jouer avec nous le soir. Elles se cachaient dans les arbres. J'ai essayé de leur parler, mais elles refusaient de me dire ce qui n'allait pas, comme si elles étaient trop effrayées. »

Wendy se surprit à acquiescer.

« D'un coup, j'ai eu de plus en plus de mal à voler, ce qui n'était jamais arrivé. Plus vous restiez, plus ça empirait. Comme si je ne me contrôlais plus. Puis, un soir, à mon réveil, mon ombre avait disparu. »

Il s'interrompit. Il s'attendait clairement à une réaction de sa part, mais Wendy ne prononça pas un mot. Elle était trop occupée à essayer de tout assimiler, la magie, les fées, le Pays imaginaire.

Comme elle ne répondait pas, Peter poussa un gros soupir. « Ce n'est pas pour rien que les ombres sont attachées aux gens. Ce sont des créatures maléfiques. Pas comme les fées, qui mettent le bazar parce que ça les amuse. Les ombres sont faites de toutes les parties négatives de nous-même. Elles se nourrissent des mauvaises pensées, de la peur, de l'inquiétude, de la tristesse et de la culpabilité. » Peter passa les dents sur sa lèvre inférieure. « Quand quelqu'un est consumé par ces émotions, ça donne à l'ombre un pouvoir sur lui. Si elle devient assez forte, elle peut s'enfuir et faire des choses horribles. Surtout la mienne. Et quand elle s'est enfuie, elle s'est mise à voler des enfants perdus.

— Mais comment une ombre peut-elle voler des gens ? Ce n'est que l'absence de lumière ! »

Ou un truc du genre. Maintenant qu'elle y réfléchissait, Wendy se sentait incapable de définir une ombre de façon concise. Elle n'y avait jamais vraiment réfléchi.

« Ouais, bah, la tienne peut-être. Vous qui vivez ici, dans ce monde, vous avez de la chance. La magie est partie il y a si longtemps qu'elles sont faibles et ne peuvent s'échapper. Par contre, elles peuvent s'emparer de quelqu'un de normal. Les pensées négatives peuvent dévorer quelqu'un et dissiper toute sa joie. Elles veulent que vous vous sentiez seuls et abandonnés. Comme si elle aspirait toute votre énergie et ne laissait de vous qu'une coquille vide. »

Wendy songea aux années qu'elle avait passées à pleurer la nuit, criblée de culpabilité, ses frères lui manquant si fort que c'en était physique. Elle songea à son père qui s'endormait à son bureau, une bouteille à la main. À sa mère qui parlait dans son sommeil.

« Quant à mon ombre ? » Peter secoua la tête. « Toute mon existence est emplie de magie. Le Pays imaginaire l'a maintenue éveillée.

— Mais qu'est-ce qui nous est arrivé à mes frères et moi ?

— Quand des enfants perdus ont commencé à disparaître, j'ai compris que tu n'étais plus en sécurité au Pays imaginaire, alors je t'ai ramenée dans votre monde. » Peter oscilla d'avant en arrière. « Je t'ai déposée dans les bois.

— Juste moi ? Et mes frères ? Qu'est-ce qui leur est arrivé ? »

Peter parla d'une voix lente, choisissant de toute évidence ses mots : « Ils ne pouvaient pas revenir… » Il s'interrompit.

« Quoi… ? Pourquoi ? »

Si tout était vrai, que Peter l'avait ramenée pour la protéger, pourquoi sans ses frères ? Une idée la frappa.

« L'ombre ? Est-ce qu'elle les a kidnappés aussi ? »

Peter acquiesça en silence.

« Alors nous devons les retrouver ! »

Ce n'était pas une bonne nouvelle, mais au moins, ça lui donnait un champ d'action.

« Où est-ce qu'elle les a emmenés ?

— Je ne sais pas... Je croyais qu'après t'avoir ramenée, je les retrouverais, dit Peter, désemparé. Que si tu retournais dans ton monde, les choses redeviendraient peut-être normales. Ça n'a fait qu'empirer. J'ai commencé à grandir. » Il frissonna très fort. « J'ai senti la magie en moi se vider. Il fallait que je retrouve mon ombre, pour l'empêcher d'emporter les enfants et récupérer ma magie. J'ai enfin suivi sa trace jusqu'ici. Je crois qu'elle te cherchait, puisque tout a commencé à ton arrivée au Pays imaginaire. » Peter la regarda fixement. « C'est l'ombre qui enlève les enfants, expliqua-t-il. Et je crois qu'elle les retient dans les bois. »

Les bois.

Même si cela défiait toute logique, et la physique, au passage, personne ne lui avait donné de meilleure explication.

« Quand tu m'as trouvé au milieu de la route, j'étais à sa poursuite. Je l'avais presque attrapée, mais je n'ai pas réussi à la retenir et je suis tombé. »

Il était donc vraiment tombé du ciel.

Wendy se rappela soudain ce qui l'avait fait sortir de la route : la masse noire.

« Je... » Elle fronça les sourcils, en essayant de donner un sens à tout cela. « Avant que je te trouve, quelque chose s'est écrasé sur le toit de mon pick-up, expliqua-t-elle lentement. Quelque chose de noir... Ça avait un peu la forme de quelqu'un, mais c'était sombre et plutôt... transparent.

— Tu l'as vue ? demanda Peter qui s'illumina soudain. Tu as vu mon ombre ?

— Je ne sais pas ce que j'ai vu, répondit-elle très vite. Ça aurait pu être un tas de choses, en fait. Mais... si c'est ton ombre, et si tout cela est vrai, alors... elle détient toujours John et Michael ? »

Peter garda le silence un instant, puis acquiesça.

Wendy lâcha un rire tendu et se libéra enfin de la prise de Peter. Elle se passa la main dans les cheveux et ferma très fort les yeux.

« Ça ne peut pas être réel !

— Wendy. » Quelque chose attira l'attention de Peter derrière elle, il lui prit les poignets et parla très vite : « Il faut que tu me croies !

— Mais comment je peux croire à tout ce que tu dis ? Tout ce que tu m'as raconté est impossible ! »

Un désespoir dévorant lui faisait tourner la tête. Elle avait envie de le croire, de croire que toute cette histoire était réelle, qu'il savait où se trouvaient ses frères. Qu'elle pouvait les ramener.

Peter lâcha un grondement frustré. Il se pencha et la regarda dans les yeux. Wendy retint son souffle.

« Il faut que tu m'aides ou d'autres enfants vont disparaître.

— Wendy ? »

Elle se retourna d'un coup lorsque Jordan passa la porte de la cour.

Elle tenait un gobelet à café à la main et mâchonnait une paille vert fluo. Elle jeta un coup d'œil curieux à Wendy.

« Ça va ? demanda-t-elle en traversant la cour.

— Quoi ? »

Wendy se retourna vers Peter, mais il avait disparu. Elle regarda tout autour d'elle.

« J'ai dit : est-ce que ça va ? » répéta Jordan avec un rire soucieux.

Elle portait sa blouse et son badge autour du cou. Elle commandait toujours un café avant ses six heures de bénévolat et avait cette habitude dégoûtante de le boire tout au long de la journée, jusqu'à ce qu'il soit froid. Elle venait probablement de terminer son service.

« Oui, je... Ça va », bredouilla Wendy.

Où avait-il disparu ? Il n'y avait qu'une seule porte d'accès et Jordan la bloquait.

« C'est qui, ce garçon à qui tu parlais ? »

Wendy se retint de dire : *Tu l'as vu toi aussi ?* « Euh... quel garçon ? Je ne parlais à personne.

— J'ai cru voir un garçon ici avec toi, continua Jordan en regardant autour d'elle. Attends... » Elle inspira de façon dramatique. Ses lèvres se tordirent sous la forme d'un sourire diabolique. « Tu n'avais pas un rencard secret, dis-moi ?

— Je... euh...

— Wendy Darling, tu deviens toute rouge ! »

Elle éclata de rire.

« Quoi ? couina Wendy. Non... je... Non ! Je ne parlais à personne. J'avais juste besoin de prendre l'air. »

Elle tira sur le col de son T-shirt, sa peau devenant vite chaude et moite.

« Ouais, ouais, c'est ça. » Jordan aspira le reste de son café par la paille spiralée. « De toute façon, je finirai bien par te tirer les vers du nez. » Elle lui adressa un sourire entendu. « Tu es très mauvaise menteuse. »

La meilleure solution était encore de la distraire. « Attends, qu'est-ce que tu fais ici ? »

Son amie haussa les sourcils. « Je viens te chercher pour qu'on aille dîner ! Comme *tous* les mercredis après le bénévolat.

— Oh, c'est vrai. »

Wendy était toute chamboulée. Elle arrivait à peine à se concentrer sur quoi que ce soit d'autre que les révélations de Peter.

« Hé, tu es sûre que ça va ? » Jordan avait repris son sérieux. Elle posa une main sur l'épaule de Wendy. « Tu n'as pas l'air dans ton assiette. Et si tu consultais l'un des médecins ?

— Non, non, ça va. » Wendy essuya la sueur de son front du revers de la main et s'écarta de Jordan. « Je n'ai pas assez dormi la nuit dernière, c'est tout. Tu sais, après tout ce qui s'est passé… »

Son amie lui adressa un petit sourire, le spécial *Pauvre Wendy*. Heureusement, elle savait quand il ne fallait pas insister.

« Alors, autant te sortir d'ici. On s'arrêtera à *Coffee Girl* pour manger un truc. »

Elle ouvrit la porte. Avant de passer le seuil, Wendy leva les yeux. Elle s'attendait à moitié à voir Peter, en suspension sous les nuages. Il n'y avait qu'un oiseau blanc qui volait dans le ciel bleu.

CHAPITRE DIX

L'OMBRE

Elles passèrent quelques heures à *Coffee Girl*, un mignon petit café sur la jetée qui partait de la promenade d'Astoria. Jordan y travaillait quand elle ne faisait pas ses heures de bénévolat à l'hôpital. Elle était déterminée à économiser autant d'argent que possible avant leur départ à l'université de l'Oregon à l'automne.

Dedans, les murs étaient peints en orange et les tables et les chaises toutes disparates. Une petite théière dans laquelle poussait une succulente soutenait le menu sur leur table. Elles s'étaient assises dans le fond, près d'une des nombreuses fenêtres qui surplombaient le fleuve. Des guirlandes de lumières éclairaient l'intérieur toute l'année. Au loin, Wendy entendait l'aboiement des phoques.

Elle n'avait pris que quelques bouchées de son sandwich et sa tasse de thé ne l'aidait pas à calmer sa nausée. Elle était épuisée et n'avait ni la force de papoter, ni celle de faire comme si tout allait bien alors que c'était loin d'être le cas, qu'il s'agisse d'elle ou de la situation.

Heureusement, Jordan mena la conversation entre deux bouchées de panini à la dinde. Elle parla de l'équipe de natation locale à laquelle elle s'était jointe pour l'été, de sa liste de courses pour l'emménagement dans les dortoirs et du dernier film d'horreur qu'elle avait vu avec Tyler. Le regard perdu vers la baie vitrée qui faisait face au fleuve Columbia, Wendy passa le doigt le long du logo de *Coffee Girl* imprimé sur son mug, le profil d'une femme tenant une tasse.

« Tu es sûre que ça va ? » demanda à nouveau Jordan dans sa voiture alors qu'elle ramenait Wendy à l'hôpital où elle récupérerait son pick-up. Cette dernière observait les cargos descendre le fleuve quand la question de Jordan l'arracha à ses pensées.

« Oui, ça va », répondit-elle en se frottant les tempes.

Elle était fatiguée, alors la lassitude et l'irritabilité la picotaient.

Mais Jordan maîtrisait l'art de déchiffrer Wendy Moira Angela Darling. « C'est que tu ne m'as pas regardée dans les yeux depuis notre départ de l'hôpital. » D'une main, elle se mit à compter sur ses doigts, tout en guidant le volant de l'autre. « Tout ce que tu m'as dit, c'est une série de *ouais*, *mmh*, et *oh*. »

Ses sourcils formèrent une ligne dure.

Jordan se mettait rarement dans cet état. D'habitude, quand Wendy se renfermait, elle se montrait douce et n'insistait pas trop. Cette fois, elle était agacée.

« Tu as mangé du bout des lèvres, et tu n'arrêtes pas de tirer sur tes cheveux, ce qui n'arrive que quand tu es troublée. »

Wendy était en train de se passer les doigts dans les cheveux. Elle arrêta son geste et posa les mains sur ses genoux.

Elle tourna la tête. Jordan avait haussé les sourcils d'un air impatient.

Jordan était la seule personne au monde à qui Wendy se sentait capable de se confier. Elle ne l'avait jamais jugée ni cru les ragots qui s'étaient répandus en ville. Elle était sa première ligne de défense, la seule qui tenait bon, même quand ses propres parents reculaient.

La seule à qui Wendy se sentait de parler de ce qui la tourmentait : ses frères, les bois, ses parents. Mais les événements de ces dernières quarante-huit heures étaient d'un tout autre genre. Comment lui expliquer Peter ? Si elle lui disait qu'il avait débarqué dans son jardin, puis au service pédiatrie de l'hôpital, elle paniquerait. Comme toute personne saine d'esprit. Jordan verrait un inconnu qui s'était échappé de l'hôpital et que la police recherchait.

Le plus terrible, c'est qu'en y réfléchissant, Wendy avait toutes les raisons d'avoir peur de Peter. Ou du moins de s'en méfier.

Quant à tout ce qu'il avait dit… Que penserait Jordan si Wendy lui racontait qu'il prétendait être Peter Pan en personne ? Que son ombre avait disparu et enlevé des enfants ? Qu'elle commençait à s'en convaincre ? Elle faillit rire.

Jordan ne la croirait jamais. Wendy était seule.

« Wendy ? »

Jordan semblait sincèrement inquiète, maintenant. Elle essayait de regarder Wendy sans quitter la route des yeux. Si elle ne la rassurait pas vite, elles auraient un accident. Ou pire, Jordan dirait quelque chose à ses parents.

« Est-ce que tu as jamais… » Wendy se racla la gorge pour trouver sa voix. « Est-ce que tu t'es jamais demandé s'il y a… plus que le monde que nous connaissons ? »

Jordan se gara dans le parking de l'hôpital, près du pick-up. Elle se tordit sur son siège vers Wendy et pencha la tête sur le côté.

« Comme quoi ? Des extraterrestres ?

— Non, pas des extraterrestres...

— Parce que ça, j'y crois. »

Wendy lui jeta un regard mauvais.

« Tout cet espace et ces planètes inexplorées ? continua Jordan en agitant la main. On ne me fera pas croire qu'on est la seule vie dans...

— Non, pas comme des extraterrestres », l'interrompit Wendy, frustrée.

Son amie s'arrêta de rire.

« Comme de la magie », dit-elle enfin en jouant avec la lanière de son sac.

Jordan fronça les sourcils de désarroi. « Comme... ?

— Les contes de fées, tout ça, continua Wendy avant de se dégonfler.

— Comme Peter Pan ? »

Elle se redressa. « Oui ! »

Les sourcils de Jordan remontèrent jusqu'à la racine de ses cheveux.

Wendy se racla la gorge.

« En fait, je n'arrête pas de réfléchir, avoua-t-elle en se passant les mains dans les cheveux. Je n'arrête pas de le dessiner, et d'autres trucs bizarres, sans même me rendre compte de ce que je fais. »

Jordan hocha la tête, mais elle semblait loin de comprendre.

« Et je fais des rêves étranges. » Les joues brûlantes, Wendy contempla ses mains. « Du coup, je me demande si la magie est réelle, si le Pays imaginaire pourrait exister. » Elle s'humecta les lèvres. « Si Peter Pan pourrait exister. »

Un silence s'instaura entre elles. Quelque part au bout de la rue, un chien aboya.

« Wouah. » Jordan lâcha un petit rire gêné. « Ton imagination déborde de folie, hein ? » Elle sourit, mais de façon forcée. « Elle te fait faire des rêves bien délirants et... »

Les épaules de Wendy s'affaissèrent sous le coup de la déception.

« Hé. » Jordan lui toucha doucement le bras. L'inquiétude était gravée dans ses traits. « Qu'est-ce qui se passe ? »

Elle ne croirait jamais à quelque chose de si impossible, c'était évident. Wendy n'y croirait pas non plus, si les rôles étaient inversés.

« Ce n'est rien, promis. Tous ces enfants qui disparaissent, ça commence à me peser. » Ce qui était vrai, au moins. « Et je ne dors pas assez. » Elle se força à sourire. « Comme je l'ai dit, je suis juste très fatiguée. »

Jordan ne semblait pas très convaincue, mais son expression s'adoucit. Elle se mordilla la lèvre d'une façon qui trahissait son envie d'insister. Malgré tout, elle finit par lâcher un gros soupir. « OK… » Puis, plus déterminée : « OK. »

Elle coupa le moteur. Sans la climatisation, la chaleur monta vite sous le soleil de l'après-midi. De la sueur picota tout de suite le creux du dos de Wendy.

« Rentre chez toi et couche-toi tôt ce soir », dit Jordan. Elle lui adressa un petit sourire et fronça le nez. « Bois cette affreuse tisane à la camomille que tu adores.

— OK, *maman* ! » lança Wendy en essayant de suivre son exemple et de dissiper la tension.

Elle balança son sac sur son épaule et sortit de la voiture.

« Tu n'es pas drôle », lança Jordan.

Son ton manquait de son entrain habituel. Elle attendit que Wendy monde dans son pick-up et allume le moteur pour partir.

Wendy se cramponna au volant, le cuir chaud et collant sous ses paumes. À l'angle parfait, le soleil scintillait dans les griffures qui creusaient le pare-brise.

Elle fit le grand tour pour rentrer chez elle.

La porte était déverrouillée. La voiture de sa mère n'était plus là, mais celle de son père était garée dans l'allée. Elle le trouva assis sur le canapé dans le séjour, la tête en arrière. Ses ronflements faisaient vibrer sa moustache fournie. Les nouvelles locales défilaient à la télévision. Benjamin Lane et Ashley Ford souriaient à l'écran.

Wendy se détourna et entra dans la cuisine. Sa culpabilité et sa crainte se cristallisaient sous forme de colère. Si Peter disait la vérité, ils devaient faire quelque chose.

Elle jeta son sac sur le comptoir, ouvrit le robinet et rinça la vaisselle dans l'évier. Il y avait surtout des mugs de café, et une tasse avec un sachet de thé que buvait sa mère avant d'aller travailler.

Tout en frottant une casserole sale, elle réfléchit au moyen de retrouver Peter. Oui, il se cachait dans la cabane, mais où se situait-elle ? Hors de question de chercher seule dans les bois, même en plein jour. Rien que d'y penser, elle avait le cœur qui s'emballait.

Heureusement, Peter semblait toujours surgir de nulle part, alors elle n'avait peut-être pas besoin de chercher, peut-être qu'il viendrait de lui-même. Wendy coupa l'eau et regarda par les portes vitrées qui donnaient sur le jardin, s'attendant à moitié à l'y voir. C'était effrayant qu'il sache où elle se trouvait avec une telle facilité. Elle essaya de ne pas y penser.

Encore qu'il ne lui ait donné aucune véritable raison d'avoir peur. Il n'avait rien d'intimidant. Quelqu'un dégageant autant de joie ne pouvait être dangereux. Quelqu'un qui souriait ainsi, sans aucune modération ni once d'embarras, ne pouvait pas être sournois.

Les sourcils froncés, Wendy s'essuya les mains sur un torchon. Et maintenant ? Il faisait noir dehors, mais il était trop tôt pour aller se coucher, malgré les ordres de Jordan. Elle ne voulait pas réveiller son père, alors elle ne pouvait pas regarder la télé. Jamais elle n'arriverait à se concentrer assez pour lire un livre. Peut-être que d'autres tâches ménagères étaient la solution.

Elle devait vider son sac de piscine, toujours fourré sous le siège passager de son pick-up. Elle l'y avait abandonné, car contrairement à Jordan, elle ne faisait pas partie d'une équipe estivale. Il avait juste servi de corbeille aux dizaines de dessins froissés que Wendy y avait cachés cet été. Mais si elle voulait être prête pour les épreuves de sélection de l'équipe universitaire, il fallait vraiment qu'elle reprenne l'entraînement et qu'elle fasse des longueurs à la piscine municipale. Une serviette et un maillot de bain propres lui en donneraient peut-être la motivation.

En faisant attention à ne pas réveiller son père, Wendy sortit à pas de loup dans l'allée où elle s'était garée. Elle ouvrit la portière côté passager et se penchait pour ramasser son sac de sport violet quand le réverbère devant chez elle s'éteignit sans un bruit. Elle émergea de son pick-up d'un coup et se leva. Toute la zone était plongée dans le noir. Même le halo de lumière du lampadaire d'en face semblait réduit.

Les battements de son cœur se répercutèrent dans ses veines. Elle se réprimanda intérieurement : avait-elle à ce point peur du noir ?

C'était plus que ça. Quelque chose… clochait.

L'air était lourd et sa poitrine compressée. Elle eut la sensation d'un objet acéré remontant le long de son échine, comme un ongle qui frôlerait sa peau. Un frisson violent la parcourut. Elle sentit un déplacement d'air.

Quelqu'un se tenait derrière elle. Wendy inspira et se prépara à rentrer en courant.

« Bonsoir. »

Cette salutation soudaine excita tous ses nerfs. Wendy se retourna d'un coup, agrippée à son sac de sport.

Un garçon d'environ son âge se tenait à quelques mètres. Wendy plissa les yeux. Dans le noir, elle devinait sa silhouette, sans voir les détails de son visage.

« Bonsoir ? répondit-elle, méfiante.

— C'est bien toi, Wendy Darling ? »

Lorsqu'elle recula d'un pas vers la porte d'entrée, il en avança d'un vers elle.

Sa voix avait quelque chose d'inhabituel. Elle était agréable et presque traînante. Le timbre grave, profond, de quelqu'un qui venait de se réveiller. Ses vêtements devaient être noirs. Il avait les mains dans les poches, une attitude et une voix très détendues, trop détendues alors que le cœur de Wendy cognait dans sa poitrine, que son pouls battait un avertissement.

Elle hésita. « Je… Oui. »

Peter ?

« Qu'est-ce que tu fais dehors à une heure pareille ? » demanda-t-il.

Elle devina tout juste la forme de ses sourcils lorsqu'il les haussa avec curiosité. Peter penchait aussi la tête ainsi, mais non, ce n'était vraiment pas lui. Ce type-là avait les cheveux noir de jais, bien plus sombres que le reste de son visage, toujours noyé dans l'ombre.

« Je vis ici », répondit-elle sèchement.

Il rit. Enfin, elle vit des traits nets : ses dents blanches et son sourire vif. Trop blanches, trop vif, une caricature.

Elle plisse à nouveau les yeux.

« Est-ce qu'on se connaît ? »

Les cheveux sur sa nuque la picotèrent, comme s'ils savaient quelque chose qu'elle ignorait.

Son sourire déjà large s'étira de façon anormale.

« Non, tu ne me connais pas. Mais je t'ai vue dans le coin. » Ses yeux la dérangeaient. Noirs comme ceux d'un requin. C'était forcément un jeu de lumière. « J'allais faire une petite promenade dans les bois. Et si tu te joignais à moi ? On pourrait apprendre à se connaître », proposa-t-il, la main tendue.

Il avait les doigts longs, les articulations anguleuses.

Wendy recula.

« Non, répondit-elle avec fermeté, le menton levé. Il faut que je rentre. Va-t'en, s'il te plaît. »

Le garçon rit à nouveau.

« Ça vaut peut-être mieux. Tu ne devrais pas traîner dehors, pas alors que tous ces enfants disparaissent. » Une lueur lointaine se refléta dans ses yeux. « Tu ne voudrais pas te perdre à nouveau dans les bois. »

Un instant, elle fut si terrifiée qu'elle ne parvint plus à respirer, mais sur les talons de la peur se trouvait la fureur.

« Qu'est-ce que tu as dit ? » Un courage né de sa colère brûlante grandit en elle. « Je ne sais pas pour qui tu te prends, mais… »

Un hurlement d'enfant déchira l'air. Elle sursauta et se retourna d'un coup vers le cri. On aurait dit qu'il venait de son jardin.

L'inconnu rit à nouveau. Lorsque Wendy se tourna à nouveau vers lui, il avait disparu.

Un autre cri retentit, et cette fois il se prolongea. C'était bien un enfant !

Et ça venait effectivement du fond du jardin.

Sans réfléchir une seconde de plus, Wendy lâcha son sac et se précipita vers le portail. Elle courut le long de la maison, les pieds frappant le ciment. Elle trébucha sur le manche d'un râteau et reprit sa course. Le jardin s'étendait devant elle. Les vieilles balançoires ondulaient dans la brise. Juste derrière, de l'autre côté de la barrière, se trouvait un petit garçon. Il continuait à hurler, alors Wendy ralentit et avança à pas lents.

Plus près désormais, elle reconnut l'arrière de sa tête et le sweat à capuche bleu trop grand.

« Alex ? » Le cri s'interrompit d'un coup. Il resta immobile, face au bois, dos à elle. Le souffle de Wendy était tel un rugissement à ses propres oreilles. « Alex, qu'est-ce que tu fais ici ? »

Il se retourna enfin.

Des brindilles et des feuilles étaient coincées dans ses cheveux bruns emmêlés. Ses yeux étaient immenses, les pupilles noires dévoraient la moindre trace de ses iris marron. Des larmes coulaient sur ses joues sales.

« Alex, qu'est-ce qui s'est passé ? » demanda-t-elle doucement.

Elle tendit la main vers lui. Elle tremblait.

Quelque chose n'allait pas. Pas seulement la présence d'Alex dans son jardin, mais son expression terrifiée, l'odeur de terre dans la brise, le silence mortel qui pesait dans l'atmosphère.

Wendy ne cessait de regarder les bois derrière lui. Les arbres sombres dominaient la toute petite silhouette d'Alex. Elle ne voyait pas ce qui s'y trouvait, toutefois la sensation que quelque chose attendait dans le noir lui donnait la chair de poule.

« *Alex.* » Un sentiment d'urgence la saisit. « Prends-moi la main… »

Elle bondit pour le saisir, se cogna les hanches contre la courte barrière. Avant qu'elle le touche, Alex ouvrit grand les yeux.

Il hurla de tout son être.

Frappée par la violence du cri, Wendy grimaça. Elle tituba vers l'avant et manqua de basculer par-dessus la barrière lorsqu'elle essaya de l'attraper. Dans une violente bourrasque froide, de grands doigts de goudron crochus surgirent des arbres et attrapèrent les jambes d'Alex, le renversant. Frénétique, il griffa la terre, essaya de ramper vers Wendy, mais les doigts l'entraînèrent jusqu'aux arbres.

« Alex ! » hurla Wendy.

Elle croisa son regard. Un instant, elle vit clairement son visage, terrifié, pâle comme la mort, ses ongles enfoncés dans le sol. Puis les bois le dévorèrent.

Sans hésiter, Wendy sauta par-dessus la barrière et courut droit dans la forêt.

Les bois prenaient vie.

C'était dur de trouver une voie à travers les ronces et les racines noueuses. Wendy ne cessait de trébucher, seul son élan la maintenait debout. Les bras épineux des branches des arbres se tendaient vers elle, tentant de l'attirer dans une étreinte douloureuse. Ils giflaient ses joues, s'emmêlaient dans ses cheveux et lui mordaient les jambes, elle se força à avancer malgré tout. Chaque pas sur le sol inégal faisait vibrer ses chevilles, l'une après l'autre, jusqu'aux genoux. Elle devait rattraper Alex. Elle refusait de laisser les bois, ou quoi que soit cette chose, l'emporter.

Elle courut aussi vite que possible, l'oreille tendue pour que sa voix la guide. Elle ne le voyait pas, mais elle entendait ses cris.

Elle se força à accélérer pour ne pas le perdre.

« ALEX ! » essaya-t-elle d'appeler, retenue par ses poumons embrasés.

Elle ne remarqua pas tout de suite les voix.

Elles parlaient tout bas, juste des chuchotements autour d'elle. Ça aurait pu être le sifflement des branches que Wendy dépassait. Puis, un bruit de pas léger, comme si des gens, ou des créatures, couraient dans les bois autour d'elle. Elle ne voyait que des branches basses et des ombres qui zigzaguaient entre les rangées d'arbres infinis. Des voix se faufilaient à travers les géants enserrés de lierre. Elles chuchotaient dans son cou, mais

Wendy ne comprenait pas ce qu'elles disaient. Chaque souffle apportait une nouvelle odeur de peur.

C'était déroutant. Tout était déformé. Elle était perdue. Courait-elle après Alex, ou était-elle poursuivie ?

« Wendy, à l'aide ! »

Le hurlement de l'enfant déchira les murmures.

Un cri étranglé se fraya un chemin dans la gorge de Wendy. Elle se jeta en avant avec une détermination encore plus grande.

Elle se cramponna à la voix comme à une bouée de sauvetage. Sa raison lui hurlait de faire demi-tour, pourtant elle ne pouvait abandonner Alex. Elle refusait.

Soudain, quelque chose lui attrapa la cheville et elle trébucha. Wendy bascula tête la première avant de s'écrouler au sol, sur le côté. Elle s'érafla l'épaule sur des feuilles et des cailloux.

Elle gémit. De la terre et l'odeur métallique du sang engluaient sa langue. Avec un effort, elle se mit à genoux. Son corps protesta, mais elle ne pouvait s'arrêter. Elle devait se relever, continuer à courir, retrouver Alex.

Wendy se leva en titubant.

Elle s'était effondrée dans une clairière. De hauts arbres l'encerclaient. Leurs troncs la dominaient de leur taille, leurs branches s'élevant encore bien au-dessus. L'épais feuillage dissimulait la moindre parcelle de ciel nocturne. Wendy inspira et tenta de reprendre ses esprits. Elle s'était complètement perdue.

D'où venait-elle ? Et où était Alex ? Elle n'entendait plus sa voix. Elle n'entendait plus rien, ni les criquets, ni le vent, ni les chouettes. Autour d'elle, seul son halètement troublait le silence pesant.

Puis elle perçut un bruit faible, quelque chose qu'elle n'arrivait pas tout à fait à identifier, qui grandissait de plus en plus. Les poings serrés, elle enfonça les ongles dans sa chair.

Une respiration emplissait l'espace autour d'elle. On aurait dit qu'elle se trouvait dans une pièce pleine de gens qu'elle ne voyait pas. Elle n'entendait que leur souffle, ne pouvait que le sentir sur sa peau. Certains respiraient lentement, d'autres de façon frénétique, chaque son surmontait l'autre, et ne faisait que grandir.

Wendy tourna la tête de tous les côtés, cherchant avec angoisse d'où venait le bruit, mais il n'y avait personne. La respiration se changea en chuchotements indéchiffrables.

Elle grimaça. Qu'est-ce qui lui arrivait ?

« ALEX ! » hurla-t-elle, guettant sa voix parmi les murmures.

Peut-être que s'il l'entendait, il lui répondrait.

« ALEX, OÙ ES-TU ? »

Une sensation de froid et d'humidité glissa sur sa cheville.

Elle baissa les yeux. Une matière d'un noir profond avait coulé du cercle des arbres. Wendy recula en trébuchant, mais ses pieds s'enfoncèrent dans la boue, et elle faillit tomber. Les chuchotements devinrent plus empressés, l'appelèrent. Wendy tenta de s'enfuir, en vain, ses pieds restaient collés. Des filaments s'enroulèrent autour de ses jambes et remontèrent, glacés. Elle s'enfonçait lentement, attirée sous la terre.

« Non, non, non ! »

La panique la saisit. Elle tenta de libérer sa jambe, sans succès. Les ombres attrapèrent ses poignets. Des griffes collantes se refermèrent sur ses bras puis son cou. Enfoncée jusqu'à la taille, elle se débattit. Des larmes brûlantes coulèrent sur ses joues pendant qu'elle essayait d'arracher la substance noire de son visage. Elle ne fit que s'étirer et couler sur ses mains, en direction de sa bouche.

Lorsqu'elle passa l'arrondi de ses lèvres, Wendy renversa la tête, inspira profondément et appela à pleins poumons la première personne qui lui vint à l'esprit : « PETER ! »

Le noir se referma sur sa bouche. Tandis qu'il l'engloutissait, une seule pensée traversa sa panique et sa peur démesurée : était-ce ce qu'avaient subi ses frères ?

Alors même que les ombres glissaient sur ses yeux, de la lumière explosa de nulle part. Soudain, elle vit à nouveau. Des éclats d'or grésillèrent au contact de la noirceur. Un hurlement déchira la clairière, la substance se ramassa sur elle-même et retomba par poignées de cendres. Les étincelles désintégraient la noirceur, sans blesser Wendy.

Un bras fort se referma sur sa poitrine et la libéra. Elle se débattit, tomba à genoux. Elle recula vivement et donna des coups de pied furieux aux dernières plumes de cendres.

Des cendres, et un tapis d'étincelles dorées qui illuminaient la clairière. Elles dansaient et scintillaient autour de Wendy. Rêvait-elle ?

Peter se tenait au centre. Les étincelles clignotaient sous ses pieds nus. Il tendait sa paume droite tandis qu'il tenait une épée dans la gauche, mais pas une épée ordinaire, encore que Wendy n'en ait jamais vu en vrai. Mais celle-ci était composée des mêmes étincelles qui l'entouraient. Elle semblait solide et lourde, avec une poignée en cage qui se prolongeait en une longue lame incurvée. Elle brillait. Sa lumière éclairait les profondes rides d'inquiétude creusant le regard de Peter. Son regard intense cherchait celui de Wendy. Les étincelles s'y reflétaient en dansant.

« Wendy, est-ce que ça va ? »

Peter fit un pas et elle eut un geste de recul. Il suivit son regard, focalisé sur son arme. Il jura tout bas et, d'un geste du poignet, la fit disparaître dans une pluie d'étoiles.

Cela la réconforta à peine. Elle avait la tête qui tournait, le souffle court. Il ne restait plus aucune trace de la noirceur.

« C'était quoi, ce truc ? » croassa-t-elle.

Ce qui l'avait attaquée avait disparu, toutefois la lumière commençait à faiblir. Wendy ne voulait pas se retrouver seule dans le noir. Elle se leva avec précipitation, les jambes tremblantes et épuisées. Elle tituba. Cette fois, elle laissa Peter l'aider.

« Peter, je t'en prie, il faut qu'on parte d'ici. Il y a quelque chose dans les bois », supplia-t-elle, la voix rauque et brisée.

Elle tira sur son bras avec des mains tremblantes en regardant de tous les côtés. Ils n'étaient pas seuls. Quelque chose rôdait. Quelque chose qui l'emporterait. Des larmes l'aveuglèrent.

« Chut, tout va bien, elle est partie. » Peter posa une main chaude sur sa joue, toutefois sa voix douce ne réussit pas à rassurer Wendy.

Elle secoua violemment la tête. Ses jambes la lâchèrent. Leur seule source de lumière disparaissait vite.

Elle tira plus fort sur le bras de Peter.

« On doit sortir d'ici… On ne peut pas rester ici ! Je ne peux pas ! »

Elle sentait les bois se refermer sur elle. D'un instant à l'autre, des doigts en sortiraient et l'emporteraient. Elle se retrouverait prisonnière à jamais de la forêt.

Ils devaient partir, s'enfuir…

Puis un poids s'abattit sur elle : la raison de sa présence en ce lieu.

« Alex, s'étrangla-t-elle. Elle a pris Alex ! » Les cheveux collés aux lèvres, elle tourna sur elle-même dans tous les sens. « Alex ! » hurla-t-elle à s'en déchirer la gorge. Dans quelle direction était-il parti ? Où l'avait-on emporté ? « On doit le ramener ! » Elle se dirigea vers les bois, mais Peter la rattrapa par le coude.

« C'est toi qu'on doit ramener chez toi. »

Sa voix était calme, ce qui ne fit qu'énerver Wendy. Elle était furieuse qu'il garde un tel sang-froid.

« Non, on doit retrouver Alex. On ne peut pas l'abandonner ici ! »

Elle essaya de se libérer, mais il maintint sa prise sur son bras.

« Ils ne sont plus là », dit-il. Il avait l'air découragé, mais sûr de lui. « Il fait sombre, on ne sait pas par où ils sont partis, on doit faire demi-tour…

— *Non !* » cria Wendy. Elle s'arracha à sa poigne et le repoussa, les poings serrés. « Il est tout seul ! Tu ne sais pas ce que c'est d'être perdu dans ces bois ! On ne peut pas l'abandonner ! »

Les yeux de Wendy picotèrent et sa vue se brouilla. Elle se les frotta avec colère. Il ne voyait donc pas ? Il ne comprenait donc pas ?

Peter laissa retomber ses bras. Il abaissa les sourcils, et son expression de pitié lui donna envie de le gifler.

« Wendy », dit-il avec douceur.

Mais Wendy n'avait pas besoin de douceur. Elle avait besoin de hurler sa rage contre la nuit.

« On doit le retrouver ! »

Elle imagina les cris terrifiés d'Alex. Elle l'imagina seul et perdu. C'était de sa faute s'il avait disparu. Elle aurait dû le sauver. Elle aurait pu le protéger. Elle songea à ses frères.

« ON NE PEUT PAS LES ABANDONNER ! » hurla-t-elle avant d'être secouée de sanglots.

Elle tomba à genoux. Les bras croisés au-dessus de sa tête penchée pour se protéger, elle referma les doigts dans ses cheveux. Elle était terrifiée, épuisée. Elle voulait retrouver Alex. Retrouver ses frères.

Elle voulait rentrer chez elle.

Wendy sentit Peter s'agenouiller à côté d'elle. À travers ses coudes, elle le vit tendre un poing fermé devant elle.

À l'instant où la dernière des lumières mourut par terre, juste avant que l'obscurité les noie, il ouvrit la main. Des étincelles prirent vie sur sa paume. La clairière resta silencieuse un instant de plus. Puis, lentement, les criquets se mirent à chanter au plus profond des bois.

Wendy regarda fixement les lumières scintillantes. Vives, elles dansaient autour de ses doigts. Elles ne dégageaient aucune chaleur et ne semblaient pas le brûler.

C'était fascinant. Sans les lâcher des yeux, Wendy s'essuya le nez sur son épaule.

« C'est… c'est quoi ? » hoqueta-t-elle dans le tissu de son T-shirt.

Peter lui adressa un faible sourire.

« Tu me croirais si je te disais que c'est de la poussière de fée ? »

CHAPITRE ONZE

RETROUVAILLES

À la lueur de la poussière de fée qui crépitait dans sa main, Peter les guida dans les bois. Il lui avait dit qu'ils ne pouvaient rester plus longtemps, au cas où l'ombre reviendrait. Wendy se serait rebellée, toutefois il n'avait pas tort. Ils n'auraient fait que chercher à l'aveuglette. Son corps était si lourd, figé de chagrin et d'épuisement, qu'elle n'avait plus assez de force pour protester. Le chemin du retour dévora chaque goutte d'énergie qui lui restait.

Peter ouvrait la voie. Au prix de sa fierté, Wendy lui prit le bras tandis qu'ils contournaient les arbres et baissaient la tête sous les branches. Elle avait du mal à se concentrer sur ses pas. La poussière de fée ne cessait d'attirer son regard.

Elle sautillait sur sa paume. On aurait dit qu'elle dansait ou tremblait d'excitation. Ça lui rappelait Michael, qui se tortillait de joie sur son lit quand elle commençait une histoire.

La lumière projetait une lueur chaude sur les pommettes et le bout du nez de Peter, faisait pétiller ses yeux déjà brillants.

Certaines étincelles sautaient plus haut dans l'air, tournoyaient en tire-bouchons avant de s'éteindre, telles des braises dans un feu de joie, mais plus vivantes. Est-ce qu'elles lui chatouillaient la peau ?

Les bois s'étaient tus, toutefois Wendy avait toujours l'impression qu'on les regardait. Après ce qui lui sembla des siècles, ils sautèrent par-dessus la barrière de son jardin. Au moment où elle se demandait ce qu'il ferait de la poussière de fée, Peter tapa dans ses mains et elle s'éteignit.

Wendy ne voulait plus rester près des bois. Un sentiment de perte écrasant menaçait de l'entraîner dans une voie qu'elle essayait d'éviter.

Avec un peu d'insistance, elle convainquit Peter d'entrer.

M. Darling ne dormait plus dans le salon. Sa voiture n'était plus là, il avait dû partir faire une course. Il ne laissait jamais de mot, alors Wendy ne pouvait qu'imaginer quand il rentrerait. Quoi qu'il en soit, elle aurait des ennuis. Elle lui avait promis de ne plus sortir la nuit.

Mais il y avait des problèmes plus pressants.

« De la poussière de fée », répéta-t-elle en s'essuyant le nez du revers de la main.

Peter acquiesça en pianotant sur le comptoir. « Ouaip. »

Maintenant qu'elle se trouvait dans sa cuisine, appuyée contre le même comptoir, elle fut frappée de toute cette étrangeté. Elle le croyait, désormais. Il était Peter Pan, son Peter, car comment expliquer sinon ce qui venait d'arriver ? Elle se surprenait tout le temps à le dévisager.

Peter Pan se trouvait dans sa cuisine. À son grand agacement, elle se sentait plus nerveuse, comme si elle rencontrait son chanteur préféré.

Sous la lumière fluorescente, l'état de Peter devenait flagrant.

Il s'était trouvé de nouveaux vêtements. Cette fois, c'était un jean délavé avec un trou au genou gauche et un T-shirt vert sombre. D'où les tenait-il ? Peut-être les avaient-ils volés sur une corde à linge dans un jardin ou pris dans une boîte d'objets trouvés.

Il avait le visage rouge et quelques griffures. Sa tignasse était tout ébouriffée et ses joues couvertes de terre. Wendy ne devait pas avoir meilleure mine. Elle avait les mains toutes sales.

Elle alla vite se les laver sous l'eau chaude à l'évier.

« C'est le truc qui te fait voler ? » continua-t-elle.

Dans les histoires de sa mère, les enfants perdus et Peter se servaient de la poussière des fées du Pays imaginaire pour pouvoir voler.

« Normalement, oui. » Il toucha doucement une coupure à sa tempe couverte de sang séché et grimaça. Une branche avait dû l'égratigner. « D'habitude, je n'en ai même pas besoin. Mais depuis que je vous ai amenés au Pays imaginaire… » Peter détourna les yeux et joua avec le poivrier en forme de phare près du four. « Je dois en utiliser tout un tas rien que pour décoller. » Il fronça les sourcils, pinça les lèvres et suivit du doigt la spirale au pied du poivrier.

Wendy pressa le torchon dont elle s'était servie pour se sécher les mains et en passa un coin sous l'eau chaude.

« Alors quoi, tu en gardes dans ta poche ? »

Peter se dirigea vers le frigo et commença à réorganiser les magnets. « Quoi ? Non ! » Il rit tout en examinant celui acheté au parc naturel de Fort Stevens. « Je n'ai pas besoin de poussière de fée… ou, plutôt, elle fait partie de moi. J'en suis fait, je crois ? »

Peter se renfrogna et se gratta le menton.

Apparemment, il n'y avait pas beaucoup réfléchi non plus.

Il essaya à nouveau.

« C'est comme… comme si elle se trouvait déjà dans mes veines, tu vois ? »

Wendy acquiesça légèrement quand il se tourna vers elle. « Et l'épée ?

— Je peux l'invoquer avec la poussière de fée. C'est une façon de concentrer ma magie et de me défendre, ainsi que les enfants perdus. »

Elle fronça les sourcils. « Contre quoi ? »

Peter haussa les épaules et attrapa une pomme rouge dans la coupe à fruits du comptoir. « Je sais pas. Des trucs.

— Des trucs ? » répéta Wendy, agacée.

Voyant qu'elle ne lâcherait pas l'affaire sans obtenir de réponse, Peter souffla. « Ça repousse les trucs mauvais, comme les pensées négatives. » Il jongla avec la pomme et la suivit des yeux. « Les pensées négatives des enfants perdus peuvent se manifester sous forme de créatures mauvaises sur l'île, des araignées géantes, des hippopotames meurtriers ou…

— Des pirates ? » dit-elle sans réfléchir.

Peter attrapa la pomme en plein vol et la dévisagea. Sous son regard intense, elle bougea, mal à l'aise.

Après avoir été trouvée dans les bois, et pendant des mois, Wendy avait cauchemardé au sujet d'un capitaine à barbe noire, vêtu de rouge vif, qui brandissait toujours un pistolet argent. Elle se réveillait au milieu de la nuit en sanglotant jusqu'à ce que sa mère la calme.

Ce pirate avait-il été la pensée négative qui l'avait pourchassée au Pays imaginaire ?

Enfin, Peter se racla la gorge. « Oui, des pirates. » Il fit lentement tourner la pomme entre ses mains. « Cette épée me permet de protéger les enfants perdus et de chasser la manifestation de leurs pensées négatives.

— Est-ce que tu peux lui donner une autre forme ? demanda Wendy en imaginant à nouveau l'épée brillante. Comme un filet ?

— Je pourrais, si je voulais ! » Un sourire retroussa ses lèvres. « Mais une épée, c'est tellement plus cool. »

Un rire surpris échappa à Wendy.

« Et bien plus marrant », ajouta-t-il.

Elle leva les yeux au ciel sans pouvoir retenir un sourire. « Oui, d'accord.

— La poussière de fée, c'est ma magie. C'est comme ça que je vole, que je m'occupe des enfants perdus, que je reste jeune… » Il baissa le regard vers son corps. « Du moins avant. » Ses épaules s'affaissèrent. « Je me sens m'affaiblir, comme si ma magie fuyait. » Il posa la pomme et s'approcha de Wendy. « Me débarrasser de ce truc qui essayait de t'emporter m'a beaucoup vidé. Si on ne retrouve pas vite mon ombre, je ne sais pas ce qui se passera, mais ça ne promet rien de bon. »

Wendy lâcha un profond soupir. C'était un vrai problème, qu'elle ne savait pas comment régler.

Peter la regardait avec des yeux immenses, comme s'il attendait qu'elle trouve une solution à tous leurs ennuis. Comment ? Elle comprenait à peine ce qu'il lui disait et elle arrivait à peine à prendre soin d'elle-même. Elle n'avait pu aider ses frères, comment l'aider, lui ?

Wendy franchit la distance qui les séparait.

« Tiens, je vais nettoyer ça », dit-elle en brandissant le torchon mouillé.

Au moins, elle pouvait s'occuper de l'écorchure.

Peter plissa les yeux et s'écarta.

« Ça ne va pas faire mal, gros bébé, dit-elle avec un peu d'exaspération.

— Je suis pas un bébé », grommela-t-il, mais il ne bougea plus.

Wendy fit de son mieux pour oublier la nervosité que sa proximité éveillait en elle. Quelqu'un d'autre en ce monde avait-il découvert que son ami imaginaire était réel ?

Elle pressa le tissu contre sa tempe et Peter grimaça. Il inspira vivement. « Ça pique ! protesta-t-il en crispant la mâchoire.

— Tu exagères. » Malgré sa grimace, il la laissa tapoter l'égratignure jusqu'à ce que le sang disparaisse et qu'il ne reste qu'une fine ligne rouge. « Voilà », dit-elle. Elle traversa la cuisine et ouvrit le tiroir vide-poche. Elle fouilla parmi les vieux ciseaux, les bons de réduction expirés et les pinces avant de trouver un petit kit de couture rouge.

« C'est quoi, ça ? » Peter recula comme si elle brandissait une arme.

« C'est pour le trou dans ton jean », répondit-elle en le montrant du doigt.

Il sembla à peine plus rassuré.

« C'est bon, assieds-toi », dit-elle une main sur les carreaux froids du comptoir.

Peter lui jeta un regard sceptique avant de s'asseoir sur le bord.

« OK, mais attention. Ne me pique pas.

— Dans ce cas, ne bouge pas. »

Il cessa d'agiter le genou, alors Wendy se mit au travail. De ses doigts agiles, elle recousit le tissu effiloché aussi bien que possible.

Peter toucha l'égratignure à sa tempe avec une grimace. « Je ne dois pas dépenser mon énergie à faire des trucs comme voler, tu vois ? J'en ai besoin pour me battre contre l'ombre. La poussière de fée est son opposée. » Peter fit mine de peser quelque chose dans chaque main. « Les ombres sont faites d'obscurité. Elles se nourrissent de la tristesse, du désespoir. Elles manifestent ce dont on a le plus peur et s'en servent d'armes pour se nourrir. C'est pour ça que la mienne vole tous ces enfants. » Il laissa retomber lourdement ses mains.

« Elle utilise leur peur comme une source d'énergie. Ça la rend plus forte.

— C'est... terrifiant », souffla Wendy.

Elle se tourna vers la porte du fond. Quelque part, au plus profond des bois, il y avait des enfants seuls et effrayés, tourmentés par l'ombre.

« C'est pour ça qu'on a besoin de poussière de fée, continua Peter. Elle est faite de lumière, de rires et de joie. Et c'est pour ça que quand on s'en sert et qu'on a des pensées positives, heureuses, ça rend assez léger pour voler. Et que je suis le seul à pouvoir me battre contre elle. Je peux me servir de ma lumière contre mon ombre et l'affaiblir assez pour la capturer. Tu n'auras qu'à la rattacher, comme la première fois.

— Alors c'était bien ton ombre ? » Wendy fit un tour avec le bout du fil et le noua fermement. « Qui a pris Alex et m'a attaquée ? »

La logique ne pouvait expliquer ce qui venait de se passer dans les bois, ce qui était en soi terrifiant.

« Oui. » Peter se frotta les yeux. « Plus elle devient forte, plus je m'affaiblis. Je sens la magie s'écouler de moi. »

Il semblait si fatigué, abattu. Elle en fut d'autant plus inquiète.

Lorsqu'elle tira sur le tissu pour jauger son travail, suffisamment solide pour le moment, elle songea à quelque chose.

« Les bois. » De la chaleur monta dans son cou. Wendy posa l'aiguille et le fil et abandonna le kit sur le comptoir. « C'est pour ça qu'elle les y garde, les enfants disparus et mes frères ? À cause de moi ? »

L'ombre se servait de sa terreur des bois contre elle. Elle avait utilisé Alex comme appât pour la provoquer, utilisé cette promesse de retrouver ses frères, juste pour se nourrir de sa peur. C'était sa faute. Tout était sa faute. Wendy se passa la main dans les cheveux.

« Mais *pourquoi* ? Pourquoi mes frères ? Pourquoi moi ?

— Je n'en sais rien, chuchota Peter en frottant la couture du genou avec le pouce. Tout ce que je sais, c'est que tu es la seule capable de m'aider à attraper mon ombre et la raccrocher. »

Il n'avait pas l'air… très bien. Sa peau bronzée était plus pâle que d'ordinaire. Des cernes se creusaient sous ses yeux qui manquaient de leur éclat habituel. Un changement troublant.

Wendy se demanda quand il s'était reposé et avait mangé pour la dernière fois.

« Si on ne peut pas l'arrêter, qu'est-ce qui se passera ? Qu'est-ce qui arrivera aux enfants ? À mes frères ? »

Il haussa les épaules et contempla le sol. C'était douloureux de le voir ainsi. Son cœur se serra. Tout de même, elle se sentait agacée. Pour l'aider, il lui fallait plus d'indications et de réponses. Elle ne pouvait résoudre ce mystère seule comme par magie. Ces enfants avaient besoin de Peter et elle, il fallait absolument les retrouver et les sauver. Il fallait qu'elle revoie ses frères, qu'elle les ramène.

« Peter… » Wendy hésita. Elle craignait la réponse à sa question. « Qu'est-ce qui se passera si tu continues de t'affaiblir, et elle de se renforcer ? »

Peter leva les yeux et la contempla un moment. Elle le vit réfléchir. Physiquement, il faisait si jeune, même s'il avait grandi. Mais dans son regard intense tournait l'éternité des galaxies. Il était une étoile prisonnière d'un corps d'enfant.

Il haussa à nouveau les épaules. « Rien de bon. » Il essaya d'invoquer un sourire, dérisoire comparé à sa lumière quand il était sincère. « Alors mieux vaut l'éviter. »

Wendy pressa les doigts contre sa bouche et réfléchit.

« Il faut qu'on appelle la police. On a besoin de leur aide », déclara-t-elle enfin.

Elle n'aurait jamais cru l'envisager, mais vers qui d'autre se tourner ?

Les sourcils haussés, Peter secoua la tête.

« Wendy, toi, tu me crois à peine ! Tu penses vraiment que les adultes vont avaler un mot de tout ça ? Ils vont m'enfermer et jeter la clé ! » Il se renfrogna. Elle avait touché un point sensible. « Ils ne peuvent pas nous aider.

— Nous devons au moins leur parler d'Alex ! »

Elle sortit son téléphone de la poche arrière de son pantalon. Elle réfléchit à toute vitesse, ses pensées s'enchaînèrent. Elle devait agir. Trouver des solutions immédiates à ces tâches intimidantes et insurmontables.

« Ils doivent savoir qu'il a disparu, ses parents aussi ! Au moins, les gens seront sur le qui-vive », insista-t-elle. Elle fit les cent pas, son portable bien serré entre ses doigts. « Je... je ne sais pas ce que je vais dire, comment expliquer que je sais qu'il a disparu. Je pourrais inventer quelque chose... »

Son téléphone s'illumina. Une alerte AMBER avec le nom d'Alex emplit l'écran.

« Trop tard », dit-elle. Peter se pencha pour voir. « Ils savent déjà. »

Wendy attrapa la télécommande et alluma la télé. Oui, c'était aussi aux nouvelles. Alex lui souriait depuis le coin de l'écran. Au premier plan, l'inspecteur James se trouvait au milieu de la rue. La lumière vive des caméras éclairait son visage, ce qui lui faisait plisser les paupières.

« *Mme Forestay a assisté à l'enlèvement d'Alex dans leur jardin ce soir, mais n'a pas assez bien vu le kidnappeur pour en donner une description.* »

La culpabilité envahit Wendy.

« J'ai entendu des voix quand j'étais dans les bois, dit-elle en se tournant vers Peter. Je ne comprenais pas ce qu'elles disaient, mais c'étaient des enfants, ça ne fait aucun doute. Je ne les voyais pas, pourtant c'était comme s'ils se trouvaient là, juste hors de vue. » Le souvenir des voix, des respirations, des pas lui donna la chair de poule. « L'ombre s'y cache forcément.

— Je l'avais poursuivie jusqu'aux bois quand tu m'as trouvé sur la route. » Peter la rejoignit. Son épaule frôla la sienne. « Après ce que tu as vu, ça me paraît très probable.

— Est-ce que la police le sait ? se demanda Wendy en regardant l'inspecteur James parler d'un numéro spécial à appeler au cas où on aurait des informations sur les enfants disparus. Est-ce qu'on doit leur dire ? »

Peter serra la mâchoire. « Les adultes peuvent être longs à la détente », dit-il d'un ton plat. Quand il parlait des adultes, il y avait toujours du dédain dans sa voix. « Mais ils finiront par le comprendre. »

Wendy se mordit la lèvre. Elle ressentait le besoin de parler à la police. Mais comment s'expliquerait-elle ? Les inspecteurs espéraient déjà lui tirer les vers du nez, ils soupçonnaient qu'elle mentait ou qu'elle cachait quelque chose. C'était pour cette raison qu'ils avaient surgi chez elle. Si elle leur parlait et qu'ils enquêtaient encore plus sur elle, s'ils fouillaient les bois, trouveraient-ils Peter ? Et comment expliqueraient-ils son existence et son rôle dans toute cette affaire ?

« Ils vont fouiller la forêt, déclara Wendy, parce que c'était évident. Ils vont trouver la cabane où tu t'es réfugié. Ils risquent de te trouver, Peter. »

Ce dernier, qui tapotait le bout de sa chaussure par terre, se figea. Il ne l'avait pas envisagé non plus. Il renversa la tête en arrière et lâcha un rire sans joie.

« On ferait mieux de se dépêcher, alors », dit-il en baissant les yeux vers elle avec un sourire triste.

Wendy pressa les mains contre son abdomen. Elle avait envie de vomir.

À la télévision, l'inspecteur James disparut, ce qui attira son attention. Un portrait-robot le remplaça.

« Oh non. »

L'inspecteur James dit : « *On nous a également prévenus de la disparition d'un autre enfant à l'hôpital avant-hier. Ce garçon avait été trouvé inconscient sur Williamsport Road avant de disparaître peu de temps après son arrivée à l'hôpital. Son nom et son origine sont inconnus, toutefois nous avons de bonnes raisons de croire qu'il est lié à cette série de disparitions.* »

Wendy écarquilla les yeux. *Des raisons de croire qu'il est lié à cette série de disparitions ?*

« Qu'est-ce qui ne va pas ? » demanda Peter. Inquiet, il fit un pas vers elle. « On dirait que tu vas vomir.

— S'ils pensent que tu as un lien avec les enfants disparus, dit Wendy que la panique faisait parler à toute vitesse, et avec ce qui nous est arrivé à mes frères et moi, alors ça veut dire qu'ils croient que moi aussi j'y suis liée ! »

Peter cligna des yeux, puis tout sembla s'emboîter dans sa tête.

« Oh, dit-il avec une grimace. Oups... »

Que pouvait-elle dire à la police ? *Oui, inspecteurs, mes frères et moi nous sommes en réalité enfuis sur une île magique dans le ciel qu'on appelle le Pays imaginaire. Ils ont été kidnappés par une ombre diabolique, mais un garçon magique m'a sauvée et ramenée à la maison ! Oh, et tous ces enfants qui ont disparu ? Eh bien oui, l'ombre les a attrapés aussi, et maintenant, le garçon magique et moi devons les retrouver !*

« Tu as raison, dit Wendy sans lâcher la télé des yeux. Je vais vomir. »

Peter recula.

Le portrait-robot de Peter n'était pas très bon, mais on le reconnaissait tout de même très bien. Son nez était identique, ils avaient aussi réussi ses oreilles, leur pointe qui dépassait un peu. Mais ses joues et sa mâchoire étaient trop rondes et jeunes. C'était son apparence quand elle l'avait trouvé. Maintenant qu'elle le détaillait, penché par-dessus le comptoir, fasciné par la télévision, il devenait évident qu'il continuait à vieillir vite.

Et les yeux, bien sûr, ne lui rendaient pas justice.

L'inspecteur James continuait en voix off : « *D'après sa description, il a les cheveux bruns, les yeux bleus et mesure à peu près 1,70 m. Il aurait entre 12 et 14 ans, et peut être désorienté. Si vous le voyez, merci d'appeler…* »

Wendy scruta Peter. Elle, elle faisait 1,70 m. Peter, à côté d'elle dans la cuisine, la dépassait de plusieurs centimètres. Elle tourna à nouveau les yeux vers l'écran. Elle se rappela son apparence quand elle l'avait découvert. Là ? Il était bien plus grand, et ses joues s'étaient creusées. Ses taches de rousseur, toujours présentes, surmontaient des pommettes plus définies et disparaissaient au niveau de sa mâchoire plus marquée. Avait-il grandi à ce point en quelques jours ?

« Pourquoi tu me regardes fixement comme ça ? demanda Peter en fronçant les sourcils.

— Je ne te regarde pas fixement ! » Wendy s'empourpra et lui donna un coup d'épaule. « En tout cas, la perte de ta magie nous rend service. Si tu vieillis, on aura plus de mal à te reconnaître, dit-elle pour essayer de trouver un point positif.

— Oui, mais ça ne m'aide pas du tout à retrouver mon ombre ! Plus ma magie est faible, plus je vieillis. Je ne suis pas censé grandir, Wendy. Si on ne résout pas vite cette situation… » Les mots semblèrent lui manquer. « Je ne sais pas ce qui se passera, mais ces enfants seront perdus à jamais.

— Et mes frères aussi. »

Peter pressa ses paumes contre ses yeux.

Le bruit d'une clé dans la porte fit sauter Wendy au plafond.

« Oh non ! » jura-t-elle tout bas.

Elle attrapa tout de suite le bras de Peter et tira dessus.

« Aïe ! Quoi ?!

— Chut ! Quelqu'un arrive ! S'il te voit, mon père va piquer une crise ! »

Elle le traîna jusqu'aux portes vitrées qui menaient au jardin.

Oh, mon Dieu, oh non, il devait sortir de la maison ! Si son père tombait sur eux, elle ne serait pas la seule à avoir des ennuis. La serrure cliqueta et la porte s'entrouvrit.

« Il faut que tu partes, maintenant, par la porte de derrière ! »

Elle le poussa, mais il ne bougea pas.

« Wendy ? » La voix lasse de sa mère arriva du salon. « C'est toi ?

— Va-t'en ! » supplia Wendy aussi bas que possible.

Mais Peter ne la regardait même plus. Toute son attention était braquée sur la voix de sa mère, son regard soudain très alerte. Wendy lui pressa le bras en une supplication silencieuse, et inutile. Il se balançait sur la pointe des pieds, tourné vers le salon comme un renard qui cherche un oiseau. Quelque chose bouillonnait dans ses yeux, une intensité que Wendy n'arrivait pas à identifier. Que faisait-il ? S'il ne bougeait pas, elle…

Mme Darling entra dans la cuisine.

« Euh… salut, maman ! » lança Wendy, aussi détendue que possible.

En réalité, jamais personne ne venait la voir à part Jordan.

Peter revint vite à côté de Wendy. Il croisa les mains dans le dos.

Surprise par son étrange comportement, elle tourna la tête vers lui.

Mme Darling portait sa blouse bleue habituelle, ses cheveux rassemblés en un chignon désordonné. Malgré ses lunettes, on voyait les cernes sous ses yeux.

« Oh, tu as de la compagnie ! »

Un sourire amical, mais fatigué, apparut sur son visage quand elle aperçut Peter. Puis elle marqua une pause.

Elle écarquilla soudain ses yeux marron, avec une vivacité que Wendy n'avait pas vue depuis des siècles. Elle porta la main à sa gorge. Sa bouche forma un petit *O* de... quoi ? Surprise ?

La tête penchée sur le côté, Peter restait immobile.

« Euh... maman ? » souffla Wendy.

Sa mère avait-elle vu Peter à l'hôpital ? C'était pour ça qu'elle le regardait comme ça ? Pourquoi Peter agissait-il aussi bizarrement ? Cette intensité silencieuse lui donnait l'impression d'interrompre un moment d'intimité.

« Maman, est-ce que ça va ?

— Mmh ? Oh oui... ça va », répondit Mme Darling.

Elle sembla sortir de sa transe, sans cesser de dévisager Peter à travers ses lunettes. Une étrange énergie flottait entre eux. Mme Darling plissa les paupières, des rides délicates se formèrent au coin de ses yeux.

« Pardonne-moi, est-ce que nous nous sommes déjà rencontrés ? » demanda-t-elle à Peter.

Avant qu'il ouvre la bouche, Wendy intervint. « Non ! » cria-t-elle presque. Elle se racla la gorge et baissa d'un ton. « Enfin, non. C'est... euh... Barry, mentit-elle.

— Est-ce que tu vas au lycée avec Wendy ? insista Mme Darling. Tu me parais si familier...

— Pas du tout ! répondit encore Wendy. Il est nouveau, il n'est pas d'ici, visite de famille, juste pour l'été ! » Elle parlait beaucoup trop vite. Beaucoup trop fort. « Je suis tombée sur lui par hasard dans le centre-ville, alors je me suis dit que je pourrais lui faire visiter Astoria », termina-t-elle en agitant les mains, à la recherche d'une explication logique.

Elle n'était pas très douée à l'improvisation de mensonges. Elle espérait tout de même que ce serait convaincant. En tout cas, sa mère ne lui accordait pas assez d'attention pour s'interroger.

« Ravi de vous rencontrer, madame Darling », dit enfin Peter.

Il esquissa une étrange demi-révérence, une main sur la poitrine, avant de se redresser. Il lui sourit, de profondes fossettes creusant ses joues. Son sourire était éblouissant. Il donnait l'impression qu'il n'était destiné qu'à vous, et c'était à sa mère qu'il l'offrait.

Un rire échappa à Mme Darling. Elle tapota ses cheveux désordonnés.

« Ravie de te rencontrer aussi, Barry. »

C'était étrange de la voir interagir avec Peter. Ça faisait naître en Wendy quelque chose de douloureux. Elle n'avait pas vu sa mère sourire ou rire ainsi depuis des siècles. Cinq ans plus tôt, quand Wendy était enfin rentrée, elle avait passé des journées entières à chercher un moyen de lui remonter le moral. Des dessins, des colliers en papier mâché faits de bouts de magazines et des plaisanteries. Wendy gardait le compte du nombre de fois où elle faisait sourire sa mère. Quand elle en avait parlé à son psychologue, par coïncidence, Mme Darling avait commencé à sourire plus souvent. Mais toujours d'une façon forcée qui n'éclairait pas son regard.

Malgré elle, Wendy se sentit jalouse de la facilité avec laquelle Peter avait obtenu ce qu'elle désirait tant. Et à la fois, elle avait ce sentiment qu'il était son secret à elle, son bout de magie, pourtant il y avait quelque chose entre sa mère et lui.

« Veux-tu rester pour le dîner ? demanda Mme Darling en écartant un cheveu de son visage. Je ne sais pas ce que nous avons, mais je pourrais commander…

— Nooon, non, pas la peine ! » interrompit Wendy. Elle agita la main et rit nerveusement. « Il doit rentrer chez lui, pas vrai, Barry ?

— Euh », bafouilla-t-il.

Wendy lui prit le bras et le serra.

« Oui, on dirait », termina-t-il.

Il semblait déçu, mais peu importait. Il fallait qu'il parte de là. Wendy n'était pas assez détendue pour continuer cette comédie et Peter se révélait parfaitement inutile.

« Oh, s'exclama Mme Darling, l'air tout aussi déçue. Eh bien, veux-tu au moins qu'on te raccompagne ? Avec tout ce qui se passe, c'est dangereux de se promener seul le soir. »

Peter se tourna vers Wendy, les sourcils haussés, dans l'attente qu'elle fournisse une réponse.

« Ne t'inquiète pas, maman. Il vit tout près, pas vrai, Barry ? »

Peter haussa vigoureusement la tête. « Oui, tout près. »

Wendy voyait bien qu'il réprimait un rire. Elle se retint difficilement de le bousculer.

« D'accord, bon, si tu en es certain », dit Mme Darling.

Wendy le poussait déjà vers la porte.

« Je l'accompagne jusqu'au perron ! » lança-t-elle par-dessus son épaule.

Elle ouvrit la porte. Lorsque Peter se retourna pour dire au revoir à sa mère, elle plaqua les mains dans son dos et le poussa dehors.

À l'extérieur, seul le grondement de la circulation dans la rue principale troublait le calme.

Wendy ferma la porte derrière elle et poussa un long soupir de soulagement.

« C'était moins une ! »

Elle pressa sa paume contre son front et força son cœur à ralentir. Ils avaient eu de la chance, ils auraient pu tomber sur son père. Quand même, ça n'avait rien d'idéal. Peter ne devait pas se faire remarquer, moins on le voyait, mieux ça valait.

Il ne disait rien. Il contemplait la porte fermée, juste au-dessus de l'épaule de Wendy. Il avait froncé les sourcils et serrait la mâchoire comme s'il se mordait l'intérieur de la joue.

Wendy repensa tout de suite à ce qui venait de se passer. La curiosité de Peter, les souvenirs qu'il semblait éveiller chez sa mère. Elle avait eu la sensation d'assister à une discussion privée. Wendy croisa les bras et s'appuya contre le battant.

« Tu connaissais ma mère ? Quand elle était plus jeune ? » demanda-t-elle tout bas en le regardant.

Il acquiesça. « Oui, ces histoires qu'elle vous racontait n'étaient pas que des contes. Elle se battait mieux à l'épée que toi, d'ailleurs, ajouta-t-il avec un petit rire, les mains enfoncées dans les poches. Enfin, elle l'a oublié, bien sûr. » Il haussa les épaules, mais il y avait une blessure évidente dans sa voix. « C'est ce qui arrive quand on grandit, on oublie la magie. »

Que devait ressentir Peter ? Ceux qu'ils rencontraient étaient jeunes et croyaient encore à la magie. Il les emmenait vivre des aventures, leur faisait visiter des lieux qu'ils n'auraient imaginés dans leurs rêves les plus fous. Tout ça pour être oublié avec le temps et l'âge. Il devait se sentir si seul…

Peter indiqua Wendy du menton. « C'est sûrement la raison pour laquelle tu as oublié. À 13 ans, tu n'étais plus une enfant, alors quand je t'ai sauvée et ramenée dans les bois, tu as oublié le Pays imaginaire… Tu m'as oublié. »

Wendy se mordit la lèvre. Cela expliquait-il son amnésie ?

« Tu crois que c'est pour ça que les choses ont déraillé au Pays imaginaire ? »

Peter se renfrogna et secoua la tête, il ne comprenait pas la question.

« J'ai eu 13 ans le jour où tu m'as ramenée, non ? Et si tous ces trucs étranges qui sont arrivés sur l'île, c'est parce que j'étais trop âgée ? Si grandir signifie perdre la magie, peut-être que ma présence a déclenché tous ces problèmes ?

— C'est possible… Mais ça n'explique toujours pas ce qui s'est passé avec mon ombre. Que ton âge aille à l'encontre des règles du Pays imaginaire et déclenche des comportements bizarres chez les animaux et les fées, d'accord, mais pourquoi moi je grandirais et perdrais ma magie ? »

Elle soupira et haussa les épaules. « Je ne sais pas. Mais c'est un début. » Elle frissonna. Le vent se levait. « Tu pourras rentrer sans problème à la cabane ? »

Plus que jamais, elle était terrifiée à l'idée de se trouver dans les bois, surtout seule la nuit. Et elle n'aimait pas non plus l'idée que Peter s'y rende. Et s'il se passait quelque chose et que l'ombre s'en prenait ensuite à lui ? Elle voulut lui demander de rester, mais les mots se coincèrent dans sa gorge.

Peter rit et haussa un sourcil moqueur. « Euh… oui. Merci, maman, mais je peux me débrouiller tout seul. »

Wendy se renfrogna et lui donna un coup de coude. « Oh, la ferme. Quand est-ce qu'on peut se voir demain ? Il faut qu'on élabore une stratégie. On se donne rendez-vous quelque part ? » Ça aurait été beaucoup plus facile s'il possédait un téléphone portable, comme un adolescent normal.

« Ne t'inquiète pas », répondit-il. Il agita les sourcils et baissa la voix de façon inquiétante. « Je saurai te retrouver au moment venu. »

Méfiante, Wendy plissa les yeux. « Attends, sérieux ? »

Peter éclata de rire. Son grand sourire révéla le petit bout de dent cassée. C'était son premier sourire sincère ce jour-là, sans une ombre d'inquiétude ou d'appréhension. Un soulagement bienvenu.

« Euh… en fait, non, répondit-il en se balançant sur la pointe des pieds, ravi de sa petite plaisanterie. Il vaut mieux que tu me dises quand et où te retrouver. »

Elle leva les yeux au ciel sans pouvoir cacher son sourire. « On se retrouvera au coin de la rue à côté de la maison orange à midi demain, d'accord ?

— À vos ordres, capitaine », répondit-il avec un salut magistral.

Il sauta du perron et commença à traverser le jardin.

En le regardant partir, Wendy ne put s'empêcher de lancer aussi bas que possible : « Fais attention dans les bois, d'accord ? »

Peter se retourna et lui adressa un sourire amusé. « Tu sais, si tu continues à t'inquiéter comme ça, tu vas avoir des rides. » Il marcha à reculons une fois arrivé dans l'allée. « Juste là. » Il se tapota le milieu du front.

Wendy secoua la tête et invoqua son air le plus dédaigneux. « Bonne nuit, Peter.

— Fais de beaux rêves, Wendy. »

Elle le suivit des yeux lorsqu'il se retourna et traversa la rue, le chant des criquets flottant dans son sillage.

Quand elle rentra dans la maison, sa mère se tenait devant le frigo.

« Ça te dit de manger les restes ? » demanda-t-elle.

Elle sortit un Tupperware de poulet et de riz au fromage que Wendy avait préparé pour le dîner deux soirs plus tôt.

« Ça me va. »

Elle s'assit à table. Après cette course dans les bois, ses tibias lui faisaient déjà mal. Elle avait l'impression d'être toujours couverte de saleté et de cendres. Il fallait vraiment qu'elle se frotte bien sous la douche. Pour l'instant, l'escalier semblait insurmontable et la promesse du fromage fondu faisait gargouiller son estomac.

Elle se rendit compte que sa mère la regardait, mais elle détourna les yeux lorsque Wendy leva les siens et se donna l'air occupé en sortant deux fourchettes.

Wendy songea à ce que Peter avait dit. Qu'autrefois, sa mère le connaissait, s'était même battue à l'épée. Quand on la voyait avec ses cheveux en bataille, sa blouse d'infirmière et son éternel sourire las, cela paraissait absurde.

Avant la disparition de Wendy et ses frères, sa mère lui avait toujours fait l'effet de la femme idéale. Ses longs cheveux ondulés retombaient dans son dos, Wendy avait été folle de ses boucles soyeuses et y passait sans cesse les doigts quand elle était triste et que sa mère la câlinait. Et elle marchait avec la grâce d'une ballerine. Quand elle leur racontait des histoires, sa voix avait une douce mélodie, comme si elle chantait.

Il s'agissait des deux seules versions de Mme Darling que Wendy connaissait. Il semblait impossible de l'imaginer sous les traits d'une petite fille qui courait à côté de Peter Pan, brandissant une épée.

Toutefois, bien des choses paraissant impossibles s'étaient révélées plus que réelles, ces derniers temps.

« Barry a l'air gentil, non ? »

La question arracha Wendy à ses réflexions.

« Mmh ? Oui, il est gentil, répondit-elle, prise en traître.

— C'est la première fois que tu ramènes un garçon. Est-ce que vous…, poursuivit lentement Mme Darling en jetant un coup d'œil furtif à sa fille. Est-ce que vous sortez ensemble ?

— Quoi ? hurla presque Wendy. Non ! Nous… NON, absolument pas ! bredouilla-t-elle, complètement déstabilisée. Je l'ai rencontré il y a quelques jours à peine ! »

Elle se sentait rougir.

Oh, mon Dieu, elle n'allait quand même pas subir *cette* conversation-là ?

« D'accord, d'accord. » Mme Darling leva les mains en signe de paix. « C'était une simple question », ajouta-t-elle d'un air amusé. Elle lança le micro-ondes tandis que Wendy essayait de disparaître sur sa chaise. « Tu semblais nerveuse quand je vous ai surpris, alors... »

Wendy se frappa le front. « Tu n'as rien surpris du tout ! On ne faisait rien de...

— Tu n'arrêtais pas de lui toucher les bras et de le regarder », continua Mme Darling.

Elle esquissait presque un sourire, là, caché au coin droit de ses lèvres.

Wendy gémit et se cacha le visage dans les mains. Elle l'avait touché parce qu'elle essayait de le faire sortir de chez elle ! Et de quel regard parlait sa mère ? Le seul qu'elle aurait pu afficher était celui d'une fille au bord de la panique ! Wendy laissa retomber sa main sur la table.

« Crois-moi, il n'y a rien entre P... entre nous. »

Mme Darling posa une assiette en carton pleine de poulet et de riz devant Wendy, ainsi qu'un verre d'eau.

« En tout cas, il semblait très gentil », répéta-t-elle avant de retourner dans la cuisine.

Soufflant d'agacement, Wendy poignarda un bout de poulet avec sa fourchette et le mangea. Elle n'était pas très bonne cuisinière, aucune comparaison avec ce que faisait sa mère quand Wendy était petite, mais le goût du poulet était relevé par la bonne quantité d'épices et le riz dégoulinait de fromage.

« Il me disait vraiment quelque chose », reprit Mme Darling. Les sourcils froncés en direction de son assiette, elle se servit une part. « Peut-être que j'allais à l'école avec son père ? Est-ce qu'ils se ressemblent beaucoup ? »

Wendy prit une autre bouchée et secoua la tête. « Non, comme je te l'ai dit, ils viennent d'arriver, affirma-t-elle, la bouche pleine. De Floride. » Elle détestait mentir, d'autant qu'elle n'en avait pas le talent. « Il doit avoir ce genre de tête qui revient à tout le monde... »

Perdue dans ses pensées, Mme Darling acquiesça lentement.

C'est alors que Wendy remarqua la télé toujours allumée.

« J'imagine que tu as appris, pour Alex ? » dit-elle avec hésitation, les yeux rivés à son assiette où elle jouait avec le riz.

Cela rappela Mme Darling à la réalité. Elle fronça ses sourcils délicats et ses épaules ployèrent sous un lourd soupir.

« Oui. La police a passé la soirée à l'hôpital. Ils ont vérifié les entrées et sorties sur le registre et récupéré l'enregistrement de la caméra de surveillance. »

Wendy toussa. Elle avait l'impression qu'un morceau de poulet s'était coincé dans sa gorge.

« Les caméras de surveillance ? répéta-t-elle.

— Oui, confirma Mme Darling sans remarquer le changement d'humeur soudain de sa fille. Mais elles ne sont disposées qu'aux entrées, alors je ne sais pas si cela aidera dans la recherche. » Elle soupira et ferma les yeux une seconde. « Ils cherchent un suspect, j'imagine, quelqu'un qui aurait suivi Alex et ses parents à leur sortie de l'hôpital cet après-midi. »

Cela aurait dû soulager Wendy, au moins on ne verrait pas Peter interagir avec Alex ou elle. Mais les caméras l'auraient-elles filmé en train d'arriver ou de repartir ? Elle ne lui avait jamais demandé comment il se déplaçait sans se faire remarquer. Quelqu'un risquait-il de le reconnaître ?

Mme Darling posa le Tupperware vide dans l'évier, puis marqua une pause avant de se joindre à Wendy à table.

« Ils cherchent aussi le garçon de l'hôpital, que tu as trouvé sur la route », dit-elle, hésitante.

Oh non...

« Ils semblent croire que c'est lié. Tu ne l'as pas revu ? »

Wendy secoua la tête.

« Bon, reste aux aguets. Si tu le vois, appelle tout de suite la police, d'accord ? »

Mme Darling fit tourner son alliance, comme chaque fois qu'elle était anxieuse. Wendy acquiesça.

« Est-ce qu'ils… Les policiers, je veux dire… Est-ce qu'ils… vous ont appris quelque chose de nouveau, à papa et toi ? »

Le regard de sa mère glissa jusqu'à la porte du bureau de son père.

« Je ne sais pas si…

— Où est papa ? »

Mme Darling soupira à nouveau. « Après m'avoir interrogée à l'hôpital, ils m'ont posé des questions sur l'année de ta disparition. » Wendy grimaça. Sa mère avait évité de mentionner ses frères de façon explicite. « Puis ils ont convoqué ton père au poste. Il y est. » Elle perçut peut-être l'angoisse soudaine de sa fille, car elle ajouta très vite : « Mais il n'y a aucune raison de s'inquiéter, ils essaient juste d'obtenir le plus de détails possible. » Elle prit son assiette, s'assit à côté de Wendy et posa avec douceur la main sur son bras. « Ils voudront sûrement te parler à nouveau. Qui sait ? » Elle contempla son bol de soupe. « Peut-être que nous découvrirons enfin ce qui s'est passé… »

Wendy repoussa son assiette. « Je vais me coucher », dit-elle tout bas.

Elle se leva. Elle crut voir un éclair de déception dans le regard de sa mère. Toutefois, Mme Darling esquissa seulement un sourire et acquiesça.

« Bonne nuit, maman. »

Wendy aurait voulu la serrer dans ses bras, mais c'était comme si elle avait oublié comment faire ou même où placer les bras. Alors elle se contenta de ramasser son assiette avec son poulet à moitié mangé.

« Bonne nuit, Wendy. »

Elle monta au premier étage et, tout en haut, comme toujours, elle se retrouva devant la porte de son ancienne chambre. Elle resta là un instant, assiette à la main, et regarda fixement la poignée. Elle avait l'impression que si elle ouvrait la porte, John et Michael seraient là, assis sur son lit à elle, en train de fouiller dans ses fournitures artistiques pour dessiner une carte au trésor ou des animaux imaginaires.

Elle posa la main sur la poignée. Elle eut l'impression que de l'électricité lui picotait les doigts.

Si Peter avait raison et qu'ils arrivaient à vaincre son ombre, elle retrouverait enfin ses frères.

Une décharge d'énergie surgit du plus profond d'elle, traversa son bras jusqu'à sa main. Pour la première fois en cinq ans, Wendy ferma les doigts sur le bouton et le tourna.

Verrouillée.

Déçue, elle laissa retomber sa main. Bien sûr. Évidemment. Elle aurait dû le prévoir. Son père avait dû la verrouiller après que Wendy avait refusé d'y retourner. Et elle avait dû rester fermée durant tout ce temps.

Wendy frotta ses yeux brûlants. Elle était seule, pourtant elle se sentait bête, embarrassée. Sans un regard en arrière, elle entra dans sa chambre. L'appétit complètement coupé, elle laissa son dîner sur sa commode. Il fallait qu'elle se lave, alors elle entra dans la salle de bains et se frotta la peau jusqu'à ce que l'odeur de la terre et de la cendre soit remplacée par celle du jasmin et du thé vert.

Elle enfila son T-shirt de nuit trop grand et alluma la guirlande qui scintillait autour de sa fenêtre. Mais avant de s'allonger, elle marqua une pause. Depuis qu'elle était entrée dans les bois ce soir-là, quelque chose pesait sur elle. Pas seulement l'angoisse de garder le secret de Peter ou la responsabilité de sauver ses frères. Autre chose. Quelque chose de sombre. Elle n'arrivait pas à chasser l'impression d'être surveillée.

Wendy regarda par la fenêtre. Les lueurs du centre-ville clignotaient paresseusement au loin. Pour la première fois de l'été, elle monta à genoux sur son lit, ferma sa fenêtre et la verrouilla à double tour. Il faisait toujours aussi chaud et humide, toutefois, plutôt dormir dans une chaleur désagréable que s'inquiéter qu'on pénètre dans sa chambre pendant son sommeil.

Elle tira les rideaux d'un geste sec et repoussa la couette, ne laissant que les draps de coton blanc.

Le gland se trouvait toujours sur sa table de nuit, là où elle l'avait laissé ce matin-là. Wendy le prit, s'appuya contre ses oreillers et le fit doucement rouler entre ses doigts.

Malgré la fenêtre verrouillée et les rideaux qui empêchaient qu'on l'observe, elle ne se sentait pas mieux. Comme si les bois s'étaient cramponnés à son dos et s'enfouissaient sous sa peau à coups de griffes, malgré tous ses efforts pour la nettoyer. Elle frissonna et serra très fort le gland. Si elle voulait dormir ce soir-là, elle devait se changer les idées.

Le gland dans son poing, elle sortit un carnet de sa table de chevet, un feutre rouge et une pile de prospectus. L'université lui avait envoyé une grande enveloppe pleine d'informations sur les logements et les cursus.

Jordan avait convaincu Wendy de s'inscrire au dortoir des sciences de la santé. Son amie savait ce qu'elle voulait et avait déjà contacté des élèves en médecine pour leur poser des questions.

Wendy aurait voulu se sentir aussi assurée.

En mâchonnant le bouchon de son marqueur, elle tourna la page jusqu'au ruban servant de marque-pages. En plein centre, elle avait écrit *études d'infirmière,* et sur les suivantes se trouvait des listes, des dates et des emplois du temps. Après avoir étudié de près la section « études » du site de l'université, elle avait simulé les quatre années de cours pour obtenir son diplôme. À l'aide de sa collection de feutres à pointe fine, elle avait planifié avec soin tous les emplois du temps possible, aux couleurs de leurs crédits respectifs. Cela lui avait pris des semaines.

Tout était bien clair devant elle. Si elle suivait chacune de ces étapes, elle obtiendrait son diplôme d'infirmière et serait prête à entrer dans le monde du travail après ses études. Elle aurait un métier assuré dans un domaine où il y avait beaucoup de demandes.

Mais…

Wendy tourna jusqu'à une page blanche. En haut, en toutes petites lettres rouges, elle écrivit *Médecine*.

C'était une idée folle. Devenir médecin prenait des siècles, quatre années de préparation, quatre années d'études supérieures, puis trois à sept d'internat ? Ça faisait beaucoup de temps, beaucoup d'argent. Elle comptait en majorité sur des bourses. Comment aurait-elle les moyens d'étudier la médecine ?

Le métier d'infirmière était parfaitement respectable. Elle aurait un diplôme plus vite et gagnerait correctement sa vie. Parfois, elle s'imaginait devenir médecin, ou, plus précisément, pédiatre. Mais ce n'était qu'un rêve. Elle devait rester réaliste, ce serait prendre un trop gros risque qui coûterait bien trop cher si elle échouait.

Devenir pédiatre, cela signifiait que le bien-être des enfants, et même leur vie, se trouveraient entre ses mains. Elle en avait des sueurs froides. Et si elle prenait la mauvaise décision, qu'elle faisait une erreur colossale et qu'elle perdait un patient ? Jamais elle ne supporterait de vivre ce genre de responsabilité. Elle n'avait même pas pu protéger ses frères, comment pourrait-on lui confier des enfants ?

Elle sortit la brochure sportive décrivant toutes les installations et les équipements sportifs de pointe disponibles sur le campus et la lut pour s'occuper l'esprit.

Elle serrait toujours très fort le gland dans sa main. *Si seulement Peter était là,* songea-t-elle lorsque le sommeil l'incita à fermer les paupières. Elle ne l'avouerait jamais, mais il émettait une chaleur qui l'attirait malgré elle, et le gland diffusait la même au creux de son poing.

CHAPITRE DOUZE

AVERTISSEMENT

Wendy frissonna au milieu des bois. La lumière réduite du crépuscule colorait les arbres d'un bleu-gris froid. Ici, ils étaient denses, comme ils ne le devenaient qu'au cœur de la forêt. Une couche légère de neige blanchissait les branches et du gel craquait sous ses pieds. Ses vêtements trempés lui collaient à la peau. Une odeur d'humus emplissait ses narines. Wendy tenta de se rappeler comment elle était arrivée là, mais elle avait la tête dans le brouillard.

Elle avait l'impression de devoir chercher quelqu'un. Ou que quelqu'un la cherchait ?

Elle voulut appeler à l'aide, toutefois quelque chose lui disait de se taire, de ne pas briser le silence de mort qui alourdissait l'atmosphère, se pressait contre ses oreilles. La tête renversée, Wendy chercha au-dessus d'elle, remarqua le ciel argenté qui filtrait à travers les branches nues. Elle tourna lentement sur elle-même. Lorsqu'elle s'arrêta, elle se retrouva face à un vieil arbre.

Son tronc dominait tous les autres de sa taille. Son écorce était d'un brun huileux, ses branches noueuses et arrondies au-dessus d'elle, sans feuille ni aiguille. Ses racines épaisses, tordues, s'enroulaient sur elles-mêmes avant de plonger dans la terre gelée.

C'était l'arbre. Cet arbre. Celui qu'elle avait dessiné cent fois, tout aussi déformé et inquiétant que sur le papier.

Le cœur de Wendy battit violemment dans sa gorge. De la sueur froide forma des gouttelettes sur sa peau. Elle enfonça les ongles dans ses paumes. Son souffle rauque, brusque, s'élevait en volutes blanches devant elle. Un tremblement commença le long de son échine.

Au pied du grand arbre, les racines formaient une petite ouverture, comme menant à une cage sombre. Des feuilles pourries volèrent devant le trou béant. Juste en dessous du bruit de leur frisson, des murmures s'élevèrent.

Elle connaissait ce lieu.

Tout en elle lui hurlait de s'enfuir. Il fallait qu'elle sorte de là. Qu'elle s'éloigne de cet arbre. Mais c'était comme si elle avait perdu le contrôle de son corps, car soudain, elle se dirigea vers lui. Les chuchotements s'amplifièrent à mesure qu'elle s'approchait, un pied après l'autre. Des voix d'enfants. Impuissante, elle vit sa propre main se tendre vers l'ouverture des racines.

Les voix devinrent vives, empressées. Les chuchotements se changèrent en petits cris, puis en hurlements déchirants, de ceux qui exprimaient une peur folle. Wendy voulut les noyer sous ses propres cris, mais ses lèvres restèrent fermées lorsqu'elle se pencha.

« Si j'étais toi, je ferais attention », dit une voix derrière elle.

Wendy se retourna d'un coup. Le garçon à qui elle avait parlé en sortant son sac de son pick-up se tenait là. Elle l'avait presque oublié.

« Qui es-tu ? » demanda-t-elle.

Sa voix paraissait lointaine.

Elle n'arrivait toujours pas à détailler son visage. La lumière continuait à disparaître et elle ne voyait pas clairement ses traits.

Plus elle essayait de se focaliser dessus, plus il semblait changer. Des yeux noirs. Des dents blanches. Un sourire d'une largeur anormale. Ses traits se tordaient, se métamorphosaient.

« On ne sait jamais ce qu'on peut trouver dans le noir », continua-t-il sans répondre à sa question.

Il s'approcha d'elle.

L'ombre des arbres derrière lui commença à se balancer et converger. Wendy recula, mais il la suivit. Les formes derrière lui devinrent des silhouettes immenses, qui se penchaient dans l'obscurité.

« Si tu continues à chercher, Wendy… »

Il tendit la main d'un coup et s'empara de son poignet. Ses doigts vifs s'enfoncèrent dans sa peau.

Wendy cria de douleur et tenta de se libérer. Il l'attira brutalement vers lui. Son visage se fit plus net.

Le visage de Peter. Mais perturbant, très perturbant, la peau pâle et des trous noirs d'encre à la place des yeux.

« Tu n'aimeras pas ce que tu trouveras », souffla-t-il.

Son haleine sentait les feuilles pourries et la fourrure mouillée.

Les ombres derrière elle se rassemblèrent, s'élevèrent jusqu'à former de longs doigts. Il éclata d'un rire qui secoua Wendy jusqu'aux os. Elle se débattit, mais il la serrait fort. Les ombres se déployèrent et s'écrasèrent sur elle.

Wendy battit des bras et des jambes et se redressa d'un coup. Elle se trouvait chez elle, dans son lit, couverte de sueur. Ses vêtements lui collaient à la peau et ses cheveux au front. Des halètements brutaux la secouaient tandis qu'elle s'agrippait aux draps. *Ce n'était qu'un rêve,* se dit-elle.

Elle ferma très fort les paupières, essayant de se calmer. Mais ça avait semblé si réel !

Elle inspira profondément. Lorsqu'elle baissa les yeux, un cri s'étrangla dans sa gorge.

Elle recula si vite qu'elle se cogna contre la tête de lit.

Il y avait du rouge partout.

D'abord, Wendy crut qu'il s'agissait de sang. Puis, une fois la terreur instinctive passée, elle réalisa qu'elle s'était endormie avec le feutre rouge à la main.

Elle avait dessiné l'arbre, encore et encore, des traits incohérents se croisaient par-dessus sa chemise de nuit, ses jambes et les draps. Des pages entières de son carnet en étaient aussi couvertes, irrécupérables, déchirées. Des branches noueuses et des racines déformées s'étaient enfouies dans ses notes si soigneuses.

Dans l'autre main, elle serrait très fort le gland.

Wendy jeta le feutre et pressa le gland contre sa poitrine en essayant de calmer sa respiration. Avait-elle dessiné tout ça dans son sommeil ?

Elle ferma très fort les paupières.

Que lui arrivait-il ?

Entourée de pages déchirées et d'encre rouge, elle se sentait prisonnière. Les ombres, les dessins, les murmures… tout se rapprochait petit à petit.

Elle lâcha le gland dans le tiroir de sa table de chevet, sortit du lit et arracha le drap du dessous. Du rouge l'avait traversé et taché le matelas. Elle rassembla le tout en boule et courut à la salle de bains, où elle les fourra au fond du panier, hors de vue, avec son T-shirt de nuit.

Il ne fallait pas que ses parents voient ce qu'elle avait fait. C'était elle qui faisait la lessive ici. C'était le lieu idéal où le cacher avant de pouvoir les jeter discrètement.

En fourrant les draps et les pages déchirées sous ses vêtements sales, Wendy aperçut ses mains. Elles étaient tachées de rouge. Il y en avait même sous ses ongles.

Au lavabo, elle tourna le robinet de chaud au maximum. Les mains tremblantes, elle se les frotta rageusement avec du savon et un gant de toilette.

Cet arbre. Il lui avait paru si familier quand elle l'avait vu sur ses dessins. Il y avait quelque chose, un lien qu'elle n'arrivait pas à faire. Désormais, elle ne pouvait plus nier. Elle connaissait cet arbre. Elle l'avait vu en personne. Elle s'était trouvée à côté.

Appeler ce qu'elle venait de vivre un rêve aurait été faux. C'était plus que ça. Elle avait senti la terre et le froid de la neige. La forêt avait la même apparence que l'hiver de la disparition de Wendy et ses frères. Ce n'était pas un rêve, c'était un souvenir.

Un frisson la secoua de la tête aux pieds. Ses mains s'agitaient si fort qu'elle en lâcha le savon. Elle se dépêcha de le sortir du lavabo et s'attaqua aux traits rouges sur ses jambes.

Un souvenir. Elle avait passé des années avec un trou béant dans sa mémoire, où six mois lui avaient été arrachés. Même brièvement, Wendy avait été plongée dans un flash-back.

Et le garçon de son rêve, Wendy en était absolument sûre : il s'agissait de celui qui lui avait parlé juste avant la disparition d'Alex.

Peter, et à la fois non.

Il portait son visage, mais une version horrible, cauchemardesque.

Était-ce son ombre ? Wendy avait cru que ce mot la définissait, une chose noire et amorphe. Pouvait-elle prendre forme humaine ? Peter le savait-il ?

Il fallait qu'elle le retrouve. Si l'ombre de Peter pouvait marcher et parler, et savait où elle vivait… – Wendy ferma l'eau et s'agrippa au bord de l'évier tellement fort que les jointures de ses mains blanchirent et des gouttes de sang perlèrent de ses gerçures. L'eau chaude l'avait brûlée et sa peau piquait, mais elle s'était débarrassée de l'encre. Même ses jambes ne portaient plus que des traces brillantes après avoir été frottées à vif. Wendy respira à pleins poumons en tentant de se stabiliser. Elle regarda son reflet dans le miroir. Les cheveux de ses tempes et de sa nuque étaient humides de sueur. Ses yeux gris la fixaient, gonflés et injectés de sang. Elle devait trouver Peter et lui raconter ce qui s'était passé. Lui seul pouvait donner un sens à tout ça.

Le réveil sur la commode affichait 11 h 32.

« Merde ! »

Elle devait retrouver Peter à midi.

Elle sauta dans la douche pour chasser la sueur collante. Se sécher les cheveux prendrait trop de temps, des gouttes froides coulèrent le long de sa nuque pendant qu'elle courait dans sa chambre. Elle enfila un short vert et un débardeur bleu marine, puis enfila ses tennis. Elle attrapa son sac, descendit l'escalier quatre à quatre et manqua de trébucher sur ses lacets.

Wendy avait traversé la moitié du séjour quand la voix de son père retentit : « Où est-ce que tu cours si vite ? »

Elle se retourna d'un coup. Il se trouvait sur le seuil de son bureau, en costume bleu marine un peu trop serré pour sa poitrine large. Avec du gel, il avait réussi à plaquer ses cheveux sur le côté, formant une raie inégale. Même sa moustache fournie avait été taillée.

Wendy fronça les sourcils. Il ne s'habillait jamais aussi bien pour aller travailler. Et pourquoi était-il à la maison en plein milieu de la semaine ?

« Pourquoi tu n'es pas au travail ? demanda-t-elle, momentanément distraite de sa mission par son étrange apparence.

— Parce que je t'emmène au poste de police, tu as oublié ? » grommela M. Darling. Il passa un doigt semblable à une saucisse sous le nœud de sa cravate pour essayer de la desserrer. « J'ai pris ma demi-journée.

— Quoi ? » sursauta Wendy.

Dans sa panique, son imagination s'emballa, enchaînant des images de menottes, de portraits judiciaires et de salle d'interrogatoire toute sombre.

M. Darling fronça ses sourcils fournis.

« Ces inspecteurs veulent toujours te parler.

— Oh, c'est vrai. »

Une vague de soulagement la balaya. Wendy se dressa sur la pointe des pieds pour consulter l'horloge à côté de la télé : 11 h 54. Elle était censée retrouver Peter d'une minute à l'autre, et elle avait tant à lui dire !

« Est-ce qu'on peut y aller plus tard ? » essaya-t-elle, grimaçant d'avance.

M. Darling se renfrogna.

« Non, on n'y va pas plus tard, aboya-t-il en agitant la main. Où vas-tu qui soit si important ?

— Nulle part ! »

Wendy passa les doigts dans ses cheveux mouillés.

« J'ai juste prévu de retrouver Jordan à l'hôpital, tu sais, après son service. »

Encore un mensonge. Plus elle en racontait, plus ça devenait naturel.

« Ça, c'est bien plus important, déclara son père. Envoie-lui un message et préviens-la que tu seras en retard. Je te déposerai à l'hôpital ensuite. »

M. Darling attrapa ses clés sur la table de la cuisine et se dirigea vers la porte.

« Allons-y. »

Wendy acquiesça et sortit son téléphone. Elle lui emboîta le pas en faisant semblant d'envoyer un message à Jordan. Elle s'était coincée, avec ses mensonges. Elle voulait voir Peter, et elle ne voulait surtout pas qu'il l'attende, mais elle n'avait pas le choix. Elle n'arriverait pas à convaincre son père.

Dans la voiture, Wendy chercha Peter des yeux dans la rue, sans le voir. Comment le retrouver à son retour ? Il faudrait qu'elle attende à l'hôpital que sa mère termine son service et la ramène. Ce n'était pas comme s'il avait un téléphone portable, et hors de question d'errer dans les bois en criant.

Pour le moment, elle avait des problèmes plus urgents. Comme ce que l'inspecteur James voulait lui demander. L'accuserait-il de jouer un rôle dans la disparition d'Alex ? Était-elle une suspecte ? Et Peter ?

Ses pensées tourbillonnaient. Pour se distraire, elle se concentra sur le rythme sourd de la musique diffusée dans les haut-parleurs. Son père n'écoutait que du vieux rock.

Le poste de police se trouvait dans l'une des rues principales qui longeaient la rive. L'océan se transformait en un immense estuaire qui devenait ensuite le fleuve Columbia. Par la vitre baissée, la brise océane rafraîchissait la chaleur de midi. Ça sentait l'eau salée. De grands navires chargés de conteneurs avançaient lentement. Derrière eux, au-delà du fleuve, Wendy devinait les montagnes bleues de l'État de Washington.

Son père ne dit rien, alors Wendy non plus. Le silence pesant se prolongea jusqu'à ce qu'il se gare devant le bâtiment de briques.

« Allons-y », dit M. Darling.

En descendant de la voiture, il essaya à nouveau de desserrer sa cravate. Wendy le suivit.

Lorsqu'ils entrèrent, Wendy essaya de disparaître derrière son père. Frissonnante, elle joua avec la lanière de son sac. Elle n'aimait pas revenir dans cet endroit. C'était comme errer dans un cimetière envahi de fantômes.

À l'intérieur, les couleurs n'existaient pas. Tout le monde portait des costumes gris ou noirs ou des uniformes. Des inspecteurs et des agents déambulaient entre les rangées de bureaux, discutaient, parlaient au téléphone ou distribuaient des documents. D'habitude, dans cette petite ville, ils n'avaient pas beaucoup de soucis à se faire. Ces jours-ci, les disparitions d'enfants en série les occupaient bien.

Au milieu de la salle, Wendy referma les bras autour d'elle-même tandis que son père demandait à voir l'inspecteur James. Sur le mur derrière le bureau de l'accueil se trouvait un tableau d'informations. Les affiches de Benjamin Lane, Ashley Ford et désormais Alex Forestay y étaient collées. Il y avait aussi le mauvais portrait-robot de Peter.

Très vite, Wendy détourna les yeux. Elle évita de croiser le regard de quiconque, mais elle avait déjà repéré l'agent Smith. En la voyant, il interrompit sa conversation avec une agente. Il la dévisagea un moment avant de donner un petit coup de coude à sa collègue et de la montrer du menton. Wendy baissa le regard vers le sol. Ses joues la brûlaient d'embarras et de colère.

« Ah, monsieur Darling, Wendy. »

L'inspecteur James sortit d'un couloir et se dirigea vers eux. Il avait exactement la même apparence que le jour où il leur avait rendu visite, dans son costume sans un pli, ses cheveux noirs avec la raie sur le côté et son sourire forcé. Il tenait un épais dossier sous le bras. Wendy remarqua un anneau en argent à son majeur.

« Merci d'être venus. Ça ne devrait pas prendre longtemps. »

M. Darling grogna en réponse.

Wendy garda le silence, mais l'inspecteur se tourna vers elle.

« Wendy, je vous en prie, suivez-moi, nous allons dans mon bureau. » Elle acquiesça. Lorsque M. Darling voulut lui emboîter le pas, l'inspecteur tendit la main. « Désolé, monsieur, vous devez attendre ici. »

Wendy n'avait pas l'habitude qu'on donne des ordres à son père. Son regard alla de l'un à l'autre.

Clairement, M. Darling n'en avait pas l'habitude non plus. Il bomba le torse.

« C'est ma fille, vous n'avez pas le droit de lui parler si je ne suis pas présent », gronda-t-il presque.

Ils attirèrent encore plus l'attention. Comparé à l'inspecteur, M. Darling faisait très imposant. Un ours furieux face à un type en costume chic.

Tout à son honneur, l'inspecteur James resta calme et imperturbable malgré cette démonstration de force.

« En réalité, cela fait quatre jours que Wendy est majeure, alors je dois lui parler seul à seul. »

Le rouge monta au visage de son père, attaquant d'abord son nez bulbeux avant de s'étaler sur ses joues. Sa moustache fournie trembla, il s'apprêtait à protester.

« Tout va bien, papa », intervint Wendy pour désamorcer la situation avant qu'elle dégénère.

En toute franchise, elle voulait presque qu'il reste avec elle, ne serait-ce que pour la rassurer. Mais elle ne voulait pas non plus qu'il entende toutes les accusations ou voie les preuves qui se cachaient peut-être dans le gros dossier que tenait l'inspecteur James.

« Si j'ai besoin de toi, je t'appellerai », ajouta-t-elle.

Elle essaya d'adresser un regard rassurant à son père, malgré sa conviction qu'elle affichait plutôt un air hagard et complètement terrifié.

Les yeux porcins de M. Darling passèrent de Wendy à l'inspecteur James.

« Très bien, dit-il enfin à contrecœur.

— Comme je l'ai dit, ça ne devrait pas prendre longtemps, promit l'inspecteur James. Asseyez-vous donc, monsieur. Et n'hésitez pas à vous servir un café si vous le souhaitez. »

M. Darling resta immobile. Il croisa les bras, montrant ainsi qu'il n'avait aucune intention de faire ni l'un ni l'autre.

L'inspecteur James garda le silence pendant quelques secondes. Il haussa un instant son sourcil balafré, puis se tourna vers Wendy.

« Allons-y. »

Le bureau de l'inspecteur James était petit sans être étouffant. Par la fenêtre, on apercevait la rivière entre les immeubles et le soleil filtrait par des stores. Les étagères croulaient sous les livres, les papiers et les dossiers. Quelques cartons étaient posés par terre près du bureau. Très bien rangé, celui-ci était doté d'un très vieil ordinateur et d'une plaque gravée au nom de l'inspecteur. Au mur derrière était pendu le dessin élaboré d'un vieux gréement, les voiles gonflées. Une écriture petite et délicate étiquetait les différentes parties du bateau sur un vieux papier jauni.

L'inspecteur James s'assit sur un fauteuil de bois avec des coussins au cuir craquelé.

« Je vous en prie, asseyez-vous. »

Elle s'installa sur la seule autre chaise de la pièce, en métal, froide et inconfortable. Wendy joua avec ses mains posées sur ses genoux. L'inspecteur James plaça un bloc-notes et un stylo sur son bureau, puis s'appuya contre le dossier de son siège d'un air détendu.

« Bien », commença-t-il avec ce faux sourire. Wendy se cramponna au bord de sa chaise. « Entrons dans le vif du sujet.

J'imagine que vous savez qu'Alex Forestay a été enlevé hier soir ? »

Wendy hocha la tête. « Je vous ai entendu en parler aux informations. » Ce qui était vrai.

« Vous l'avez vu hier avant sa disparition, c'est ça ?

— Oui, je lis des histoires aux enfants en pédiatrie. »

Entendait-il son cœur battre de culpabilité depuis l'autre côté du bureau ?

« Cela vous arrive souvent ? »

Il se mit à écrire sur son bloc-notes, ce qui la délivra un instant de son regard bleu glacé.

« Une fois par semaine. »

Devait-elle développer ses réponses ? Est-ce que c'était louche de rester concise ? Ou est-ce que ce serait louche si elle enchaînait les explications ?

« Aviez-vous déjà vu Alex avant ce jour-là ? »

Wendy secoua la tête.

« Non, c'est la première fois qu'il venait au moment de l'histoire. Je crois que c'était sa première visite à l'hôpital. »

Il devait déjà le savoir, non ? Était-ce une tactique pour surprendre quelqu'un en plein mensonge ?

L'inspecteur acquiesça.

« Lui avez-vous parlé ?

— Oui.

— À quel sujet ?

— Des requins.

— Ah, les requins. » L'inspecteur James haussa les sourcils d'amusement sans cesser d'écrire. « Est-ce qu'il agissait bizarrement ? Est-ce qu'il semblait effrayé ?

— Effrayé ? » Le souvenir des cris d'Alex et son expression de pure terreur lorsqu'on l'emportait dans les bois lui revinrent. « Non, pas effrayé, répondit-elle en déglutissant pour mouiller sa gorge sèche. Il était timide, oui, timide… »

Ses doigts la picotaient.

« À l'hôpital, avez-vous remarqué quelqu'un d'étrange au service pédiatrie ? Quelqu'un qui ne semblait pas y avoir sa place ? »

Il essayait de garder une voix calme et détendue, mais il y avait de la sévérité dans son regard.

Elle secoua la tête.

« Non, je connais quasiment tous ceux qui y travaillent. »

L'inspecteur James émit un petit bruit songeur.

« Une petite ville. Tout le monde se connaît, non ?

— Oui… » Wendy se racla la gorge. « Il n'y avait que du personnel soignant, et certains des parents.

— Il n'y avait personne d'inconnu dans la pièce ? Personne qui n'y avait pas sa place ? » insista-t-il en l'observant.

Les paumes de Wendy étaient moites, ses mains tremblaient. Que savait-il au sujet de Peter ? Qu'il s'était trouvé dans la pièce ? Il prétendait que les adultes ne le remarquaient pas, est-ce qu'il se trompait ? Et si quelqu'un l'avait vu en train de parler à Alex ? Puis à Wendy ? Wendy ne savait pas comment répondre à cette question, mais ça lui prenait trop longtemps. Il fallait qu'elle dise quelque chose.

Alors elle secoua à nouveau la tête.

« Non, pas du tout. »

Techniquement, ce n'était pas un mensonge. Elle savait désormais qui était Peter, alors il n'avait rien d'un inconnu. Par contre, il n'aurait jamais dû se trouver dans l'hôpital…

L'inspecteur James prit des notes pendant un long moment. Est-ce qu'il savait qu'elle mentait ? Oui, forcément.

Wendy se redressa, se préparant à l'issue fatale. À ce qu'il abatte ses cartes.

Après ce qui lui sembla une éternité, il posa son stylo et s'enfonça dans son siège.

« Je dois dire, mademoiselle Darling, que je suis très intrigué. D'abord, le garçon mystérieux que vous avez trouvé sur la route – Peter, me semble-t-il. C'est bien comme ça qu'il vous a dit s'appeler ? Et maintenant la disparition d'Alex. Tout semble revenir à vous. »

Son expression était sérieuse. Il ne s'embarrassa même pas de son sourire en plastique.

Wendy ne savait pas quoi dire, alors elle ne dit rien.

L'inspecteur continua : « Avez-vous vu quelqu'un d'étrange en ville, Wendy ? Est-ce que quelqu'un vous a suivie ? Vous embête ? »

Elle sentit le début du tremblement, à peine un frisson au centre de sa poitrine.

« Non, non, absolument pas. »

Une secousse brutale agita ses épaules.

L'inspecteur James se pencha sur son siège.

« En êtes-vous certaine ? demanda-t-il, l'emprisonnant de son regard. Wendy… »

Il tourna les yeux vers le bord du bureau et fronça les sourcils.

Wendy baissa les siens. Elle tenait un stylo, levé, comme sur le point d'écrire quelque chose. Sa main tremblait furieusement, la pointe à un centimètre à peine du bureau, tremblant comme s'il voulait écrire de lui-même.

Ou dessiner.

Wendy plaqua le stylo sur le bureau.

Elle coinça les mains sous ses cuisses.

L'inspecteur James la scruta, indéchiffrable.

Wendy se força à soutenir son regard. Elle prit une respiration lente, délibérée.

Au bout d'un long moment, l'inspecteur James demanda : « Avez-vous vu Peter depuis sa disparition de l'hôpital ?

— Non. » Elle hésita. « Vous croyez qu'il a quelque chose à voir avec tout ça ? » ne put-elle s'empêcher de demander.

Il réfléchit à sa question avant de répondre : « Pour le moment, tout ce que nous savons, c'est que des enfants disparaissent de chez eux, et que ce garçon, Peter, s'est volatilisé. Bien que, pour le moment, je ne puisse affirmer que nous ayons rassemblé assez de preuves pour relier les deux affaires… » Il parlait avec la cadence d'un discours répété. « Ce dont nous sommes certains, c'est que Peter et vous avez été, à un certain moment, au même endroit. Nous ne savons pas dans quelles circonstances, mais nous ne pouvons nier que toutes ces disparitions pourraient être liées, car vous êtes tous les deux liés. Il est possible qu'il soit retenu en otage avec les autres enfants disparus. »

Wendy se mordit la lèvre. Alors ils ne savaient toujours pas quoi penser de Peter. C'était rassurant. Même elle ne savait pas vraiment quoi penser de lui non plus ! On ne l'accusait de rien pour le moment, ce qui était une bonne nouvelle. Ils envisageaient même qu'il puisse être une victime.

D'une façon ou d'une autre, tout revenait à elle. À ses frères. À ce qui s'était passé dans les bois.

L'expression de l'inspecteur se durcit. Il appuya les coudes sur le bureau.

« Il y a une vraie possibilité que la personne ayant enlevé ces enfants ait aussi enlevé Peter, et aurait pu vous enlever, vos frères et vous. Vous devez faire attention, Wendy, dit-il d'un ton bas et égal. Ce n'est pas un jeu, et vous n'êtes plus la seule concernée. »

Wendy voulut rétorquer, lui rappeler qu'elle n'avait jamais été la seule concernée. Il y avait eu John *et* Michael *et* elle. Ça la rendait furieuse, cette façon dont on parlait d'eux comme s'ils avaient disparu pour de bon.

Il sortit une carte de visite de sa poche et la tendit à Wendy.

« Si vous pensez à quoi que ce soit qui pourrait nous aider, si vous voyez quelqu'un de louche, si vous apercevez Alex ou Peter, ou si vous avez besoin d'aide, appelez-moi. »

Wendy accepta la carte. Le coin pointu s'enfonça dans son doigt. Elle prit une profonde inspiration et acquiesça. « Promis. »

CHAPITRE TREIZE

CHEWING-GUM

L'hôpital se trouvait à quelques pâtés de maisons seulement du poste de police, toutefois le père de Wendy insista pour l'y conduire. Il ne cessait de la regarder, mais ne dit rien avant de se garer devant l'entrée.

L'air sévère, il se tourna vers elle.

« Ne sors plus de la maison toute seule. »

Elle acquiesça. Ça ne servait à rien de protester, surtout sur ce point. Les enfants disparus, les policiers, les inspecteurs, le sujet de ses frères exacerbaient sa paranoïa. Elle ne pouvait pas lui en vouloir. Elle s'était même attendue à ce qu'il boive plus, pourtant elle avait remarqué que le nombre de bouteilles dans la poubelle de recyclage s'était réduit.

« Tu ne traînes plus dehors à la nuit tombée, tu verrouilles la maison quand ta mère et moi sommes absents et tu ne quittes pas ton téléphone. Si nous appelons, je m'attends à ce que tu décroches tout de suite. » Son père la pointa du doigt. « C'est compris ? »

Elle acquiesça et essuya ses paumes moites sur son short.

« Oui, papa. »

Elle ne voulait pas le mettre encore plus en colère.

Super. Elle devrait être encore plus discrète et sur ses gardes, s'il remarquait le moindre détail, il lui poserait des questions. Voilà qu'elle était entourée d'inquisiteurs ! Même si ses parents prenaient sa protection à cœur, il y avait des choses qu'elle devait faire sans eux.

Toujours profondément renfrogné, son père la dévisagea un instant. Wendy crut qu'il allait dire autre chose, mais il relâcha son souffle, se renfonça sur son siège et lui adressa un signe de tête bref.

Wendy le prit pour le signal du départ. Elle sortit de la voiture et se dirigea vers les portes vitrées de derrière, comme si elle allait entrer dans l'hôpital. Elle se retourna et agita la main.

Satisfait, son père lui adressa un autre signe de tête et démarra.

Mais quelle journée ! Deux heures à peine s'étaient écoulées depuis son réveil et elle était déjà épuisée. Elle se sentait coupable de ne pas avoir tout raconté à l'inspecteur James, mais comment aurait-elle pu ? Il ne l'aurait jamais crue. Il aurait imaginé qu'elle piquait une crise de nerfs, qu'elle revivait le traumatisme d'avoir perdu la mémoire et ses frères. Si elle se mettait à parler de garçon magique, d'ombres diaboliques et d'autres mondes, on l'enfermerait et on jetterait la clé de sa cellule capitonnée.

Il fallait qu'elle garde son calme et qu'elle aide Peter. Tout ce qui comptait, c'était qu'elle revoie ses frères. Et plus vite ils découvriraient comment arrêter l'ombre, plus vite elle retrouverait John et Michael.

Plus vite ils tourneraient la page.

Pour le moment, elle devait trouver Peter.

Wendy consulta l'heure sur son téléphone. Il était 13 heures, et toute une liste de textos non lus de Jordan l'attendait. Elle lui répondrait plus tard. Là, elle était coincée au centre-ville et devait trouver un moyen de rentrer chez elle. Wendy ouvrit l'application de covoiturage.

Puisqu'il se situait près des bois, son jardin semblait le meilleur point de départ de ses recherches. Elle attendait que l'application charge quand un sifflement aigu suivi de gloussements attira son attention.

De l'autre côté de la rue se trouvaient plusieurs habitations nichées le long de la forêt. Une maison bleu menthe se trouvait en recul, dans l'ombre des arbres immenses.

Là, au milieu de la pelouse, se trouvaient Peter et une petite fille que Wendy reconnaissait.

Mais qu'est-ce qu'il fichait ? Wendy se précipita vers lui, traversant presque la rue en courant.

« À ton tour », disait Peter.

Ils étaient assis jambes croisées l'un en face de l'autre, leur attention braquée sur un brin d'herbe que Peter tenait à la main. La petite fille portait une robe bain de soleil violette, avec une pile d'herbe et de petites fleurs sur les genoux.

Une couronne de fleurs de petits boutons jaunes était posée de travers sur la tête de Peter. Un sourire paresseux aux lèvres, il adressa un signe encourageant à la fillette.

Elle prit un brin d'herbe, le pressa entre ses pousses et souffla à nouveau. Un couinement aigu s'en éleva. Elle éclata de rire.

Peter rit à son tour, l'air incroyablement satisfait.

« Peter ! Qu'est-ce que tu fais là ? » les interrompit Wendy, déroutée.

Il lui jeta un coup d'œil. « Oh, salut. Tu es très en retard. » Il prit l'air très sévère avant d'indiquer la petite fille en face de lui. « Tu n'étais pas chez toi, alors je me suis dit que tu étais peut-être à l'hôpital, expliqua-t-il tranquillement. Et puis je suis tombée sur Cassidy. » Peter adressa un grand sourire à Wendy. « On fait des sifflets en herbe.

— Des sifflets en herbe », répéta-t-elle.

Elle lutta contre l'envie de le pousser.

Rayonnante, Cassidy dit de sa petite voix timide : « J'ai fait une couronne à Peter. »

Radiologue, son père travaillait avec Mme Darling. Quand elle était plus jeune, Wendy gardait Cassidy et Rebecca, sa sœur aînée.

Peter adressa un sourire de biais à Wendy. Ça fronçait ses taches de rousseur.

Wendy se racla la gorge et ramena ses cheveux derrière ses oreilles. Il devait arrêter de la regarder comme ça !

« Tu es ridicule, déclara-t-elle.

— Tu es jalouse parce que tu n'en as pas », rétorqua-t-il avec un haussement d'épaules méprisant.

Cassidy gloussa dans ses mains et Wendy secoua la tête. Il avait l'air si content de lui !

« Cass, tu ne devrais pas parler aux inconnus et encore moins leur donner ton prénom ! » la réprimanda-t-elle.

Elle venait de commencer le primaire, elle n'avait donc toujours pas appris à se méfier des inconnus ?

Cassidy essaya de remettre le brin d'herbe entre ses pouces.

« Je sais, je l'ai pas dit. Il le savait déjà ! » répondit-elle, les sourcils froncés de concentration.

Wendy jeta un regard déconcerté à Peter.

Il s'appuya sur une main et se montra d'un grand geste de l'autre.

« Peter Pan, tu te souviens ? dit-il avec un clin d'œil. C'est mon job. »

Wendy lâcha un soupir agacé.

« Tu es impossible, marmonna-t-elle avant de se tourner vers Cassidy. Et où sont tes parents, Cass ? Pourquoi ils ne te surveillent pas ?

— Ils sont au travail. C'est *Rebecca* qui est censée me surveiller », répondit-elle en jetant un coup d'œil furieux vers la maison.

Effectivement, Rebecca était assise sur une chaise de jardin sur la terrasse. Plongée dans un livre, elle avait des écouteurs sur les oreilles.

L'irritation de Wendy monta en flèche. Comment n'avait-elle pas remarqué que sa petite sœur discutait avec un inconnu ?

Comme s'il lisait dans ses pensées, Peter dit : « Parfois, les adolescents ne valent pas mieux que les adultes quand il s'agit de magie. »

Il haussa un sourcil avec un regard appuyé vers Wendy qui fit comme si de rien n'était.

Ressentant un élan protecteur, Wendy foudroya Rebecca du regard.

« Eh bien, cette adolescente-ci a beaucoup de choses à te dire, déclara-t-elle à Peter. Allons-y, prince des fleurs.

— Seulement si tu promets de continuer à m'appeler prince, déclara-t-il en aidant Cassidy à positionner ses pousses.

— Peter.

— Votre Altesse est aussi acceptable.

— *Peter !* »

Comprenant enfin à sa voix qu'elle était sérieuse, il leva les yeux, interrogateur, et pencha la tête sur le côté. Il prit la couronne de fleurs des deux mains et la tendit à Cassidy. « Tu devrais la garder. » Cassidy fit mine de la prendre, mais avant, Peter ajouta : « Mais on devrait la rendre un peu plus digne d'une princesse. »

Lentement, les petites fleurs en train de faner se mirent à briller d'une aura légère. Cassidy poussa un cri d'émerveillement étouffé et le cœur de Wendy battit plus fort.

Les fleurs s'épanouirent en pétales immenses, les tiges s'épaissirent et se nouèrent les unes aux autres. La couronne s'éleva en tournant lentement sur elle-même. Les yeux écarquillés, Cassidy la regarda se poser autour de son cou, trop grande pour sa tête.

« Et voilà ! » s'exclama Peter.

Ravi de son œuvre, il s'essuya les mains sur son jean élimé.

De la poussière de fée.

Cassidy lâcha un couinement d'excitation et tapa dans ses mains. « Tu es magicien ? » Elle sautillait littéralement de joie.

« Eh bien..., commença-t-il, mais Wendy l'interrompit vite.

— Oui ! Mais tu ne dois le dire à personne. C'est un secret, d'accord ? »

Peter souffla.

Wendy plissa les yeux.

Il soupira.

Il adressa à Cassidy un regard faussement sérieux et acquiesça avec solennité.

« Je le dirais à personne. Promis ! » insista Cassidy.

Wendy doutait qu'elle réussisse. Il fallait qu'ils s'en aillent.

« Allons-y, Peter. » Elle tira sur son bras. Avant de partir, elle cria à travers la pelouse : « COUCOU, REBECCA ! »

La sœur aînée de Cassidy sursauta et arracha ses écouteurs. Son air surpris trahit qu'elle venait tout juste de remarquer que sa sœur avait de la compagnie.

Wendy lui adressa un signe du bras enthousiaste, avec le sourire le plus grand et le plus hypocrite possible. Au moins, cette fois, elle avait toute son attention.

Wendy s'en alla d'un pas furieux, Peter sur les talons. Il salua Cassidy par-dessus son épaule, et celle-ci lui répondit joyeusement.

« Cassidy, reviens tout de suite sur la terrasse ! » ordonna Rebecca.

Une fois assez loin pour qu'on ne les entende pas, Wendy donna un coup de coude dans les côtes de Peter.

« Tu ne peux pas traîner comme ça avec des petites filles ! » grinça-t-elle entre ses dents.

Il rit, se frotta les côtes et plissa le front.

« Pourquoi ? » demanda-t-il, comme s'il ne savait si elle plaisantait.

Elle gémit. Il ne comprenait donc vraiment pas ? « Parce que ! » Elle se pinça l'arête du nez. À vivre au Pays imaginaire, il n'avait aucune notion des règles sociales du monde réel. « Les gens croiront que tu as des arrière-pensées, que tu veux peut-être lui faire du mal. Tu pourrais avoir de gros problèmes, tu pourrais *nous* causer de gros problèmes. »

Cette fois, il eut l'air sincèrement troublé. « Quoi ? Mais je ne ferais jamais une chose pareille ! » Il semblait si blessé qu'elle se sentit mal de l'avoir sermonné.

« Je sais, mais les gens, les autres, les adultes, ne le savent pas, eux. Ils envisageraient le pire, expliqua-t-elle avec plus de douceur. Surtout vu tout ce qui se passe. Si un adulte te voyait parler à un enfant comme ça, il se dirait que c'est peut-être toi le kidnappeur. »

Ils arrivaient au bout de la rue. Peter s'arrêta et se tourna vers elle. « Pourquoi j'ai l'impression que tu me caches quelque chose ? »

Wendy se mordit la lèvre. « Les inspecteurs pensent que tu as un lien avec les enfants disparus. »

Peter laissa retomber ses bras le long de son corps. « Comment ça ? » demanda-t-il en passant d'un pied à l'autre.

Wendy prit une profonde inspiration.

« J'étais en retard, car je devais me rendre au poste de police. L'inspecteur James, celui qu'on a vu aux informations, tu t'en souviens ? Il m'a interrogée au sujet d'Alex, des enfants disparus. » Elle ajouta, hésitante : « De toi. »

Peter gémit comme un enfant qu'on a trouvé durant une partie de cache-cache. « Tu leur as dit quelque chose ?

— Non, bien sûr que non ! Pourquoi j'aurais fait une chose pareille ? s'exclama-t-elle, les bras levés. De toute façon, ils ne m'auraient pas crue. On a déjà décidé qu'ils ne seraient d'aucune utilité... »

Si la police n'avait pas trouvé ses frères au moment de leur disparition, comment les inspecteurs pourraient-ils l'aider aujourd'hui ? Tout reposait sur Peter et elle.

Wendy jeta un coup d'œil méfiant de chaque côté de la rue.

« Continuons. »

Peter lui emboîta le pas. Wendy se sentait de moins en moins en sécurité, et il ne manquerait plus que Jordan ou la police la surprenne en train de parler à Peter. Ou pire, ses parents.

« Mais ils pensent que tu es lié aux enfants disparus, continua-t-elle.

— On le savait déjà, c'était aux nouvelles.

— *A priori*, tu n'es pas un suspect... » Peter grimaça. « Ils semblent croire que tu as aussi été enlevé, ajouta-t-elle vite. Et puisqu'ils t'ont relié à ma disparition à moi aussi, ils pensent que le kidnappeur d'aujourd'hui est le même que celui qui nous a enlevés, mes frères et moi. »

Peter ne fit que hocher la tête. Son expression était dure à déchiffrer. Plongé dans ses pensées, il regardait ses pieds.

Wendy soupira et se frotta le front.

« Techniquement, ils n'ont pas tort, réfléchit-elle tout haut. Ton ombre a enlevé mes frères et maintenant, elle s'attaque à d'autres enfants. »

Peter resta silencieux.

Wendy se tordit les mains.

« Elle ne leur fait pas de mal, hein ? » demanda-t-elle, craignant la réponse.

Peter secoua la tête.

« Non, il faut qu'ils restent en vie », lui dit-il, l'air désolé.

Ce qui ne rassura pas Wendy.

« Pour que l'ombre se nourrisse d'eux, ils doivent être conscients.

— Conscients et terrifiés », termina Wendy.

Peter hocha à nouveau la tête.

Il avait déjà expliqué la façon dont les ombres gagnaient en puissance en se nourrissant de la crainte des gens. De leur terreur et leur tristesse, leur sentiment de désespoir. John et Michael étaient prisonniers depuis des années. Que devaient-ils ressentir ? Comment qualifier cette existence, consumée par une peur à laquelle on ne pouvait échapper ?

La poitrine de Wendy se serra. Elle ne supportait pas l'idée qu'ils souffrent, surtout de façon si prolongée. Peter et elle devaient les sauver.

« Est-ce que tu sais où ils sont ? demanda-t-elle.

— Non… Enfin, dans les bois. Je n'en doute pas. Mais elle pourrait les cacher n'importe où avec la magie. »

Ils traversèrent la rue et prirent la route qui se dirigeait vers le centre-ville. C'était celle qui contournait les bois. Celle où Wendy avait trouvé Peter. Ils marchaient sur le bas-côté ; pourtant, même en plein jour, elle en avait la chair de poule. Ses pas se firent plus lents, plus hésitants. Les arbres immenses et leurs branches basses les écrasaient de leur taille.

Peter se plaça entre les bois et elle, écarta les branches du chemin. Sa présence la… réconfortait. Elle se sentait moins effrayée, elle avait enfin quelqu'un qui comprenait ce qu'elle vivait. Quelqu'un avec qui traverser cette épreuve. Il y avait aussi cette chaleur indéniable qui irradiait de son corps quand elle était proche de lui.

Elle le rattrapa en quelques pas rapides et marcha à ses côtés, assez loin pour ne pas le toucher, assez près pour que leurs mains se frôlent si elle le souhaitait.

Elle lui jeta un coup d'œil en coin et observa son profil : le nez légèrement retroussé, le trait dur de sa mâchoire, la petite pointe de ses oreilles. Il portait le jean que Wendy avait recousu et un T-shirt rose poudré blanchi par le soleil, ce qui rendait ses yeux encore plus désarmants.

Wendy se demanda si la chaleur qu'elle ressentait faisait partie de la magie de Peter. Ou peut-être était-ce juste… lui ?

C'était réconfortant, toutefois le bois lui pesait toujours. Il vibrait, telle la pression dans ses oreilles quand elle plongeait au fond de la piscine à l'entraînement de natation. Elle avait encore l'impression d'être observée, comme la veille devant chez elle. Ce souvenir la domina soudain.

« Hier soir, j'ai oublié de te raconter quelque chose qui s'est passé avant que tu me trouves dans les bois », dit-elle lentement.

Peter tourna la tête vers elle.

« Qu'est-ce qui s'est passé ? demanda-t-il, aussi renfrogné que s'il se préparait à prendre un coup.

— Je suis allée chercher mon sac de piscine dans mon pick-up. Il faisait noir, et pendant que je cherchais, j'ai senti… » Wendy marqua une pause, le temps de trouver les mots pour décrire ce qu'elle avait vécu. « Quelque chose derrière moi. Je me suis retournée, et un type est sorti de nulle part. Il a commencé à me parler. »

Observant sa réaction, elle se frotta le bras machinalement au souvenir de la chair de poule qui l'avait parcourue.

« Tu ne viens pas de dire à Cassidy de ne pas parler aux inconnus ? » demanda Peter, le sourcil haussé.

Un éclair d'agacement la traversa. Ce n'était pas le moment de plaisanter !

« Il savait qui j'étais, Peter ! cingla-t-elle. Il connaissait mon nom, il a dit qu'il m'a vue à l'hôpital, il m'a demandé si je voulais me promener avec lui dans les bois. »

Elle frissonna.

Enfin, Peter sembla soucieux.

« Et il a dit que je devais être prudente, que je ne voulais pas "disparaître" à nouveau », déclara-t-elle en faisant de son mieux pour se rappeler les détails de la scène.

Peter plissa le front.

« Peut-être qu'il t'a reconnue à la télé ? C'est une petite ville, il a pu se souvenir de ta disparition… »

On aurait dit qu'il essayait de s'en convaincre.

Elle secoua la tête.

« Non, comme tu le dis, c'est une petite ville et je ne l'avais jamais vu. En plus, il y avait quelque chose de très bizarre chez lui. Il faisait *flipper*. Il dégageait quelque chose de… » Elle se tut, cherchant un moyen de le décrire. « Dangereux. Je ne voyais pas non plus à quoi il ressemblait. Il faisait noir, oui, mais c'était plus que ça. Il se tenait juste devant moi, pourtant je ne voyais pas son visage. Comme si je n'arrivais pas à me concentrer dessus parce qu'il n'arrêtait pas de… d'onduler, comme à travers de l'eau, tu sais ? Mais sombre. »

Il secoua la tête, il ne comprenait pas où elle voulait en venir.

Wendy déglutit. Elle avait la bouche sèche. « On aurait dit qu'il était fait d'ombre. »

Peter s'arrêta. « D'ombre ? » répéta-t-il, soudain en alerte.

Wendy acquiesça. Perdu dans ses pensées, il regarda en direction du bois.

« Oui. » Elle se balança d'un pied sur l'autre. Son expression ne lui plaisait pas du tout. Elle voulait qu'il recommence à marcher. Elle craignait la réponse à la question qu'elle devait poser. « Peter, ton ombre ne peut pas… » Comment l'exprimer ? « Prendre… forme humaine, hein ? »

Il secoua la tête. Il avait l'air déstabilisé. « Ce n'est jamais arrivé. Elle n'a jamais pris une forme solide.

— Mais qu'est-ce qui se passe, Peter ? »

Il se mordillait la lèvre inférieure, on aurait dit qu'il se retenait de dire quelque chose. Puis il soupira et haussa les épaules.

« J'en ai aucune idée. »

Ce n'était pas ce qu'elle voulait entendre.

« Quand j'ai entendu la voix d'Alex, elle… Il… a disparu, ou peut-être qu'il était toujours là ? Je ne me souviens pas. Je me suis mise à courir dans les bois. Et après ton départ, quand je me suis couchée, il s'est passé autre chose… »

Peter gémit.

« Autre chose ? demanda-t-il, abattu.

— Je… crois qu'elle était dans mon rêve hier soir. » Pleine d'appréhension, elle leva les yeux. Peter la regardait avec intensité, attentif, alors elle continua : « Quand je me suis endormie, j'ai rêvé que j'étais dans les bois. Il y avait de la neige, ce devait être l'hiver, et la nuit tombait. Je me tenais devant un arbre immense…

— Un arbre ? » l'interrompit soudain Peter, les épaules crispées.

Elle acquiesça. Sa réaction la troublait. « Oui, il ne ressemblait à aucun autre arbre. » Elle sentait presque l'odeur des feuilles mortes de son rêve. « Il était immense et ses branches tordues bizarrement. Elles étaient complètement nues, on aurait dit qu'il était mort. Il avait beaucoup de racines protubérantes. »

Peter se tenait si immobile que Wendy se demanda s'il respirait.

« J'entendais quelque chose qui venait de l'arbre. Comme les voix dans les bois hier soir, tu les as entendues toi aussi ? »

Il répondit par un bref hochement de tête.

« Avant que je me rapproche de l'arbre, l'ombre est apparue. Cette fois, j'ai réussi à la voir.

— À quoi ressemblait-elle ? »

À sa voix pleine d'angoisse, on devinait qu'il connaissait déjà la réponse.

« Eh bien… à toi, répondit-elle, mal à l'aise. Et à la fois non. Il avait les cheveux noirs, la peau pâle et ses yeux donnaient l'impression d'une pièce plongée dans l'obscurité. » Dans le ciel dégagé, elle chercha les bons mots pour l'expliquer. « Une version déformée de toi que seul un cauchemar pourrait invoquer. Mais ce n'était pas qu'un mauvais rêve.

— Que veux-tu dire ? demanda Peter d'une voix réticente.

— Je crois qu'il ne s'agissait pas du tout d'un rêve. » Wendy déglutit et s'humecta les lèvres. « Je crois que j'ai retrouvé un souvenir, de quand j'étais dans les bois. »

Il devint blanc comme un linge.

« À mon réveil, j'avais dessiné l'arbre partout dans mon sommeil, sur mes bras, mes jambes, mes mains. »

Elle se montra, puis leva les mains. Elles étaient moins rouges, mais toujours aussi sèches et irritées d'avoir été trop frottées.

Peter se rapprocha et les scruta avec incrédulité.

« Ça fait des semaines que je dessine le même arbre », chuchota Wendy. Il était si près que sa voix la trahissait. « À mon insu. »

Il lui jeta un regard interrogateur.

« Je le fais sans m'en rendre compte. Je suis en train d'écrire une liste de courses, je me déconcentre une seconde, et l'instant d'après, elle est couverte de dessins. »

Peter lui prit le bras avec douceur et frôla le rouge délavé. Il fronçait très fort les sourcils. Cette proximité soudaine éveilla une chaleur dans la poitrine de Wendy.

« Je crois qu'une part de moi se rappelle ce qui est arrivé et essaie de me guider dans la bonne direction. Que c'est pour ça que je n'arrête pas de dessiner cet arbre... » Elle marqua une pause, rassemblant son courage avant d'ajouter : « Et toi. »

Le regard de Peter croisa le sien, toujours soucieux, mais avec une touche de curiosité. « Moi ? »

Sans voix, elle acquiesça. La chaleur lui brûla les joues.

Elle n'avait pas été aussi proche de lui depuis qu'elle l'avait trouvé sur la route. Les éclats de lumière dans ses yeux bleu profond scintillaient au soleil.

Quand il se tenait si près, elle n'arrivait pas à réfléchir. Elle se racla la gorge, recula d'un pas et dégagea son bras.

Peter n'en sembla pas troublé. Il laissa retomber ses bras sur le côté, toujours plongé dans ses pensées.

Wendy compatissait. Elle reprit sa route et il la suivit.

« C'est une très mauvaise nouvelle, dit-il, en fourrant les mains dans ses poches. Avec tous ces enfants qu'elle a enlevés, elle devient trop puissante. Chaque jour, je suis un peu plus faible, et elle un peu plus forte. Il faut qu'on l'arrête, Wendy. Et vite. Sinon, qui sait ce dont elle serait capable. »

Elle réfléchit un instant. Il leur fallait plus de réponses, et il n'y avait qu'une façon d'en trouver. Elle secoua la tête et se frotta les clavicules.

« Je n'arrive pas à croire ce que je dis, marmonna-t-elle pour elle-même, mais je crois qu'il faut qu'on parte à la recherche de cet arbre dans les bois. »

Peter eut un geste de recul.

« *Quoi ?*

— Si ce que j'ai vu était un souvenir, alors cet arbre a quelque chose d'important. Et tous ces dessins ? C'est forcément une sorte d'indice. Après tout, si j'y ai vu ton ombre, peut-être qu'elle s'y cache ? Peut-être que c'est là qu'ils sont, ces enfants disparus et mes frères ? »

Le seul fait de le proposer la rendait malade, mais si ça signifiait retrouver ses frères, elle n'avait pas le choix.

« Il pourrait juste s'agir d'un arbre imaginaire, insista Peter. Peut-être que ce n'est rien du tout. Et si c'était un piège tendu par mon ombre ? » Il indiqua les bois.

« Je ne peux pas affirmer le contraire. Mais il faut qu'on essaie. »

Peter jeta un coup d'œil par-dessus son épaule, vers les arbres. « Je ne sais pas, Wendy, dit-il, mal à l'aise.

— Nous n'avons pas d'autre piste. » Il ne répliqua pas. « On devrait partir à sa recherche. Peut-être aujourd'hui ? Le jour va durer encore assez longtemps pour qu'on commence au moins nos recherches. »

Il n'avait toujours pas l'air convaincu.

« Écoute, c'est toi qui as dit que tu avais besoin de mon aide, fit remarquer Wendy. Et depuis quand Peter Pan a peur du danger ? »

Peter la fusilla du regard. « Je n'ai peur de rien. »

Elle ne put retenir un sourire.

Ils s'arrêtèrent au coin de la rue. Ils étaient arrivés dans la petite zone commerciale entre la maison de Wendy et le centre-ville. On y trouvait une supérette, une station-service et quelques boutiques. Deux femmes promenaient leurs enfants dans des poussettes, mais la majorité des badauds étaient composés d'adolescents qui profitaient de leurs vacances d'été.

« Est-ce qu'on devrait faire demi-tour et commencer nos recherches ? proposa Wendy. Il faudra qu'on s'enfonce assez profondément dans les bois, vu l'âge de cet arbre… »

Peter ne semblait pas l'écouter. Il tendait le cou en scrutant les différentes rues.

« Est-ce qu'on va enquêter ? »

Elle ne savait pas du tout comment résoudre un mystère. Elle avait l'impression d'être arrivée en plein milieu d'un épisode de *Scooby-Doo*.

« Comment on cherche des indices qui mèneraient à une ombre surnaturelle ? Tout ça, c'est nouveau pour moi. »

Et Peter se montrait tout à fait inutile.

« Peter, on se concentre ! cingla-t-elle en le poignardant du doigt.

— Mmh, oui, je sais ce qu'on devrait faire. »

Il hocha fermement la tête, fasciné par quelque chose au loin.

« Quoi ? demanda Wendy, agacée.

— Manger une glace ! » lança-t-il avec un sourire radieux.

Wendy le dévisagea. Il n'était quand même pas sérieux ?

« Répète ? »

Peter indiqua l'autre côté de la rue. Wendy se retourna, c'était le *Frite & Scoop* qui avait attiré son attention. La vitrine affichait la photo d'un cône de glace et de frites enveloppées de papier.

« Peter, non ! »

Comment pouvait-il songer à manger de la glace à un moment pareil ? Même si l'idée était agréable, surtout avec le soleil estival brûlant ses épaules nues.

« Si, Wendy ! » insista Peter en acquiesçant avec ferveur.

Entêtée, elle mit les mains sur ses hanches. « On ne peut pas passer la journée à manger des glaces et faire des couronnes de fleurs dans l'herbe !

— Mais si ! » Il lui prit la main et se mit à marcher à reculons. Il affichait un grand sourire malicieux. « Ça ne prendra que quelques minutes ! »

À contrecœur, Wendy se laissa entraîner. « Non ! chuchota-t-elle en regardant les gens autour d'eux qui continuaient leur course, pris dans le flot de leur vie tout à fait ordinaire. On doit trouver un moyen d'empêcher *ton* ombre *d'enlever des enfants* ! »

Elle tira sur sa main.

« Ça ne va pas prendre longtemps », répondit Peter, insouciant. Il se plaça derrière elle, et, les mains sur ses épaules, la guida vers la porte. « Promis », dit-il à son oreille. Son souffle lui chatouilla la nuque.

Il avait un sourire dans la voix.

« Tu es impossible, Peter Pan. »

Il ouvrit la porte du café et l'entraîna à l'intérieur. Il était insupportable, mais elle dut tout de même pincer les lèvres pour retenir un sourire.

La boutique était plutôt petite, mais coquette, doublée de panneaux de bois aux couleurs chaudes. Le long des fenêtres, un bar aux tabourets bleu canard surplombait la jetée et le fleuve. Les parfums du jour étaient listés à la craie sur une ardoise derrière le comptoir. Sur le côté, dans un frigo, on trouvait un choix de bouteilles de soda à l'ancienne. Les murs étaient décorés d'œuvres d'art d'artistes locaux, ainsi que des prix d'excellence reçus par le glacier. La terrasse se trouvait sur la jetée. On pouvait s'asseoir à des tables de pique-nique patinées par le vent et la pluie, des bols d'eau attendaient des chiens assoiffés. Ça sentait la crème sucrée et la friture.

Sur le seuil, l'air frais de la climatisation les caressa. Peter ferma les paupières un instant, savourant la brise froide, un petit sourire aux lèvres.

Wendy ne put retenir un soupir ravi. Elle pencha la tête vers l'avant pour rafraîchir sa nuque. De la sueur goutta le long de son dos. Elle refusait de regarder les taches de sueur qui se formaient sous ses bras.

Lorsqu'elle leva les yeux, Peter lui jetait un regard de côté, un sourcil haussé.

« Tu es sûre de ne pas vouloir rester un peu ? » demanda-t-il, l'air bien trop satisfait au goût de Wendy.

Elle lui décocha un regard mauvais.

« J'ai horreur quand tu fais ça.

— De quoi ? s'enquit-il, plein d'innocence feinte.

— Tu sais exactement quoi ! » Le ventre de Wendy gargouilla. Elle n'avait pas mangé depuis le dîner de la veille. « Très bien. Mais seulement parce qu'il faut que je mange quelque chose. »

Peter se dirigea vers le comptoir et scruta les grands pots de glace, le nez presque collé à la vitre. Il tapa dessus du doigt dans un rythme erratique.

« Qu'est-ce que tu aimes comme glace ? » interrogea-t-il.

Son souffle laissait de la buée sur le verre. Il ne lâchait pas des yeux les pots aux couleurs vives. Elle le rejoignit.

« Je ne suis pas très fan de glace. »

L'air carrément insulté, Peter eut un violent geste de recul. « Tous les gens normaux aiment la glace !

— Ce n'est pas universel ! »

Il lui jeta un regard tout à fait désapprobateur. « OK, alors, quand tu en manges, quel parfum ?

— Vanille.

— *Vanille ?*

— Quoi !

— C'est le plus ennuyeux de tous ! s'exclama-t-il, les bras levés de façon théâtrale. On dirait vraiment une vieille dame. »

Il lui donna un petit coup d'épaule.

« C'est un classique ! » rétorqua Wendy en lui rendant un coup de coude.

Peter renversa la tête et lâcha un grognement de tristesse écœurée.

Les clients assis au bar tournèrent la tête vers eux. Wendy devint toute rouge. Elle poussa Peter. « Chut ! » siffla-t-elle.

Indifférent, il secoua la tête. « Il faut vraiment que tu te diversifies, que tu élargisses tes horizons !

— Il n'y a rien de mal à aimer la vanille, marmonna-t-elle.

— C'est ça, Wendy. »

Elle souffla et fit de son mieux pour ignorer son visage idiot et son fichu sourire. Elle leva les yeux au ciel. « Alors c'est quoi, toi, ton parfum préféré ?

— Chewing-gum. »

Elle s'esclaffa. « Tu as 8 ans ou quoi ? »

Peter haussa les épaules, le regard parcourant le menu écrit à la main. « Parfois. »

Wendy plissa les paupières. Est-ce qu'il plaisantait ?

« Wouah ! » lança soudain Peter. Il indiqua quelque chose derrière le comptoir. « C'est ça que je veux ! »

Il montrait la photo de ce qui ressemblait à trois boules de chocolat parcourues de morceaux de café de couleur noire, surmontées de sirop de caramel, de crème fouettée et d'une cerise. La légende disait : ESSAYEZ NOTRE NOUVELLE GLACE TRIPLE CHOCOLAT MOKA ! AVEC DE VRAIS GRAINS DE CAFÉ !

Wendy renifla. « La dernière chose dont tu aies besoin, c'est de sucre et de caféine.

— Je vais la prendre. » Il se tourna vers la caissière. « Est-ce que je peux avoir un truc comme ça, s'il vous plaît ? »

Elle allait à son lycée, Wendy la reconnaissait, mais ignorait son nom. Elle avait coiffé ses cheveux châtain clair en chignon désordonné, des mèches encadraient son visage. Des traits d'eye-liner spectaculaires accentuaient ses yeux marron. Une pierre violette brillait à sa narine.

Wendy passa les mains dans ses cheveux courts mal coupés. Elle se sentait soudain très ordinaire.

Un peu comme la glace à la vanille.

« Bien sûr », répondit la fille. Elle se pencha sur le comptoir et sourit à Peter. « Combien de boules ?

— TROIS ! répondit-il avec enthousiasme.

— Deux », intervint Wendy. Quand il fit la moue, elle ajouta : « C'est moi qui paie, tu te rappelles ? » Elle se tourna vers la fille. « Et des frites et un verre d'eau. » Elle jeta un nouveau coup d'œil à la glace. « Et une boule de Brouillard londonien. »

Peter lui décocha un sourire entendu et triomphant. Wendy leva les yeux au ciel.

« Il se trouve que j'aime le thé Earl Grey. »

Le sourire que la caissière adressa à Wendy fut nettement moins chaleureux.

Elle lui passa sa carte de débit. Quand elle baissa le regard, elle vit Benjamin Lane, Ashley Ford et Alex Forestay qui lui souriaient. On avait collé les avis de recherche sur le comptoir. *M'AVEZ-VOUS VU ?* était écrit en grandes lettres grasses en haut de leur visage.

La culpabilité tordit le ventre vide de Wendy.

Une fois servis, ils s'assirent à l'une des tables de pique-nique dehors, où le fleuve Columbia projetait une brise fraîche. Au loin, des otaries aboyaient sur les jetées. Wendy but de grandes gorgées d'eau. Le froid apaisa sa gorge.

Dès qu'il s'assit, Peter passa un doigt dans la crème fouettée et le porta à la bouche. « Mmh ! » Il leva les yeux et battit des cils de bonheur. Il tendit le pot en carton à Wendy et agita les sourcils. « Tu veux essayer ?

— Quand est-ce que tu t'es lavé les mains pour la dernière fois ? interrogea-t-elle, pleine de soupçons.

— Tu ne veux pas savoir ! »

Il sourit de toutes ses dents autour de la tige de la cerise qu'il avait mise dans sa bouche.

Wendy secoua la tête, mais elle adorait la crème fouettée. Appuyée sur les coudes, elle y trempa le bout du doigt et le lécha. C'était de la vraie, bien épaisse. Pas de celle qui sortait d'une bombe et sentait l'huile.

Peter s'y attaqua avec la cuillère en plastique en fredonnant. Wendy se demanda si c'était une de ses habitudes quand il mangeait.

Elle commença par ses frites dorées, préparées à la commande et bien chaudes. Elle dut souffler dessus avant de mordre dedans. Croustillantes à l'extérieur, moelleuses à l'intérieur. Salées à la perfection. Les meilleures frites de la ville, et de loin. Elle se rafraîchit la langue avec un peu de glace. La bergamote bien équilibrée avec la vanille formait un mélange sucré d'une douceur parfaite.

« C'est comment ? » s'enquit-elle avant de manger encore quelques frites.

Peter pressa les lèvres, mais son sourire immense plissait le coin de ses yeux.

« Trop bon ! » déclara-t-il, la bouche pleine de chocolat et de grains de café.

Wendy éclata de rire et secoua la tête. « Dégoûtant. »

Ses bonnes manières à table laissaient à désirer. Elle prit une autre cuillerée de sa glace gris clair.

« Tu venais souvent ici avec John et Michael ? »

Cette question frappa Wendy de plein fouet. Sa main s'immobilisa en plein air, la glace coulant de sa cuillère.

Personne ne l'interrogeait jamais sur ses frères, surtout en public, surtout sur quelque chose de si… banal. Quand les noms de John et Michael étaient prononcés, c'était tout bas, en général quand on croyait que Wendy ne les entendait pas. Ou, comme ces derniers jours, en référence à un terrible événement.

Mais Peter abordait le sujet de façon si détendue. Il attendit patiemment sa réponse, léchant le chocolat fondu sur le côté de sa main.

Wendy se racla la gorge et posa sa cuillère dans son bol. « En fait, oui… L'été, on venait sur la promenade en famille. » Elle indiqua le chemin qui longeait la rive, parcouru de pontons. « On commandait des frites et de la glace. » Wendy joua avec la paille plongée dans son eau glacée. « Tu sais, la glace au chewing-gum est aussi le parfum préféré de Michael. »

Il s'interrompit alors qu'il grattait le fond de son pot avec sa cuillère.

« Michael a *très* bon goût ! »

Son doux sourire l'encouragea à parler. Peter était la seule personne qui ne la regardait pas avec la pitié qu'on accordait à un chien blessé chaque fois qu'on parlait de ses frères.

Elle sourit et secoua la tête. « Il sortait toutes les boules de chewing-gum et les gardait dans un petit pot en carton. Quand il avait terminé la glace, il mangeait tout ce petit tas gluant d'un coup. » Elle fronça le nez. « C'était dégoûtant. » Elle lâcha un petit rire. « En contrecoup de tout ce sucre, il s'écroulait comme une masse et mon père devait le porter jusqu'à la voiture. »

Elle se rappelait le petit corps de Michael dans les bras forts de son père, ses boucles brunes dansant à chacun de ses pas, complètement K-O. John et elle les suivaient, main dans la main avec leur mère, et ils dansaient dans l'ombre du soleil qui se couchait derrière les collines.

Peter rit. « Ça ne m'étonne pas. Il aspirait toujours le nectar du chèvrefeuille au Pays imaginaire. Ça rendait les colibris furieux. »

Wendy posa sa cuillère et l'écouta avec attention, ravie d'entendre des histoires de leur séjour sur l'île magique.

« Tu cueillais des fleurs et tu les accrochais en guirlandes au-dessus de ton lit. Tu disais que tu aimais la lumière qui traversait les pétales roses. Tu t'en souviens ? »

Wendy secoua un petit peu la tête. « Non. Pas vraiment, en tout cas. Tout ce que j'ai, ce sont des souvenirs vagues, des aperçus dans mes rêves, parfois. Mais je me souviens de toi, même si tu avais l'air bien plus jeune. »

Peter acquiesça. De toute évidence, son corps qui grandissait pesait lourdement dans ses pensées aussi.

« De la jungle, continua-t-elle. Et d'une plage ?

— John adorait les plages. On devait battre les otaries au tir à la corde pour avoir les meilleures places. »

Il le disait comme si c'était normal, un événement du quotidien.

Wendy fronça les sourcils.

« J'ai toujours du mal avec tout ça, avoua-t-elle, la voix si basse qu'il était le seul à pouvoir l'entendre. Ça ressemble encore à un conte pour enfants. Une histoire. » Et ça l'avait été. Plusieurs histoires, que sa mère lui avait racontées, que Wendy avait racontées à ses frères et maintenant aux enfants de l'hôpital. « Comme si tout était inventé.

— Mais c'est l'objectif, non ? Tu peux faire tout ce que tu imagines. »

Sa voix était nostalgique. Son regard se perdit vers le fleuve, le fantôme d'un sourire sur les lèvres.

Avait-il parfois le mal de son île ?

« J'aimerais tant m'en souvenir, dit-elle en tripotant le cône en papier de ses frites. Peut-être que je retrouverai la mémoire quand on aura récupéré ton ombre et sauvé John et Michael ? »

Le sourire de Peter vacilla.

« Probablement », répondit-il avec un petit haussement d'épaules, sans cesser de jouer avec la queue de cerise.

Wendy regarda ses mains sèches et craquelées. L'idée des enfants disparus retenus en otage lui tordait le ventre. Elle ne supportait pas de savoir qu'ils étaient perdus et effrayés. Avec un peu de chance, ils étaient au moins ensemble, ils avaient quelqu'un sur lequel s'appuyer dans une situation qui semblait terrifiante et désespérée.

Wendy n'avait pas encore abandonné, et elle n'abandonnerait pas. Elle était déterminée à ramener ses frères.

Lorsque Peter et elle les auraient enfin sauvés, auraient-ils la même apparence qu'à leur disparition ? Ou avaient-ils continué à grandir ? C'était déstabilisant, cette idée d'un John de 16 ans et d'un Michael de 13. Les reconnaîtrait-elle seulement ? La reconnaîtraient-ils ?

Elle pressa un doigt sur l'une des lignes rouges de sa main et grimaça.

Peter baissa les épaules et ses cheveux auburn tombèrent devant ses yeux. Il les plissa avec une petite grimace. « Est-ce que ça fait mal ? » demanda-t-il.

Elle haussa les épaules. « Un peu. Ça tire surtout. » Elle se redressa. Ses mains craquelées étaient un rappel constant. Elle ne pouvait s'empêcher de les frotter. Elles attiraient les regards et parfois les enfants lui demandaient comment elle s'était fait mal. C'était embarrassant. On aurait dit qu'ils mettaient le doigt sur son étrangeté. Mais le fait est qu'elle ne supportait pas la sensation des mains sales. Elle se rongeait les ongles. Malgré tout, parfois, des saletés se coinçaient dessous. La crème pour les mains au miel qu'elle gardait dans son sac n'aidait pas beaucoup sa peau irritée.

Elle lâcha une profonde respiration et écarta les doigts sur la table. « Ce n'est pas grave.

— Tiens. » Peter prit le gobelet en plastique rempli d'eau et le bras de Wendy. Doucement, il pressa le côté du gobelet glacial sur les craquelures. Des gouttes de condensation coulèrent le long de son poignet et la firent frissonner. « Est-ce que ça fait du bien ? » Il leva ses grands yeux bleus vers elle. Il sentait le chocolat.

« En fait, oui... »

Peter appuya le coude sur la table, le menton sur la paume de sa main libre. Son sourire dépassait de son poing. Elle ne put s'empêcher de le lui rendre.

Elle n'avait pas autant ri ou souri depuis longtemps. Ses joues commençaient à lui faire mal.

« Wendy ? »

La voix venait de derrière elle. Elle regarda par-dessus son épaule. Jordan se tenait à l'entrée de la terrasse, à côté de son petit ami, Tyler. Elle portait un débardeur bordeaux, un bermuda kaki, et par-dessus, un tablier noir avec la silhouette d'une fille qui buvait à une tasse, entourée par les mots *COFFEE GIRL*. Ses boucles brunes étaient enroulées sur elle-même derrière sa tête. Elle était bouche bée, ses yeux écarquillés allaient de Wendy à Peter.

D'une main, Tyler faisait défiler l'écran de son téléphone, de l'autre, il tenait la laisse de son husky, Bucky, qui haletait joyeusement. Bucky était à moitié aveugle, la fourrure autour de son museau était d'un gris pâle.

« Jordan, Tyler, salut ! »

Lui accordant à peine un regard, Tyler lui fit un signe de tête. Quant à Jordan, elle se focalisa tout de suite sur le bras tendu de Wendy dans la main de Peter.

Wendy se dégagea vivement et se leva d'un bond. Peter se leva à son tour et adressa un regard intrigué à Jordan. Wendy se passa les doigts dans les cheveux. Un rire gêné lui bloquait la gorge.

« Qu'est-ce que vous faites ici ? demanda-t-elle.

— Je vais au boulot, dit Jordan avec un rire embarrassé aussi, en montrant son tablier.

— Oui… bien sûr ! »

Question idiote, Wendy.

« On vient de déjeuner à la brasserie. Tyler et Bucky me raccompagnent par la promenade. »

Le regard de Jordan revint tout de suite vers Peter.

Soudain, il s'avança. Wendy faillit le rattraper, persuadée qu'il dirait ou ferait quelque chose de louche.

« Dis, je peux caresser ton chien ? demanda-t-il à Tyler, plein d'espoir.

— Mmh ? » Tyler lui jeta un rapide coup d'œil. « Ouais, vas-y. »

Peter s'accroupit sur les talons et, un grand sourire aux lèvres, enfouit les doigts dans la fourrure dorée de Bucky.

Le chien s'assit sur le derrière, battant de la queue, la langue sur le côté.

Dès que Peter fut à genoux, hors de vue, Jordan écarquilla grand les yeux et le montra du doigt avec emphase. En silence, elle articula de façon exagérée : « *C'EST QUI LUI ?*

— Oh, euh… voilà Barry, répondit Wendy. Il n'est pas d'ici, il rend visite à sa famille pour l'été. » Un mensonge assez simple, tant que Jordan ne posait pas trop de questions. Wendy détestait lui mentir. Elle avait l'impression de faire quelque chose de mal, mais elle ne pouvait pas lui dire la vérité, surtout devant Tyler. « Je lui fais visiter la ville. Je joue les bonnes voisines, tout ça. »

Wendy espérait que Peter ne dirait rien de bizarre. Inutile de s'inquiéter : il était assis en tailleur, distrait, en train de rire parce que Bucky léchait son visage.

Jordan jeta un regard entendu à Wendy. « Ouais, ouais, une *bonne voisine*. » À son sourire en coin, Wendy savait exactement ce qu'elle pensait. Mais, histoire de s'en assurer, Jordan prononça à nouveau en silence : « *Il est TROP mignon !* »

Wendy s'empourpra.

« *Jordan* », grommela-t-elle entre ses dents.

Sous la curiosité pas très subtile de son amie, elle se sentait bête, et gênée.

Le sourire de Jordan ne fit que s'agrandir, toutefois elle garda son opinion pour elle-même. Lorsqu'elle reprit la parole, elle avait changé de ton. « Mon père t'a vue en ville, tout à l'heure. »

Elle détourna les yeux de Peter pour regarder Wendy. Un pli délicat apparut entre ses sourcils bien épilés.

Wendy interpréta le sous-entendu : M. Arroyo l'avait vue soit entrer, soit sortir du poste de police.

« Je suis passée chez toi avant le boulot, mais personne n'a répondu. Je t'ai aussi envoyé au moins un million de textos, ajouta-t-elle en perdant son sourire.

— Oh oui, désolée », marmonna Wendy. D'habitude, elle se serait précipitée auprès de son amie, surtout après un événement aussi majeur qu'une convocation au poste de police. Jordan avait des raisons d'avoir des soupçons ou de s'inquiéter, quoi qu'elle ressente à cet instant. « Je voulais te répondre, mais j'ai été un peu… distraite. »

Ça ne lui ressemblait pas. Jordan méritait mieux que ça.

Cette dernière haussa un sourcil. « Je vois ça. » Les joues de Wendy la brûlèrent encore plus fort. Heureusement, son amie consulta alors sa montre. « Eurgh, il faut que j'aille bosser, grommela-t-elle.

— Oui, nous étions aussi sur le point de partir », déclara Wendy en sautant sur l'excuse.

Jordan lui adressa un regard sévère. Elle s'approcha d'un pas et baissa la voix jusqu'à adopter un ton plus doux. « Tu veux bien m'appeler plus tard ? Ou passer me voir ? Je finis à 17 heures. » Elle fouilla le regard de Wendy, à la recherche de quoi, elle n'aurait su le dire.

Elle sentait aussi le regard de Peter sur elle.

Wendy acquiesça.

« Oui, bien sûr », répondit-elle d'une petite voix.

Jordan s'inquiétait. Elle le savait. Elle s'était tant laissée distraire par Peter et toutes ces histoires d'enlèvements qu'elle en avait oublié celle qui avait toujours été là pour elle.

Jordan hocha brièvement la tête. « Parfait. » Elle tira sur le bras de Tyler, ce qui l'arracha à l'écran hypnotisant de son iPhone. « J'étais ravie de te rencontrer, Barry ! »

Peter continua à grattouiller les oreilles de Bucky en lui chuchotant des mots doux.

Wendy lui donna un petit coup du bout du pied. « *Barry.*

— Oh oui. » Il leva les yeux et décocha un grand sourire à Jordan. « Ravi de t'avoir rencontrée aussi. »

Bucky descendit des genoux de Peter et suivit Jordan et Tyler d'un pas inégal. Peter se leva, poussa un soupir de regret et fit un petit signe de la main. « Au revoir, Bucky. »

Jordan les salua par-dessus son épaule. « À plus, Wendy-Lou Who[3] ! » chantonna-t-elle avant de disparaître au coin du bâtiment.

Wendy leva les yeux au ciel. C'était un affreux surnom que son amie avait inventé, en référence au film de Noël que Wendy aimait le moins.

Peter sourit jusqu'aux oreilles.

« Quoi ? demanda-t-elle.

— *À plus, Wendy-Lou Who !* » répéta-t-il avec la voix de Jordan.

Sa voix, *exactement*. L'entendre sortir de la bouche de Peter surprit Wendy si fort qu'elle sursauta.

« Comment tu as fait ça ? »

Peter la regarda comme s'il s'agissait d'une question très étrange. « Quoi ? Je te l'ai dit, je sais bien imiter les trucs. Comme les criquets, tu t'en souviens ?

— Oui, mais je ne me rendais pas compte que ça s'appliquait à la voix des gens ! » Elle se renfrogna. « C'était tout à fait Jordan ! Et un peu inquiétant, ajouta-t-elle.

— Tu veux que je t'imite toi ? demanda-t-il avec un sourire en coin.

— Pitié, non ! »

Sur la table, la glace de Wendy s'était transformée en flaque, alors elle l'ajouta au reste de leurs déchets. Elle redressa les

3. Référence au personnage de Cindy-Lou Who dans le roman de Dr Seuss *The Grinch*, adapté plusieurs fois à l'écran.

épaules et prit son courage à deux mains. Elle attrapa le bord du T-shirt de Peter.

« Allez, viens. »

Elle l'entraîna de l'autre côté de la rue, en direction de la route qui conduisait chez elle.

« On a une ombre à trouver. »

CHAPITRE QUATORZE

DANS LES BOIS

Peter et Wendy se tenaient côte à côte, près de la petite barrière qui séparait son jardin de la forêt. La brise qui s'enroulait dans les arbres lui chatouillait la joue, le cou, les poignets. Elle prit trois profondes inspirations. Ses yeux la picotaient à force de regarder fixement les profondeurs de la forêt. Peter la surveillait du coin de l'œil. Elle sentait son appréhension, toutefois elle leva le menton et souffla une dernière fois entre ses lèvres.

Il fallait qu'ils le fassent. Il fallait qu'*elle* le fasse. John et Michael comptaient sur elle. Elle refusait d'échouer à nouveau.

Wendy sortit son téléphone pour regarder l'heure. L'écran était empli de textos non lus et d'appels manqués de Jordan. Malgré son sentiment de culpabilité, elle éteignit à nouveau l'écran et se racla la gorge.

« Il est 15 heures, déclara-t-elle à Peter en lui jetant un autre coup d'œil. Il faut juste qu'on soit rentrés avant le retour de mes parents, sinon mon père va me tuer. Ça ne nous laisse pas beaucoup de temps, mais ce sera un bon début.

— Tu es sûre de vouloir partir à la recherche de cet arbre ? » Peter ne cessait de se masser la paume gauche avec son pouce opposé, de changer de pied d'appui comme s'il ne tenait pas en place. « Ça pourrait être une perte de temps ou un piège. » Mais vu sa mâchoire crispée, il savait forcément qu'elle ne changerait pas d'avis.

« Oui, j'en suis certaine. » Elle aurait préféré qu'il soit moins réticent, ça n'avait rien d'encourageant. « Ce rêve a un sens, je le *sais* », affirma-t-elle. Sa poitrine serrée et la vibration de son cœur lui disaient de craindre l'arbre, une sensation primaire, instinctive. Malgré tout, Wendy surmonterait sa peur pour retrouver ses frères et les autres enfants disparus. Pour mettre un terme aux méfaits de l'ombre. « De plus, c'est notre seul indice. »

Peter la scruta comme s'il essayait de décider si ça valait la peine de protester encore.

Wendy croisa les bras et lui rendit son regard avec sévérité.

Il gémit, renversa la tête en arrière et ferma les paupières. « Eurgh, très bien », marmonna-t-il avant de se redresser. Il sauta par-dessus la petite barrière et Wendy le suivit. « Je commence à me repérer dans ces bois, lui dit-il tandis qu'ils contournaient les arbres. Du moins, la partie qui se trouve entre ma cabane et ta maison. » Il indiqua l'est. « Je peux nous amener jusqu'à la clairière où tu as suivi Alex et où je t'ai trouvée avec l'ombre. C'est peut-être un bon point de départ ?

— On n'a pas d'autre piste », reconnut-elle.

Elle franchit la distance qui les séparait au petit trot.

Le jour, les bois étaient différents, mais pas moins troublants. Elle voyait plus loin que son environnement immédiat. La vaste étendue des arbres se projetait dans toutes les directions, jusqu'à l'horizon. Elle se sentait minuscule, débordée par leur nombre.

Ils formaient un dessin incohérent de formes, de tailles et de couleurs différentes. Certains épais, l'écorce brun-rouge parcourue de mousse émeraude. D'autres hauts, minces et pâles, aux feuilles parfaitement rondes qui frissonnaient dans la brise. Une cascade de vigne vierge coulait entre les branches, se rassemblait à la base des troncs et remontait dans la canopée. Des arbres morts s'appuyaient, ivres, les uns contre les autres. Des feuilles tachetées de soleil projetaient des ombres sur la terre chaude. La lumière dansait à travers les fougères et les épais buissons de ronces. Des pommes de pin jonchaient le sol, telles des babioles perdues.

Wendy marchait aussi près que possible de Peter. À force de jeter des coups d'œil furtifs par-dessus son épaule, elle ne cessait de lui marcher sur les talons et de se cogner contre son dos.

« Aïe !

— Désolée !

— Est-ce que tu serais plus à l'aise *sur* mon dos ? » Peter remit sa chaussure en sautant sur un pied. « Peut-être que ça réglerait notre problème ? »

Il lui adressa un grand sourire que Wendy ne réussit pas à le lui rendre. Elle frotta ses paumes moites sur ses cuisses.

« Je suis juste un peu tendue, OK ?

— Un peu ? répéta-t-il, un sourcil haussé.

— Les bois et moi, on ne s'entend pas très bien. »

Elle ferma les yeux très fort et inspira profondément par le nez. Chacun de ses muscles était crispé. Elle sentit le tremblement commencer.

Le sourire de Peter disparut sous une expression de culpabilité. Il cessa de la taquiner.

« Marche au moins à côté de moi, alors. »

Il fit un pas sur le côté et, lorsque Wendy le rattrapa, franchit l'espace qui les séparait. Ils avaient les bras si proches qu'elle sentait presque la chaleur qui irradiait de la peau de Peter. Le frôlement de son épaule contre la sienne l'ancrait au rythme de leur marche.

Ils s'enfoncèrent plus profondément en silence. Wendy était jalouse du talent avec lequel il évitait les racines et les branches basses, ses pieds bougeaient avec agilité et aisance. Quant à elle, elle ne cessait de trébucher sur le sol inégal jonché de pierres et de racines. Au moins, chaque fois, il s'arrêtait et l'attendait.

Quand ils entrèrent dans une clairière, Peter s'arrêta. Les arbres immenses autour d'eux formaient un cercle presque parfait. La tête renversée, il regarda autour de lui, ses yeux bleus plissés à cause de la lumière du soleil.

« C'est là que je t'ai trouvée la nuit dernière », déclara-t-il en hochant la tête.

Elle suivit son regard et acquiesça à son tour. « Je reconnais la clairière… plus ou moins. Pour moi, les bois sont partout pareils… mais je me souviens nettement qu'elle ressemblait à ça et que j'étais entourée d'arbres et d'ombres. »

Elle baissa les yeux vers le sol, curieuse de savoir s'il restait une trace des ombres réduites en cendres par la poussière de fée. On ne voyait que la couche spongieuse des aiguilles de pin et des brindilles qui craquaient sous ses pieds.

Le vent frissonna dans les branches. Au loin, les arbres grincèrent.

« Ma cabane est par là, déclara Peter, le doigt tendu. Il y a un ruisseau plus loin. On peut peut-être le suivre plus profond dans les bois ? »

Effectivement, si elle retenait son souffle, Wendy pouvait entendre le glouglou de l'eau au loin.

« Comme ça, on pourra revenir sur nos pas. » Il la regardait, la dévisageait même, d'un peu trop près. Elle avait l'impression qu'il étudiait sa réaction. Peter allait parfois trop loin et se laissait distraire, toutefois elle se rendait compte qu'il faisait aussi partie des « Attentifs ». Le pire chez eux, c'était qu'on avait du mal à leur cacher quoi que ce soit.

« Bonne idée », acquiesça-t-elle.

Elle le suivit sur quelques mètres encore, jusqu'au ruisseau. Il faisait moins d'un mètre de large, et de l'eau dégringolait sur des rochers et des branches tombées. Ils le longèrent en aval, et le sol s'enfonça petit à petit pour former une ravine.

« Comment m'as-tu retrouvée, d'ailleurs ? » demanda Wendy, qui songeait toujours à la nuit précédente. Ça tournait dans sa tête, une sorte de pensée tenace au fond de son esprit. Il y avait encore tant de choses à son sujet qu'elle ne savait pas ni ne comprenait. Sa capacité à la rejoindre quand elle était perdue au milieu des bois, notamment. « J'ai l'impression que dès que je t'ai appelé, tu es apparu comme par magie. » En s'entendant parler, elle fronça les sourcils. Et si c'était la réponse à sa question ? « Tu arrives toujours à voler ? »

Peter éclata de rire, encore qu'il soit un peu forcé. « Non, il ne me reste plus assez de magie. » Il regarda ses mains, Wendy l'imita. S'attendait-elle à les voir scintiller à nouveau ? À ce que l'épée de poussière de fée apparaisse ?

« Je dois la garder pour me battre contre mon ombre. Je t'ai entendue appeler Alex à des kilomètres. »

Il sauta sur un tronc d'arbre abattu couvert de mousse. Il le suivit le long du ruisseau, enjambant les nœuds sans difficulté, passant entre les lianes sans s'y emmêler. Les bras tendus sur les côtés pour garder l'équilibre, il avançait de façon que Wendy ne se laisse pas distancer même en trébuchant sur des pierres mouillées.

« Alors je t'ai suivie. Ta course dans les bois n'était pas discrète. » Il fronça les sourcils et lui jeta un coup d'œil. « Ils étaient d'un silence inhabituel, cette nuit-là. Pas de chouettes, pas de criquets. Je n'entendais même plus d'animaux qui s'affairaient. Bref, quand je t'ai rattrapée à la clairière, j'ai vu que les ombres essayaient de t'emporter, alors j'ai utilisé la seule chose à laquelle j'ai pensé : la poussière de fée. Mais si on doit compter dessus pour arrêter mon ombre, on va avoir des problèmes. »

Peter baissa les mains sur les côtés en sautant sur l'arbre pourrissant suivant.

« Comme je te l'ai dit, ma magie s'affaiblit. Et plus je reste ici, plus elle disparaît. Je n'arrêtais pas de perdre ces chaussures hier matin. » Il se balança sur un pied et montra l'autre pour preuve. « Et maintenant, j'ai les orteils tout écrasés dedans. »

Wendy essaya de le regarder de plus près, perché sur son tronc d'arbre. Difficile de déterminer à quel point il changeait jour après jour.

On ne pouvait plus le prendre pour un collégien, désormais. Il aurait même pu être l'un des élèves de terminale de son équipe de natation : grand, musclé, bronzé. C'était plutôt une bonne nouvelle, en fait. Cela limitait le risque que quelqu'un de la salle des urgences ou l'un des policiers le reconnaisse.

Mais la réalité, bien plus terrible, c'était que le temps leur était compté. Wendy appréhendait ce qui se passerait si Peter perdait toute sa magie. Finirait-il en vieil homme ? Disparaîtrait-il ? Deviendrait-il poussière ? Ou pire ?

« Peter, et si ça faisait partie du plan de l'ombre ? »

Il sauta de l'arbre et atterrit avec légèreté à côté d'elle. « Comment ça ? demanda-t-il en fronçant les sourcils, la tête baissée vers elle et penchée sur le côté.

— Et si elle s'était servi d'Alex pour m'attirer dans les bois, parce qu'elle savait que tu viendrais à ma rescousse et utiliserais ta magie ? Et si elle essayait de gagner du temps, d'attendre que tu perdes toute ta poussière de fée et que ta magie disparaisse ? »

Elle ne voulait pas l'envisager. Peter dégageait une énergie éblouissante, de son sourire vif à son rire insouciant. Quand on se trouvait à côté de lui, c'était comme être baigné de soleil. Même là, elle sentait sa chaleur sur ses joues. L'ombre pouvait-elle vraiment aspirer toute cette lumière ?

Peter ne répondit pas pendant un moment. Son regard se perdit au loin, brillant d'intensité pendant qu'il était plongé en pleine réflexion. Quand il pâlit et se rembrunit, Wendy regretta d'avoir abordé le sujet.

« Alors on ferait mieux d'y mettre vite un terme », dit-il en essayant de sourire avec assurance.

Il n'était pas très convaincant.

Ils reprirent leur marche. Peter ne leva plus les yeux du sol. Wendy aurait voulu lui toucher le bras, lui dire qu'ils trouveraient une solution et un moyen de le renvoyer chez lui. Mais, et si ses doutes transparaissaient dans sa voix ? Elle préféra garder le silence.

Les arbres étaient plus denses, désormais. Ils se rapprochaient, leurs branches tendues s'enlaçaient. Soudain, Peter s'arrêta et regarda autour de lui. « Est-ce que ça te rappelle ton rêve ? » Il souffla et se passa la main sur son front en sueur. « Tu te souviens d'avoir entendu de l'eau courante ?

— Non. » Wendy se frotta la tempe et tenta de se rappeler chaque détail. Mais plus le temps passait, plus ils lui échappaient. Elle s'en voulait de ne pas avoir tout écrit à son réveil. « Le soleil se couchait, tout était couvert de neige. Au début, il n'y avait aucun bruit. Puis j'ai remarqué l'arbre, les chuchotements ont commencé, semblables à ceux que j'entendais quand je poursuivais Alex et ton ombre... » La chaleur intense ne l'aidait pas à se concentrer. Elle soupira, secoua la tête et baissa le bras le long de son corps. « Mais pas d'eau. »

Peter tourna sur lui-même en regardant autour d'eux. Le cuivre de ses cheveux reflétait la lumière qui filtrait entre les feuilles. « Si l'arbre était si vieux que ça, et les autres aussi rapprochés, alors on doit aller directement au cœur des bois. » Il s'arrêta et se tourna vers Wendy. « Et ça va prendre plus que quelques heures. »

Elle avait beau détester l'idée de s'enfoncer encore plus dans la forêt, il avait raison. Elle referma les bras très fort sur elle-même. « Tu as raison. » Un lourd sentiment d'échec s'installa en elle. Ils ne seraient pas plus rusés que la forêt. « Mais on n'a pas le temps pour l'instant. On devrait s'arrêter là pour aujourd'hui et rentrer. »

Peter acquiesça.

Wendy ferma les paupières, essayant de chasser cette sensation qu'un malheur était imminent alors qu'elle s'immisçait sous sa peau.

Un craquement de feuilles se fit entendre, puis la pression légère de la main de Peter sur son bras.

« Hé. » Elle ouvrit les yeux pour trouver le regard bleu et brillant de Peter en train de la fixer. « J'ai une idée. Allons dans cette direction. » Un petit sourire aux lèvres, il indiqua le bas de la pente.

Étant donné qu'elle n'avait aucune idée de l'endroit où ils se trouvaient, encore moins de comment rentrer chez elle, Wendy acquiesça.

Au lieu de faire demi-tour, Peter l'entraîna plus profondément dans la ravine. Elle avança de son mieux entre les rochers.

Peter ne jouait pas du tout dans la même cour. Il ne se déplaçait plus avec lenteur et paresse, en prenant son temps et en hésitant, cette fois il se montrait plein de vivacité. Il sautait d'un rocher à un tronc, s'arrêtait par moments, l'oreille tendue, avant de repartir.

Haletante, Wendy faisait de son mieux pour ne pas se laisser distancer, mais plus ils s'enfonçaient dans les bois, plus vite Peter avançait. La sueur collait les cheveux de Wendy à son front et ses lèvres.

« Est-ce qu'on rentre ? demanda-t-elle entre deux halètements. Où est-ce qu'on va ?

— Tu verras ! »

Peter lui décocha un sourire par-dessus son épaule.

Wendy se renfrogna en réponse. Elle avait trop chaud, était trop essoufflée pour protester. Petit à petit, elle remarqua de petits changements dans le paysage. Le feuillage était d'un vert plus profond. La terre était humide, et elle faillit se casser le coccyx en glissant sur un tas de champignons. Au loin, elle entendit un bruit constant, de tonnerre, qui grandissait à en surmonter son propre souffle. Des voitures ?

« Peter, où est-ce qu'on va ? » demanda-t-elle à nouveau, épuisée et agacée.

Devant elle, sur un gros rocher, il se redressa et poussa un cri de joie.

« Trouvé ! lança-t-il avec un sourire radieux à Wendy avant de disparaître.

— Eurgh, *Peter* ! »

Elle se dépêcha de le suivre.

Quand elle le retrouva, il se tenait sur un rocher plat en surplomb, dos à elle.

Une cascade d'eau moussante dégringolait d'une falaise. Elle tombait dans une mare creusée au pied, avant de couler sur des rochers et dans un ruisseau qui disparaissait dans les bois. Wendy en resta bouche bée. Ce n'était pas une immense chute d'eau, elle ne devait même pas faire dix mètres de haut, toutefois, la mare était d'un bleu-vert brillant. Des gouttelettes caressaient les joues de Wendy, fraîches et bienvenues.

Peter se tourna vers elle, les bras grands ouverts. Son sourire excité, creusé de fossettes, était contagieux. Wendy le lui rendit malgré elle.

« C'est génial, non ? dit-il, ses paroles entrecoupées de rires.

— Je ne savais pas qu'il y avait une cascade ici !

— Moi non plus ! »

Elle écarquilla les yeux. « Tu nous as entraînés dans les bois *à l'aveugle* ? »

Il esquissa un sourire moqueur. « Mais non, rétorqua-t-il avec un haussement d'épaules nonchalant. J'ai suivi le bruit de l'eau, évidemment.

— Évidemment », répéta Wendy d'un ton plat.

Peter contourna la mare. Elle avança avec prudence sur les rochers glissants et les pierres multicolores, instables.

Entretemps, Peter avait trouvé une vieille corde effilochée et délavée par le soleil, accrochée à une branche. Il tira dessus. Des feuilles tombèrent en douceur jusqu'à l'eau ondulante. La branche grinça sans céder.

Le sourire malicieux de Peter ne plaisait pas du tout à Wendy.

« Qu'est-ce que tu fais ? »

Mais il enlevait déjà son T-shirt rose pâle.

« À ton avis ? » répondit-il, les poings sur les hanches, un sourcil haussé.

Wendy resta fascinée par son torse nu. Il était bronzé, musclé, et des taches de rousseur saupoudraient ses clavicules. Un duvet cuivre descendait le long de son ventre plat.

Elle se força à relever les yeux.

« Co... comment tu sais que l'eau est assez profonde ? » bredouilla-t-elle en y jetant un coup d'œil.

Les ondulations causées par la cascade empêchaient de voir au fond.

Peter haussa les épaules et se tourna vers la corde.

« Aucune idée !

— Et si la corde se casse ?

— Alors je tomberai *dans* l'eau ! »

Il saisit la corde des mains en riant, puis recula de quelques pas. Le cœur de Wendy bondit dans sa poitrine.

« Mais…

— Peter Pan, tu te rappelles ? l'interrompit-il en se montrant du pouce. Je n'ai peur de rien ! »

Avant que Wendy trouve une autre raison de protester, il prit de l'élan sur le rocher. Agrippé à la corde, les genoux relevés, il bondit. Avec un cri de joie retentissant qui résonna contre la falaise, il tomba d'un coup dans l'eau.

Wendy grimpa vite au bord du rocher. En dessous, des bulles remontaient là où il avait disparu. Elle compta jusqu'à trois dans sa tête. Les secondes s'étirèrent.

« *Peter !* » cria-t-elle.

La panique l'envahit. Elle se leva d'un bond, prête à sauter. Elle faisait partie de l'équipe de natation et, au printemps, elle avait pris des leçons de maître nageuse. Si elle plongeait assez profond, elle pouvait…

Dans une projection d'eau, la tête auburn de Peter sortit d'un coup. Il souffla et cria, les bras battant avec violence dans l'eau.

« *Argh !* hurla-t-il d'une voix tendue.

— *Peter !* » Le cœur de Wendy battait la chamade. « *Est-ce que ça va ?* » Elle chercha frénétiquement le moindre signe de sang ou de membre cassé.

Et lui… riait.

Peter riait. « Oh la vache, elle est froide ! » Sa tête ballottait à la surface, au rythme de son rire et du mouvement de ses bras et ses jambes.

Le soulagement l'écrasa, vite suivi par la colère. « Tu m'as fait mourir de peur ! »

Il lui sourit et flotta avec paresse sur son dos. « Allez, viens ! lança-t-il avec un signe de la main. L'eau est délicieuse ! Du moins, après le choc des températures...

— Peter Pan, je vais te tuer à mains nues !

— Il faudra d'abord que tu m'attrapes ! »

Wendy lui adressa un regard noir. « Tu te trouves très intelligent, hein ? »

Peter hocha la tête, ses mèches mouillées formant des épis chaotiques. « Oui, absolument. »

Wendy se renfrogna encore plus.

« Oh, allez, viens un peu, Wendy ! Ce n'est pas si loin ! Et c'est bien assez profond ! »

Il lui projeta une pichenette d'eau qui atterrit sur son bras.

Elle devait reconnaître que c'était agréable.

Avec un gémissement, elle se passa une main sur le visage.

« Je n'arrive pas à y croire », dit-elle plus pour elle-même que pour Peter.

Elle retira ses tennis et les laissa à côté du T-shirt rose. Hors de question de retirer ses vêtements. Si elle se décidait, elle rentrerait complètement trempée, et c'était tout.

« Oui ! » s'exclama Peter, triomphant.

Cramponnée à la corde, elle essaya de jauger la façon la moins dangereuse de se balancer et tira d'un coup sec dessus, juste pour vérifier.

« Ouiiiiiiii ! »

Elle fit deux pas en arrière, puis courut jusqu'au bord du rocher avant de sauter. Elle serra la corde très fort et la coinça entre ses genoux. Dès qu'elle sentit la corde parvenue au plus loin, elle ferma très fort les yeux et lâcha.

La sensation de chute libre lui provoqua un frisson d'excitation. Un cri étranglé se bloqua dans sa gorge, vite avalé par l'eau lorsqu'elle franchit la surface. Le froid glacial l'électrifia, lui arracha le souffle qu'elle retenait. Elle battit des jambes et remonta à la surface, respirant l'air à grandes goulées, moulinant des bras.

L'exultation de Peter Pan résonna très fort.

« Oh put…

— Je t'avais dit que c'était froid ! » Il nagea jusqu'à elle. Il y avait une excitation sauvage dans ses yeux. « Tu vois ! C'était pas si terrible ! » la taquina-t-il.

Non, ce n'était pas si terrible. C'était exaltant. Wendy ne se rappelait pas la dernière fois où elle avait ressenti une telle décharge d'adrénaline, la bonne décharge, celle qui vous retournait le ventre et vous faisait battre le cœur.

L'eau lécha le sourire de Peter.

Et si elle…

« Alors ? » insista-t-il.

Wendy mit les mains sur ses épaules. D'abord dérouté, il afficha très vite sa surprise quand elle le poussa sous l'eau.

Il remonta à la surface en crachant et en s'essuyant le visage.

Wendy éclata de rire, de ce rire qui remontait du fond des entrailles.

« Allez, viens, on fait la course jusqu'en haut ! » lança-t-elle.

Elle se jeta en direction de la rive.

« Hé, tu triches ! » protesta Peter.

L'eau qui passait à travers le sourire de Wendy avait un doux goût de fraîcheur.

Ils firent la course jusqu'au bord du rocher, et dans l'eau. Parfois avec la corde, parfois sans. Wendy se contentait de la sécurité d'un plongeon en chandelle, mais petit à petit, elle se jetait dans la mare avec moins d'appréhension, plus de vitesse. Peter essaya différents styles, le salto arrière, le cochon pendu à la corde. La moitié du temps, il atterrissait à plat sur le dos ou sur le ventre. Chaque fois, Wendy éclatait de rire. Elle finit par se demander s'il faisait exprès.

Épuisée et heureuse, elle flotta sur le dos en contemplant le ciel bleu encadré de vert. Des nuages blancs passaient. Son débardeur bleu ondulait autour d'elle, lui chatouillait la taille et les poignets. Sous l'eau, le tonnerre rythmé de la cascade emplissait ses oreilles. Savourant cette sensation, Wendy inspira profondément.

Quand elle ouvrit les yeux, Peter la regardait d'un air étrange. Ses lèvres bougèrent, mais elle ne l'entendit pas.

Elle leva la tête hors de l'eau. « Quoi ? »

Un curieux petit rire agita les épaules de Peter lorsqu'il secoua la tête. « Rien. »

Wendy l'éclaboussa.

Pour se venger, Peter plaça les bras sous la pliure de ses genoux et au milieu de son dos et se retourna, l'entraînant avec lui.

De l'eau courut sur les épaules de Wendy et lui chatouilla le cou. Elle laissa ses doigts caresser la surface de l'eau. Des rires s'échappaient de ses lèvres.

Peter riait avec elle, les yeux plissés, des gouttes pendant à ses cils. Quand il s'arrêta, elle avait toujours l'impression de tourbillonner.

« Wouah, dit-il avec un rire, j'ai le tournis. »

Wendy leva les yeux vers lui. Il ne l'avait pas lâchée. « Oui. » Le tournis et le vertige. « Moi aussi. »

Peter lui sourit, ses gloussements secouaient doucement son torse pressé contre le bras de Wendy. La lumière scintillait dans ses cheveux auburn mouillés. Une goutte d'eau brilla au bout de son nez. Peter s'humecta les lèvres. Elle vit sa pomme d'Adam monter et descendre. Il ouvrit la bouche, comme pour dire quelque chose, mais les mots semblèrent mourir dans sa gorge, remplacés par un rire fort, inégal.

Wendy eut l'impression de se jeter à nouveau de la falaise, en apesanteur, le souffle coupé. Elle ne sentait même plus l'eau.

Les sourcils froncés, elle baissa les yeux. Ils n'étaient plus dans la mare. Ils flottaient au-dessus. Des gouttelettes pleuvaient de leurs vêtements mouillés.

Wendy poussa un cri étouffé et se cramponna aux épaules de Peter. « *Peter !*

— Tout va bien », dit-il, calme, stable. Les mots lui chatouillèrent l'oreille. Sa peau était chaude et rassurante sous ses mains froides. Wendy détourna enfin le regard de l'eau en contrebas. Il lui sourit. « Je te tiens. »

Le soleil éclairait et scintillait dans ses yeux bleus. Elle passa les bras autour de son cou, et s'y accrocha très fort. Elle aurait pu se perdre dans ses yeux de cosmos pour l'éternité, à la recherche de réponses cachées dans les étoiles, et y découvrir ses propres constellations, comme dans la Grèce antique.

« Tu ne devais pas conserver ta magie ? » murmura-t-elle presque.

Les fossettes de Peter firent leur apparition. « Probablement. »

Ils étaient presque nez à nez. De l'eau coulait des cheveux de Peter dans ceux de Wendy.

Est-ce qu'il retenait son souffle, lui aussi ?

Au loin, un coup de fusil retentit.

Un spasme secoua la poitrine de Wendy. Une secousse violente se répercuta dans son corps. Elle s'écarta brusquement de Peter, le déséquilibra, et ils retombèrent tous les deux dans la mare.

Une fois à la surface, Wendy inspira fort, la bouche ouverte. Son cœur s'était compressé, elle essayait de garder la tête hors de l'eau malgré ses membres raides. Elle aurait juré entendre encore l'écho de la carabine.

« Qu'est-ce qui s'est passé ? » Le visage marqué d'inquiétude, Peter la rejoignit à la nage. « Ça va ?

— Ou… oui. » Les dents de Wendy claquaient. « Ça… ça m'a juste surprise », bredouilla-t-elle.

Soucieux, il lui tendit la main, mais elle s'écarta. Une honte brûlante tourbillonnait dans ses veines glacées.

« Viens, on… on devrait y aller. »

Sans un regard en arrière, elle nagea jusqu'à la rive.

Le retour fut silencieux. Peter semblait perdu dans ses pensées et Wendy se concentrait sur sa nuque sans regarder autour d'elle. Trempée jusqu'à la moelle, elle frissonna pendant tout le trajet. Peter lui proposa son T-shirt sec, mais elle refusa. Plus elle passait de temps dans les bois, plus l'impression qu'on l'espionnait se renforçait. Elle s'attendait presque à voir une silhouette entre les arbres si elle levait les yeux. Le retour, en montée, fut encore plus lent que l'aller. Le frottement de ses chaussures en tissu formait des cloques sur ses pieds mouillés.

Après ce qui lui sembla des siècles, la forêt s'éclaircit et Wendy aperçut la barrière de son jardin. Elle poussa un soupir de soulagement.

« Enfin », souffla-t-elle.

Peter s'arrêta et se tourna vers elle. « Tu devrais voir si tu trouves une carte de la forêt. » Il fourra les mains dans les poches de son short trempé. « On aurait moins de mal à se repérer et marquer les zones qu'on a déjà fouillées. »

Wendy acquiesça. « C'est une bonne idée. Je vais voir si j'en trouve une à la maison. Il vaut mieux que je rentre, maintenant. Mes parents vont bientôt revenir. »

Mais elle s'attarda.

Peter se frottait les bras en montant sur la pointe des pieds. Il semblait passionné par ses chaussures.

« Je t'inviterais bien, mais je suis terrifiée à l'idée que maman te reconnaisse à cause de cet affreux portrait-robot, dit-elle avec un rire gêné. Et mon père ne serait pas ravi que j'invite un garçon. »

Peter lâcha un petit rire aussi et haussa les sourcils. « Ouais, l'idée ne m'enthousiasme pas non plus. »

Wendy passa les mains dans ses cheveux mouillés et en sortit une brindille. Elle n'aimait pas que Peter se retrouve seul dans les bois. « Ça va aller, ce soir ?

— Mais oui, répondit-il avec un geste d'insouciance. Je vais rester sage et m'entraîner à l'origami. »

Son sourire était de retour. Il agita les sourcils.

« Tu n'as pas peur de ton ombre ? insista-t-elle, peu rassurée par sa nonchalance.

— Moi ? Peur ? » Peter lui adressa un grand sourire et se pencha vers elle. « Jamais », chuchota-t-il.

Wendy se mordit la lèvre. « Bon, mais s'il se passe quelque chose, que tu as besoin de moi… Jette un caillou à ma fenêtre, un truc comme ça. C'est celle du haut à droite, devant la maison.

— Je ferai de mon mieux pour te réveiller en chantant, une fleur entre les dents », déclara-t-il avec un hochement de tête solennel.

Wendy leva les yeux au ciel et lui donna un petit coup d'épaule. « Tu n'es pas drôle. » Mais un sourire naquit sur ses lèvres.

Celui de Peter s'agrandit à nouveau, ses fossettes revinrent à la charge. À cet instant, quelque chose attira son attention derrière Wendy. Son sourire vacilla.

Elle se retourna. Jordan passait le petit portillon sur le côté de la maison. Même à cette distance, Wendy vit le regard sombre de son amie s'arrêter sur Peter avant de se porter, désapprobateur, sur elle.

Une pierre s'écrasa dans son ventre. « Tu devrais y aller », chuchota-t-elle à Peter. Elle n'eut pas besoin de se répéter. Il lui adressa un hochement de tête bref. Lorsqu'il se tourna vers les bois, Wendy lui prit le bras. « Passe par-devant », murmura-t-elle. Si Jordan voyait Peter s'enfoncer dans la forêt, elle aurait d'autant plus de questions.

Ils escaladèrent la petite barrière et Wendy attendit Jordan au milieu du jardin. Peter passa devant elle. Son visage était caché, mais Jordan dit : « Salut, Barry » d'un ton qui manquait de sa chaleur habituelle.

Peter lui adressa un petit geste de la main et s'éclipsa par le portillon.

« Tu étais censée m'appeler », dit Jordan en se dirigeant vers Wendy.

C'était plus une accusation qu'une question.

« Oui, j'étais sur le point de le faire. » Wendy essaya d'esquisser le sourire le plus innocent possible, sans y arriver du tout. Elle n'avait jamais menti ainsi à Jordan. « Barry et moi, on était juste… » Elle se tut.

« En train de vous promener dans les bois ? suggéra Jordan en haussant un sourcil sceptique et en la regardant de la tête aux pieds. Tu es trempée ! » Elle retira une feuille des cheveux de Wendy et souffla. « Mais qu'est-ce qui se passe, Wendy ? » Jordan avait une façon bien à elle d'être « fâchée ». Sa colère s'exprimait sans violence et cachait surtout de l'inquiétude.

« Comment ça ? » Wendy n'appréciait pas du tout qu'on la réprimande.

« Tu agis de façon bizarre ! Tu m'évites…

— N'importe quoi ! » Elle croisa à son tour les bras.

Jordan fit la sourde oreille et leva les paumes. « Écoute, je suis tout à fait pour que tu élargisses tes horizons et que tu te trouves un petit ami secret...

— C'est *pas* mon petit ami ! s'étrangla Wendy. C'est... c'est juste...

— Un *inconnu* avec qui tu pars batifoler dans les bois ? Je ne comprends pas, ça ne te ressemble pas ! Tu ne me rappelles pas, tu ne me dis pas que *tu es convoquée au poste de police* !

— Ils voulaient juste m'interroger au sujet d'Alex.

— Oui, Alex, qui va à l'hôpital où nous sommes toutes les deux bénévoles ! » Jordan laissa retomber les bras sur les côtés. « Comment as-tu pu ne pas m'en parler quand tu as découvert qu'il avait disparu ? » Ses yeux marron cherchèrent une explication dans ceux de Wendy.

Elle n'en avait pas.

« Je suis ta *meilleure amie*, continua Jordan, la voix tremblante. Avant, tu disais que j'étais la seule personne sur laquelle tu pouvais compter, tu te rappelles ? Et maintenant alors, tu te promènes dans les bois avec un type que tu viens de rencontrer ? Wendy, ils te terrifient ! »

Le plus insupportable, c'était qu'elle avait raison.

Wendy gémit et pressa le bas de ses paumes contre ses yeux. Que pouvait-elle dire ? Elle ne pouvait pas expliquer. Elle ne voulait pas faire de mal à son amie, et ne pouvait pas non plus lui raconter la vérité. Jordan penserait qu'elle faisait un autre craquage nerveux ou qu'elle mentait purement et simplement.

« Tu ne peux pas comprendre, fut tout ce qu'elle put répondre.

— Écoute, je sais bien que tu vis un enfer en ce moment, avec les enfants disparus, tes frères... » Les yeux de Wendy la picotèrent. « L'autre jour, tu as débarqué chez moi presque en larmes à cause des disparitions et de la visite des inspecteurs. Tu as toujours pu me parler de ce qui se passait !

— Je sais, mais ça, c'est différent ! »

Elle n'aimait pas du tout se faire crier dessus par Jordan, et elle avait envie de se défendre. Elles ne se disputaient jamais aussi violemment. On aurait dit qu'elle parlait à son père, et pas à sa meilleure amie.

« Tu dis que tu sais ce que je vis, mais tu n'en as absolument aucune idée, Jordan ! »

Elle ne voulait pas crier mais ne réussit pas à s'en empêcher. Elle se sentait prise au piège.

« On a toujours parlé de tout, insista Jordan. Quand on stressait au sujet de l'université, quand Tyler et moi on s'est disputés… » Elle fronça les sourcils et la colère dans sa voix se brisa quand elle ajouta : « Ou quand ma mère me manque… »

Wendy explosa. « C'est plus grave que ça, Jordan ! » Son amie recula, comme si elle l'avait giflée.

Wendy regretta ses paroles à l'instant où elle les prononça, pourtant elle n'arrivait toujours pas à s'arrêter. Le stress qu'elle avait accumulé se déroulait à toute vitesse. « Et je ne m'attends pas à ce que tu comprennes ! Ce n'est pas parce que tu m'écoutes que tu peux y arriver, parce que c'est impossible, tu ne peux juste pas ! »

Jordan recula encore d'un pas. Ses joues étaient rouges. Au soleil couchant, ses yeux marron brillaient. « Ne me rejette pas, Wendy. » Sa voix était douce et résignée. « Si tu ne veux pas me dire ce qui se passe vraiment, je ne peux pas t'y forcer. Mais je m'inquiète pour toi. » Elle leva les yeux vers Wendy. « Il faut que tu sois prudente. On n'a toujours pas retrouvé les enfants, et, pour ce qu'on en sait, tu es peut-être en danger. » Jordan tourna les talons et s'éloigna.

Non, ça ne devait pas se terminer comme ça. Wendy devait l'arrêter et s'excuser. « Jordan… » Elle voulut l'attraper par le coude, mais son amie fut trop rapide.

« Appelle-moi quand tu auras envie d'être sincère », lança-t-elle par-dessus son épaule en se frottant les yeux. Elle passa le portillon et disparut.

Wendy se retrouva seule dans son jardin. Elle avait l'impression qu'on lui avait arraché les entrailles. Elle ne pouvait pas dire à Jordan ce qui se passait. Elle ne la croirait pas. Et même si c'était le cas, ça ne ferait que mettre son amie en danger. Et si l'ombre essayait de se servir d'elle contre Wendy ? Elle se haïssait d'avoir blessé sa meilleure amie, mais en voulait aussi à Jordan de lui imposer une telle culpabilité. Pour l'instant, le plus important était de la protéger, y compris d'elle-même.

Wendy traversa le jardin d'un pas colérique. Elle rentra et claqua la porte vitrée derrière elle. Quand elle se retourna, elle vit quelqu'un près de l'évier et sursauta si fort qu'elle en recula.

Mme Darling, en blouse, tenait deux verres à la main.

« Maman, salut », dit Wendy en poussant un gros soupir de soulagement. Elle marqua une pause. Depuis combien de temps sa mère se trouvait-elle là ? Les avait-elle vus, Peter et elle, sortir du bois ? Avait-elle assisté à sa dispute avec Jordan ? « Quand es-tu rentrée ? »

Mme Darling lui adressa un petit sourire en rangeant les verres dans le placard. « Il y a quelques minutes. Ton père prend une douche à l'étage. » Elle s'essuya les mains sur un torchon et regarda le jardin derrière Wendy. Elle se passa les mains sur son haut. « Je t'ai vue discuter avec Jordan, je n'ai pas voulu vous déranger. » Elle haussa ses sourcils fins. « Ça semblait houleux. » Elle l'avait dit sur un ton interrogatif.

« On s'est disputées », déclara Wendy. L'agacement la grignotait.

Mme Darling se rembrunit, le coin des lèvres baissé. « Vous ne vous disputez jamais. Ce n'est pas normal… »

Elle avait raison. Leurs plus gros désaccords concernaient généralement le choix du film du vendredi soir.

« Il y a beaucoup de choses qui ne sont pas normales, ces derniers temps », marmonna-t-elle.

Wendy n'avait pas été aussi près de demander conseil à sa mère depuis ce qui semblait des siècles. Elle ne savait plus vraiment comment en demander, et clairement, Mme Darling ne savait plus comment en donner. Elle joua avec le torchon, enroula un coin autour de son doigt.

« Je suis sûre que ça va passer. Vous avez peut-être juste besoin de temps pour vous calmer ? »

Wendy soupira. « Probablement. »

Encore que… Peut-être qu'elle devait garder Jordan à distance, jusqu'à ce que toute cette affaire soit terminée. Pour son propre bien.

Mme Darling pinça les lèvres. Elle avait peut-être autre chose à dire ? Mais elle se contenta de soupirer et ramena une mèche de cheveux derrière son oreille. « J'avais l'intention de faire de la soupe à la tomate et des toasts grillés au fromage. Qu'en penses-tu ? »

Wendy cligna des paupières de surprise. « Vraiment ? »

Mme Darling hocha la tête en réponse.

D'habitude, Wendy se chargeait de la cuisine. Elle ne se rappelait pas quand sa mère avait cuisiné la dernière fois, sinon pour réchauffer des restes. Même s'il s'agissait de fromage carré jaune sous vide, de pain blanc et de soupe en boîte, cette démarche avait quelque chose de… d'étrangement maternel.

« Ce serait super, maman.

— Parfait. » Mme Darling se tourna vers les placards et sortit une boîte de soupe à la tomate. « Tu devrais mettre des vêtements secs avant le dîner », dit-elle avec un coup d'œil entendu à Wendy.

Celle-ci se regarda. Elle était toujours trempée, et une petite flaque d'eau s'était formée sous ses chaussures.

Deux heures plus tard, Wendy monta se coucher. Elle sentait le savon, et elle avait le ventre plein de fromage délicieusement gras. M. Darling avait dîné dans son bureau, sous prétexte qu'il avait du travail à rattraper, puisqu'il avait commencé tard ce jour-là. Lorsque Mme Darling et Wendy s'étaient assises à la table du dîner, le tintement du verre leur était parvenu.

La mère de Wendy aimait lire pendant qu'elle mangeait, ses petites lunettes carrées au bout du nez. Ce soir-là, il s'agissait de *Le Tour d'écrou* d'Henry James. Elle avait juste levé les yeux pour lui dire bonne nuit quand Wendy avait annoncé qu'elle allait se mettre au lit.

Une fois dans sa chambre, Wendy se jeta sur son lit. Allongée sur le dos, elle regarda les guirlandes de lumières. Est-ce que Jordan lui avait envoyé un message ? Elle sortit son téléphone de sa poche. Rien.

À quoi s'attendait-elle ? À des excuses ? Jordan n'avait pas à en présenter. Plus qu'à contrecœur, Wendy reconnaissait que tout ce dont son amie l'avait accusée était vrai. C'était elle qui s'était soudain mise à agir bizarrement, et elle avait reporté sa colère sur Jordan. Elle jeta son portable sur la table de nuit.

Elle songea à Peter. Est-ce qu'il allait bien, seul dans les bois, alors que l'ombre devenait plus forte à chaque instant ? Elle s'inquiétait de le savoir seul dans cette cabane de chasse délabrée. Elle aurait peut-être dû lui proposer de rester. Cette pensée la rendit mal à l'aise. Ça aurait été bizarre. Où aurait-il dormi en cachette de ses parents ? Dans son pick-up ? Cette solution ne semblait pas plus idéale. De toute évidence, l'ombre ne se gênait pas pour rôder dans son allée.

Quoi qu'il en soit, elle ne pouvait rien faire ce soir-là. L'arrivée de Jordan les avait empêchés de se donner rendez-vous pour le lendemain. Une fois de plus, il faudrait qu'elle attende et qu'elle espère.

Elle ne cessait de ruminer, au sujet de Jordan, de Peter, de l'ombre, des enfants disparus, puis de Jordan et Peter à nouveau.

Il fallait qu'elle se change les idées. Elle sortit un livre de son sac à dos, mais chaque fois qu'elle commençait une phrase, elle se laissait distraire, oubliait ce qu'elle venait de lire et devait recommencer depuis le début. Après avoir lu la même phrase cinq fois, elle renonça.

Quand elle posa le livre sur sa table de chevet, ses doigts tout près du tiroir la démangèrent. Elle hésita une seconde, puis l'ouvrit et sortit le gland. Elle s'allongea et le fit tourner sur sa paume. Plus elle jouait avec, plus il semblait se réchauffer. Il lui rappelait ce qu'elle ressentait auprès de Peter. C'était réconfortant.

Une idée lui vint alors.

Elle se dirigea vers son placard, se mit à genoux et fouilla dans la pile de boîtes au fond, derrière ses chaussures. Au bout de quelques minutes, elle trouva ce qu'elle cherchait.

Elle sortit une boîte à crayons en plastique jaune. À l'intérieur se trouvaient de vieilles fournitures pour fabriquer des bijoux. Plus jeune, elle créait des colliers et des bracelets qu'elle donnait la plupart du temps à sa mère et à Jordan. Il y avait des perles et des bouts de laine de couleurs différentes, des boutons et des fermoirs, ainsi que des mailles métalliques diverses. Elle en sortit une argentée, ainsi qu'un long cordon de cuir.

Assise en tailleur sur son lit, elle se fit un pendentif avec le gland. Quand elle l'attacha autour de son cou, il se retrouva au milieu de sa poitrine, assez long pour être bien caché sous son haut.

Wendy s'appuya contre ses oreillers. L'épuisement l'écrasa, de ses pieds douloureux au picotement des coups de soleil sur son front. Le poids du gland la rassurait. Sa chaleur irradiait en elle. Elle soupira et ferma les yeux. Comment se faisait-il qu'elle se sente tellement mieux avec lui ? Au moins, désormais, elle pourrait l'avoir constamment sur elle, ce qui apaisa suffisamment ses inquiétudes pour qu'elle s'endorme.

CHAPITRE QUINZE

LE GLAND

Wendy se trouvait au Pays imaginaire. À sa gauche, les arbres de l'orée de la jungle s'élevaient, luxuriants. Adossées à ces arbres, des huttes de fortune avaient été construites à l'aide de branches et d'immenses palmes, presque aussi grandes qu'elle. Au-dessus, des montagnes escarpées s'élevaient dans le ciel bleu clair. Des cascades dégringolaient des falaises, semblables à de fins rubans d'argent à cette distance. À gauche, une plage de sable blanc rejoignait le vaste océan vide, bleu cristal. De petits oiseaux aux couleurs vives couraient après le va-et-vient des vagues, cherchaient des coquillages et chantaient.

Wendy était assise dans le sable, à nouveau dans le corps de ses 12 ans. Elle portait son legging blanc de l'époque et le rapiéçait à l'aide d'une épaisse bande de feuilles vertes.

Et là…

« John, partage le blanc !

— J'ai pas encore fini ! En plus, tu vas encore le renverser.

— C'est pas vrai ! »

Michael et John étaient assis devant elle. Comme dans son souvenir, avant leur disparition dans les bois.

Michael arborait les mêmes boucles brun clair en bataille. Des feuilles s'étaient emmêlées dans ses cheveux doux. Il avait le visage rond, les joues pleines. Le nez en trompette de leur père. Il ne portait que son pantalon de toile transformé en short, et cherchait à attraper un gobelet de peinture blanche que John tenait hors de sa portée.

Ce dernier était assis en tailleur, dans sa position digne habituelle. Sans répondre à Michael, il continua à peindre de l'index sur un morceau de jute. Les lunettes tout au bout du nez, il dessinait chaque trait avec soin. Il portait toujours sa chemise blanche, bien qu'elle ait vu de meilleurs jours, et ses cheveux bruns étaient coiffés sur le côté.

Wendy eut envie de les appeler, de se jeter sur eux et de les serrer de toutes ses forces. Mais dans ce souvenir, elle ne contrôlait pas son corps. Des sanglots s'accumulaient dans sa poitrine, pourtant aucun son ne sortait. Avides, ses yeux allaient d'un visage à l'autre, essayaient d'absorber chaque détail, suppliant qu'ils la regardent, pour qu'elle voie à nouveau leurs yeux.

Si c'était un rêve, il était bien cruel.

« Arrêtez de vous disputer, tous les deux, dit sa propre voix. Il y a toute la peinture nécessaire. Michael, et si tu te servais du bleu des baies que tu as ramassées ? »

Dans de petits bols improvisés avec des noix de coco se trouvaient un assortiment d'épais liquides, du bleu, du vert, du blanc, du jaune et du noir.

« Parce que je veux du blanc ! »

Sur ce dernier mot, il se jeta sur le bras de John, qui l'écarta à la dernière seconde.

Michael bascula en avant.

Wendy s'entendit soupirer. « Regardez dans quel état vous vous mettez ! »

Effectivement, il y avait des taches de couleur sur la toile et le sable autour. Sur la poitrine de Michael, du rouge gouttait jusqu'à son nombril. Lorsqu'il rit, John se retourna. Il en avait aussi dans son cou, juste sous son oreille. Wendy fronça les sourcils.

Le fracas des feuilles dans les branches au-dessus lui fit lever les yeux. Peter volait, volait vraiment. Plus ou moins. Il semblait avoir perdu l'équilibre et descendait à toute vitesse. Il frappa le sol brutalement de ses pieds, ce qui le fit basculer vers l'avant et projeta du sable partout. Il reprit son équilibre avant de tomber.

Wendy se leva et courut auprès de lui.

« Peter ! Est-ce que ça va ? » s'entendit-elle demander.

Non ! Retourne auprès de John et Michael ! Elle voulait les voir, elle en avait *besoin*, plus longtemps qu'un rapide coup d'œil.

« Ça va », dit Peter, mais l'inquiétude marquait son jeune visage. Il jeta un regard à Michael et John qui se chamaillaient toujours derrière elle, avant de revenir à Wendy. « J'ai quelque chose pour toi. » Il esquissa une grimace, de celles qu'on fait quand on essaie de sourire, de rassurer, mais que ça ne marche pas tout à fait.

Il lui prit la main et déposa un gland sur sa paume.

Ce devait être le sien, celui qu'elle serrait dans sa main quand le garde-forestier l'avait découverte dans les bois, celui qu'elle avait caché dans sa boîte à bijoux.

Celui qu'elle portait au cou quand elle s'était endormie.

Wendy le prit doucement dans ses petites mains en coupe.

« Les fées m'ont aidé à le choisir », continua Peter. Du rouge colora ses joues pleines de taches de rousseur. « C'est pour que tu ne m'oublies pas…

— T'oublier ? » Wendy rit. « Pourquoi je t'oublierais ? Je ne vais nulle part ! »

Peter contempla ses pieds nus.

« Wen-dyyy, gémit Michael derrière elle. Je me sens pas bien. »

Elle se tourna vers ses frères, mais avant qu'elle revoie leurs visages, des ombres s'abattirent sur elle, envahirent ses yeux et plongèrent tout dans l'obscurité.

Wendy se redressa d'un coup dans son lit. Le soleil matinal inondait la chambre par la fenêtre. Ses inspirations désespérées la faisaient trembler de tout son corps. Elle enfouit le visage dans ses paumes et tenta de se calmer. Ses joues étaient trempées de larmes. Une douleur vive la parcourait, un manque vertigineux prêt à l'engloutir.

John et Michael.

Elle avait vu ses frères, du moins leur souvenir. Un souvenir qu'on lui avait pris des années plus tôt. Qui n'avait été qu'un trou immense dans sa mémoire. C'était la deuxième fois qu'elle se rappelait quelque chose de leur séjour au Pays imaginaire. Cela avait été si réel ! Elle avait senti l'odeur de l'océan, goûté l'air salé et perçu le sable chaud entre ses orteils.

Pourquoi ces souvenirs lui revenaient-ils maintenant ? Était-ce à cause de Peter ? De l'ombre ?

Ses frères s'étaient trouvés juste là. Il fallait qu'elle les revoie. Qu'elle les sauve. Ces souvenirs semblaient la narguer, retenir John et Michael en otage, tout juste hors de portée.

Si Peter et elle mettaient la main sur l'ombre, ses frères et les autres enfants, ils seraient enfin réunis. Tout irait bien.

Wendy serra le gland pendu à son cou. Il était tout chaud. On aurait presque dit qu'il vibrait, comme un essaim d'abeilles, mais très lointain.

C'était Peter qui le lui avait donné. Voilà pourquoi elle le serrait avec tant de force, et qu'elle l'avait gardé toutes ces années. Quelque chose en elle s'était souvenu de son importance.

Les sourcils froncés, elle rejoua tout ce qui s'était passé dans son rêve. Peter avait pris un air si coupable quand Wendy avait dit qu'elle n'irait nulle part. Savait-il, alors, que quelque chose clochait ? Qu'il serait forcé de la ramener ? À quel moment l'ombre avait-elle emporté ses frères, les empêchant de l'accompagner ?

« C'est pour que tu ne m'oublies pas. »

Wendy pressa la main contre sa bouche. Les mots se répétèrent dans sa tête tandis qu'elle regardait le gland.

La dernière fois que Wendy avait retrouvé un de ses souvenirs, elle s'était endormie avec le gland à la main. Elle le tourna entre ses doigts. Était-ce la clé ? Ce gland était-il le secret qui lui rendrait la mémoire ?

Elle devait retrouver Peter et lui demander.

Après une douche rapide, Wendy enfila un short en jean et un débardeur blanc lâche pour combattre la chaleur. Cette fois, elle mit une paire de vieilles baskets au cas où ils s'aventureraient à nouveau dans les bois. Si elle devait errer entre les arbres, les racines et les ruisseaux, il lui fallait de bonnes chaussures. Depuis la randonnée de la veille, elle avait des cloques sur les talons et les orteils.

Wendy jeta son sac par-dessus son épaule et descendit l'escalier quatre à quatre. Au rez-de-chaussée, elle entra dans le séjour et découvrit ses parents assis sur le canapé côte à côte, devant la télévision.

« Bonjour », dit-elle lorsqu'elle traversa la pièce en se frottant les yeux pour chasser l'épuisement.

Sa mère sursauta et se tourna vers elle. Elle pressait une main délicate contre ses clavicules. Ses yeux étaient vitreux et injectés de sang. Son père restait immobile, le regard droit devant. Il s'agrippait si fort à un mug de café qu'il en avait le poing blanc.

L'atmosphère pesante la fit ralentir. Lorsqu'elle se rapprocha, elle eut l'impression de marcher dans du sable mouvant. Les battements sourds de son cœur retentissaient dans ses veines.

« Maman ? Papa ? Qu'est-ce qui ne va pas ? »

Sans rien dire, Mme Darling indiqua la télévision.

Wendy leva les yeux et le choc la percuta de plein fouet.

La présentatrice était assise à son bureau. À côté d'elle, la photo de deux petits garçons apparaissait à l'écran, l'aîné assis derrière le plus jeune. Ils étaient vêtus en rouge, blanc et bleu. De petits drapeaux américains à la main, ils affichaient un grand sourire excité, assis dans le jardin lors du barbecue annuel du Memorial Day[4]. Wendy le savait, parce qu'elle avait été présente.

Ils ressemblaient comme deux gouttes d'eau à leur père.

JOEL DAVIES, 10 ANS, ET MATTHEW DAVIES, 7 ANS, était écrit en rouge sous leur photo. Les enfants des voisins avaient disparu.

Wendy songea au discret M. Davies, qui semblait toujours se soucier d'elle. Sa femme et lui avaient discuté avec les inspecteurs l'autre jour. Il avait paru si inquiet et effrayé, et voilà que ses fils avaient été enlevés.

Une vague nauséeuse soudaine tourna la tête de Wendy. Autour d'elle, tout tanguait comme si elle se trouvait sur un bateau. Elle se cramponna au dossier du canapé pour garder l'équilibre.

À nouveau, elle avait un lien avec les enfants disparus. Ses voisins, des garçons qu'elle gardait de façon régulière, surtout l'été.

---

4. Jour du Souvenir à la fin du mois de mai en l'honneur des membres de l'armée américaine morts au combat.

La présentatrice parlait toujours : « *Le père des garçons, Donald Davies, a rapporté que ses fils jouaient dans le jardin hier soir lorsqu'un jeune homme s'est emparé d'eux et s'est enfui dans les bois derrière leur maison. M. Davies s'est lancé à leur poursuite sans réussir à les rattraper. Bien qu'il n'ait pu donner une description physique du kidnappeur, la police a mis en place une unité spéciale afin de…* »

En silence, ils continuèrent à regarder fixement la télévision. Ils n'en avaient pas vraiment besoin. Wendy savait que ses parents songeaient à la même chose qu'elle : les enfants Davies avaient le même âge que John et Michael à leur disparition. Ses frères avaient été amis avec Joel et Matthew et connaissaient les Davies depuis toujours. Et eux aussi avaient disparu dans les bois derrière la maison.

Ses parents avaient sûrement l'impression de se trouver à nouveau devant les informations d'il y a cinq ans.

Pour Wendy, c'était comme se réveiller dans un cauchemar.

L'ombre l'avait fait exprès. Peter avait raison. Elle la provoquait, essayait de la blesser, de la mettre en colère. Et ça marchait.

« *La police a instauré un quartier général au nord des bois. Les agents partiront à la recherche des enfants Davies, ainsi que des autres enfants disparus, et du kidnappeur.* »

Une carte apparut à l'écran, avec un point indiquant le lieu où démarreraient les recherches. Presque à l'opposé de la maison de Wendy.

« *Les unités de recherche commenceront par le nord et se dirigeront vers le sud. La police a recommandé que quiconque vivant à l'orée du bois verrouille ses portes et ses fenêtres lorsqu'ils sont absents, et de surveiller leurs enfants en permanence. Si vous souhaitez vous porter volontaire pour aider aux recherches, appelez le…* »

Le temps leur était compté. Peter n'était plus à l'abri dans les bois. Et si les policiers le trouvaient caché dans la cabane ? Il se ferait arrêter. Il n'arriverait pas à s'échapper d'une cellule, d'autant plus qu'il perdait sa magie à un rythme alarmant. Et s'il restait enfermé, ils ne pourraient arrêter l'ombre, tous ces enfants seraient perdus et Peter… Eh bien, ils ignoraient toujours ce qui lui arriverait, mais ce serait terrible. Vraiment terrible. Le cœur de Wendy se serra. Elle refusait de prendre ce risque. Avait-elle fait une erreur en le laissant partir seul la veille ?

Ils devaient trouver cet arbre avant que les bois soient envahis de policiers et de bénévoles. Ils devaient faire vite, maintenant plus que jamais.

« Je vais à l'hôpital », déclara-t-elle soudain.

Elle pensait que ses parents seraient si captivés par les informations qu'ils ne l'entendraient même pas. Au contraire, ils se retournèrent d'un coup vers elle.

« L'hôpital ? demanda Mme Darling, perdue. Mais tu n'as pas d'heures de bénévolat, le week-end.

— Hors de question ! s'exclama M. Darling, furieux, en regardant Wendy comme si elle avait perdu la tête. Je refuse que tu sortes de cette maison, et encore moins toute seule ! »

Au frisson de sa moustache, on devinait qu'il serrait la mâchoire.

Ils étaient sur les nerfs et inquiets.

Elle devait trouver une excellente excuse.

« Je l'ai promis à Judy. Il leur manque du personnel dans la salle de jeux, il leur faut quelqu'un pendant la journée pour garder un œil sur les enfants.

— Non, gronda M. Darling.

— Je serai à l'hôpital, bien entourée, raisonna-t-elle. Rien ne m'arrivera. Et je vous appellerai quand je rentrerai. » Qu'est-ce qui le convaincrait de la laisser partir toute la journée ? « En plus, Judy sera avec moi. »

M. Darling grogna par le nez, sans protester. Ses parents respectaient l'infirmière, mais c'était plus que ça.

Ce n'était pas anodin qu'elle soit l'infirmière-cadre, et que les parents lui confient leurs enfants malades et blessés. C'était une dure à cuire qui ne prenait pas de gants, mais plus important, elle protégeait ses patients comme une tigresse et se battait pour qu'ils obtiennent le meilleur des traitements. Quand Wendy avait été hospitalisée, qu'elle avait peur et pleurait seule dans sa chambre, elle entendait dans le couloir la voix retentissante de l'infirmière Judy rabrouant les médecins si elle désapprouvait les soins prévus.

C'était grâce à son insistance qu'ils avaient réduit les sédatifs. Quand Wendy avait été submergée par la peur et le chagrin, incapable de s'en extirper, c'était Judy qui l'avait guidée à l'aide de mots tendres et de distractions.

Quand sa mère et son père étaient trop plongés dans leur propre deuil, que sa mère passait des heures au lit, que son père se joignait aux recherches dans les bois jusqu'à ne plus tenir debout, c'était Judy qui avait pris soin de Wendy.

Un lien de confiance en acier trempé, que Wendy devait trahir pour aller voir Peter et arrêter l'ombre.

Sa mère regarda son père. Wendy compta trois battements de cœur pendant qu'ils se parlaient en silence. Puis Mme Darling se tourna vers elle. « Et si tu demandais à Jordan de t'accompagner ? »

Wendy gémit intérieurement. Elle savait que sa mère essayait de l'aider, et que son père serait rassuré si Jordan venait avec elle. Elle cherchait aussi probablement à inciter les deux filles à se réconcilier.

Cet intérêt maternel tombait comme un cheveu sur la soupe.

M. Darling n'accepta pas, mais ne refusa pas non plus.

« Très bien, je vais demander à Jordan si elle veut bien venir avec moi », céda Wendy.

Elle voyait bien que son père n'avait aucune envie d'accepter. Franchement, elle ne lui en voulait pas. Et puis, c'était un peu agréable, mais surtout étrange, de le découvrir toujours aussi protecteur envers elle. Encore une fois, au pire des moments. Ça ne rendait le mensonge que plus difficile.

« Ne coupe pas la sonnerie de ton téléphone, dit-il enfin. Si je t'appelle, tu as intérêt à répondre, ou je viendrai te chercher moi-même à l'hôpital. »

Wendy sortit son téléphone portable et tourna l'écran vers ses parents en augmentant le volume au plus haut.

« C'est fait, dit-elle avec un signe de tête.

— Et appelle quand tu es sur le chemin du retour ! » ajouta-t-il.

Mme Darling posa une main douce sur l'épaule de son mari.

« C'est promis », répondit Wendy.

Elle fila avant qu'il ne change d'avis.

Maintenant qu'elle était sortie, elle pouvait chercher Peter. Il faudrait qu'elle réfléchisse au mensonge qu'elle inventerait au sujet de Jordan plus tard. Pour le moment, elle espérait juste que ses parents n'appelleraient pas l'hôpital pour vérifier son alibi. Et, avec un peu de chance, Jordan lui en voulait encore suffisamment pour l'éviter et ne pas révéler le pot aux roses.

Une fois sur le perron, Wendy se figea. Deux voitures de police étaient garées devant la maison des Davies, ainsi qu'une camionnette de la police scientifique. M. Davies se tenait sur la pelouse devant, dans sa robe de chambre rouge vif, entouré d'agents de police. Il discutait avec l'inspecteur James, un bras en travers de sa poitrine, l'autre sur sa bouche. Ses cheveux bouclés étaient ébouriffés. L'inspecteur parlait d'un ton grave, égal. M. Davies acquiesçait et secouait la tête par intermittence. Derrière lui, la porte de sa maison était grande ouverte. Des agents entraient et sortaient. À l'intérieur, Mme Davies hurlait, un cri de chagrin animal qui donna la chair de poule à Wendy.

Une scène bien trop familière. Son cœur se serra pour eux.

Elle se dirigea vers l'allée, en faisant à peine attention à la direction qu'elle prenait, tourmentée par cette scène chez leurs voisins. Était-ce à cela que sa propre maison avait ressemblé ? Sa mère et son père avaient-ils affiché les mêmes expressions ? Ça faisait comme une impression de déjà-vu, un écho épouvantable dans l'univers.

Avant qu'elle n'ait le temps de se soucier du moyen de retrouver Peter, elle aperçut quelqu'un près de son pick-up. Elle sursauta et s'arrêta, se méfiant des inconnus qui rôdaient dans l'allée. Puis elle vit la tignasse auburn. C'était lui !

Il s'appuyait à la portière de sa voiture, hors de la vue des agents de police. D'abord, elle crut qu'il était penché pour cette raison, toutefois quelque chose n'allait pas. Son expression était tendue et il était replié sur son ventre, les mains pressées contre son flanc.

Wendy contourna le pick-up et l'examina tout de suite du regard. « Peter, qu'est-ce que tu as ? »

Il avait l'air malade, comme s'il n'avait pas dormi depuis des jours. Des cercles violets semblables à des hématomes soulignaient ses orbites. Il avait les paupières gonflées, les yeux injectés de sang et vitreux. Ses cheveux étaient en bataille, comme si le moindre effort pour les maîtriser lui en demandait trop.

Peter, inondé de lumière, un colibri toujours en mouvement, avait changé. Un pli creusait l'espace entre ses sourcils, et il remontait les épaules jusqu'à ses oreilles, le dos courbé comme pour se protéger du vent brutal. Sa lèvre déjà boudeuse était gonflée et ouverte au centre. Un filet écarlate en coulait.

Le cœur de Wendy s'emballa. « Oh, mon Dieu, qu'est-ce qui s'est passé ? » chuchota-t-elle. Elle lui fit lever le menton. Quand il grimaça, elle vit du rouge sur sa mâchoire, un hématome en devenir.

« C'est rien. Ça va », répondit-il.

Il tenta d'invoquer un sourire, malgré la douleur apparente. Lorsqu'il s'écarta de la portière, il tituba. Wendy le rattrapa vite et essaya de le maintenir debout. Peter inspira alors vivement entre ses dents. Son visage déformé de souffrance, il pressa les mains avec douceur contre son ventre.

Elle le lâcha vite. « Qu'est-ce qui t'est arrivé ? » répéta-t-elle d'un ton durci par l'inquiétude. Elle jeta un coup d'œil derrière elle et se rapprocha de lui pour le protéger du rassemblement à la porte voisine. « Viens », dit-elle en s'efforçant d'adoucir sa voix. Elle l'entraîna vers le côté de la maison, où personne ne les verrait. « Dis-moi ce qui s'est passé. » Elle regardait tour à tour ses épaules, ses bras, son visage.

Peter baissa le menton, ses cheveux retombèrent sur son front, cachant ses yeux. « Hier soir, je suis allé à la poursuite de mon ombre.

— *Quoi ?* » Elle saisit son bras si vite qu'elle n'eut pas le temps de réfléchir à son geste. « Désolée ! » Elle le lâcha rapidement. Avec un grognement, elle se passa une main dans les cheveux. « Pourquoi tu as fait une chose pareille, Peter ? »

L'air malheureux, il haussa les épaules et s'appuya contre une poubelle comme un enfant réprimandé. « Je pensais pouvoir m'en charger seul. Je me disais... » Il jeta un coup d'œil furtif à Wendy. « Je pensais que si j'y arrivais seul, tu n'aurais pas à...

— Non ! l'interrompit-elle. On devait y aller ensemble pour que je t'aide ! Tu aurais pu être blessé... Tu *as* été blessé ! »

Elle le montra du doigt et Peter grimaça. Elle avait envie de lui hurler dessus, de lui crier qu'il avait agi de façon *idiote* et *inconsciente*, mais avec tous ces témoins, c'était impossible.

« Je croyais que j'y arriverais, répéta-t-il. Mais elle était trop puissante. »

Le souffle de Peter était court et inégal. Il hésita un instant avant de remonter le bas de son T-shirt. Sur sa peau bronzée, au-dessus de sa hanche, fleurissait un hématome en forme de croissant. Comme une galaxie de violet, bleu et rouge vif.

Elle se sentit tout de suite très mal d'avoir crié. « Oh, Peter… » Elle toucha tout doucement la contusion, mais il eut un geste de recul. Un mélange de colère et de peur bouillonnait en Wendy. L'ombre était donc capable d'une chose pareille ? Que pouvait-elle faire d'autre ? À Wendy ? À Peter ? Aux enfants qu'elle avait emportés ? À ses frères ?

« Elle devient plus forte, lui dit Peter avant de baisser à nouveau son T-shirt. Et moi plus faible. » Un frisson le traversa, comme s'il répugnait à le reconnaître. Les paupières closes, il contempla le sol. « Elle m'a secoué dans tous les sens sans aucun effort. » Il se frotta l'œil de la paume. « Je sens ma magie disparaître, marmonna-t-il. J'ai l'impression de ne pas avoir dormi depuis des semaines. » Il fronça les sourcils et la parcourut du regard. « Est-ce que ça va ? Elle ne s'en est pas prise à toi, j'espère ? » Une étincelle d'énergie traversa son expression.

« Non », répondit vite Wendy en secouant la tête. La nuit précédente, elle avait été bien en sécurité dans sa chambre, ce qui ne la réconforta pas beaucoup. Elle en était malade de songer à Peter, seul dans les bois, agressé par l'ombre. Elle aurait dû être là pour le protéger. Elle n'aurait pas dû l'abandonner. Elle aurait dû le ramener chez elle. Elle ravala la boule dans sa gorge. Elle se détestait de l'avoir laissé partir.

Elle se rapprocha de lui et le força à la regarder dans les yeux. « On est une équipe, d'accord ? Tu ne pars plus seul. On l'abat ensemble ou pas du tout, comme tu l'as dit. Compris ? » Peter semblait malheureux et peu convaincu. « Tu n'es pas le seul qui a quelque chose à perdre. »

Il soutint son regard. Elle se rendit compte de leur proximité, lui appuyé contre la poubelle, elle entre ses genoux. Une chaleur naquit au creux de son ventre et empourpra son visage.

Les yeux de Peter descendirent vers sa bouche, puis son cou. Un sourire fatigué releva les coins de ses lèvres. « Hé, tu l'as trouvé ? » chuchota-t-il.

Il observait le gland autour de son cou.

« Oui, je... Oui, bredouilla Wendy avant de se reprendre vite. Enfin, je l'ai toujours eu, corrigea-t-elle en le tenant au creux de sa main. Je le gardais dans une boîte à bijoux. » Peter paraissait s'emplir à nouveau de lumière, petit à petit. « Je le portais autour du cou hier soir quand je me suis endormie. J'ai fait un rêve, ou plutôt retrouvé un souvenir, au sujet du Pays imaginaire, de mes frères et de toi. » Elle leva les yeux vers le visage de Peter. « C'est toi qui me l'as donné. Tu t'en souviens ? »

Des fossettes creusèrent doucement les joues de Peter lorsqu'il le prit entre le pouce et l'index. « Bien sûr que oui. » Leurs têtes baissées et leurs corps tout proches formaient une petite alcôve. « Je te l'ai donné pour que tu ne m'oublies pas, tu sais, à ton retour ici. Bon, ça n'a clairement pas marché », ajouta-t-il avec un rire dégagé. Il leva alors les yeux vers elle, tout proche, la scrutant avec une telle intensité qu'elle s'écarta presque. « Et maintenant, il doit t'aider à retrouver la mémoire... » Le sourire de Peter était petit et crispé.

Wendy se mordit la lèvre. Alors tout ce temps, elle aurait pu se servir du gland pour combler son amnésie ? Elle avait passé des années sans eux, se détestant de ne pouvoir répondre quand on lui posait des questions ou qu'on l'accusait de mentir, quand elle était devenue une paria. Ce gland pourrait tout changer. Elle pourrait retrouver d'autant plus la mémoire désormais. Bizarrement, le cœur de Wendy battit plus fort et elle ressentit un vertige.

Elle changea de sujet et songea à l'expression de Peter dans son souvenir. « Quand tu me l'as donné, tu savais déjà que tu allais nous ramener ? »

Il acquiesça.

« Je voyais bien que quelque chose n'allait pas au Pays imaginaire. Ça devenait dangereux, dit-il en observant sa réaction.

— C'était si bizarre de les voir si clairement. » Il lui adressa un sourire triste. Elle soupira et recula. « J'ai beaucoup à te dire. D'autres enfants ont disparu hier soir. Les policiers commencent à fouiller les bois. » Le sourire de Peter s'effaça. « On doit trouver cet arbre et ton ombre, rapidement. » Elle jeta un coup d'œil à la façade de la maison. Soudain déterminée, elle tira sur le bras de Peter. « Viens. » Elle l'entraîna vers son pick-up. Elle vérifia que personne ne les regardait, puis ouvrit la portière.

Il s'installa sans protester sur le siège passager. Soudain bien plus éveillé, il se redressa et scruta le tableau de bord. « Je ne suis jamais monté dans une voiture, avoua-t-il, en passant les doigts sur les boutons de la radio.

— Techniquement, tu es monté dans une ambulance.

— Ça ne compte pas, j'étais inconscient », rétorqua Peter.

Wendy se pinça les lèvres pour réprimer un sourire. Elle tourna la clé et le pick-up vrombit. Peter plaqua les mains devant lui. Si elle n'avait pas été si soucieuse, son expression alarmée l'aurait fait rire.

« Mets ta ceinture de sécurité », lui ordonna-t-elle en tirant la sienne devant sa poitrine.

Il l'attrapa et imita le geste de Wendy, mais se battit avec la boucle à cause de ses longs doigts. Elle la lui prit doucement et la boucla.

Quand elle recula, Peter plaqua de nouveau les mains devant lui.

« N'aie pas peur. » Elle enclencha les vitesses et s'engagea sur la route. « Je suis une excellente conductrice.

— Tu as déjà failli m'écraser ! » rétorqua-t-il. Lorsqu'elle arriva au bout de la rue, il commença à se détendre. « C'est comme voler, mais en beaucoup plus… rebondissant », songea-t-il en observant les maisons qui défilaient.

Elle avait l'intention d'emprunter l'une des petites routes en impasse qui allaient dans les bois. Ainsi, ils pourraient y pénétrer sans se faire voir et personne ne remarquerait son véhicule.

Une minute à peine s'était écoulée quand Peter découvrit comment baisser la vitre. Il se pencha autant que possible avec la ceinture de sécurité. Il plissa les yeux à la lumière, ses cheveux fouettés par la vitesse. Le vent emporta son rire. Les virages de la route chauffée par le soleil s'enchaînaient devant eux, à l'orée du bois. Des bornes de kilométrage blanches basculaient sur le bas-côté, presque perdues au milieu des mauvaises herbes.

Peter rentra la tête et se frotta les yeux. « OK, c'est quoi l'histoire des derniers enfants kidnappés et que fait la police chez ton voisin ?

— Il y avait deux garçons. 10 et 7 ans, le même âge que mes frères à leur disparition. Ils ont été enlevés dans leur jardin, comme nous. Leur père les a même vus se faire kidnapper, mais pas à quoi ressemblait le kidnappeur.

— Mon ombre. »

Elle acquiesça. « Elle nous provoque, non ? » La colère brûlait sous sa peau. « C'est pour ça qu'elle a emporté ces enfants comme ça. Ça ressemble trop à ce qui est arrivé à mes frères pour être une coïncidence, non ?

— Probablement. Elle sait qu'on était dans la forêt, qu'on la cherche. Que tu crains les bois. Elle veut que tu aies peur. » Peter tourna la tête vers elle. L'inquiétude vieillissait son regard déjà pâle. « Elle nous attire peut-être dans un piège, Wendy. Tu es sûre de vouloir chercher cet arbre ? Et si c'est exactement ce qu'elle veut ? Elle doit sentir ta peur à l'instant où tu mets les pieds dans la forêt. » Il secoua la tête. Un grondement agacé se leva de sa gorge. « Je devrais peut-être juste...

— Hors de question, rétorqua Wendy. Mes frères sont retenus prisonniers par cette créature. Hors de question de te laisser la combattre seul. »

Peter contempla ses genoux.

Elle ne voulait pas lui faire remarquer que, dans son état, elle doutait qu'il puisse traverser les bois. Alors se battre contre l'ombre ? Il avait besoin de son aide, et elle de retrouver ses frères. « En plus, d'après toi, je suis la seule à pouvoir vous rattacher, tu te rappelles ?

— Ça valait le coup d'essayer », marmonna-t-il.

Il s'enfonça dans son siège. La tête appuyée contre la vitre fraîche, il ferma les yeux.

Wendy fut tentée de continuer à rouler sur les routes bordées d'arbres pour lui permettre de se reposer. Toutefois, retrouver son ombre devenait impératif.

Elle tourna dans l'un des vieux chemins d'exploitation forestière. Des traces de pneus enfoncés dans l'herbe disparaissaient dans les arbres. Elle se gara un peu plus loin pour que son pick-up soit invisible depuis la route.

Peter se redressa lorsque les ressorts du siège le secouèrent quand elle s'arrêta.

« Tu as trouvé une carte ? demanda-t-il en scrutant les bois.

— Oui, ici. » Elle tendit le bras devant lui et tira deux fois très fort sur l'ouverture de la boîte à gants avant qu'elle s'ouvre. Peter essaya de s'écarter, des vieilles lunettes de piscine et une bouteille de crème solaire lui tombèrent sur les pieds. « Désolée », dit Wendy. Elle fouilla et sortit une carte de la ville. « Mon père me l'a donnée quand j'ai passé mon permis, au cas où je me perdrais. Il ne fait pas confiance aux GPS. » Vu la tête de Peter, il ne savait pas de quoi elle parlait. « Les bois y sont inclus, mais ils ne sont pas très détaillés. » Elle la déplia et passa les mains le long des bords. Elle indiqua une grande tache verte au centre. Elle montrait le tracé de la forêt, les ruisseaux qui y serpentaient et quelques chemins forestiers. « Elle est vieille, alors il y a bien plus de chemins maintenant, mais c'est mieux que rien. » Elle se tourna vers Peter. « Tu crois que ce sera utile ? Tu sais lire une carte ? »

Il renifla dédaigneusement et la lui prit des mains, le torse bombé, fier comme un coq.

« Bien sûr que oui. J'utilise tout le temps les cartes des pirates au Pays imaginaire. J'en ai toute une collection. »

Wendy leva les yeux au ciel. « Des cartes de pirates, répéta-t-elle platement. Comment ai-je pu l'oublier ?

— On peut se servir des ruisseaux et des chemins comme points de référence, dit-il en passant le doigt le long d'une ligne bleue. Ça ne devrait pas être trop dur.

— Super. » Wendy envoya rapidement un texto à sa mère, pour lui dire qu'elle était avec Jordan et rentrerait plus tard. Elle inspira profondément. « Prêt ? »

Peter mordit sa lèvre supérieure et lui jeta un regard. Une série d'émotions indéchiffrables passèrent dans ses yeux. Il esquissa un sourire forcé aux allures de grimace.

« Prêt comme jamais. »

CHAPITRE SEIZE

L'ARBRE

Des fougères et d'autres plantes flanquaient la route creusée par les pneus. Wendy et Peter la suivirent jusqu'à ce qu'elle tourne et disparaisse dans les arbres.

« On doit continuer vers le nord, déclara Peter en regardant de gauche à droite. Il faut qu'on traverse l'un de ces sentiers et qu'on arrive au ruisseau.

— On doit aussi faire attention aux groupes de recherche, ajouta Wendy qui s'arrêta à côté de lui. Je ne sais pas combien de temps il leur faudra pour parcourir la forêt, mais ils commencent par le nord. Si on les croise, ça finira mal. » Elle rangea la carte. « Surtout si on n'a pas encore trouvé l'arbre.

— On devrait les entendre de loin. » Peter fit un signe de tête et adressa un petit sourire à Wendy. « Viens. »

De longues herbes giflaient doucement les jambes de Wendy tandis qu'ils s'enfonçaient dans la forêt. Elle sentait le picotement des coups de soleil sur ses épaules comme les rayons chauds du soleil estival traversaient les arbres. Le parfum doux du cèdre et acidulé de la sève qui gouttait sur les troncs embaumait l'air. Des scarabées noirs marchaient, patauds, sur des grumes, et le cri perçant des oiseaux de proie retentissait dans le ciel. Les pas de Peter et Wendy se joignirent au chœur.

Elle se rembrunit. Peter n'évoluait pas entre les troncs morts et dans les sous-bois avec l'aisance de la veille. Il gardait les yeux rivés au sol, marchant d'un pas aussi lourd que le sien. Avant, il avait été comme un poisson dans l'eau, désormais il tâtonnait autant qu'elle.

Peut-être à cause de sa poussée de croissance brutale ? Maintenant, il faisait presque une tête de plus qu'elle. Ses bras et ses jambes étaient bien plus longs, et ses mouvements donnaient l'impression qu'il essayait encore de s'y habituer. Sa façon de marcher rappelait un faon cherchant son équilibre.

Dans son sillage, Wendy l'observa. Ses tendons étiraient ses avant-bras, gonflaient au niveau de ses biceps avant de disparaître sous les manches de son T-shirt. Ses muscles ondulaient sous le tissu. Le soleil qui filtrait à travers les feuilles faisait ressortir le roux de ses cheveux auburn. Une goutte de sueur coulait sur sa nuque et disparaissait dans son col. Ses lèvres pleines étaient écartées, sa respiration régulière.

Les joues de Wendy la brûlèrent de façon insupportable. Elle détourna les yeux. Ces changements chez Peter étaient… troublants. Et agaçants. Wendy voyait tout le temps des garçons en slip de bain à la piscine. L'anatomie d'un adolescent n'avait rien de nouveau pour elle. Elle y était restée le plus souvent indifférente, et cillait à peine lorsque ses coéquipiers essayaient de se faire remarquer. Ça n'aurait pas dû être différent. Il fallait juste qu'elle se reprenne. Elle s'en voulait d'être aussi perturbée. Il se passait des événements importants, sur lesquels elle devait se concentrer.

Pendant qu'elle scrutait le sol avec détermination, elle se rendit compte que Peter était pieds nus.

« Peter, où sont tes chaussures ?

— J'ai trop grandi. Elles ne me vont plus. » Il haussa les épaules, comme si marcher dans les bois pieds nus était une solution tout à fait raisonnable.

« Et tu n'as pas mal ? » demanda-t-elle avec une grimace intriguée. Elle supportait à peine de poser un pied sur le ciment sans ses claquettes pour aller jeter la poubelle.

« C'est rien. Je ne portais pas de chaussures au Pays imaginaire, fit-il remarquer avec un sourcil haussé. J'ai une corne de compétition. » Il esquissa un sourire.

« D'accord, mais tu n'es plus au Pays imaginaire. Tu risques d'attirer l'attention. » Si quelqu'un le voyait, on le prendrait pour un vagabond, peut-être même un fugueur.

Il cligna des yeux. « Oh. Je n'y avais pas pensé.

— Veux-tu qu'on s'arrête à la cabane pour prendre une autre paire ? Tu ne pourras plus y retourner après. » Une autre pensée angoissante. Un autre problème à résoudre sur sa liste grandissante.

« Je n'en ai plus qui m'aille. » Ça ne semblait pas l'inquiéter. « J'irai en chercher dans le quartier.

— Non, répondit fermement Wendy. On ne vole pas. Il ne manquerait plus que quelqu'un te voie chiper une paire de tennis sur sa terrasse. »

Wendy se creusa la tête. L'idée d'emmener Peter faire du shopping avait quelque chose de ridicule. Elle n'arrivait même pas à l'imaginer au milieu d'un magasin de chaussures. Ce serait comme voir Bigfoot dans un café de hipsters : anormal et risible.

« Mon père a de vieilles tennis que tu pourrais essayer. »

Elles seraient probablement trop grandes, mais à ce rythme, elles lui iraient en quelques jours. Une pensée qui n'avait rien de rassurant.

Peter acquiesça, puis fronça les sourcils. Quelque chose semblait le déranger, mais il garda le silence et Wendy préféra ne pas l'interroger. Il y avait de la tension dans l'air, une lourdeur dans l'atmosphère.

Peut-être qu'il savait déjà à quoi elle pensait.

Elle réfléchissait tant à la façon dont tout cela l'affectait qu'elle ne s'était pas beaucoup penchée sur ce que Peter ressentait. Ce devait être effrayant, d'être si loin de chez lui, seul. À l'exception de Wendy, bien sûr, ce qui ne devait pas beaucoup le réconforter. C'était sûrement épuisant, de porter sur les épaules la sécurité de tous ces enfants. Sans parler de l'incertitude de son propre avenir. Son cœur se serra à l'idée de ce qu'il traversait. Comment avait-elle pu s'enliser dans ses propres cauchemars, sans envisager les conséquences pour lui ? Maintenant qu'elle le regardait, les effets se lisaient sur son visage, dans les cernes noirs sous ses yeux, le coin de ses lèvres abaissé quand il n'y faisait pas attention.

Elle voulait tendre la main et le toucher, lui dire que tout irait bien, qu'ils trouveraient une solution. Mais entendrait-il le doute dans sa voix ? Wendy se mordit la lèvre. Que pouvait faire Peter pour chasser l'obscurité ? Lorsqu'ils seraient sortis de ces bois, il faudrait qu'elle réfléchisse au moyen de le protéger.

Ils traversèrent le premier chemin, du simple gravier enfoncé dans la terre par les camions d'exploitation forestière. Le ruisseau se trouvait un petit peu plus loin. Ils le suivirent en aval, plus loin dans les bois. Wendy se rapprocha à nouveau de Peter. Cette fois, elle fit attention à ne pas lui marcher sur les talons. La forêt était vaste. Même avec un plan, il y avait beaucoup de terrain à couvrir. De plus, il devenait accidenté, ce qui ralentissait Wendy, et leur avancée.

Plus ils s'enfonçaient, plus le silence s'imposait. On n'entendait plus le gazouillis des oiseaux ni les griffes des tamias en pleine course-poursuite dans les arbres. Seul le clapotis du ruisseau troublait le calme.

« Est-ce que le Pays imaginaire te manque ? » demanda Wendy qui voulait briser cette quiétude troublante.

Peter pencha la tête en arrière, vers les branches, réfléchissant à sa question. « Plus ou moins. C'est bien plus agréable là-bas. Les plages me manquent, jouer avec les enfants perdus, passer la journée allongé dans un hamac près de la cascade aussi, soupira-t-il, lointain.

— Ça a l'air carrément mieux que de marcher péniblement avec moi dans les bois, à la recherche de ton ombre, acquiesça Wendy avec un rire dégagé. L'Oregon doit te sembler bien ennuyeux.

— C'est pas si horrible que ça. Il y a des avantages. » Il lui donna un petit coup d'épaule. Elle pressa ses lèvres où un sourire menaçait. « Ce qui me manque surtout, c'est de voler. Ce corps… » Il se regarda. « Il est bizarre. »

Wendy parcourut le visage de Peter, et fit un effort conscient pour ne pas le détailler. Encore une fois.

« À ton avis, qu'est-ce qui a déclenché tout ça ? La perte de ta magie ? Grandir ?

— Je ne sais pas vraiment, avoua-t-il. Je partais du principe que c'était dû à l'ombre, mais ça a commencé à ton arrivée au Pays imaginaire… » Il adressa un sourire intrigué à Wendy. « C'est en rapport avec toi, mais je ne sais pas en quoi.

— Tu as un plan ? Pour quand on la trouvera ? Comment est-ce qu'on va… » Wendy chercha ses mots avec difficulté. « La recoller ?

— Bah, il faudra qu'on trouve le moyen de l'affaiblir. Et tu la recoudras ! »

Ce n'était pas un très bon plan. Certes, elle était bonne couturière. L'un des médecins de l'hôpital leur avait même montré, à Jordan et elle, les bases des points de suture sur une orange, mais comment y arriver avec une ombre ?

Soudain, Peter jeta un coup d'œil par-dessus son épaule. Wendy suivit son regard, mais elle ne vit que du vert et du marron.

Un frisson la parcourut de la tête au bout des orteils. Elle se rapprocha de Peter et referma ses doigts sur le dos de son T-shirt. Son regard alla de l'expression attentive de Peter aux arbres immobiles. « Qu'est-ce qu'il y a ? »

Les bois devenaient plus sombres, les arbres plus rapprochés bloquaient la lumière du soleil. Depuis quand faisait-il si froid ? Elle se rapprocha encore de lui, pressa l'épaule contre son dos chaud.

Aussi immobile que les arbres silencieux, Peter continua de regarder au loin. De la peur s'éveilla dans le corps de Wendy et vibra dans ses veines. Elle tira sur le T-shirt de Peter. « Peter ? » Est-ce qu'il respirait seulement ?

« J'ai cru entendre quelque chose », murmura-t-il. Il pencha la tête, guettant un bruit que Wendy ne percevait pas à cause des battements frénétiques de son cœur. Au bout d'un moment, il secoua la tête et soupira, bien que ses épaules restent tendues. « Ce n'était rien. »

Un rire nerveux échappa à Wendy.

« Je croyais que tu n'avais peur de rien », dit-elle pour briser la tension.

Peter la regarda sans rien ajouter. Quand il reprit la route, elle laissa son T-shirt lui échapper des doigts.

« Qu'est-ce qui se passera si on n'y arrive pas ? » demanda-t-elle, figée, les poings serrés le long de son corps.

Peter se retourna. Son expression s'adoucit.

« Ma magie est censée me garder jeune à jamais pour que j'aide les enfants perdus à trouver leur chemin. Si je continue à grandir, je perdrai ma magie, je ne pourrai plus voler ou chercher ces enfants et les emmener au Pays imaginaire. Sans moi, il n'y aura plus personne pour les guider. Ils resteront… » Il haussa une épaule. « Perdus. »

Wendy voulut lui demander ce que cela signifiait, mais un picotement sur sa nuque attira son attention.

Peter dut le sentir aussi, car il se crispa et son regard bleu voleta autour d'eux.

Un long silence s'étira. Wendy en eut la chair de poule.

« Est-ce que les enfants perdus restent au Pays imaginaire pour toujours ? » demanda-t-elle encore.

Si elle continuait de parler, cette sensation disparaîtrait peut-être.

Quelque chose souffla contre sa nuque, comme un léger murmure. Wendy sursauta et se retourna d'un coup.

Il n'y avait que les arbres immobiles à perte de vue, côte à côte, en attente.

Un silence pesant planait. Elle avait l'impression de se trouver sous l'eau. La pression de l'air contre sa peau lui donnait envie de se déboucher les oreilles.

« Parfois. » Un mouvement se fit derrière elle. La chaleur de Peter se colla entre ses omoplates. « Mais la plupart retrouvent leur chemin et partent », dit-il tout bas.

Le souffle de Wendy se raccourcit. La créature endormie, nichée entre ses côtes et son échine, s'éveilla et se mit à trembler.

Elle ferma les doigts sur le gland et le serra fort.

« Je crois qu'on approche », chuchota-t-elle.

Un sentiment de déjà-vu, le fantôme d'un souvenir, lui chatouillait l'esprit.

Peter se plaça à ses côtés. Cette fois, son bras nu contre le sien ne la soulagea pas. Il était aux aguets.

« Tu le sens aussi ? » murmura-t-elle, à peine audible.

Il acquiesça lentement.

« On devrait peut-être partir, Wendy », dit-il tout bas, comme pour ne pas réveiller les arbres.

Il glissa sa main dans la sienne, chaude et calleuse.

Wendy entendit à nouveau le chuchotement, plus fort, toujours indéchiffrable. Elle ne savait de quelle direction il venait. Son cœur battait sourdement dans sa poitrine.

Elle recula. Peter lui pressa la main.

Un petit sanglot au-dessus lui fit lever d'un coup la tête. Elle scruta les branches à la recherche de quelque chose, sans savoir quoi.

« Tu les entends ? » interrogea-t-elle. De petits reniflements. Un cri lointain. « Ils deviennent plus forts. Je crois que ça vient de là… » Elle tira sur la main de Peter, fit un pas hésitant en direction des voix.

Comme il ne réagissait pas, elle détourna les yeux du bois vers lui.

Il était immobile comme une statue. Son visage s'était vidé de toute couleur. Les yeux écarquillés, il regardait fixement quelque chose derrière elle. Sa main était molle dans la sienne.

Il y avait une vibration dans l'air, au-dessus des épaules de Wendy. Chaque muscle de son corps se contracta de façon brûlante. Elle lâcha un souffle tremblant. Il s'échappa de ses lèvres dans un nuage.

Peter resserra sa main sur la sienne.

« Wendy, éloigne-toi », dit-il, les yeux toujours rivés à l'espace derrière son épaule.

Il avait parlé tout bas, pourtant on aurait cru qu'il avait crié, dans ces bois silencieux.

Wendy se retourna lentement.

Derrière elle se trouvait l'arbre. Son tronc épais se tordait vers le ciel et se divisait en branches nues, acérées aux doigts dressés. L'écorce ressortait, en contraste avec les autres arbres :

d'une pâleur fantomatique, comparée aux couleurs brunes et vertes luxuriantes. Les racines noueuses s'enroulaient dans le sous-bois. Ça sentait les feuilles pourries et l'humus.

Les bois vibraient. Les poils de Wendy se hérissèrent. Les voix s'intensifiaient. Un tourbillon de chuchotements et de pleurs discrets. Ils venaient de l'arbre. Non, des racines qui se tordaient et s'enfouissaient dans la terre, formant de petites cages et des trous béants. Le vent se leva et fit frissonner les feuilles. Les voix se firent plus fortes, plus effrayées.

Wendy dégagea sa main de celle de Peter et se dirigea vers l'arbre. Les chuchotements l'attiraient et l'avertissaient d'un danger. Y avait-il quelque chose ? Caché sous les racines, dans la terre ?

Le ton des voix devint violent.

« Il y a quelque chose, là », marmonna-t-elle.

Elle se pencha. Soudain, Peter s'interposa. Ses grandes mains se refermèrent sur ses bras.

« Il faut qu'on parte d'ici. »

Son expression s'était durcie, ses traits crispés. Il avait le regard suppliant.

« Il a raison, tu sais. »

La voix paresseuse leur parvint à travers les arbres.

Wendy et Peter tendirent tous les deux le cou.

Allongée sur une branche épaisse, adossée à l'arbre, se trouvait l'ombre.

Wendy la voyait clairement. Il s'agissait d'une version tourmentée, déformée de Peter. Au lieu des mèches chaudes qui scintillaient au soleil se trouvaient des cheveux d'huile sombre. Son nez et son menton étaient pointus et marqués. Sa peau d'un blanc pâle, ses yeux creux et noirs. Ils semblaient aspirer toute la lumière. Ses lèvres minces se tordirent en un sourire cruel qui révéla des dents d'un blanc surnaturel. Elle était toute en angles pointus, de ses pommettes à sa mâchoire avec lesquelles Wendy aurait pu se couper.

Partout où Peter dégageait chaleur et lumière, l'ombre montrait noirceur et déformation.

Désormais, elle semblait aussi solide et réelle que lui. « Tu devrais être plus prudente, qui sait ce que tu trouveras dans les bois ? » Elle enroula une feuille morte entre ses doigts pâles.

Le sang de Wendy se glaça dans ses veines, mais l'embrasement de sa colère la porta. « Libère-les », exigea-t-elle en essayant de se délivrer de Peter.

L'ombre éclata de rire et sembla se dissoudre et se déverser depuis l'arbre comme un brouillard épais et noir. Son rire profond, tonitruant, se répercuta contre les os de Wendy. La créature se ramassa sur le sol devant elle et reprit forme humaine.

« Libérer qui ? » dit-elle d'une voix traînante.

Peter s'avança. « Arrête, ordonna-t-il avec fermeté. Libère les enfants. » Il leva la main. L'épée se matérialisa dans une explosion de lumière. Carrant les épaules, il se plaça face à son ombre. L'épée brillait, une arme de minuscules particules dorées. Puis elle se mit à clignoter.

L'ombre renversa la tête en arrière et lâcha un rire vif, un aboiement qui résonna dans les arbres.

« Oh, Peter, ronronna-t-elle avec un large sourire. Tu crois vraiment pouvoir m'arrêter ? »

Celui-ci agrippa la poignée des deux mains. L'épée se chargea d'énergie, mais un instant à peine, avant de s'éteindre. Les articulations de Peter blanchirent lorsqu'il brandit son arme.

« Je te préviens, gronda-t-il, les dents serrées.

— Oh non. » Le sourire de l'ombre se tordit d'une façon qui n'avait rien de naturel. « Aurais-tu du mal à faire la démonstration de ta force ? Il ne t'en reste presque plus, Peter. » Elle donna une pichenette au bord de l'épée qui s'éteignit telle une ampoule et disparut dans un bouquet d'étincelles vite dispersé aux pieds de Peter.

Il se crispa et resserra les points.

« Bientôt, tu seras vidé de toute ta magie, et même pas toi, le grand Peter Pan, ne pourras m'arrêter », chantonna l'ombre en faisant tourner ses longs doigts.

Wendy trembla, ses yeux la picotaient, mais elle refusait de s'enfuir. C'était ça. C'était la créature qui lui avait pris ses frères et les retenait en otage. Qui les séparait. Wendy s'élança et essaya de passer devant Peter.

« Relâche-les ! » cria-t-elle.

L'attention de l'ombre se porta vers elle. « Wendy, souffla-t-elle. C'est si gentil à toi de te joindre à nous, cette fois. » L'ombre prit une inspiration profonde, tremblante. Ses yeux roulèrent dans leurs orbites, ses paupières frissonnèrent de plaisir. « Mmh, dit-elle avant de la regarder avec une attention prédatrice. Tu es *délicieuse*, n'est-ce pas ? » Le sourire de l'ombre lui déchira le visage en deux. « Toute cette peur et cette culpabilité qui émanent de toi. » Elle rit. « C'est presque trop pour moi ! »

Wendy avait peut-être peur, mais la colère faisait fondre la glace dans ses veines. « Où sont mes frères ? » Elle tenta de s'avancer, mais elle fut contrée par le bras tendu de Peter. Elle avait envie d'arracher le sourire de l'ombre.

Celle-ci éclata d'un rire profond. « Ils sont là, bien sûr ! » Les mains levées, elle indiqua l'espace autour d'eux.

Wendy serra très fort les dents. À quoi jouait-elle ?

« Tu ne t'en souviens pas, Wendy ? »

Elle l'observa avec curiosité, pencha la tête d'un côté, de l'autre. Elle se mit à marcher lentement autour de Wendy et Peter.

« De quoi tu parles ? » Elle ne pouvait croire un mot de ce que disait l'ombre. La créature essayait juste de la manipuler, de les piéger. Elle se nourrissait des énergies négatives, Wendy ne devait pas se laisser avoir.

L'ombre feignit la surprise. « Mais enfin, c'est ici que ce cher Peter vous a trouvés, tes frères et toi ! »

Une décharge électrique parcourut Wendy. Prise par surprise, elle sentit sa détermination faiblir. Elle jeta un coup d'œil en direction de Peter, elle ne voulait pas que l'ombre la distraie. « C'est vrai ? »

Sans quitter son ombre des yeux, Peter acquiesça brièvement. Il était prêt à bondir, de la fureur enflammait son visage.

Était-ce pour cela qu'elle ne cessait de dessiner l'arbre ? Qu'elle en avait rêvé l'autre soir ? Était-ce un souvenir gravé dans son corps qui ne cessait de lui revenir, qui l'avait ramenée à cet endroit ? Là où Peter l'avait trouvée. Là où ses frères et elle avaient disparu. Où son cauchemar des cinq dernières années avait commencé.

Wendy se retourna vers l'ombre. « Où sont mes frères ? » répéta-t-elle en perdant patience.

Le front plissé, l'ombre haussa les sourcils. « Peter ne te l'a donc pas dit ? » Amusée, elle passa ses dents d'un blanc lumineux sur sa lèvre.

« Il m'a dit que tu t'es emparée d'eux, et des autres enfants disparus », cracha Wendy, les dents serrées.

L'ombre éclata à nouveau de ce rire que Wendy sentait vibrer dans ses os. Au bout d'un long moment, elle se calma et la regarda. « Tu ne les reverras plus jamais, Wendy », lui dit-elle avec douceur, en souriant.

Un élan de rage soudaine et de chagrin la poignarda. Wendy se jeta sur l'ombre. La créature s'effondra sous une forme noire qui se dissipa dans les bois, laissant dans son sillage l'écho de son rire.

« Non ! » Elle refusait de la laisser s'échapper, pas maintenant, ils devaient l'arrêter, elle devait retrouver ses frères ! Wendy voulut la poursuivre, mais Peter la rattrapa par-derrière.

« Wendy, arrête ! » Son souffle battait fort contre son cou. Il ferma les bras très fort autour de sa taille, l'attira contre lui et la souleva.

Wendy se débattit. Elle donna des coups de pied et essaya de s'arracher à son étreinte, en vain.

« *Lâche-moi !* » hurla-t-elle dans les bois. Elle poussa sur ses bras et chercha à se libérer par à-coups. « Il faut que je l'arrête ! » Tremblante, elle tapa des poings sur ses bras. « Il faut que je les retrouve. Il faut que je retrouve mes frères ! John et Michael, je dois les retrouver ! » Sa voix se brisa, monta dans les aigus. Elle se sentait brisée. Elle avait mal partout, l'envie de retrouver ses frères courait dans ses veines. Elle avait comme un trou immense dans son ventre.

« Elle est partie, Wendy », dit Peter à son oreille.

Elle voulut lui hurler dessus, mais lorsqu'elle inspira, un sanglot inégal étrangla sa voix. Ses jambes la lâchèrent, mais Peter la retint, tout contre lui. Elle se plia en deux dans ses bras. Des cris incontrôlables lui déchirèrent la gorge. Ses pleurs la faisaient trembler de tout son corps.

« Chut, tout va bien », murmura Peter à son oreille, en essayant de la calmer, la joue dans ses cheveux.

Sa voix était aussi tremblotante que les mains de Wendy.

Elle n'avait pu les protéger. Encore une fois.

La culpabilité et le chagrin la dévoraient. Elle n'arrivait pas à respirer, à s'en extraire.

Sous les cris de sa tristesse, Wendy aurait juré entendre un rire lointain.

Elle se retourna dans les bras de Peter, se cacha le visage dans son épaule. Cramponnée à son T-shirt, elle pleura de tout son corps.

Peter se tendit, d'abord, puis ses muscles se relâchèrent. Il posa une main sur sa nuque, l'autre au creux de son dos, et rapprocha Wendy de lui. Il appuya le menton sur sa tête.

L'ombre s'était trouvée juste devant eux. Ils auraient dû l'arrêter. Faire quelque chose. Wendy aurait dû l'arrêter. C'était la raison de sa présence, ce qu'elle était censée faire, mais non. Elle n'avait pas pu… Elle ne savait pas comment. La créature qui retenait John et Michael prisonniers s'était trouvée face à elle, pourtant elle n'était pas plus près de les sauver.

Ils restèrent là un temps indéterminé. Elle commença à se calmer, puis elle songea à ses frères, effrayés, dans l'obscurité, à Alex seul pleurant dans les bois, ou la petite Ashley, tourmentée par l'ombre. Une nouvelle vague de culpabilité la consuma.

Peter ne bougea pas, la serrant en chuchotant parfois à son oreille : « Tout ira bien. On va retrouver les enfants. On va trouver une solution. Wendy, ça va aller. » Enfin, les pleurs se changèrent en hoquets sporadiques. Peut-être qu'elle avait enfin versé toutes les larmes de son corps, qu'il n'avait plus la force de suivre. Chaque sanglot et chaque tiraillement de douleur vidait Wendy de son énergie. L'air lui-même semblait peser sur ses épaules. Elle était épuisée, découragée.

Le seul réconfort venait de la chaleur qui irradiait de Peter. Lorsqu'elle recula enfin, elle avait détrempé son T-shirt de larmes et de morve.

Elle s'essuya le nez du revers de la main et tenta de sécher ses joues. Ses yeux la picotaient. Elle voyait flou. Son corps était douloureux de chagrin.

« Partons d'ici », dit Peter avec douceur. Il tendit la main vers elle et ramena des cheveux derrière son oreille. « Il se fait tard. Il ne faut pas qu'on tombe sur les équipes de recherche… »

Wendy ne put qu'acquiescer en s'essuyant à nouveau sur son bras. Elle emboîta le pas à Peter, leurs doigts entrelacés.

Lorsqu'elle quitta la clairière, elle ne put s'empêcher de jeter un dernier regard en arrière.

L'arbre se tenait là, silencieux et gris comme la pierre. On n'entendait plus un chuchotement.

CHAPITRE DIX-SEPT

LUMIÈRES

Quand ils arrivèrent au pick-up de Wendy, elle se glissa sur son siège et appuya le front contre le volant. Les yeux fermés, elle inspira profondément pour se calmer. Les ressorts du siège passager gémirent lorsque Peter monta à son tour.

« Et maintenant ? » demanda-t-il tout bas.

Bonne question.

Elle tourna la tête vers lui, la joue pressée contre le cuir chaud. Du rouge colorait ses joues couvertes de taches de rousseur. Il avait les épaules affaissées, les mains croisées sur les genoux. Les cheveux auburn sur sa nuque étaient trempés de sueur. Le pli de ses sourcils donna envie à Wendy de lui toucher le bras.

Il ne pouvait plus rester dans les bois. Bientôt, ils seraient envahis de policiers et de bénévoles. Et même, hors de question de laisser Peter seul, pas après ce que l'ombre lui avait fait la nuit précédente. Lui aussi devait être protégé. Elle voulait le mettre à l'abri. L'idée que quelque chose, n'importe quoi, lui arrive était inacceptable.

Un désir fugace et étrange de s'enfuir et de disparaître la traversa, mais elle refusait d'abandonner à nouveau ses frères.

Elle soupira et se força à se redresser. « Maintenant, tu rentres avec moi », déclara-t-elle d'un ton définitif. Elle lui jeta un coup d'œil, s'attendant à moitié à ce qu'il proteste.

Il regarda simplement à travers le pare-brise et, après une pause, acquiesça. « OK. Je n'ai pas vraiment d'autre endroit où aller. » Un rire léger lui échappa.

« Parfait, alors rentrons. » Wendy enfonçait la clé dans le contact lorsqu'elle vit que le soleil baissait derrière les arbres. Elle jura tout bas.

« Quoi ? demanda Peter, soudain sur le qui-vive, tournant ses yeux écarquillés vers la forêt.

— Le soleil se couche et je n'ai pas encore appelé mon père. » En panique, elle sortit son téléphone portable de sa poche.

« Oh. » Peter semblait soulagé. Wendy aurait voulu l'être aussi.

Elle appuya sur le numéro de son père dans la liste des favoris et plaqua le téléphone à son oreille. Elle pinça les lèvres. La dernière chose qu'elle voulait, c'était l'énerver ou le rendre encore plus soupçonneux, alors qu'elle s'apprêtait à faire entrer Peter discrètement dans la maison. Cacher une personne était bien différent d'essayer de cacher quelque chose comme une souris domestique, ce qu'elle avait fait quand elle était petite.

Non. Peter était une personne. Une personne sous format garçon.

Oh, mon Dieu, devenait-elle l'une de ces filles qui cachaient des garçons dans leur chambre ?

Le téléphone sonna une fois avant qu'il décroche. « Allô ?

— Papa, c'est moi, dit Wendy en ramenant ses cheveux derrière son oreille. Je quitte l'hôpital, je rentre.

— Jordan t'a rejointe ? » Des voix étouffées dans le fond l'empêchaient de bien entendre.

« Euh... non. » Elle grimaça. « Je n'ai pas réussi à l'avoir », mentit-elle. Elle renifla et se frotta le nez du revers de la main.

Il y eut une pause. La voix de M. Darling se fit rauque. « Qu'est-ce qui ne va pas ? »

Wendy se racla la gorge. « Rien, tout va bien. C'est juste une grosse crise d'allergie. » Du coin de l'œil, elle vit Peter enrouler un fil qui dépassait de son short autour de son doigt.

Il y eut une autre pause. D'autres voix étouffées. Le souffle de M. Darling crépita à son oreille. « Rentre directement. Ta mère t'attend, normalement.

— Comment ça ? » Wendy fronça les sourcils. « Attends, papa, où es-tu ?

— Dans les bois avec les bénévoles de l'équipe de recherche. »

Wendy se redressa d'un coup. Vite, elle tourna la tête, s'attendant à moitié à ce que son père surgisse devant eux, à l'orée du bois.

Peter fronça les sourcils. Il pencha la tête avec curiosité.

« J'ai dit à Donald Davies que j'aiderais. »

Bien sûr, le père des deux garçons disparus la veille. Wendy avait complètement oublié qu'il travaillait avec son père. Ils n'étaient pas juste voisins, ils étaient collègues.

« Mais comme je l'ai dit, ta mère t'attend, alors rentre vite. Elle a eu une longue journée et il lui faut du repos. Je ne rentrerai pas tôt. Peut-être demain matin.

— OK.

— Bonne soirée, Wendy.

— Au revoir, papa. »

Wendy posa son téléphone. Peter la regarda, les sourcils hauts.

« Alors… qu'est-ce qui se passe ?

— Mon père participe aux recherches. Il rentrera tard ce soir ou demain matin. »

Elle était surprise. Son père était plutôt renfermé. Il ne fréquentait pas grand monde en dehors du travail, du moins, de ce que Wendy en savait. Il n'était pas sociable ni même vraiment chaleureux.

Mais c'était logique, supposa-t-elle. Évidemment qu'il voudrait aider. M. Davies avait perdu ses fils, tout comme lui avait perdu John et Michael.

Wendy ravala la boule dans sa gorge. « Un parent de moins à qui te cacher, quoi. » Elle tenta de le dire de façon dégagée, avec un rire, mais ce fut un couinement qui sortit.

Peter acquiesça sans répondre. Les yeux rivés au fil qui pendait, il serrait la mâchoire.

« Tu es bien silencieux », fit remarquer Wendy. Il n'y avait pas assez d'espace dans cet habitacle étouffant pour deux personnes embarrassées. Wendy enfonça un doigt dans l'épaule de Peter. « Ça ne me plaît pas. »

Il leva les yeux vers elle. L'ombre d'un sourire amusé joua sur ses lèvres. « Désolé. Je visualise juste le mur au-dessus de la télé, où ton père va accrocher ma tête s'il me trouve. »

Wendy lâcha un rire surpris qui libéra un peu de pression dans ses poumons. « Ne sois pas ridicule. » Elle tourna la clé et le moteur rugit. « S'il te trouve, il ne restera pas assez de toi pour accrocher quoi que ce soit. »

Lorsque Wendy se gara dans l'allée, elle dit à Peter de la retrouver à la porte de derrière. Ce serait bien plus facile de le faire entrer discrètement.

Dès qu'elle passa la porte, elle vit sa mère allongée sur le canapé. La télé était toujours allumée, le son tout bas. Wendy s'avança sur la pointe des pieds. Mme Darling avait les paupières fermées derrière ses lunettes, sa poitrine se soulevait et s'affaissait en douceur.

Au moins, elle dormait. Avait-elle essayé de rester éveillée jusqu'au retour de Wendy ?

Les nouvelles du soir attirèrent son attention. Un journaliste se trouvait dans les bois, un projecteur illuminant son visage. Derrière lui, il y avait la cabane où Peter s'était installé, à l'accès barré par une bande de police jaune. À la lumière vive, elle semblait minuscule et sans prétention comparée à la dernière fois qu'elle l'avait vue. Des hommes et des femmes en uniforme de police transportaient des objets dans de petits sacs en plastique. Certains examinaient quelque chose par terre, d'autres cherchaient des empreintes sur le cadre de la porte. Le volume était coupé, mais l'histoire qu'elle devinait déjà défilait sur une bande en bas de l'écran.

... N'A PAS ÉTÉ HABITÉE DE FAÇON ACTIVE DEPUIS SIX MOIS. DES VÊTEMENTS, DE LA NOURRITURE ET DES TRACES DE PRÉSENCE RÉCENTE. LE POÊLE A ÉTÉ UTILISÉ AU COURS DE CES DERNIERS JOURS. DEUX TRACES DE PAS DIFFÉRENTES À L'INTÉRIEUR ET AUTOUR. LA POLICE ESSAIE DE TROUVER DES EMPREINTES DIGITALES OU DES TRACES D'ADN. À CETTE HEURE, AUCUN SIGNE DES ENFANTS DISPARUS...

Wendy se demanda si son père avait fait partie du groupe ayant découvert la cabane. Peter et elle avaient eu de la chance de partir au bon moment.

La frustration l'envahit. La police se laissait distraire du véritable coupable. Elle perdait un temps précieux à poursuivre la piste de Peter, alors qu'elle devrait être à la recherche de l'ombre. Mais comment le pourrait-elle ? Peter et Wendy avaient déjà du mal à la retrouver, et eux connaissaient leur adversaire.

À pas de loup, Wendy traversa la cuisine.

Peter l'attendait patiemment à la porte de derrière.

Elle déverrouilla la porte vitrée et l'ouvrit lentement, juste assez pour qu'il se faufile à l'intérieur. Elle pressa un doigt sur ses lèvres. Elle ne voulait pas prendre le risque de réveiller sa mère.

Le visage de Peter était crispé, ses sourcils froncés. Il se pinçait la lèvre inférieure. Wendy fut frappée par sa ressemblance avec Michael quand il voulait rentrer après avoir marché dans des flaques, sachant qu'il se ferait disputer s'il mettait de la boue par terre.

Wendy dut tirer avec impatience sur sa manche pour qu'il entre enfin.

Elle indiqua le séjour. « Ne fais pas de bruit, ma mère dort sur le canapé », chuchota-t-elle. Il hocha la tête, ses yeux bleus écarquillés, sur le qui-vive. « Regarde, ajouta-t-elle en indiquant la télévision. Ils ont trouvé ta cachette… »

Peter s'introduisit en silence dans le séjour. Il plissa les yeux pour lire le bandeau qui se déroulait en bas de l'écran. Il soupira.

« Bon timing de notre part, on va dire », déclara-t-il tout bas.

Son regard passa sur Mme Darling. Elle avait la tête appuyée sur un oreiller. Ses lunettes étaient de travers. De profondes rides plissaient son front et tiraient sur les coins de sa bouche.

Peter baissa les épaules.

Wendy lui fit signe de revenir et indiqua le couloir menant à l'escalier.

Son attention se porta à nouveau sur Mme Darling. Il resta là un instant avant de battre en retraite. Il venait d'entrer dans la cuisine lorsque Wendy ferma la porte vitrée. Le caoutchouc frotta contre le verre dans un couinement aigu.

Mme Darling bougea.

Wendy attrapa un Peter décontenancé et le poussa dans le couloir.

« Wendy ? marmonna Mme Darling, la voix ensommeillée.

— Oui, maman, c'est moi ! Je viens de rentrer de l'hôpital. »

Peter se ratatina contre le mur.

Mme Darling s'assit et ajusta ses lunettes. « Seulement maintenant ? » Elle consulta sa montre en plastique et fronça les sourcils.

« C'était la folie, aujourd'hui, répondit Wendy en hochant vigoureusement la tête. Ils avaient vraiment besoin d'aide ! Mais je suis épuisée, alors je vais me coucher.

— Oh… d'accord. » Mme Darling se renfonça dans le canapé et lui adressa un sourire fatigué. « Dors bien, ma chérie. »

Elle n'avait jamais menti à ses parents, et ce fut la seule chose qui la sauva. Malgré ses mensonges bancals, ils n'avaient aucune raison de douter d'elle ni de l'interroger. Surtout sur le fait qu'elle faisait entrer un garçon mystérieux en cachette. N'importe quel garçon, d'ailleurs.

« Toi aussi, maman. »

Peter l'attendait dans le couloir, les mains croisées dans le dos. On aurait dit un enfant dans un musée à qui on avait interdit de toucher quoi que ce soit. Elle retint un sourire.

Elle indiqua l'escalier et lui donna un coup de doigt dans l'échine pour le forcer à avancer. Peter ouvrit la voie. Lorsqu'ils arrivèrent sur le palier, il fit mine d'ouvrir la porte de son ancienne chambre.

« Pas celle-ci », dit Wendy tout bas en lui prenant doucement le coude. Elle indiqua la droite. « Maintenant, ma chambre est là. »

Comprenant, Peter se rembrunit. Son regard se posa sur la poignée un instant, puis il acquiesça.

Wendy ouvrit la porte et fut tout de suite soulagée de l'avoir rangée la veille. La guirlande éclairait tout d'une lumière chaude. Peter se dirigea vers le centre de la pièce et tourna lentement sur lui-même. Wendy ferma la porte derrière lui et l'observa en ramenant ses cheveux derrière ses oreilles.

À l'exception de Jordan, personne n'était entré dans sa chambre depuis la disparition de ses frères. C'était le seul lieu en ce monde qui lui appartenait. Le seul endroit où elle pouvait se cacher et se sentir chez elle. Et voilà que Peter se tenait là, au milieu de ses affaires. Bizarrement, il semblait à la fois décalé et à sa place.

Peter se dirigea vers sa commode, ses longs doigts frôlant le dos de ses livres. « Ta mère ne va pas bien ? demanda-t-il soudain.

— Qu'est-ce que tu veux dire ? » Distraite, elle essayait de se rappeler si elle avait mis son soutien-gorge dans le panier à linge la veille ou s'il était toujours accroché sur le porte-serviettes.

« Elle avait l'air… » Il s'interrompit. « Triste.

— Oh. » Du bout du pied, Wendy poussa un mauvais roman d'amour sous son lit. « Elle travaille beaucoup. Et bien sûr, l'affaire des enfants disparus lui pèse. À mon père aussi. J'ai l'impression qu'elle ne dort pas beaucoup… » Elle se souvint de la fois où elle avait collé l'oreille à la porte de la chambre de sa mère et l'avait entendue parler dans son sommeil. « Je crois qu'elle fait des cauchemars. » Wendy croisa les bras et se frotta le pouce sur le coude. « Parfois, je l'entends parler à John et Michael dans son sommeil. »

Peter contempla ses mains. Son expression était… pleine de chagrin.

Songeait-il encore à sa mère comme à la petite fille avec qui il était parti à l'aventure ? Wendy regrettait de ne pas l'avoir connue telle qu'elle était à l'époque.

« Je n'aime pas que les gens souffrent », dit-il enfin.

Il y avait une étrange tension dans sa voix, presque une impatience, comme s'il essayait de lui faire comprendre quelque chose de très important.

C'était évident qu'il n'aimait pas voir les gens souffrir. Elle le savait. Lorsque les enfants se perdaient, c'était Peter qui les retrouvait et prenait soin d'eux. C'était lui qui effaçait leurs peurs. Sa nature était d'empêcher la souffrance. Alors il ne devait pas supporter de voir sa mère dans cet état. Peut-être pas plus que Wendy.

Elle ne savait que dire et Peter n'ajouta rien. Il resta au milieu de la pièce, les mains à nouveau croisées dans le dos, à se dandiner d'un pied sur l'autre. Elle ne l'avait jamais vu aussi silencieux que depuis leur départ de la clairière. Ce n'était pas normal, encore que rien dans cette situation ne soit vraiment « normal ».

« Est-ce que tu veux prendre une douche ? proposa-t-elle. J'ai ma propre salle de bains, et tu es dans un bel état. »

Peter baissa les yeux. Ses vêtements étaient couverts de saletés, tout comme ses bras et ses jambes. Il y avait une tache sombre sur sa joue, des brindilles dans ses cheveux et son T-shirt était taché des larmes de Wendy. Au moins, sa lèvre avait dégonflé, mais il restait encore la petite coupure.

« Je peux mettre tes vêtements à laver et te donner un vieux T-shirt. J'ai… euh… probablement un short de gym qui t'irait. »

Peter plissa les yeux. Un sourire trembla au coin de ses lèvres. « Tu es en train de me dire que je pue ? » s'enquit-il, retrouvant sa bonne humeur.

Wendy acquiesça, incapable de retenir un sourire. « Un peu, oui. » Elle se racla la gorge et se dirigea vers sa commode. Elle sortit un grand T-shirt ainsi qu'un short de sport que sa mère lui avait achetés, un peu trop large pour être pratique. Elle tendit le tout à Peter et lui indiqua la salle de bains. « Donne-moi tes vêtements sales quand tu les auras retirés », dit-elle à travers la porte une fois qu'il y fut.

Elle pressa la paume contre sa tempe et souffla.

C'était étrange. C'était très étrange. Elle sursauta quand la porte s'entrouvrit. Le bras de Peter surgit par l'entrebâillement et il lâcha les vêtements élimés dans ses bras.

Il regarda à travers l'ouverture. Elle vit son torse nu.

« Fais bien attention, lui dit-il, pince-sans-rire. Ils sont très délicats. »

Wendy leva les yeux au ciel. « Hilarant. »

Il rit. Elle aperçut son grand sourire avant qu'il ne ferme la porte. Elle s'apprêtait à s'éloigner quand il demanda : « Attends, comment je l'ouvre, ce truc ? »

Wendy essaya de ne pas rire. « Tourne le robinet. » Elle entendit l'eau couler. « Oh, et pas… »

Peter cria.

« … pas trop loin vers le chaud. »

Elle pressa la main contre sa bouche lorsque son rire lui échappa.

« OK, pigé ! »

Elle entendit le bruit du rideau de douche qu'on fermait. Elle se retrouva seule, au milieu de sa chambre, avec les vêtements de Peter. Et Peter se trouvait là, dans sa chambre. Sous sa douche, sa serviette de toilette de rechange à portée de main.

Peter Pan était dans sa douche et passerait la nuit dans sa chambre.

Et il était nu.

Le visage de Wendy s'empourpra. Non, elle refusait de penser… Hors de question. Elle chercha à s'empêcher de rougir. Non. Inacceptable.

Elle se dépêcha de sortir de la chambre et descendit l'escalier.

Sa mère ne se trouvait plus sur le canapé. La télé était éteinte, la pièce silencieuse. C'était un peu réconfortant de savoir qu'elle avait dû aller se coucher. Elle avait besoin de dormir, pas de passer la nuit sur un canapé étroit, agressée par les informations.

Wendy traversa la cuisine et entra dans la petite pièce où se trouvaient la machine à laver et le sèche-linge. Elle y jeta les vêtements de Peter et ajouta une bonne dose de lessive. Puis elle fouilla le frigo et se chargea de tout ce qu'elle trouva : un assortiment de restes de plats chinois, deux pommes et une orange. Peter ne s'en offusquerait pas. Que mangeait-il dans les bois, d'ailleurs ? Une question à laquelle il valait mieux ne pas avoir de réponse.

Une fois de retour, elle posa la nourriture et des serviettes en papier sur son lit. Maintenant qu'il y avait de quoi manger devant elle, elle se rendit compte qu'elle était affamée, alors elle s'attaqua aux nouilles froides. Elle mangea tant, et si vite, qu'elle se donna mal au ventre. Elle s'essuya les mains, se leva et contempla son lit.

Où Peter allait-il s'installer ?

Elle cligna des yeux. Pas dans son lit, avec elle. Non. Certainement pas. Le placard n'était pas assez grand, l'espace sous son lit non plus. Elle ne le ferait pas dormir dans la salle de bains, même s'il y avait moins de risques que ses parents tombent sur lui s'il était recroquevillé dans la baignoire. Il était trop grand et de toute façon, ils n'entraient jamais dans sa chambre. Sa mère frappait toujours doucement et son père l'appelait en criant depuis le rez-de-chaussée s'il avait besoin d'elle.

Le sol semblait la meilleure solution, du côté de son lit le plus éloigné de la porte, au cas où.

La douche s'arrêta. Wendy tourna le dos à la porte de la salle de bains et se précipita vers le placard. Elle attrapa son sac de couchage sur la planche. Ça faisait un mois qu'elle ne s'en était pas servi, mais il sentait encore la fumée de feu de camp. Wendy le déroula par terre et lissait encore le tissu glissant quand la porte de la salle de bains s'ouvrit.

« Je t'ai installé mon sac de couchage. » Elle se leva et se tourna vers Peter. « Et j'ai... » Elle plaqua les mains sur sa bouche, interdite. « Oh, mon Dieu. »

Peter se tenait sur le seuil, les cheveux mouillés et ramenés en arrière, tout renfrogné. Sur Wendy, le T-shirt gris imprimé d'un poisson violet était trop large pour qu'elle le porte en public. Mais il collait aux épaules de Peter, le poisson était déformé sur son torse. Il cachait à peine son ventre. Et puis il y avait le short de gym. Bien qu'il soit techniquement assez grand pour ses jambes, il ne couvrait que le premier tiers de ses cuisses. De toute évidence, ils n'étaient pas proportionnés de la même façon.

« Comment tu as réussi à enfiler le T-shirt ? » demanda Wendy, la voix tremblante de rire retenu.

Elle plaqua plus fort les mains sur sa bouche lorsque ses épaules se mirent à trembler.

Du rouge colora les joues de Peter. Il lui jeta sa serviette à la figure et tira sur le col du T-shirt. « Tu n'as vraiment rien de plus grand ? »

Wendy secoua la tête, les doigts pressés contre sa lèvre inférieure.

« Je suis désolée, c'est tout ce que j'ai. » Elle souriait si fort qu'elle en avait mal aux joues.

« Tu te rends compte à quel point c'est embarrassant ? » dit-il platement. Il croisa les bras sur la bande de peau qui apparaissait sous le T-shirt.

« Ce n'est que… » Elle se racla la gorge et tenta de reprendre son calme. « Jusqu'à demain matin », lui rappela-t-elle. Elle ne put s'empêcher de le regarder à nouveau.

Les gloussements reprirent.

« Arrête ! » gronda Peter. Il tentait de prendre l'air sévère, mais il commençait à rire lui aussi.

« Désolée, je ne peux pas m'en empêcher ! » Wendy se cacha à nouveau la bouche. Il fallait qu'elle reste discrète ou elle réveillerait sa mère. « Eurgh, d'accord, dit-elle en essuyant des larmes de rire au coin de ses yeux. J'ai apporté de quoi manger. » Elle indiqua les plats sur la table. « Sers-toi. Je vais me… débarbouiller. » Un sentiment d'incertitude lui parcourut à nouveau l'échine. En se mordillant la lèvre, elle scruta Peter qui se laissa tomber sur son lit. Il croisa les jambes et ouvrit tout de suite les cartons de nourriture.

Wendy attrapa plusieurs pyjamas dans son tiroir et s'enferma dans la salle de bains. Elle retira ses vêtements, collant de sueur séchée.

Quand elle entra dans la baignoire, il y avait une couche de terre au fond. Peter avait dû être encore plus sale qu'elle ne l'imaginait. Elle tourna le robinet aussi loin qu'elle pouvait le supporter vers le chaud. Le jet cascada sur son corps, et emporta ce qui restait des bois. Wendy appuya le front contre les carreaux frais et inspira profondément. L'eau ruisselait le long de son cou et sur ses lèvres écartées. Les coups rythmiques sur sa peau la réconfortaient. Ses muscles étaient douloureux et brûlants, surtout en travers de ses épaules. Elle se frotta vigoureusement et se lava les cheveux deux fois. Cela fait, elle sortit de la baignoire et attrapa une serviette sèche sur le porte-serviettes. Elle la passa dans ses cheveux courts avant de l'enrouler très fort autour d'elle. Ils étaient bien emmêlés, mais l'après-shampooing et une attaque vigoureuse à la brosse en vinrent à bout.

Elle fouilla dans la pile de pyjamas qu'elle avait attrapés au hasard et choisit un T-shirt long et un short en coton. Avec sa serviette humide, elle essuya la buée sur le miroir. Elle contempla son reflet flou et se concentra sur ses jambes exposées.

Peter se tenait de l'autre côté de la porte. Ils allaient dormir dans la même chambre.

Son cœur battait vite, mais ce n'étaient pas les coups qui brutalisaient ses tempes quand elle se trouvait dans les bois. Plutôt un frisson au creux de sa gorge. Elle fit de son mieux pour le ravaler. *Un peu de nerfs, Wendy Darling,* se réprimanda-t-elle avant de sortir.

Peter se trouvait toujours sur son lit, à côté d'une boîte vide de *chow mein* au poulet. Il était allongé sur le côté, les joues pressées sur son oreiller qu'il serrait contre lui. Son nez était enfoui dans son épaule, il avait les paupières closes, les cils en éventail sur ses joues couvertes de taches de rousseur. Il avait replié une jambe, l'autre pied pendait du matelas. La courbe de son dos était détendue, en tout abandon.

En silence, Wendy s'avança dans la chambre. S'était-il déjà endormi ?

C'était si étrange de le voir là. Peter Pan, son Peter à elle, dans son monde, dans sa chambre, sur son lit. Le garçon dont elle avait rêvé petite fille. Qui n'était pas censé exister, tout droit sorti de l'imagination de sa mère. Pourtant, il était réel. Un peu malmené, plus âgé, et là, avec elle. En faisant bien attention à ne pas le bousculer, elle s'agenouilla à côté du lit. Elle posa le menton sur ses mains, au bord du matelas. Jamais elle ne s'approcherait autant de lui quand il était éveillé. Un frisson d'excitation la parcourut, comme si elle se saisissait de quelque chose qu'elle n'était pas censée toucher.

De la chaleur remonta de sa poitrine, où se balançait son pendentif. Le dos de Peter montait et descendait au rythme de sa respiration. Un pli creusait l'espace entre ses sourcils, celui qui semblait toujours là, témoin de ce qui pesait sur ses épaules. Elle leva la main, hésita et se mordit la lèvre. Elle voulait sentir la douceur de ses cheveux, toucher sa peau chaude. Peter ressemblait à l'été.

« Tu n'imagines pas à quel point c'est agréable », marmonna-t-il. Il ouvrit les paupières et la proximité soudaine de ses yeux extraordinaires lui fit faire un bond en arrière.

S'emmêlant les pieds, Wendy se redressa avec difficulté. « Quoi ? » souffla-t-elle, la main dans ses cheveux humides.

Peter se redressa sur son coude. Un instant, il resta là, à la regarder avec la tête penchée, intrigué. « Ton lit, clarifia-t-il enfin, l'ombre d'un sourire aux lèvres.

— Oh oui, c'est le surmatelas. » Les mots sortirent à toute vitesse de sa bouche. Elle se racla la gorge et recula d'un pas. « Tu peux dormir sur le lit, si tu veux, proposa-t-elle soudain. Ça ne me gêne pas de dormir par terre. »

Avec un geste de refus, Peter glissa du bord du matelas. Wendy recula de deux autres pas.

« Hors de question, tu dors dans ton lit. » Il s'étala sur le sac de couchage, se cambra et referma les poings sur l'air en s'étirant. « Sinon, ce ne serait pas très galant de ma part. »

Wendy prit un oreiller et le lui jeta. « Depuis quand es-tu galant ? »

Il le rattrapa sans difficulté.

« Tu me *blesses*, Wendy Darling ! » répliqua-t-il avec un sourire moqueur.

Il glissa l'oreiller derrière sa tête et retomba sur le dos.

Wendy lâcha un rire, une petite chose tremblante. Rassemblant la nourriture qui restait, elle la posa sur la table de chevet.

« Tu ne manges rien ? demanda Peter qui l'observait depuis l'autre côté du lit.

— J'ai déjà avalé la moitié du *chow mein*. »

Mais elle prit l'orange et la pela pendant qu'il dévorait ce qui restait des plats chinois. Elle la coupa en deux et en donna la moitié à Peter qui l'attrapa avec grâce en plein vol. Wendy mangea ses quartiers et savoura le jus frais, sucré.

Quand elle eut terminé, elle se glissa dans son lit et se recourba sur le côté, assez près du bord pour voir Peter. Son lit portait son odeur : le parfum de l'herbe, du chèvrefeuille et de la terre imprégnait son oreiller. Elle inspira. Expira.

Peter croisa les mains derrière sa tête, ce qui releva le bord de son T-shirt trop petit. Il poussa un profond soupir en fermant les yeux.

« Peter ? » appela-t-elle tout bas.

Il ouvrit une paupière et pencha la tête pour la regarder. « Mmh ? »

Elle ne savait pas comment formuler sa question. « Est-ce que tu… tu crois que l'ombre va encore s'attaquer à toi ? Est-ce que tu es plus en sécurité ici ? Avec moi ? »

Peter se rembrunit, comme s'il n'y avait pas réfléchi. Il haussa les épaules. « Je ne sais pas », avoua-t-il.

Wendy frôla le gland des doigts.

« Il ne t'arrivera rien, je te le promets, ajouta-t-il avec sincérité.

— Ce n'est pas pour moi que je m'inquiète. » Il fallait qu'elle le protège. Si l'ombre surgissait, comment s'y prendre ? Cette incertitude ne fit qu'irriter ses nerfs déjà fragiles. « Tu me réveilleras, s'il se passe quelque chose ?

— Tu seras la première au courant. »

Wendy éteignit la guirlande, plongeant la chambre dans l'obscurité. Elle ne dormait jamais dans le noir, mais elle ne voulait pas que Peter la prenne pour une enfant incapable de se passer de veilleuse. Elle tira les couvertures sur elle. Le poids la rassurait, toutefois elle eut tout de suite trop chaud. L'été, ce n'était pas la saison idéale pour se cacher sous une couette. Elle la repoussa. Les yeux fermés, elle se força à s'endormir. Son imagination l'en empêchait. Elle se tourna sur le côté. Chaque bruit la faisait sursauter, chaque ombre semblait bouger.

Chacun de ses nerfs vibrait, hurlait. Elle n'arrivait pas à se détendre. Jamais elle ne s'endormirait.

Elle tendit d'un coup la main et ralluma la guirlande.

Peter la regardait déjà.

« Désolée, je... ne peux pas », marmonna-t-elle. La honte lui picotait la peau. Elle ressentit le besoin de s'expliquer. « Je...

— Ce n'est rien », fut tout ce qu'il dit.

Sa voix était douce, elle ne s'en sentit que plus pathétique.

Elle roula sur le dos et tenta de dormir, mais son esprit s'évadait vers les bois.

Le chant doux des criquets lui parvint aux oreilles. Elle se tourna vers Peter. Il avait les paupières fermées, les bras toujours croisés derrière la tête. Sa bouche formait un petit cercle. Ce son délicat coulait de ses lèvres. Wendy cligna lentement des paupières, admirant la lueur chaude des guirlandes sur sa peau. Le léger creux de sa gorge. Les taches de rousseur sur ses bras nus. Elle ferma les yeux, et s'endormit avec le chant des criquets et l'odeur enveloppante de Peter, la berçant de rêves du Pays imaginaire.

CHAPITRE DIX-HUIT

DOULEUR

Wendy n'aurait su dire combien de temps elle avait dormi ni ce qui l'avait réveillée. Les lumières veillaient au-dessus de sa tête, et une brise légère flottait depuis la fenêtre. Tout était sombre et silencieux, comme cela n'arrivait qu'au cœur de la nuit. Aucun bruit ne lui parvenait de l'extérieur, aucun criquet ne chantait. Elle roula sur le côté, chercha Peter et ne trouva que le sac de couchage abandonné et l'oreiller.

Elle se redressa vite et regarda autour d'elle.

« Peter ? » chuchota-t-elle dans la chambre.

Il n'y avait personne.

Dans le brouillard du sommeil, une pensée lui vint : Et si l'ombre l'avait emporté ? Et si elle était entrée dans sa chambre et qu'elle avait agressé Peter pendant que Wendy dormait ? Elle ferma les poings sur ses draps froissés.

Elle sauta du lit, courut dans le couloir et s'arrêta en haut de l'escalier, sur la pointe des pieds. Où était-il allé ? Son cœur s'emballa tandis qu'elle luttait pour former un plan cohérent. Elle était sur le point de descendre l'escalier quatre à quatre, pour voir si, peut-être, avec un peu d'espoir, il était juste allé boire à la cuisine. Elle entendit alors un doux bruit derrière elle.

Elle se retourna d'un coup. Elle s'attendait à voir l'ombre qui l'attendait, mais le couloir était vide. Il n'y avait que la porte fermée de son ancienne chambre. Le bruit se manifesta à nouveau. Cette fois, elle savait que ça venait de l'intérieur. Elle regarda à nouveau autour d'elle. Sa propre respiration était assourdissante dans le silence.

Lentement, elle se rapprocha. Ses doigts la picotaient, comme si elle brisait une règle tacite, sacrée. Tout doucement, elle appuya l'oreille contre la porte.

Des voix chuchotaient de l'autre côté. Les murmures des bois. Les mêmes qui l'avaient suivie quand elle poursuivait Alex, les mêmes qui venaient de l'arbre. Ils se trouvaient de l'autre côté de la porte, ils lui susurraient des choses. De plus en plus fort, de plus en plus clairement.

Elle pressa l'oreille contre le cadre. Le silence s'éternisa. L'avait-elle imaginé ? Ce n'était peut-être que…

Wendy.

La voix chuchota si près de son oreille qu'elle fit un bond en arrière. Elle retint son souffle, un frisson lui parcourut l'échine. L'espoir tournoya dans sa poitrine, dangereux et acéré. Les sourcils froncés, elle appuya doucement les doigts sur le bois froid. Si elle ouvrait la porte, elle entendrait ce que disaient les voix, elle les comprendrait.

Celle de sa mère flotta depuis le bout du couloir. Wendy sursauta. Elle jeta un coup d'œil vers la chambre de ses parents avant de se retourner vers la porte verrouillée.

Le silence était revenu.

Elle laissa retomber sa main. L'espoir évacua son corps, jusqu'à ses orteils nus. L'embarras lui brûla la nuque. Elle se retourna vers la porte de sa chambre et secoua la tête. Elle se frotta le nez sur le revers de la main. Il fallait vraiment qu'elle se reprenne.

À nouveau, la voix douce de Mme Darling lui chatouilla les oreilles.

Elle traversa le couloir à pas de loup jusqu'à la chambre de ses parents. La porte était entrouverte, elle l'entendait clairement parler.

« Est-ce que vous allez bien, mes chéris ? » disait-elle d'une voix tendre. Wendy se cramponna au cadre de la porte. Sa mère parlait à nouveau dans son sommeil, c'était tout. « Vous n'êtes pas blessés ?

— Bien sûr que non, maman. »

Wendy se figea. Son cœur remonta dans sa gorge.

Elle connaissait cette voix. C'était celle de son frère Michael, si veloutée, toujours sur le point de rire. Son sourire était audible.

« Je ne laisserais jamais rien arriver à Michael, tu le sais. »

Et là, John. De façon distincte. Il avait toujours paru plus âgé qu'il ne l'était, comme s'il imitait le timbre de leur père, parlant toujours d'un ton absolu. Wendy l'imaginait remontant ses lunettes sur son nez avec la jointure de son doigt.

C'étaient John et Michael. Juste de l'autre côté de la porte. Ils étaient là, ils étaient revenus !

Wendy poussa le battant en silence, les doigts tremblants, les yeux écarquillés.

Mais ce qu'elle vit n'avait aucun sens.

Sa mère était allongée dans son lit, les paupières fermées. Les lèvres écartées, elle fronçait les sourcils. Les traits tirés comme si elle souffrait.

Et là, sur la commode du côté d'elle, se trouvait Peter. Assis en tailleur, il la regardait, les mains sur les genoux. Les rayons de lune qui traversaient la vitre éclairaient son profil d'une lueur d'argent. Il avait la tête baissée, comme s'il était en prière, les paupières basses. Les ombres soulignaient la lassitude de son front, noircissaient d'un bleu encore plus profond les cercles sous ses yeux. Il se massait le centre de la paume avec le pouce.

« Est-ce que vous avez peur ? » demanda Mme Darling.

Peter écarta les lèvres, se les humecta et la voix de John en sortit : « Non, pas du tout. Ne t'inquiète pas pour nous. »

Puis il parla avec la voix de Michael : « Oui, on est tous les deux ensemble. On est à l'abri. »

À l'abri.

Wendy eut l'impression que le monde se dérobait sous ses pieds. Elle ne comprenait pas ce qu'elle voyait. Elle enfonça les doigts dans le mur pour garder l'équilibre.

Le visage de sa mère se détendit. « Vous me manquez tant…

— Tu nous manques aussi, maman, dit Peter avec la voix de Michael, avant d'ajouter avec celle de John : Nous pensons tout le temps à toi. »

Un petit sourire naquit sur les lèvres de Mme Darling. « Je vous aime si fort, mes tout-petits… » Elle se tourna sur le côté et serra son oreiller.

Peter resta assis là un moment. Son regard sur sa mère éveilla une douleur en Wendy. Il portait le chagrin de Mme Darling comme s'il s'agissait du sien. Les coudes appuyés sur ses genoux, il se cacha le visage dans les mains, passa les doigts dans ses cheveux. Il semblait si petit. Jeune et épuisé.

Wendy entra doucement dans la pièce. « Peter ? » chuchota-t-elle.

Surpris, il leva les yeux. La lueur de la lune donnait à son expression une pâleur fantomatique. Des traces de larmes brillaient sur ses joues. Il sauta de la commode en se passant vite la main sur les yeux.

Un long moment, Wendy ne sut que dire. Elle n'arrivait pas à comprendre ce qu'elle venait de voir, ou peut-être qu'elle ne le voulait pas. L'espoir lui avait été arraché si vite qu'elle était encore sous le choc.

« Qu'est-ce que tu fais ? » demanda-t-elle enfin, serrant les bras très fort autour de son ventre.

Peter baissa la tête. Il jeta un coup d'œil à Mme Darling avant de croiser le regard troublé de Wendy. Il esquissa un haussement d'épaules hésitant. « J'essaie d'aider. » Sa voix était basse et vide. Résignée.

Le front plissé, Wendy secoua doucement la tête pour marquer sa confusion.

Il se rapprocha et parla tout bas pour ne pas réveiller sa mère. « Je... Après t'avoir ramenée, je venais parfois te voir. Tu sais, pour être sûr que mon ombre ne t'ait pas trouvée... » Il se frotta la nuque. Si la lumière avait été allumée, le verrait-elle rougir ? « Un soir, j'ai entendu ta mère parler dans son sommeil. Je croyais... Je pensais que si je lui parlais avec leurs voix, que j'essayais de la rassurer, elle ne souffrirait pas autant. »

Il essaya de croiser son regard de ses yeux bleus lumineux.

Wendy songea à son retour à la maison, après l'hôpital. Elle avait cru entendre sa mère parler à ses frères. Elle avait ressenti cette même urgence au creux de son ventre, cette sensation désespérée de soulagement.

« C'était toi ? »

Peter baissa les yeux et acquiesça. Il tordit la bouche et un pli se forma entre ses sourcils. Toute sa posture suggérait qu'il se préparait au pire.

Wendy pressa les doigts contre ses lèvres. Même à l'époque, Peter avait essayé de la protéger, ainsi que sa mère. Il cherchait toujours à prendre soin des gens, à calmer leur souffrance et à leur apporter le bonheur, autant que possible.

« Comment y arrives-tu ? interrogea-t-elle en secouant doucement la tête. Comment arrives-tu à porter tout ça ? »

Elle réduisit l'espace qui les séparait.

Peter se figea. « Ma magie facilitait les choses, lui dit-il, sans détourner son attention du sol. C'est plus fatigant, maintenant...

— Si tu passes ton temps à t'occuper des autres, qui s'occupe de toi ? »

Surpris, Peter leva enfin les yeux.

Elle doutait qu'il ait la réponse.

Elle tendit la main, toucha doucement la peau sous le coin de sa mâchoire.

Un soupir lissa les traits tendus de son visage. Il renversa la tête, pressa la peau douce et chaude de sa joue contre la paume de Wendy.

Depuis combien de temps vivait-il ainsi ? Combien de personnes avait-il aidées ? À quels terribles événements avait-il assisté ? Qu'avait-il sacrifié pour protéger les autres ?

Wendy lui fit signe de la suivre. Elle le ramena dans sa chambre et ferma la porte avec un petit clic. Elle s'assit sur le lit, mais Peter retourna à son sac de couchage.

« Est-ce que tu as le choix ? » demanda-t-elle. Dans la pénombre, sa voix semblait si forte.

« Non, mais ce n'est pas un poids. » Il s'allongea, croisa les mains sur ses côtes et contempla le plafond. « Je ne m'attends pas à ce que tu comprennes. Il y a des choses qui n'ont pas d'explication claire et nette. » Il réfléchit à ses mots. « C'est toute la raison de mon existence, dit-il après un temps. Je ferai tout ce qu'il faut pour arrêter mon ombre et sauver ces enfants, pour protéger les autres petits. »

Wendy ne savait que répondre. À la façon dont il avait interagi avec Alex à l'hôpital ou Cassidy sur la pelouse, dont il avait rasséréné sa mère avec les voix de John et Michael, on voyait que Peter prenait bien soin des gens. Il trouvait les enfants perdus, effaçait leurs peurs et leur offrait un foyer au Pays imaginaire.

Il se tourna sur le côté, les mains sous l'oreiller.

Qu'est-ce que c'était, d'être Peter Pan ? De donner la priorité au bonheur des autres, de leur apporter de la joie, même si cela signifiait souffrir ?

Wendy se rapprocha du bord du matelas. Elle ne le voyait pas, mais elle tendit une main et toucha son épaule. Elle passa le bout des doigts le long de son bras jusqu'à trouver sa main. Elle referma ses doigts sur les siens et les pressa doucement.

Un instant, elle resta immobile, retenant son souffle. Puis Peter lui serra la main en retour. Le gland autour de son cou pulsa très fort.

À son réveil le lendemain matin, sa main était vide.

Son sac de couchage était bien enroulé, mais les lanières mal attachées, ce qui le déformait. Il s'agissait clairement de l'œuvre de Peter, alors elle ne s'inquiéta pas. Il avait dû se réveiller et s'éclipser. En tout cas, nul parent n'avait surgi en exigeant une explication.

Dans le couloir, elle vit que la porte de la chambre de ses parents était fermée. Une fois en bas, elle découvrit sa mère en train de cuire des œufs.

Sur le comptoir se trouvaient une pile de toasts, une bouteille de jus d'orange et un bol de fruits. Wendy resta bouche bée.

« Tu prépares un vrai petit-déjeuner ? »

C'était un événement exceptionnel, qui n'arrivait qu'aux anniversaires. Et même alors, c'était Wendy qui cuisinait. En général, il était constitué de céréales ou de barres Granola.

Mme Darling la regarda par-dessus son épaule. « Bonjour », dit-elle avec un sourire. Un vrai sourire, pas un qu'elle forçait. « À mon réveil, j'avais envie d'œufs et de toasts. C'était censé être des œufs au plat. » Elle regarda la poêle en fronçant les sourcils. « Mais j'ai cassé les jaunes, du coup… » Elle fit tourner la spatule. « J'en ai fait des œufs brouillés. »

Wendy traversa la cuisine et regarda ouvertement Mme Darling. Elle avait les cheveux lâchés. Elle ne se les lâchait jamais. Elle les portait toujours en chignon haut, même après une douche. Et pourtant ! Ils étaient d'un châtain chaud qui se rassemblait en boucles lâches au milieu de son dos.

Un petit rire échappa à Wendy. « Est-ce que ça va ?

— Oui », répondit sa mère. Elle adressa un autre sourire à Wendy et mélangea à nouveau les œufs. « Et même très bien. J'ai si bien dormi la nuit dernière. J'avais oublié à quoi ressemblait une bonne nuit de sommeil. »

Peter.

Wendy attrapa une tartine et mordit allègrement dedans. Bâillant à s'en décrocher la mâchoire, elle se laissa tomber sur une chaise à la petite table et regarda sa mère cuisiner. C'était si étrange de la voir ainsi, telle une femme d'intérieur ordinaire. Déroutant, mais surtout… surprenant, même un peu agréable. Un bourdonnement étrange vibrait dans la tête de Wendy, qu'elle n'arrivait pas à définir, une sorte d'élan d'excitation et de chaleur réconfortante.

Elle secoua la tête et prit une autre bouchée de son toast. Quelle idée d'être submergée d'émotion parce que sa mère cuisinait ! Et pourtant, elle dut détourner les yeux pour apaiser la pression dans sa poitrine.

Malheureusement, la télévision était sa distraction la plus proche. Les nouvelles défilaient encore à l'écran. Les mêmes photos de Benjamin Lane, Ashley Ford, Alex Forestay et maintenant Joel et Matthew Davies, en rang au-dessus de scènes de bénévoles et de policiers dans les bois. Sa bouche s'assécha et le toast se coinça dans sa gorge quand elle essaya de déglutir. Elle regarda fixement les images, se laissant noyer de culpabilité. Elle devait faire quelque chose. Elle devait les retrouver. Il n'y avait pas que ses frères qui dépendaient d'elle. Si Wendy échouait, des dizaines de personnes verraient leur vie détruite. Pas seulement les enfants disparus, mais leurs amis et surtout leur famille. Wendy n'aurait pas souhaité à son pire ennemi cette souffrance continuelle et cette destruction graduelle qu'était la perte d'un être aimé, de ne pas savoir ce qui leur était arrivé, d'être incapable de les retrouver.

Elle ne voulait pas que d'autres subissent ce que sa famille avait vécu. C'était à cause de Wendy qu'ils avaient été séparés, que ses parents avaient perdu leurs fils et qu'ils en avaient souffert ces dernières années. Elle refusait d'être aussi la raison pour laquelle ce chagrin touche d'autres personnes. Elle réparerait ce qui était arrivé. Elle retrouverait ses frères, les autres enfants disparus, et elle les ramènerait. L'échec était inacceptable.

L'écran s'éteignit. Wendy leva les yeux vers sa mère lorsqu'elle posa la télécommande sur la table, puis une assiette d'œufs brûlés devant Wendy. Les larmes lui picotant les yeux, elle regarda sa mère s'asseoir à côté d'elle. Le petit sourire triste était de retour.

Avec un effort, elle avala sa bouchée, mais sa gorge ne se desserra pas pour autant. « J'aimerais tellement aider. J'aimerais me souvenir. » Les mots, étranglés, sortirent de la bouche de Wendy avant qu'elle puisse y réfléchir à deux fois.

Une légère crispation traversa le visage délicat de sa mère.

Wendy déglutit à nouveau. « Si je pouvais me *souvenir* de ce qui s'était passé, je pourrais aider, on pourrait retrouver John et Michael… »

Sa voix refusa d'aller plus loin, le tremblement dans sa poitrine s'éveilla.

Sa mère lâcha un doux soupir, un bruit mélodieux, comme le début d'une berceuse. « Oh, ma chérie », dit-elle, les sourcils froncés d'inquiétude.

Wendy se mordit la lèvre. Qu'est-ce qu'elle était ridicule ! Gâcher une belle matinée par une déclaration pareille ! Elle s'empourpra. Elle était gênée, sa mère devait croire qu'elle était sur le point de craquer à nouveau mentalement. C'était injuste de lui rajouter un poids, avec tout ce qui se passait.

« L'esprit est quelque chose de compliqué, dit Mme Darling en choisissant ses mots. Parfois, il agit de lui-même, et très souvent nous contrôle contre notre volonté. Et je crois, parfois... » Elle ramena une mèche des cheveux courts de Wendy derrière son oreille. Le frôlement de ses doigts froids sur sa joue fut bref, mais électrique. « ... qu'il nous emmène loin, peut-être pas lorsque nous le souhaitons, mais quand nous en avons besoin. »

Wendy songea au sommeil de sa mère, à ses rêves et ses cauchemars, puis à Peter, qui l'aidait à traverser les moments les plus difficiles. L'expression douloureuse de sa mère, à nouveau apaisée.

Wendy renifla bruyamment en s'essuyant le nez du revers de la main.

Sa mère remit les siennes sur ses genoux.

« Mange avant que ça refroidisse », dit-elle après une longue pause.

La seule réponse que put donner Wendy, ce fut de prendre une grande bouchée d'œufs brûlés. Ils étaient amers, mais mangeables. Si sa mère la préparait, elle avalerait de la nourriture brûlée à chaque repas.

« Ton père est rentré il y a quelques heures. Il dort à l'étage, alors essayons de ne pas le réveiller pendant que nous faisons le ménage.

— Le ménage ? répéta Wendy la bouche pleine.

— Oui. Tu n'as rien de prévu aujourd'hui ?

Euuuuh… » Elle ne se trouva pas d'excuses assez vite sans impliquer Peter.

« Très bien, alors tu vas pouvoir aider. » Mme Darling lâcha un tas d'œufs brouillés sur son assiette. « Tu commenceras par la lessive pendant que je nettoie la cuisine, puis on s'attaquera toutes les deux au séjour. »

Wendy s'assit lourdement à la table. « Supeeeeer », marmonna-t-elle. Depuis quand sa mère s'intéressait-elle au ménage ? D'habitude, c'était Wendy qui s'en chargeait. D'accord, elle n'avait pas fait grand-chose ces derniers temps, mais elle avait eu une bonne raison. Et forcément, c'était maintenant que sa mère voulait s'en mêler !

Avant de retrouver Peter, elle devrait avoir assez participé au ménage pour satisfaire Mme Darling, ou patienter jusqu'au départ de cette dernière à l'hôpital. Wendy baissa les yeux. L'attente serait pénible. Elle avait la sensation que la journée allait durer des siècles.

Et oh que oui, ce fut le cas.

Quand elle alla jeter du linge sale dans la machine à laver, elle vit que les vêtements de Peter n'y étaient plus. Le sèche-linge était vide également. Au moins, il n'errait pas quelque part dans le T-shirt violet et le short trop petit, mais était-il alors parti en vêtements humides ?

Wendy jeta les vieux magazines que sa mère avait rapportés du travail, mit les mugs abandonnés au lave-vaisselle et épousseta le haut de la télé et son meuble.

« Tu veux bien aller vider la poubelle du bureau de ton père ? » demanda Mme Darling qui se lavait les mains pleines de poussière dans l'évier.

Wendy jeta un coup d'œil à la porte fermée. « Euh… » Vraiment ? Elle voulait que Wendy aille dans le bureau ? « D'accord », répondit-elle après une hésitation. Elle prit un sac-poubelle et s'arrêta devant la porte. On ne lui avait jamais interdit d'y entrer de façon explicite, toutefois, par une règle tacite de la maison, il restait inaccessible. C'était la tanière de son père, où il hibernait loin de sa famille et du monde réel avec une bouteille de whisky.

Elle ouvrit la porte et entra. La pièce était bien plus propre qu'elle s'y attendait. Deux des murs étaient peints en vert émeraude, des étagères pleines à craquer de livres occultaient les deux autres. Pas les bons livres qui plaisaient à Wendy et sa mère. Il s'agissait de vieux ouvrages abîmés aux couvertures craquelées, ou de plus récents sur la comptabilité. Il y avait même une série d'encyclopédies particulièrement anciennes. Wendy aurait juré qu'on n'en publiait même plus.

Un fauteuil de cuir marron habillait un coin de la pièce, une lampe posée sur une table d'appoint à côté. Au fond se trouvait un imposant bureau en bois. Il croulait sous les lettres ouvertes, quelques piles de papiers et un décanteur à whisky à l'angle. Il n'en restait qu'un fond.

Elle traversa la pièce jusqu'à la corbeille sous le bureau. Elle y trouva seulement deux bouteilles de bière vides.

Elle les jeta dans le grand sac-poubelle qu'elle tenait. Lorsqu'elle prit la seule bouteille de bière sur le bureau, elle remarqua un petit plateau de bois chargé de petite monnaie, d'un ouvre-lettres et d'un paquet de chewing-gums entamé. Mais ce qui attira son attention, ce fut une clé, ou plutôt le porte-clés qui y était attaché. Il s'agissait d'un morceau de cuir rond et sombre où était gravé maladroitement *Super Papa*. John, Michael et elle l'avaient fabriqué pour leur père, lors d'une colonie de vacances une année. Puisque la fête des Pères s'était déroulée en leur absence, ils avaient décidé de lui créer ce porte-clés dans l'atelier de menuiserie. Ils avaient choisi un bout de cuir et Wendy avait utilisé un stylo graveur avec l'aide d'un moniteur.

Elle regarda la clé fixement. Qu'ouvrait-elle ? Ce n'était pas celle de la maison, elle était trop petite, ni celle de son bureau que son père gardait avec son badge professionnel.

La seule autre porte dotée d'une serrure était son ancienne chambre.

Wendy prit la clé et la retourna dans sa main. Peut-être qu'il s'agissait de celle-ci ?

« Qu'est-ce que tu fais là ? »

Wendy sursauta et se retourna. Son père se tenait sur le seuil.

« Papa, coucou ! » Elle fourra la clé dans sa poche et attrapa la bouteille de bière sur le bureau. « Rien, maman m'a demandé de vider ta poubelle », déclara-t-elle d'un ton aussi dégagé que possible.

M. Darling l'observa. Il semblait épuisé, ses yeux étaient injectés de sang, ses cheveux épais collés d'un côté. Il tenait un grand thermos militaire vert. Wendy crut qu'il ajouterait autre chose, mais il ne fit que grogner. Il se dirigea vers le fauteuil et prit la veste drapée sur le dossier.

« Où est-ce que tu vas ? demanda Wendy en le suivant dans le salon, le sac-poubelle dans son sillage.

— Je ressors avec le groupe de recherche, lui répondit-il d'un ton bourru.

— Oh, OK. » S'il passait encore la nuit dehors, Peter et elle auraient moins de mal à rester discrets. « J'ai vu la cabane aux nouvelles, dit-elle en testant les eaux troubles de l'humeur de son père. Est-ce qu'ils ont trouvé quelque chose ? »

M. Darling grogna à nouveau. « Juste des vêtements et de la nourriture. On dirait que quelqu'un s'y est caché. Il y avait encore du bois qui brûlait dans le poêle », déclara-t-il sans croiser son regard. Il ajouta en grondant : « Ça m'étonnerait que ces inspecteurs de pacotille dénichent quoi que ce soit d'utile. Ce sera à nous de les ramener à la maison. »

Son père détestait la police encore plus qu'elle. Ils auraient dû retrouver ses garçons disparus, et ils avaient échoué. Pas étonnant qu'il doute de leur efficacité.

« Je rentrerai tard encore. Verrouille bien, ce soir. »

Elle acquiesça. « Promis. »

Il la scruta. On aurait dit qu'il cherchait à dire quelque chose. Wendy tentait de deviner quoi quand il l'étreignit par le côté et tapota maladroitement son épaule de sa grande main. Ce contact semblait inconnu. Avant que Wendy comprenne ce qui se passait, il tourna les talons et sortit de la maison.

Wendy resta figée. Il n'avait pas essayé de l'étreindre depuis… Elle ne savait même pas quand. De toute évidence, c'était l'influence de la disparition des enfants, victimes de ce que sa fille avait traversé.

Elle chassa cette étrange sensation de ses épaules.

Après avoir sorti les poubelles, sa mère lui fit ensuite laver les deux chaises longues du jardin au jet d'eau, et les lui fit sécher avant de remettre les coussins. Elle avait décidé qu'il s'agissait d'une journée idéale pour s'allonger au soleil et lire un peu, et qu'après leur dur labeur, toutes les deux méritaient une pause. Pour le déjeuner, Wendy prépara des sandwiches au miel et au beurre de cacahouète.

La clé pesait dans sa poche. Elle priait pour que l'après-midi s'écoule plus vite.

Alors que sa mère se laissait emporter dans son roman, Wendy n'arrivait pas à se concentrer sur la page du sien. Son attention ne cessait de se tourner vers les bois. À mesure que la journée avançait, elle s'inquiétait au sujet de Peter. Il n'avait encore jamais disparu aussi longtemps. S'était-il passé quelque chose ? Est-ce qu'il allait bien ? Chaque fois qu'elle songeait à leurs mains entrelacées la veille, quelque chose papillonnait dans sa poitrine. Est-ce qu'il l'évitait ?

Lorsque le jour commença à tomber, elles rentrèrent. Mme Darling leur prépara rapidement des blancs de poulet et une salade, un dîner tardif puisqu'elle travaillait de nuit. Wendy ne put manger que la moitié de son plat. Très vite, la journée serait terminée et le soleil se coucherait. Peter et elle avaient perdu l'occasion d'entrer dans les bois. Où était-il ?

« N'oublie pas de verrouiller la porte de derrière, lui rappela Mme Darling en prenant son sac.

— Je sais ! » gémit-elle. Elle s'assit à la table de la cuisine en jouant avec sa salade.

« Et assure-toi de… »

Toc toc.

Les sourcils froncés, Mme Darling se tourna vers la porte. Wendy posa sa fourchette et se redressa. Vu l'expression de sa mère, elle n'attendait personne.

Il ne manquerait plus que les inspecteurs James et Rowan débarquent sans prévenir pour poser d'autres questions.

Mme Darling traversa le séjour et ouvrit la porte.

Son regard s'éclaira. « Barry, quelle bonne surprise ! » Son ton se chargea tout de suite d'inquiétude. « Oh, que t'est-il arrivé ? »

Wendy se précipita vers eux. Peter se tenait sous le porche, un sourire embarrassé aux lèvres. À la lueur orange du soleil couchant, Wendy fut soulagée de constater qu'il n'avait pas de *nouvelles* blessures, juste celles qui restaient de la veille. La coupure sur sa lèvre commençait à guérir, mais elle restait un peu gonflée.

« Bonjour, madame Darling. » Ses yeux bleus se tournèrent vers Wendy. « Je jouais au basket l'autre jour, mentit-il. Ça a un peu dégénéré, mais c'est rien.

— Entre, laisse-moi regarder », soupira-t-elle.

Mme Darling entra dans la cuisine et Wendy regarda Peter. S'il avait eu une queue, elle aurait été toute basse.

Elle s'approcha et referma les doigts sur le rebord de son T-shirt. « Qu'est-ce que tu fais là ? » chuchota-t-elle. Paniquée, elle scruta son visage. Mais pourquoi débarquait-il chez elle alors que sa mère était encore là ?

« Je ne pouvais plus attendre, il fallait que je te voie », répondit Peter sur le même ton.

Son expression sincère, mais pleine d'appréhension, déclencha un élan d'excitation depuis le ventre de Wendy jusqu'au bout de ses orteils.

« Tiens », dit Mme Darling. Elle tendit un sac de petits pois congelés à Wendy. « Assieds-toi, Barry », ajouta-t-elle en indiquant la table de la cuisine.

Peter obéit. À travers ses lunettes, Mme Darling observa les bleus qui s'effaçaient et, avec soin, la coupure à sa lèvre. « Bon, au moins, tu guéris bien. Mais vous, les garçons, devriez être plus prudents. Tu aurais pu perdre une dent ! » Elle lui adressa un regard désapprobateur. Peter s'enfonça dans sa chaise. « Garde les petits pois dessus une vingtaine de minutes. Ça réduira l'enflure. »

Elle fit signe à Wendy de s'approcher. Celle-ci jeta à Peter le sachet de petits pois. Il le rattrapa facilement.

« Je ne savais pas que tu venais, Barry, remarqua Mme Darling en jetant un coup d'œil à sa fille, les sourcils haussés.

— Euh… oui, répondit-elle. J'ai oublié de te le demander, tout à l'heure. On voulait juste regarder un film. »

Sa mère lui jeta un regard sceptique, mais prit son sac sur le comptoir. « Bon, très bien. » Elle se tourna vers Peter. « Barry, si tu rentres trop tard, je veux que tu appelles tes parents et qu'ils viennent te chercher, d'accord ? dit-elle en se faisant un chignon. Je ne veux pas que tu rentres seul.

— Promis, madame Darling. »

Elle lui adressa un doux sourire, puis jeta un coup d'œil appuyé à Wendy. « Vous restez dans le séjour, pas à l'étage. »

Wendy rougit jusqu'aux oreilles. « *Maman !* » Elle n'aimait pas du tout son expression taquine.

« Passez une bonne soirée, vous deux », déclara sa mère avant de sortir et de verrouiller la porte derrière elle.

Maintenant qu'ils étaient seuls, Wendy se retourna d'un coup vers Peter.

Il avait les mains levées en bouclier, une tenant toujours le sac de surgelés. « J'ai essayé d'attendre ! Mais tu n'es pas sortie ! »

Avec sa lèvre enflée, il donnait au mieux l'impression d'un enfant boudeur.

« C'est... rien », bredouilla Wendy. Elle passa les mains sur son T-shirt et fit de son mieux pour cacher son trouble. « Je n'ai pas pu m'échapper, je parlais à ma mère et elle m'a forcée à faire le ménage avec elle. »

Elle agita une main d'agacement.

« On n'a plus beaucoup de temps », déclara Peter en pressant avec prudence les petits pois contre sa lèvre.

Wendy se passa une main dans les cheveux. « Je sais, je sais.

— Je n'ai presque plus de magie. » Il examina sa main. « Sans elle, je ne sais pas comment arrêter mon ombre. »

Wendy se mordit la lèvre inférieure. Effectivement, il semblait encore plus épuisé que la veille. Ses paupières étaient tombantes, et sa peau d'une légère pâleur.

« Comment est-ce qu'on saura si elle a complètement disparu ?

— Je ne sais pas tout à fait, mais ce sera sûrement évident », dit-il d'un ton grave.

La peur remonta dans sa gorge et lui griffa la langue. Qu'arriverait-il à Peter si sa magie s'évanouissait ? Disparaîtrait-il dans un nuage de fumée ? Un tas de cendres ? Ou tomberait-il, mort, à ses pieds ? Cette idée lui donna le tournis.

« Comment affaiblir quelque chose qui se nourrit de peur ? » songea-t-elle à voix haute.

Malheureux, Peter haussa les épaules.

C'était la véritable question, le problème auquel il leur fallait une solution. Que pouvaient-ils faire ? Quelle était la prochaine étape ? Où trouver des réponses ?

Wendy se souvint de la clé dans sa poche.

« Hier soir, avant que je te retrouve dans la chambre de mes parents », commença-t-elle soudain.

Peter sembla perdu par ce changement brutal de sujet.

« Dans le couloir, j'aurais juré entendre des voix sortir de mon ancienne chambre. Les mêmes chuchotements que lorsque je cherchais Alex dans les bois, quand j'ai rêvé de l'arbre, *et* que nous nous trouvions devant. La porte est verrouillée depuis des siècles, mais… » Elle sortit la clé de sa poche et la tendit à Peter. « Je l'ai trouvée sur le bureau de mon père aujourd'hui. Je suis presque certaine qu'elle l'ouvre. »

Peter examina l'objet avec soin. « Alors tu veux y jeter un coup d'œil ? devina-t-il.

— Ces voix signifient forcément quelque chose. Si je les entends dans cette chambre, c'est qu'il doit y avoir une bonne raison. »

Il semblait mal à l'aise.

« Ça ne coûte rien d'y jeter un coup d'œil, insista-t-elle. Peut-être que cela me rappellera quelque chose d'utile. »

Elle pressa les mains contre le gland caché sous son T-shirt.

« C'est la seule idée qu'on ait », acquiesça-t-il au bout d'un moment, bien qu'il semble vouloir encore protester.

Wendy tira sur son bras. « Allons-y. »

CHAPITRE DIX-NEUF

GRANDIR

Devant la porte, tout était silencieux. Pas de chuchotements, pas de murmures, rien que la pression dans sa poitrine qui incitait Wendy à entrer. Elle prit la clé et la glissa dans la serrure. Soudain, cette idée d'entrer dans sa vieille chambre la submergea d'émotions. Jusque-là, cette porte verrouillée avait tout eu de l'entrée d'une tombe. Et si elle ne le supportait pas ? Et si elle était noyée sous une vague de souvenirs ? Et si la douleur de la disparition de ses frères était trop forte ?

Elle regarda Peter. Comme s'il sentait sa détresse, il pressa son épaule contre la sienne et hocha légèrement la tête. Wendy tourna la clé dans la serrure et ouvrit la porte.

D'abord, elle ne vit rien. La seule lumière venait de la lune qui traversait la grande baie vitrée sur le mur opposé. À l'aveugle, Wendy passa la main le long du mur jusqu'à trouver l'interrupteur. D'un geste du doigt, elle alluma une série de guirlandes accrochées aux quatre angles de la pièce. Son père les avait installées à sa naissance.

Elle entra lentement dans la chambre, dévorant tout des yeux. Peter resta en arrière, appuyé contre le cadre de la porte, pour lui laisser de l'espace. Mais il la regardait avec intensité.

Le lit superposé de John et Michael était appuyé contre le mur gauche, celui de Wendy contre le droit. Ils avaient chacun leur propre commode, et une grande étagère dominait l'espace à côté de la grande fenêtre.

Ça n'avait rien d'un mausolée à la mémoire de ses frères. En réalité, tout correspondait à ses souvenirs, en plus poussiéreux. On aurait dit que John et Michael venaient de sortir. Il y avait une boîte de crayons de couleur ouverte sur une petite table. Le sac à dos de Michael se vidait de son contenu près de son lit. Sur celui de John, un livre était ouvert. Même la couette de Wendy était ramenée en arrière, probablement depuis le moment où elle s'était réveillée en hurlant la première et la dernière fois que ses parents avaient essayé de l'y coucher, à son retour.

Wendy lâcha un petit rire. « C'est comme s'ils n'étaient jamais partis », dit-elle tout bas. Peter entra et regarda autour de lui, avant de s'arrêter sur son vieux lit.

« Des fleurs roses, hein ? » dit-il, un sourcil haussé. Le coin de ses lèvres tremblait, trahissant un sourire.

« J'avais des goûts très différents quand j'étais petite, dit-elle fermement. Je me demande ce qu'ils changeront à leur retour... »

Elle passa les doigts le long de la couverture de son lit. Peter baissa les yeux.

Elle se tourna vers la fenêtre.

La banquette juste en dessous était rembourrée, au-dessus d'un coffre. Wendy le savait empli de livres.

« C'était l'endroit que je préférais dans toute la maison, déclara-t-elle en indiquant le siège à carreaux bleus et blancs. Je m'asseyais là et je racontais des histoires à John et Michael avant de dormir.

— Je sais, dit Peter avec un sourire las. J'ai passé beaucoup de soirées à t'écouter derrière la fenêtre.

— Oui, ça reste malsain. » Elle lui adressa un sourire par-dessus son épaule en se dirigeant vers le lit de Michael. Un petit ourson était renversé contre les oreillers. « J'avais presque oublié ce petit gars. » Elle le prit et épousseta la tête. « Peter, je te présente Fuzzy Wuzzy », déclara-t-elle en le brandissant.

Peter esquissa une demi-révérence et souleva un chapeau invisible. « Très honoré, monsieur. »

Wendy lâcha un petit rire et secoua la tête. Cela faisait des années qu'elle ne s'était pas sentie aussi proche de ses frères. C'était comme s'ils se trouvaient dans la chambre avec elle. Elle voulait s'en imprégner. Elle n'arrivait même pas à imaginer combien tout serait parfait, à leur retour.

Wendy se dirigea vers la banquette sous la fenêtre et s'y assit. « Michael adorait cette peluche. » Elle posa l'ourson sur ses genoux et bougea ses bras bosselés. « Il l'emportait partout. Il faisait ce truc bizarre, il lui mâchonnait le nez tout le temps, tu vois ? Au point qu'un jour, alors qu'on jouait dans le jardin, il est tombé. » Elle pressa le doigt sur l'espace vide ou aurait dû se trouver le petit nez en bouton. « Il était complètement hystérique, inconsolable. On a dû le chercher pendant plus d'une heure, sans succès. »

Peter s'assit à côté d'elle. Il mit les mains dans ses poches. « Tout ça à cause d'un nez ? demanda-t-il, amusé.

— C'était très traumatisant », acquiesça Wendy avec un grand sourire. Elle lui donna un petit coup d'épaule. « J'ai dû raconter que Fuzzy Wuzzy avait perdu son nez en apprivoisant un lion. Il m'a fait répéter cette histoire au moins douze fois. C'était lui le plus sensible de nous trois. Et puis il y avait John, un vrai petit vieux, même à 10 ans.

— Oui, c'est quoi tous ces trucs près de son lit ? » demanda Peter avec un geste de la tête.

Il montrait un collage de magazines, de journaux et d'articles en ligne imprimés et collés au mur.

« Oh, ça. John était fasciné par ce que les scientifiques et les archéologues trouvaient au fond de l'océan. Des naufrages, la preuve de l'existence de villes sous-marines, tout ça. Chaque fois qu'il découvrait une de ces histoires, il en découpait ou imprimait l'article et le collait à son mur. Il voulait être archéologue sous-marin. Du moins avant. Je ne sais pas si c'est toujours vrai. »

Wendy fronça les sourcils. C'était étrange de songer que ses frères avaient grandi et changé, assez pour qu'elle ignore quel genre de personnes ils étaient.

« Quel était le métier de tes rêves, quand tu étais petite ? » Peter parla tout bas, le regard dans celui de Wendy, la tête penchée sur le côté avec curiosité. Il suçait la coupure de ses lèvres.

« Infirmière, comme ma mère, déclara-t-elle en haussant les épaules. Je crois que la plupart des enfants veulent ressembler à leurs parents plus tard. Et infirmière, c'était bien plus intéressant que banquière, ajouta-t-elle en fronçant le nez.

— Et maintenant ?

— Mmh... » Wendy passa l'oreille de l'ours entre ses doigts d'un geste distrait. Elle songea à tous les dossiers et toutes les brochures dans sa chambre. Au plan qu'elle avait préparé pour son diplôme d'infirmière. Celui, toujours en cours, pour le diplôme de médecine. « Je ne sais pas encore, avoua-t-elle. Peut-être médecin ? » Un frisson lui parcourut l'échine. C'était la première fois qu'elle le disait à voix haute. « Mais je n'ai pas encore décidé. C'est à ça que sert l'université, non ? »

Peter se rembrunit et examina sa paume.

« Et toi ? demanda Wendy en essayant de retrouver son attention.

— Moi ? » Il fronça les sourcils, puis lâcha un petit rire sans joie.

« Oui, est-ce que tu as déjà rêvé de ce que tu ferais en grandissant ? » insista-t-elle.

Il secoua la tête. « Non, je ne peux pas grandir, du moins je n'étais pas censé grandir, dit-il en se regardant.

— Mais tout le monde réfléchit à son avenir. Tu n'as jamais voulu devenir quelque chose ? Autre chose que toi-même ?

— Non, jamais. J'étais Peter Pan, le garçon qui ne grandirait jamais. Je pouvais vivre au Pays imaginaire et tout ce que j'imaginais, je le devenais. Un pirate, un explorateur, un plongeur, récita-t-il, le regard perdu vers la fenêtre. Grandir, c'est avoir des responsabilités. Étudier, travailler, vieillir et mourir…

— Mais tu t'occupais de tous ces enfants perdus, fit remarquer Wendy. C'est une grande responsabilité, non ?

— Oui, mais ça restait amusant. » En pleine réflexion, il se mâchonna l'intérieur de la joue. « Au Pays imaginaire, je pouvais faire ce que je voulais. J'étais libre.

— Mais est-ce que tu l'étais vraiment, Peter ? » s'entendit-elle demander.

Il marqua une pause et secoua la tête, sans comprendre.

« Tu pouvais faire ce que tu voulais, jouer à tous les jeux que tu inventais, mais les enfants perdus ne cessaient d'arriver, puis de s'en aller, tu l'as dit toi-même. Et c'était toujours pour faire semblant. Tu n'as jamais voulu quelque chose de… » Elle chercha le bon mot. « Vrai ? Tu n'as jamais eu l'impression qu'il te manquait… quelque chose ? »

Le regard céleste de Peter croisa le sien. « Pas avant de te rencontrer. »

Wendy sentit une pression sourde au creux de son ventre. C'était si soudain, si simplement exprimé, qu'elle n'était pas certaine de l'avoir bien entendu.

Il l'observa attentivement.

Wendy secoua la tête, essayant de s'éclaircir les idées.

« Tu... Quoi ? »

Peter prit une profonde inspiration. « Ça m'allait, ce que j'étais, ma tâche, dit-il en la regardant avec intensité. Ta mère est la première personne que j'ai rencontrée qui ne faisait pas partie des enfants perdus. Ma première amie qui ne vivait pas au Pays imaginaire. On faisait des faux duels dans son jardin, elle me racontait des histoires, et moi à quoi ressemblait le Pays imaginaire. Mais comme tous ceux de ton monde, elle a dû grandir. »

Wendy n'avait jamais eu autant d'informations sur sa mère et Peter. « Alors tu ne pouvais plus lui rendre visite ? »

Il secoua la tête. « Et au bout d'un moment, je l'ai un peu oubliée. Ta mère se souvenait de moi, mais ne savait plus que j'étais réel. Sur un coup de tête, j'ai décidé d'aller à sa recherche, et je t'ai trouvée, assise à cette fenêtre. »

Il avait du mal à trouver ses mots. Le bout de ses oreilles était coloré de rouge, mais il ne détournait pas les yeux, alors Wendy non plus.

« Quand je t'ai entendue raconter mes histoires, j'ai eu l'impression qu'il fallait absolument que je te rencontre. Je voulais que tu me voies, que tu voies que j'existais. »

Il parlait avec précipitation, comme s'il essayait de s'expliquer.

« Quand mon ombre a disparu, j'ai cru que c'était une punition, parce que je me laissais... distraire, parce que j'essayais de me rapprocher de toi. C'était ce que je *voulais* », ajouta-t-il avec insistance. Le regard de Wendy se concentra sur la main qu'il tendait vers elle, avant de s'arrêter. « Puis quand tu m'as découvert en train de lutter contre mon ombre, tu as fait comme si c'était normal, et c'est toi qui as pu la rattacher, la recoudre.

— Mais comment ? »

Peter secoua la tête. « Je ne sais pas. Je me disais que tu avais peut-être de la magie, toi aussi ? Il y avait quelque chose de différent chez toi. Tu me semblais différente. Importante. » Il lui jeta un regard par en dessous. « Spéciale. »

Wendy s'agrippa à l'ourson sur ses genoux. Son cœur s'emballait.

« Et puis, peu à peu, tu as moins raconté mes histoires. » Peter parla encore plus vite, les mots s'enchaînaient sur ses lèvres. « Je voyais que tu grandissais, que tu emménagerais bientôt dans ta propre chambre, que tu deviendrais une adolescente et m'oublierais. Quand John et Michael ont été… » Peter émit un bruit agacé et reprit : « Quand je vous ai trouvés tous les trois dans les bois, tu m'as supplié de t'emmener au Pays imaginaire, et j'en avais envie. Je ne voulais pas que tu grandisses et que tu m'oublies aussi. J'avais… » Il lui adressa un regard hésitant. « J'avais mal rien que d'y penser. »

Wendy arrivait à peine à comprendre ce qu'il expliquait. Elle avait le vertige. « Qu'est-ce que tu veux dire ? » Elle avait l'impression d'être essoufflée.

« Tu as été l'enfant la plus âgée à être allée au Pays imaginaire, Wendy. » Il pressa enfin les doigts sur l'intérieur de son poignet, chauds et lourds. « Il existe pour les enfants. Je crois que c'est pour ça que j'ai commencé à perdre ma magie et le Pays imaginaire à s'effondrer. Tout ça, c'est ma faute… » Il grimaça.

« Mais tu ne savais pas ce qui se passerait. » Wendy ressentait très nettement sa présence, sa main sur la sienne, son corps tourné vers le sien. Il était si proche qu'elle sentait sa chaleur. Le gland pressé au centre de sa poitrine lui semblait brûlant.

« Je suis allé à l'encontre des règles. Mon travail est de m'occuper des enfants perdus. Je ne suis pas censé interagir avec les autres. Je pouvais regarder, écouter quand tu racontais des histoires, mais je n'étais pas censé m'approcher. » Il marqua une pause et s'humecta les lèvres. « Puis tout a mal tourné, dit-il en secouant la tête. Je ne veux pas que tu me détestes. » Il prononça ces paroles lentement, de façon délibérée.

Wendy fronça les sourcils. Elle ne comprenait pas ce qu'il voulait dire, mais à travers le brouillard exaltant, elle n'arrivait pas à réfléchir. Elle ne se rappelait pas s'être penchée ni que Peter s'était rapproché. Leurs épaules se pressèrent l'une contre l'autre. Peter écarquilla ses yeux d'un bleu étonnant. Il s'empourpra. Il passa ses doigts sur les siens. Le cœur de Wendy se mit à battre la chamade.

D'abord, elle crut qu'elle tremblait, mais c'était Peter.

« Tu frissonnes », dit-elle.

Il déglutit, hochant la tête de façon presque imperceptible.

« Je croyais que tu n'avais peur de rien ? » s'entendit dire Wendy.

Elle avait la tête qui tournait, le souffle court.

« Je suis terrifié », répondit-il tout bas.

Il ne la lâchait pas de ses yeux étoilés et elle n'arrivait pas à s'en détourner. Elle n'en avait aucune envie.

« Par quoi ? »

Les mots de Peter frôlèrent ses lèvres. « Par l'idée de te perdre. »

Wendy se pencha et posa une main au centre de son torse. Elle sentait son cœur battre contre ses doigts. Il pressa la paume contre sa joue. Étourdie, elle se noya dans l'odeur de jungle humide et d'océan salé.

Le gland autour de son cou brûlait dans l'espace minuscule qui les séparait désormais. Il luisait dans les yeux de Peter.

« Je peux rester avec toi ? » chuchota-t-il, frôlant ses lèvres.

Wendy referma les poings sur son T-shirt et l'attira vers elle.

Il y eut un instant de lèvres contre lèvres, le goût du chèvrefeuille, l'insupportable légèreté qui lui donna l'impression que si elle ne se cramponnait pas à lui, elle s'envolerait.

Puis la fenêtre s'ouvrit d'un coup, un refoulement explosif d'obscurité les arracha l'un à l'autre et jeta Wendy par terre.

CHAPITRE VINGT

LA VÉRITÉ

Les minuscules ampoules qui éclairaient la pièce éclatèrent, la plongeant dans le noir. La fenêtre claqua et se balança violemment sur ses gonds. Wendy essaya de se lever, mais une douleur lui vrillait la tête. Un gémissement résonna dans sa gorge, et la chambre tangua.

Peter lâcha un cri qui la sortit de son étourdissement. Il était allongé par terre, à quelques pas. Grimaçant, il fermait les yeux très fort. Tout son corps se tordait de douleur, il griffait le sol et se cambrait de façon anormale. Les muscles de son cou ressortaient, tendus sous sa peau. Ses cheveux d'ordinaire chauds étaient noircis par la sueur et plaqués à son front. Son souffle allait et venait en dents de scie, mêlé à des cris gutturaux.

« Peter ! »

Wendy se leva et voulut se précipiter vers lui, mais ses pieds refusèrent de bouger. Le poids de son corps la fit basculer en avant. Elle était prisonnière d'une sorte de goudron noir. Elle essaya de se libérer, il refusa de la lâcher.

Un rire aigu emplit la chambre et la transperça à lui en faire mal aux dents. Elle plaqua les mains sur ses oreilles.

L'ombre se prélassait sur le rebord de la fenêtre. Elle se pencha confortablement en arrière et esquissa son sourire acéré. « C'était presque trop facile ! » s'exclama-t-elle avant de rire à nouveau. D'un geste du poignet, elle projeta d'épais filins noirs qui s'attachèrent aux bras et aux jambes de Peter, le forçant à se lever. Suspendu dans les airs, il cria.

Wendy tenta à nouveau de se jeter vers lui, de le rejoindre, tout ça pour retomber à genoux. « Qu'est-ce que tu lui fais ?! s'exclama-t-elle en retroussant les lèvres. *Libère-le !* »

L'ombre se tourna vers Wendy. Elle pressa ses doigts, minces et pâles comme des os, et les tapota en rythme. « Je devrais vraiment te remercier », dit-elle, les lèvres tordues en un sourire aiguisé. On aurait dit que sa bouche avait été gravée dans son visage avec un couteau à dents de scie.

Wendy grimaça de colère et de confusion.

« Wendy », gémit Peter entre deux halètements douloureux. Ses lèvres étaient d'un blanc cadavérique. De la sueur perlait sur son front. « *Fuis !* »

Elle secoua furieusement la tête. La peur lui griffait la peau, mais hors de question de l'abandonner. Elle refusait que l'ombre s'empare de lui. « De quoi tu parles ? lui demanda-t-elle.

— N'est-ce pas évident ? s'étonna l'ombre. Notre cher Peter Pan a échangé sa magie contre un baiser ! » Avec un sourire affectueux à Peter, elle pressa une main squelettique contre son cœur. Peter luttait contre ses liens.

Le cœur de Wendy se logea dans sa gorge. Le visage de Peter perdait toute couleur. Pas comme lorsque quelqu'un tombait malade et que sa peau devenait verdâtre, mais comme si son visage pâlissait à en prendre la couleur de la cendre.

Des cernes sombres fleurirent sous ses yeux. Même l'auburn chaud de ses cheveux commença à s'effacer. De la poussière de fée coula du coin de sa bouche déformée, gouttant comme de l'or liquide.

Paniquée, Wendy tira sur les liens qui lui retenaient les pieds. « Peter ! » hurla-t-elle. Elle était en train de le perdre. Ses paupières se fermaient, sa tête basculait sur le côté.

« Et tout ça à cause de toi, Wendy », roucoula l'ombre. Elle se leva et se dirigea vers Peter. Elle passa un doigt squelettique le long de sa joue, étalant la lumière liquide.

Le visage de Peter se déforma de douleur, un gémissement sourd résonna du plus profond de son torse.

« Ne le touche pas ! » cracha Wendy.

L'ombre se tourna vers elle et agita un doigt désapprobateur. « Allons, allons, pas d'impolitesse, lui reprocha-t-elle doucement avant d'écarter les mains sur ses côtés. J'essaie de te remercier ! »

Les muscles du visage de Wendy se crispèrent. Elle se fichait de ce qu'était l'ombre et de ce qu'elle pouvait lui faire. Tout ce qu'elle voulait, c'était qu'elle s'éloigne de Peter.

Et lui arracher son sourire.

« Mais de quoi tu parles ?

— De *sentiments*, Wendy. » Sa détermination vacilla un instant, mais elle se ressaisit. Elle refusait de se laisser distraire. « Dès l'instant où il t'a vue, il a ressenti quelque chose pour toi. Quelque chose qui n'a cessé de le distraire de ses responsabilités, du Pays imaginaire. C'est toi, Wendy, qui as mis le grand Peter Pan à genoux. »

L'ombre se mit à tourner autour d'elle, ses grands yeux noirs affamés.

Wendy sentit ses cheveux se dresser sur sa nuque.

« Moi, je voyais ce qui se passait, bien sûr, alors que lui ne se rendait compte de rien. Chaque fois qu'il venait écouter ces histoires idiotes que tu racontais à son sujet, je le sentais s'affaiblir. C'est grâce à toi, Wendy, et à ses sentiments pour toi que j'ai gagné en puissance.

» Tu vois, Peter Pan est l'incarnation de tout ce qu'il y a de bon, de la lumière et de la joie. » Sa voix exprimait le mépris et le dégoût. « Peter n'avait jamais eu de raison d'avoir une mauvaise pensée ou de s'inquiéter. Son existence était simple : prendre soin des enfants perdus et leur apporter du bonheur. C'est tout ce qu'on exigeait de lui ! Avant de te rencontrer, il n'avait jamais eu de raison de quitter le Pays imaginaire, de faillir à son devoir, sa seule raison d'être. » Un rire tonitruant emplit la chambre. « Mais à l'instant où il a posé les yeux sur toi, je l'ai senti. » L'ombre serra les poings. « C'était écœurant de voir à quel point il ne cessait de penser à toi, mais cela usait sa détermination. Je le sentais vaciller. J'ai même failli réussir, une fois ! Ce cher Peter n'a pu s'en empêcher. J'ai saisi l'occasion de m'échapper, pendant qu'il s'éclipsait du Pays imaginaire, le cœur douloureux du besoin de te voir. »

Un souvenir qu'elle avait perdu si longtemps. Elle s'était réveillée pour trouver Peter dans sa chambre, dans tous ses états, en train de lutter avec son ombre. Elle l'avait recousue pour lui. C'était la raison pour laquelle Peter la croyait capable de mettre fin à tout cela.

Ils avaient tous les deux eu tort.

« Hélas, je m'étais trop précipitée, je le reconnais. Mais pas cette fois. J'ai attendu et j'ai laissé ses sentiments pourrir. Plus il pensait à toi, plus tu lui manquais et plus il en souffrait, plus je devenais fort. Et enfin, l'occasion s'est présentée ! Peter voulait te garder, et il a brisé les règles. Il t'a amenée au Pays imaginaire, mais tu n'étais pas une enfant perdue, Wendy, contrairement à tes frères. »

Wendy foudroya l'ombre du regard, le visage crispé de confusion. Elle ne comprenait toujours pas. Elle regarda Peter, toutefois il était à peine conscient, son souffle court et superficiel. Ses yeux bleus cherchaient ceux de Wendy, sans réussir à se focaliser.

L'ombre traversa la pièce en longs pas nonchalants. Elle se pencha au-dessus de Wendy et prit son menton entre ses doigts pointus. Elle essaya de se libérer, en vain. La créature était aussi froide et forte que l'acier. Autour d'elle, l'air aspirait la chaleur de Wendy, chatouillait le duvet sur ses bras.

« *Ne la touche pas !* » Ce grondement essoufflé venait de Peter. Serrant très fort les dents, il luttait contre ses liens, il levait les épaules et se tordait les bras pour se libérer. En vain.

Sans détourner son attention de Wendy, l'ombre forma un poing. Les cordes noires s'enroulèrent plus fort autour de Peter, mordirent sa peau. Il lâcha un cri angoissé.

« Arrête ! hurla Wendy au visage de l'ombre. Laisse-le partir ! » Elle s'en voulait de sa voix paniquée, suppliante, mais combien de temps Peter supporterait-il cette torture ?

Un sourire lent, triomphant, étira les lèvres de l'ombre, trancha son visage déformé. « Je connais les secrets les plus profonds et les plus noirs de Peter, dit-elle d'une voix sourde qui se répercuta dans les os de Wendy. Car je *suis* ses secrets. Je suis la consommation de ses peurs. »

Elle lâcha le menton de Wendy. Ses joues la brûlèrent là où les ongles de l'ombre s'étaient enfoncés dans sa peau.

« Il craignait de te perdre. Il avait peur de ce que tu penserais de lui. Que tu le détesterais à jamais et que tu refuserais de le revoir si tu connaissais la vérité. »

Elle ne pouvait croire ses paroles. Tout ce que faisait l'ombre avait un seul objectif, celui de prendre le dessus. Elle le voyait bien, désormais, et elle refusait de se laisser influencer, même si la panique courait dans ses veines. « Quelle vérité ? » cracha-t-elle.

L'ombre continua comme si elle n'avait rien dit : « Sa peur me renforçait et, enfin, j'ai pu échapper aux confins de notre lien. Mais… » Elle se retourna vers Wendy. « Tant que Peter gardait sa magie, il y avait un risque. C'était un plan simple, il est tombé si facilement dans le piège. » L'ombre rit. « Pour affaiblir encore sa volonté, je n'ai eu qu'à le ramener à toi. Il s'est chargé du reste. Tu lui manquais si fort. »

La gorge de Wendy se serra. Elle était terrifiée, pourtant son cœur s'emballa à ces paroles.

« Il en a eu le cœur brisé ! Il *voulait* te choisir, Wendy. Tout ce que j'ai eu à faire, c'est lui en donner l'occasion. » Elle émit un bruit désapprobateur. « Alors je l'ai mené jusqu'ici, et je l'ai abandonné juste devant toi, pour que tu le trouves. Ce faible pour toi a causé sa fin. »

Wendy s'étrangla sur son propre souffle. La culpabilité l'écrasait. La noirceur collante remonta le long de ses jambes puis de ses bras. Ses frères, les autres enfants perdus et Peter, prisonniers, souffrant, tout ça à cause d'elle.

« Ne te méprends pas, la peur de ces enfants m'a également apporté beaucoup de force. Et je le reconnais, ta crainte et ta culpabilité sont particulièrement… » Elle inspira profondément dans un bruit de cliquetis. « … délicieuses. Tu es une proie si facile. Je n'ai qu'à t'attirer dans ces bois, et elles dégoulinent de toi. Les cicatrices d'un traumatisme donnent l'eau à la bouche.

» Mais c'est Peter que je voulais. Il t'a choisie, et ainsi, il a abandonné les enfants perdus et il a été privé de sa magie. Alors, ils resteront perdus. »

Les yeux de Peter sortirent de leurs orbites et brillèrent, emplis de panique et de peur. « *Non !* gémit-il, en luttant contre ses liens avec une force renouvelée. Je dois y retourner, je dois les aider ! » Les mots jaillirent de ses lèvres en un marmonnement, comme s'il se parlait à lui-même.

L'ombre rit.

Wendy s'enfonçait de plus en plus dans la noirceur goudronnée, comme si elle l'aspirait à travers le sol. Tout son corps tremblait, sa respiration irrégulière avait un goût de sel. Des filins collants se glissèrent sur ses cuisses et le long de ses bras. La tension grandit, pressa contre ses côtes, gonfla comme un ballon. Elle était douloureuse, brûlante. Elle semblait sur le point d'éclater.

« Où sont les enfants que tu as enlevés ? demanda-t-elle d'une voix dure, refusant de céder à la créature tremblante dans sa poitrine. Ramène-les ! » Elle essaya de se libérer et ne fit que s'enfoncer davantage dans la noirceur gluante.

L'ombre renversa la tête. Un rire aigu emplit la pièce. « Ils n'étaient que des pions pour t'attirer, Wendy ! Tu n'as donc pas encore compris ? Tu n'as toujours pas retrouvé la mémoire ? Il ne t'a pas dit ? » L'ombre la regarda à travers ses paupières plissées. Chaque trait de son visage, celui de Peter, mais cruel, sombre et déformé, dégoulinait d'une joie mauvaise.

Wendy avait entendu les mots, pourtant ils ne s'emboîtaient pas dans sa tête. Elle ne les comprenait pas, pas plus que le poids qui écrasait ses entrailles, comme si elles savaient déjà. Elle voulait hurler de colère. « Rends-moi mes frères ! » Sa voix trembla et se brisa.

« Oh, Wendy. » Le sourire de l'ombre était cruel, son rire amusé. « Tes frères ne sont pas entre mes mains. Ils ne l'ont jamais été. »

Wendy se figea. *Quoi ?* Elle secoua la tête. L'ombre mentait, c'était évident. Elle voulait l'effrayer. Elle essayait de l'embrouiller. Wendy chercha des réponses dans le regard de Peter, mais il l'évitait. Toute son attention était concentrée sur l'ombre. Les muscles de sa mâchoire se crispèrent.

L'ombre se pencha vers elle. Elle sourit comme si elle lisait dans son esprit. Son haleine sentait les feuilles pourrissantes et le parfum capiteux de la terre mouillée. « Les enfants perdus sont les âmes de ceux qui ne trouvent pas leur chemin. Peter est leur guide.

— Leur guide ? » répéta Wendy. La confusion et la panique la déchiraient de l'intérieur. Elle avait la tête qui tournait. Elle n'arrivait pas à respirer. Elle tremblait si violemment qu'elle en convulsait presque. On aurait dit que son corps savait ce qui se préparait, mais que son cerveau n'arrivait pas à suivre.

« C'est à lui de calmer leur souffrance, de les aider à oublier leurs craintes pour qu'ils puissent partir en paix. »

La respiration de Wendy se fit courte et paniquée. Elle secoua la tête. « Peter, de quoi elle parle ? »

Mais à son expression…

C'était un cauchemar. Elle voulait qu'il s'arrête. Elle voulait se réveiller dans son lit, que rien de tout ça ne soit réel. Elle se débattit contre les fils qui se resserrèrent de plus belle.

« Wendy…, supplia Peter d'une voix faible.

— Non, *non* ! » répéta-t-elle sans aucune force, secouant la tête. Wendy tira et les fils se tendirent lorsqu'elle essaya de se lever, de s'enfuir. Ils ronronnèrent et inondèrent sa peau, excités, affamés. Alors que Wendy luttait pour se relever, ils se resserrèrent autour de sa poitrine et se tendirent vers son cou.

« Il faut que tu comprennes…, insista Peter.

— *Tais-toi !* » La nausée tordit le ventre de Wendy. *Non. Non, non, non !*

« Je… » Un bâillon noir s'enroula devant la bouche de Peter et l'interrompit net. Il se débattit contre ses liens avec une énergie retrouvée. Il se cambra, les muscles de ses bras se tendirent. Soulignés de rouge, ses yeux brillèrent de panique.

« Laisse-moi t'expliquer, intervint l'ombre, les sourcils haussés. Après tout, moi, j'ai été sincère depuis notre première rencontre. Peter guide les âmes des enfants morts jusqu'à l'au-delà. Lorsqu'ils ont succombé de façon particulièrement horrible… » L'ombre esquissa une grimace exagérée. « Il les emmène au Pays imaginaire. » Elle parlait sans détour, sans fioriture. Le poids du chagrin s'écrasa sur Wendy, menaçant de la plaquer au sol. « En réalité, il s'agit de sortes de limbes. Les enfants décédés y passent pour se remettre de ce qui leur est arrivé, puis ils partent dans l'au-delà. » L'ombre se pencha et prit le menton de Wendy dans sa main glaciale. Elle inspira profondément, ses paupières papillonnèrent. Elle savourait la peur qui émanait de Wendy. Elle parla lentement, délibérément, savourant la violence de chaque mot. « C'est ce qu'il a fait avec tes frères. Lorsqu'il t'a vue près de leurs cadavres, que tu l'as supplié de t'emmener avec eux, il a cédé. Mais les petites filles vivantes n'ont pas leur place au Pays imaginaire, Wendy. Tes frères y sont coincés depuis, incapables de partir, trop inquiets pour *toi*. » Elle lâcha le menton de Wendy et lui tapota la joue. « Et nous y voilà. Peter, sans sa magie, toi, sans tes frères qui passent le reste de l'éternité prisonniers entre ce monde et le prochain. » Elle joignit le bout de ses doigts et regarda Peter et Wendy tour à tour, pleine de ravissement.

Non, c'était impossible. Ça ne pouvait pas être vrai ! Peter ne lui mentirait pas. Il lui avait dit qu'ils étaient prisonniers, qu'ils n'avaient qu'à vaincre l'ombre et que ses frères seraient libérés. Elle chercha son regard. « Est-ce que c'est vrai, Peter ? » Sa voix se brisa. Des larmes brouillèrent sa vue. « Est-ce que mes frères sont morts ? »

L'ombre claqua des doigts et le bâillon de Peter disparut. Il inspira à grandes goulées. Il arrivait à peine à croiser le regard de Wendy. Son visage était marqué par la culpabilité, ses yeux vitreux. Impossible de dire d'où venait la douleur dans sa voix. « Je suis tellement désolé, Wendy. »

Ses mots la frappèrent comme un coup de grâce. Elle tomba à genoux. Elle n'arrivait pas à se lever, à réfléchir, à respirer. La douleur dans sa poitrine était spectaculaire, comme si elle était déchirée en deux. Tout son chagrin s'écoula de ce trou béant avec une force incontrôlable. Les ombres se pressèrent sur ses épaules affaissées. « Comment as-tu pu ?

— Il faut que tu comprennes, j'avais besoin de ton aide pour sauver ces enfants... pour les protéger. » Il enchaînait les phrases très vite, suppliant. « Tu étais la seule à pouvoir m'aider, tu... »

D'un autre claquement de doigts, l'ombre bâillonna Peter à nouveau. « Et voilà ! » annonça-t-elle, triomphante.

Les larmes inondèrent les joues de Wendy.

Ils sont morts.

Les mots tournaient en boucle dans sa tête. Les ombres cascadaient autour d'elle en coulée d'huile. Elle les sentit atteindre son cou. « Les enfants disparus ? » Elle réussit à cracher cette question à travers son chagrin. Étaient-ils morts, eux aussi ?

« Oh non, répondit l'ombre, dédaigneuse en scrutant ses ongles longs. Ils sont toujours en vie, mais plus pour longtemps. » Cet horrible sourire trancha son visage. « Maintenant que j'ai ce que je veux, que Peter ne peut plus s'interposer, je n'ai plus besoin de lui. Ce sera délicieux », dit-elle avec un soupir d'envie. Elle chuchota à l'oreille de Wendy : « Je crains que Peter et moi ayons d'autres obligations. Au revoir, Wendy Darling. »

Elle ne pouvait pas bouger, mais elle n'en avait pas besoin pour savoir que Peter et son ombre avaient disparu. Elle était recroquevillée sur le côté. La sensation râpeuse de la moquette contre sa joue trahissait le départ des ombres en même temps que le leur. Elle resta par terre et libéra des sanglots déchirants. Elle enfonça les doigts dans la moquette, essaya de retrouver une stabilité alors que tout tourbillonnait, hors de contrôle.

Ses frères n'étaient plus. John et Michael étaient morts. Elle ne les reverrait plus jamais. Il n'y avait aucun espoir. Et elle avait vu leurs cadavres. Elle avait été à leurs côtés quand Peter les avait trouvés.

Que s'était-il passé ? Pourquoi n'arrivait-elle pas à s'en souvenir ?

Des larmes coulèrent le long de son nez, sur sa joue.

Quelque chose en elle avait toujours su, même inconsciemment. Chaque fois qu'elle s'approchait de la vérité, une partie d'elle s'en écartait toujours. Était-ce ce que sa mère avait voulu dire ? Elle ne s'en souvenait pas, car son esprit le lui avait fait oublier ? Parce que son corps essayait de la protéger ?

Elle ne pouvait plus se cacher.

D'une main tremblante, Wendy serra le gland à son cou, le pressa contre sa peau. Elle ferma très fort les yeux. Il fallait qu'elle se rappelle.

Elle se trouvait dans un autre lieu, un autre temps. Dans les bois, entourée d'un brouillard. Elle courait entre les arbres, cherchait.

« John, Michael ! » La voix de la jeune Wendy sortit de sa bouche. « Où êtes-vous ?

— Là ! » répondit John.

Des branches tapaient doucement ses paumes lorsqu'elle les écartait. Devant, elle entendait ses frères. Elle entra dans la clairière. Ils étaient là, identiques à son souvenir. Ils se poursuivaient autour d'un vieil arbre pâle, noueux et décharné.

Nana, leur saint-bernard vieillissante, gambadait autour d'eux en cercle, battant de la queue, les babines dégoulinantes de bave.

À la vue de cet arbre, la peur remonta en Wendy. Quant à eux, Michael et John couraient en riant. La neige crissait sous leurs chaussures.

John leva les bras et poussa un étrange cri animal, se balança d'un pied sur l'autre et avança à grands pas vers Michael et Nana. Michael montra les dents. « Je n'ai pas peur de toiiiiiii ! » hurla-t-il à la lune, et Nana se joignit à lui.

John se mit à rire, puis recommença à crier.

Il poursuivit à nouveau Michael autour de l'arbre, Nana dans son sillage.

« Ne partez pas sans moi comme ça ! » souffla Wendy. Nana l'accueillit d'un coup de langue chaude et humide sur la paume. « Je n'arrive pas à suivre ! » Elle grattouilla une des grandes oreilles soyeuses de Nana et regarda par-dessus son épaule. « On devrait rentrer. Je ne sais pas si… »

Une détonation se répercuta à travers les arbres.

Wendy sursauta. Nana bondit en arrière. Michael plaqua ses petites mains sur ses oreilles.

John s'effondra.

L'écho du tir s'éloigna. Un instant, rien ne bougea.

« John ? » Michael s'avança vers le corps de John affaissé.

À côté de Wendy, Nana gémit.

« Attends… » Mais avant qu'elle termine, il y eut une autre détonation.

Michael tomba.

La Wendy de 12 ans ne bougea pas. Sa poitrine se gonfla, son souffle se coupa. Nana gémit de façon plus angoissée, à deux doigts d'aboyer.

Wendy contempla ses frères. « John ? » Elle se rapprocha. « Michael ? » Aucun des deux ne bougea.

John était allongé sur le dos, les jambes pliées bizarrement. Michael était recroquevillé sur le côté.

Son regard était fixe, ses yeux ouverts, mais aveugles.

« Arrêtez de jouer, les garçons. C'est pas drôle », dit Wendy en se rapprochant à petits pas.

À plat ventre, Nana s'avança, la truffe au ras du sol. Ses pattes faisaient craqueler la neige. Elle donna un coup de museau au bras sans réaction de Michael.

Du rouge s'étalait sur le devant de son T-shirt.

Il coulait du cou de John en une flaque qui faisait fondre la neige.

Un sanglot secoua la gorge de Wendy.

Nana poussait de petits cris rauques, donnait des coups de tête à John et Michael, tournait et gémissait. Du rouge tacha sa fourrure crème.

Wendy était figée sur place. Debout dans la neige, devant ses frères à terre, tout son corps se mit à trembler.

Un bruit de pas dans les bois la fit sursauter et la sortit de sa transe. Paniquée, elle regarda autour d'elle avant de courir se cacher derrière des arbres rapprochés. Elle s'accroupit sous les grands buissons à leurs pieds.

Affolée, Nana courait entre John et Michael, la queue entre les jambes.

Un homme en veste à carreaux rouges arriva dans la clairière en titubant. Il portait un chapeau de trappeur bordé de fourrure et une carabine à l'épaule. Il tournait le dos à Wendy, mais elle vit qu'il tenait une bouteille de bière.

Nana s'interposa entre l'homme et John et Michael. La douce Nana, d'habitude si tendre et affectueuse, retroussa les babines et gronda.

« Nana ? » demanda l'homme, dérouté.

Sa voix était familière.

« Hé, casse-toi de là », ânonna-t-il en lui projetant de la neige.

La chienne baissa la tête, mais refusa de bouger. Claquant de la mâchoire, elle se mit à aboyer de toutes ses forces.

« HO ! » cria l'homme, cette fois.

Il posa sa bouteille de bière dans la neige et prit son fusil.

Chacun des muscles de Wendy était verrouillé de terreur.

Mais l'homme visa vers le ciel et tira à nouveau. La cartouche tourna dans les airs et tomba dans la neige.

Nana recula d'un bond et s'enfuit en courant.

« Crétine de chienne, marmonna l'homme en remettant le fusil à son épaule. Tu vas te faire tuer à traîner n'importe où comme ça. »

De sa grande main, il retira son chapeau.

Le choc gela Wendy, lui dérobant son souffle.

M. Davies s'essuya le front en sueur avec sa manche.

« Voyons ce qu'on a », marmonna-t-il en se dirigeant vers le vieil arbre.

Il s'arrêta soudain. Les corps de John et Michael étaient affalés à ses pieds.

M. Davies tomba à genoux. « Non ! Non, non, non ! » Sa voix était bien plus claire, désormais portée par l'horreur. Il secoua John et Michael, mais ils ne bougèrent pas. Il marmonnait en regardant autour de lui de façon frénétique.

Les mains plaquées contre sa bouche, Wendy se recroquevilla encore plus dans sa cachette.

M. Davies se leva péniblement et, en trébuchant, il partit en courant.

Lorsque le bruit de pas disparut, Wendy sortit du buisson à quatre pattes et se précipita vers ses frères. « John, Michael ! » Elle se laissa tomber à côté d'eux et les secoua aussi fort que possible. « Réveillez-vous ! supplia-t-elle. Je vous en prie, réveillez-vous ! » Elle se plia en deux, le corps secoué de sanglots violents. Ses genoux se pressaient douloureusement contre le sol froid, dur.

Elle ne s'était jamais sentie si impuissante. De la salive s'accumula dans sa bouche, elle crut qu'elle allait vomir, agressée par l'horreur pure de revivre cet instant où elle pleurait sur les cadavres de ses frères. Elle voulut s'enfuir, reculer, refuser de voir le reste, mais il y eut alors du bruit dans les feuilles.

Peter descendit des arbres en volant. Il atterrit très vite à quelques pas de Wendy recroquevillée. C'était le Peter de ses souvenirs du Pays imaginaire. Un jeune garçon aux cheveux auburn ébouriffés, vêtu de vêtements faits de feuilles épaisses.

Il vit Wendy pleurer sur les corps de ses frères et se figea. « Wendy ? »

Elle leva les yeux, les joues trempées de larmes. Elle le reconnut tout de suite, et un sentiment d'urgence s'empara tout aussi vite de son cœur. « Peter, aide-moi, je t'en prie, aide-moi ! » supplia-t-elle entre ses sanglots.

Peter avança avec lenteur vers elle, les yeux écarquillés, lumineux. Il regarda John et Michael. Doucement, il secoua la tête. « Wendy, je suis tellement désolé…

— Je t'en prie, aide-les, Peter !

— Je ne peux pas, Wendy. Je dois les emmener », dit-il d'un air douloureux.

Elle sanglota encore plus fort. Sa voix se brisa. « Non, tu n'as pas le droit ! Tu n'as pas le droit d'emmener John et Michael ! »

Un bruit de pas leur fit lever les yeux.

Wendy paniqua. « Il revient ! Je t'en supplie, ne me laisse pas là toute seule. Tu dois m'emmener ! Je t'en supplie, Peter ! »

Elle vit son regard empli de tristesse. Il lui prit la main, et le noir se fit.

Le chagrin fut brutal, dévorant. Wendy resta allongée sur le côté. L'image de ses frères dans la neige, rouges sur du blanc, était gravée dans son âme. Ils étaient tombés au pied de l'arbre. C'était ce que son subconscient essayait de lui rappeler, en le lui faisant dessiner avec tant d'empressement. Il essayait de lui rendre la mémoire. Wendy comprenait désormais pourquoi elle avait tant lutté contre ces souvenirs. Elle s'en était cachée, mais ne pouvait échapper à ce tourment, et désormais, elle craignait de ne plus jamais y arriver.

Ses frères avaient été tués et tout était de sa faute.

Elle était leur sœur aînée. Elle savait qu'il ne fallait pas se promener seuls dans les bois. Si elle avait dit quelque chose, si elle les avait forcés à rentrer plus tôt, rien de tout ça ne serait arrivé. Ils seraient toujours en vie. Elle était censée prendre soin d'eux, les protéger. Elle avait échoué. Et cet échec avait signifié perdre ses frères et, pire encore, détruire sa famille. Sans elle, ils seraient encore ensemble.

Et maintenant ? Pas s'ils, mais quand ils l'apprendraient, ils comprendraient vraiment que c'était la faute de Wendy.

Pendant des années, ils avaient ignoré la vérité, tout ça parce que Wendy ne pouvait l'affronter. S'était-elle menti à elle-même tout ce temps ?

Elle se recroquevilla encore plus sur elle-même, enfouit le visage dans ses genoux, les doigts dans ses cheveux. Ses sanglots déchiraient son corps, primaires, incontrôlables. Elle se rappela M. Davies dans sa veste rouge vif, soûl, qui tombait sur John et Michael.

M. Davies. Elle arrivait à peine à y croire. Il avait tiré sur ses frères. Il les avait tués et l'avait caché tout ce temps. Cela la rendait malade, de songer à sa bienveillance envers elle, à combien il se préoccupait d'elle, aux pourboires pour l'université qu'il lui donnait quand elle gardait ses fils. Essayait-il de compenser ses actes ?

La colère brûla entre ses côtes. C'était *l'ami* de leur père ! Il les avait laissé souffrir, ses parents et elle. Leur chagrin s'était prolongé pendant cinq ans. Non seulement il leur avait volé John et Michael, mais il les avait empêchés d'apprendre la vérité et de faire leur deuil. Cela avait déchiré sa famille.

Elle n'était pas la seule à qui on avait arraché John et Michael. Ses parents avaient souffert aussi, souffraient encore. Wendy n'avait pas perdu que ses frères. Elle avait perdu la main douce de sa mère qui lui frottait le dos quand elle était triste. Elle avait perdu son père, ferme, mais tendre, qui la rassurait quand elle avait peur et faisait des cauchemars. Aujourd'hui, ses parents n'étaient plus que l'ombre d'eux-mêmes. Le foyer des Darling avait perdu sa lumière et sa joie. L'enfance de Wendy s'était terminée le jour où elle était entrée dans les bois avec ses frères.

Et quatre autres familles allaient souffrir comme la sienne. Quatre autres familles allaient supporter le chagrin d'avoir perdu leurs enfants sans aucune explication. Cinq autres enfants seraient perdus, emportés et gardés par l'ombre, la nourrissant de leur terreur.

Deux d'entre eux étaient les fils de M. Davies. Wendy aurait voulu en être heureuse, être réconfortée qu'il subisse la même chose que sa famille. Elle n'y arrivait pas. Matthew et Joel étaient de gentils garçons. Ils ne méritaient pas de rester prisonniers d'un cauchemar à vie, à cause de ce qu'avait fait leur père. Aussi en colère qu'elle soit, furieuse et vengeresse envers

M. Davies, elle ne souhaiterait pas cette torture à quiconque, pas même à son pire ennemi. Elle connaissait *tous* les enfants disparus, leurs familles.

Elle ne resterait pas sans rien faire. Elle refusait de laisser d'autres familles souffrir. Hors de question.

Elle ne renoncerait ni à ces enfants ni à Peter.

Elle s'assit, la poitrine parcourue de sanglots, et se passa la main sur les yeux.

Peter lui avait menti, mais il essayait de sauver les enfants perdus du Pays imaginaire. C'était un travail encore plus important que Wendy le croyait. Qu'est-ce que ce devait être de les voir souffrir ? D'être là pour guider les âmes des enfants qui avaient subi une fin aussi horrible ? Essayer de les libérer de leurs peurs, de les rendre heureux afin qu'ils puissent passer dans l'au-delà ? Peter voulait prendre soin d'eux. Wendy n'avait fait que s'interposer.

Pas étonnant que tout se soit déréglé, sur l'île. Wendy avait été la seule personne vivante du Pays imaginaire.

Et Peter éprouvait des sentiments pour elle.

Des papillons voletèrent en elle, elle pressa le bout de ses doigts sur ses lèvres. Le souvenir de l'expression de Peter, si angoissé lorsqu'il s'était penché, projeta de la chaleur dans tout son corps. Elle songea à ses yeux brillants. À la façon dont ils se plissaient quand un sourire dominait son visage, immense, sans réserve. Elle songea à sa tendresse envers Alex, à l'entrain avec lequel il avait joué avec Cassidy et au regard calme et inébranlable qu'il posait sur Wendy.

Elle devait tout réparer. Arrêter l'ombre et sauver les enfants. Sauver Peter. Sans lui, les enfants perdus du Pays imaginaire resteraient perdus. Ses frères ne pourraient jamais trouver la paix.

Wendy était terrifiée, mais elle ne renoncerait pas. Cette fois, elle sauverait John et Michael. Elle se leva péniblement et tituba jusqu'à la salle de bains. Le kit de couture se trouvait sur le bord de la baignoire, où elle l'avait laissé quand elle avait recousu son jean quelques jours plus tôt. Elle le fourra dans sa poche.

Un souffle profond, apaisant, emplit ses poumons. Elle serra le gland autour de son cou.

Quoi qu'il en coûte, elle mettrait fin à ce cauchemar. Elle se battrait.

CHAPITRE VINGT ET UN

PERDUE DANS LES BOIS IMAGINAIRES

Wendy courait dans les bois. Sauter par-dessus la barrière et s'enfoncer à travers les arbres lui avait donné l'impression de plonger tête la première dans un tout nouveau monde. Sombre, fait d'arbres noueux, d'ombres ondulantes et de bruits de *créatures* qu'elle ne voyait pas.

Son cœur battait à un rythme inégal, des tambours dans ses veines. Les branches grinçaient et se balançaient. Le vent passait ses doigts froids dans ses cheveux par rafales. Seule la vitesse avec laquelle elle se jetait entre les arbres l'empêchait de s'enchevêtrer dans les lianes ou de s'écraser sur le sol qui changeait, montait et descendait.

La magie de l'ombre pénétrait les bois et les transformait en cauchemar. Elle ne faisait que devenir plus puissante à chaque pas. L'adrénaline grandit dans ses veines, tout comme les formes noires qu'elle apercevait du coin de l'œil.

Elles galopaient et hurlaient, se rapprochaient, la talonnaient. Elles se rassemblèrent, la cherchant à l'odeur, des créatures affamées à ses trousses. Elles la rabattaient, comme pour lui faire changer de voie, mais Wendy continua de courir, se forçant à aller plus vite lorsque la distance entre elles se réduisait.

On aurait dit qu'on avait éteint la lune et les étoiles. Plus rien ne lui était familier. Elle ne savait pas où elle était ni où elle allait. Elle n'avait aucune idée de si elle se rapprochait, ou de si les bois déliquescents se tordaient sur eux-mêmes de façon à la faire tourner en rond. Elle refusait de se laisser distraire par ce qu'elle voyait bouger du coin de l'œil.

Seul l'instinct la guidait. Elle ne reconnaissait pas les lieux, pourtant ses pieds l'entraînaient entre les arbres, par-dessus des troncs abattus et sous des branches basses. Son corps connaissait le chemin comme s'il était gravé en elle, contrairement à son esprit.

Chaque bruit qui glissait entre les arbres courait sur sa peau. Une inspiration inégale caressa sa nuque. Le raire surnaturel d'un daim lui secoua l'échine. Une cacophonie de hululements griffait son ventre de leurs serres froides. Elle haletait péniblement. Ses cheveux étaient collés à ses lèvres. Son cœur battait à tout rompre. Elle ne pouvait pas faire demi-tour. Elle ne pouvait pas s'arrêter. Elle devait trouver Peter. Trouver les enfants avant qu'il soit trop tard.

Wendy s'élança et surgit dans la clairière. Elle s'arrêta dans un dérapage, faisant voler de la terre et des feuilles. Le fil qui tirait dans sa poitrine, qui l'avait entraînée dans les bois, disparut, coupé net. Immense devant elle se tenait l'arbre. Dans le noir, il semblait encore plus imposant. Les ombres restaient prisonnières des creux, telles des cicatrices profondes dans la chair grisonnante de son écorce.

« Wendy ! »

Sa poitrine se souleva, un instant de soulagement semblable à une balle qui la traversait. « Oh, mon Dieu, je vous ai trouvés », dit-elle d'une voix étranglée en se précipitant vers eux.

Benjamin, Ashley, Matthew, Joel et même le petit Alex étaient collés les uns aux autres dans une sorte de cage. Ils avaient l'air un peu mal en point, les cheveux en bataille, le visage couvert de terre et les vêtements sales, mais ils étaient entiers.

« Wendy, à l'aide ! cria Ashley, les joues rouges, des larmes coulant sur ses joues pâles.

— S'il te plaît ! dit Benjamin qui tirait sur les barreaux en s'étranglant sur un sanglot.

— Du calme, du calme, ça va aller. Je vais vous sortir de là », croassa Wendy.

Bien évidemment, il ne s'agissait pas de barreaux normaux. Pas d'une cage normale. Elle était faite de la même ombre ondulante qui avait essayé de l'emprisonner deux fois. Celle qui avait attaqué Peter.

Wendy s'agrippa aux barreaux et tira très fort. Ils ne bougèrent pas vraiment et pulsèrent contre sa paume comme un battement de cœur grotesque.

« Sors-nous d'ici ! » supplia Joel.

Matthew s'était recroquevillé contre son frère aîné, cramponné à son T-shirt, en gémissant.

Leurs voix se superposaient, suppliantes, à l'exception de celle d'Alex. Noyé dans son sweat-shirt bleu trop grand, il tremblait de tout son corps. Une joue trempée de larmes pressée contre les barreaux, il tendit le bras vers Wendy, essaya de passer à travers. Elle attrapa sa petite main qui s'agitait, impuissante. Elle était toute froide et moite.

« Ça va aller, ça va aller », répéta Wendy. Sa voix tendue trahissait sa peur alors qu'elle essayait de les rassurer. Elle s'accroupit et croisa le regard écarquillé d'Alex. Elle mit la main sur sa joue. « Tout ira bien. Je vais vous sortir de là. » Alex pressa le visage contre sa paume. Des sanglots secouaient son petit corps.

« Je vais tous vous sortir d'ici, insista-t-elle. Je vais juste… Je vais…

— Il est temps qu'on arrête de se rencontrer comme ça. Ça commence à devenir lassant. »

L'ombre était installée nonchalamment sur une branche épaisse, une jambe pendant dans le vide. Les yeux plissés, elle regardait Wendy fixement. Toute sa joie venimeuse avait disparu.

« Relâche-les ! » exigea Wendy. Elle s'écarta de leur prison. Des reniflements et des gémissements résonnèrent derrière elle. « Je ne te laisserai pas leur faire du mal.

— Leur faire du mal ? » L'ombre fronça les sourcils. « Il me les faut vivants et *terrorisés*. C'est de la souffrance émotionnelle dont j'ai besoin. » Elle tourna les yeux vers les enfants. Avec un tour de poignet, elle déclencha un frisson dans les arbres. Le coin de ses lèvres se retroussa, révélant ses dents. « Toutefois, je me fatigue de ce jeu du chat et de la souris, Wendy. » Elle lui jeta un regard vide. « Ce n'est plus drôle.

— *Wendy*, couina Ashley.

— Je n'irai nulle part. » Wendy fit un pas vers l'arbre et planta fermement ses pieds dans le sol. « Où est Peter ? » Elle avait les jambes tremblantes, mais au moins sa voix était égale.

« Peter ? » L'ombre bâilla, ses articulations osseuses craquèrent lorsqu'elle s'étira sur la branche. « Oh, quelque chose le retient. »

Un sourire mauvais déforma ses lèvres. Elle tendit son long doigt au-dessus de sa tête.

Wendy leva les yeux.

Peter se trouvait suspendu dans les airs.

D'épaisses cordes d'ombres pendaient à l'une des branches noueuses du grand arbre. Elles entouraient sa taille, le cambrant de façon anormale. D'autres ombres s'enroulaient autour de ses bras et ses jambes, et de son cou. Elles pulsaient, vibraient, le vidaient de sa lumière.

La peau de Peter avait perdu presque toute sa couleur. Le roux et le brun riche de ses cheveux s'étaient éteints. Ils étaient désormais d'un argent fantomatique, la couleur des étoiles. De fines lignes dorées, de la magie liquide, coulaient de son nez et du coin de ses lèvres grises écartées. Il ne bougeait pas, ne parlait pas. Ses yeux étaient fermés, ses paupières violet foncé frissonnaient à peine. Une goutte d'or coula de ses cils et se perdit dans les cheveux argent sur sa tempe.

Wendy inspira vivement. « Peter !

— Peter Pan ne sera bientôt plus, ce n'est qu'une question de temps », dit l'ombre, comme si elle savourait chacun de ses mots.

Wendy sentit sa colère s'enflammer. « Pourquoi fais-tu ça ? rugit-elle.

— Pourquoi ? » Les yeux de l'ombre se plissèrent, ne laissant qu'une ouverture étroite. « *Pourquoi ?* » Elle avait perdu toute sa désinvolture, tout son amusement. Elle se leva, toute raide. Sous elle, le sol se mit à trembler. « Autrefois, l'ombre et l'obscurité dominaient l'homme grâce à la crainte. Puis la magie de la lumière s'est mise à prendre le dessus, comme Peter. Il a été créé pour être mon opposé, pour apporter la joie et le rire, cracha-t-elle, les lèvres recourbées sur ses dents brillantes. Il prenait soin des âmes perdues des enfants que je tourmentais ! »

Sa voix forte tonna au plus profond de la poitrine de Wendy. Un frisson remonta le long de ses bras nus. Elle entendit les cris effrayés derrière elle. Elle carra les épaules et se plaça fermement entre les enfants prisonniers et l'ombre perchée dans l'arbre.

« Il leur a apporté la paix et bientôt, je n'ai plus eu assez de souffrance pour me nourrir. J'ai faibli, et lui est devenu mon geôlier ! » Les branches des arbres tremblèrent. L'ombre fit rouler ses épaules et craquer son cou. Elle ferma les yeux un instant et prit une profonde inspiration. « Mais tout cela sera bientôt terminé, dit-elle calmement, souriante. Je vais détruire ton précieux Peter et plus rien ne pourra m'arrêter. »

Avec un geste du poignet, elle coupa les filins noirs qui retenaient Peter. Il tomba lourdement au sol, les bras écartés tels des ailes brisées.

« Peter ! » Wendy courut vers lui et s'agenouilla à son côté. « Peter, ouvre les yeux, tu dois te réveiller ! » Elle secoua son épaule de façon frénétique, la paume pressée sur le côté de son visage. Son pouce frôla l'or qui coulait des coins de sa bouche. Il était chaud et collant comparé à sa peau pâle et glacée.

Il était si pâle ! Était-il encore en vie ?

Peter poussa un râle, venu du plus profond de sa poitrine.

Quelque chose entre un sanglot et un soupir de soulagement explosa aux lèvres de Wendy. La poitrine de Peter se soulevait et s'abaissait au rythme de sa respiration rapide, superficielle. « Wendy ? » Il essayait d'ouvrir les yeux sans parvenir à les fixer sur elle. La lueur étoilée avait disparu, dévorée par d'immenses pupilles noires. D'un geste maladroit, il posa sa main lourde sur le visage de Wendy. Ses doigts froids se pressèrent contre sa joue, sa paume sur le pouls à son cou qui battait la chamade. « Non », gémit-il. Sa voix était pâteuse de chagrin, étranglée par un sanglot. « Il faut que tu… Il faut que tu les sortes de là. » Il tenta de regarder Benjamin, Ashley, Matthew, Joel et Alex dans leur cage. « Tu dois les sauver. » Un autre souffle tremblant. Peter grimaça de chagrin. « Je suis désolé, tellement désolé », chuchota-t-il.

Wendy mit la main sur la sienne et la serra très fort. « Ça va aller, tout ira bien », lui dit-elle. Une chaude larme coula sur son menton. « Tu dois juste tenir le coup, d'accord ? » Elle ne le perdrait pas, elle refusait de le perdre. Mais comment arrêter l'ombre à elle seule ?

« C'est très poétique, en fait ! » déclara celle-ci. Ravie, elle sourit. « Tu me verras aspirer ce qui reste de Peter. Sa dernière pensée sera qu'il a échoué à te sauver ! » Ses yeux noirs et vides se tournèrent vers les enfants qui se replièrent loin des barreaux. « Mmh ! » Elle cambra le dos et inspira profondément par le nez, sa bouche dessinant un sourire mauvais. « *Délicieux !* »

Peter ouvrit grand les yeux, suppliant. Il était trop faible pour parler. Sa main chercha à rattraper Wendy lorsqu'elle s'écarta.

Avec un dernier regard à Peter, elle se leva et se tourna pour affronter l'ombre. « Il n'a pas besoin de me sauver. » Les pieds bien à plat sur le sol, elle s'interposa entre l'ombre dans l'arbre et les enfants et Peter. Elle serra les poings le long de son corps. « Je ne te laisserai pas me les prendre », déclara-t-elle en haussant le ton.

De petites voix paniquées s'élevèrent derrière elle.

« Wendy !

— *Non !* »

L'ombre renversa la tête et lâcha un rire aigu. « Tu es *terrifiée* ! » hurla-t-elle avec une joie cruelle. Son sourire s'étira jusqu'aux oreilles, révélant ses dents pointues. « Je peux le sentir sur toi, Wendy Darling. La peur coule de tes yeux et transpire de ta peau. »

Elle avait raison. Ses genoux tremblaient, ses yeux brûlaient et elle était trempée d'une sueur glaciale, mais elle refusait de reculer. « Je ne te laisserai plus leur faire de mal ! » rugit-elle.

Un grondement sourd s'éleva dans la gorge de l'ombre. « Tu oses t'élever contre moi ? » Les ombres tourbillonnèrent et encerclèrent le pied de l'arbre.

« Tu te crois toute-puissante, mais tu ne fais qu'effrayer des enfants ! cria Wendy.

— Wendy Darling, gronda l'ombre. Tu ne peux en sauver aucun, pas plus que tu n'as pu sauver tes frères ! »

Ces paroles firent trembler Wendy au plus profond d'elle-même, elle resta quand même debout.

« À cause de toi, ils sont condamnés à errer dans l'entre-deux, incapables de trouver le repos ! »

Les cris de ses frères emplirent ses oreilles. Wendy essaya de les trouver, mais leurs appels à l'aide s'enroulaient dans les ombres grandissantes, l'encerclaient et la serraient.

« Ta mère et ton père arrivent à peine à te regarder ! Tu n'es rien d'autre que le souvenir de ce qu'ils ont perdu ! »

Des pensées sombres attaquèrent Wendy. La porte fermée de sa vieille chambre. Le bruit étouffé de sa mère qui pleurait dans la salle de bains. L'odeur d'alcool que son père dégageait, affalé sur son bureau. Le vent fit voler ses cheveux qui la giflèrent.

« C'est à cause de toi que John et Michael ont été tués, Wendy Darling. »

Les mots la frappèrent comme un coup de pied en plein ventre. Elle tituba.

Au-delà des voix qui la tourmentaient, elle entendait celles d'Ashley et de Benjamin qui l'appelaient. À travers l'essaim d'ombres qui l'encerclait, elle les percevait à peine. La cage commençait à se dissiper, les barreaux tremblaient et se réduisaient à mesure que les ombres étaient aspirées dans le vortex autour d'elle.

Elles convergeaient, oubliaient les enfants prisonniers pour inonder Wendy d'horreur, d'affreux souvenirs et des cris de

John et Michael. Elle regarda les enfants tirer sur les barreaux. Matthew était presque passé entre eux, suivi de près par Joel.

Parfait ; si elle distrayait suffisamment les ombres, peut-être que les enfants arriveraient à s'enfuir. Cette pensée lui donna un petit élan de détermination. Son corps tremblait violemment, elle arrivait à peine à tenir debout. Elle sentait les ombres qui se rapprochaient, maintenant. Elles se rassemblaient à ses pieds, entouraient ses jambes. Emplissaient le vide béant dans sa poitrine.

« Renonce, Wendy. »

Les mots résonnèrent dans sa tête. Les ombres griffèrent le creux de sa gorge.

Malgré l'agression des pensées négatives, elle essaya de retrouver des souvenirs heureux. Elle songea à la cascade et au lagon. Aux fossettes du sourire de Peter, à la goutte d'eau au bout de son nez.

Elle se força à penser aux petits-déjeuners quand elle était enfant. À ses frères et elle qui plongeaient les doigts dans la pâte à pancakes, tandis que leur mère riait devant le four. À son père qui les poursuivait dans le jardin pendant les fraîches journées automnales.

Le sol trembla sous ses pieds. Le vent lui giflait les joues et tirait sur ses cheveux. Wendy se recroquevilla pour se protéger. D'horribles cris emplissaient ses oreilles. Les ombres vibraient contre sa peau, implacables. À travers l'essaim d'obscurité, elle vit les restes de la cage s'effondrer. Avant d'être engloutie par l'obscurité, elle aperçut tout juste les enfants qui se libéraient.

Des images de ses frères assassinés cascadèrent devant elle. Des larmes brûlantes inondèrent ses joues. Les voix dans sa tête rugirent.

Disparus. Morts. Assassinés. Ta faute. Ta faute. TA FAUTE.

Wendy tenta de s'accrocher au souvenir de ses frères allongés, non pas sur le sol froid de la neige, mais dans leur jardin, sur l'herbe qui picotait, les yeux levés vers les étoiles lors d'une belle nuit d'été. Elle se cramponna au souvenir de ses parents assis sur des chaises de jardin, buvant de la citronnade pendant que John, Michael et elle couraient sous les jets d'eau.

Elle se rappela Michael qui se jetait contre elle. Elle recula d'un pas. Elle sentait presque son tout petit corps qui la percutait, ses petits bras autour de sa taille. Elle sentit un autre coup, cette fois dans son dos. John, qui se joignait au câlin.

Un sanglot cogna dans sa poitrine. Elle s'en souvenait. Elle les sentait presque la serrer de toutes leurs forces. Le visage de John contre son épaule. Les doux cheveux de Michael sous ses doigts. Des sensations si réelles. Trop réelles.

Wendy ouvrit les yeux.

Les ombres continuaient de s'enrouler et de hurler, mais…

Elle baissa le regard. Ses doigts passèrent à travers des boucles brunes. Un choc la traversa. *Michael ?* Ses bras l'étreignaient, il collait la tête contre sa taille.

Des larmes montèrent aux yeux de Wendy, brouillèrent sa vision. Elle posa la main sur la tête de Michael. Derrière elle, des bras encerclèrent sa taille, très fort.

John ?

À l'aveugle, Wendy tendit les bras en arrière, essaya d'agripper son flanc.

De l'électricité parcourut son corps tandis qu'elle essayait de les attirer vers elle, plus près, alors même que leur étreinte était si forte qu'elle arrivait à peine à respirer à pleins poumons.

Wendy chercha désespérément à s'accrocher plus fort. Ils étaient en vie. Ses doigts touchèrent l'arrière du sweat à capuche épais de Michael…

Elle se figea.

Son… sweat ?

Wendy baissa les yeux, les paupières plissées pour se protéger des assauts du vent.

Un sweat à capuche qui l'engloutissait presque.

Elle se rendit compte qu'il y avait plus de deux personnes. Wendy était entourée de corps tremblants, encerclée par des bras désespérés. Benjamin, Ashley et Matthew recroquevillés contre elle, dos aux ombres hurlantes.

Joel, et non pas John, se cramponnait à son dos.

Ce n'était pas Michael qui l'étreignait, mais Alex, terrifié et tremblant.

La cage s'était affaiblie et ils s'étaient échappés. Et au lieu de s'enfuir, ils avaient couru vers Wendy. Ils essayaient de la protéger.

Ils essayaient de la sauver.

Devant elle, l'ombre se contorsionna et hurla. Elle gonfla et grandit.

Wendy avait peur, mais elle refusait de renoncer. Peter avait dit que pour arrêter l'ombre, il fallait qu'elle la rattache à lui. L'arbre trembla lorsque la version cruelle de Peter se transforma en une tornade d'ombres et de griffes. Wendy y était déjà arrivée, et elle y arriverait encore.

L'ombre se jeta en avant. Une bouche béante se forma au centre, dévoilant des dents blanches acérées longues comme des doigts.

Des bras se détachèrent et se tendirent vers Wendy, la saisissant, ainsi que les enfants. Mais Wendy s'en saisit à son tour.

Elle s'empara des fils collants, les arracha des enfants et les rassembla dans son poing. Les dents serrées, elle tira fort.

L'ombre vacilla, son visage déformé affichant presque de la surprise.

« Je te remets à ta place ! » cria Wendy.

La bouche caverneuse s'ouvrit en grand et lâcha un rugissement qui la fit trembler jusqu'au plus profond d'elle-même. Elle ne se laissa pas intimider. Rapidement, elle enroula le bout de l'ombre entre ses mains, sans cesser de tirer.

Les rôles s'inversèrent. Les ombres qui l'avaient emprisonnée essayaient désormais de se libérer de sa prise. Elles secouèrent Wendy qui refusa de lâcher.

Soudain, d'autres mains apparurent. Joel, Matthew, Benjamin, Ashley, même le petit Alex, attrapèrent des poignées d'ombre, l'aidant à la ramener.

L'horrible créature s'effondra.

« Ne lâchez pas ! » cria Wendy.

Les enfants redoublèrent d'efforts, tirèrent et tirèrent alors que l'ombre s'étendait.

Mais elle faiblissait. Elle commençait à s'amenuiser dans ses mains.

Des fils se tendirent vers la base de l'arbre. Des griffes déchirèrent la terre, elle essayait de se glisser entre les racines noueuses. Elle essayait de s'enfuir.

Wendy se jeta en avant et l'attrapa. Elle fondit comme du caramel épais. Wendy plongea les doigts dans le suintement qui tentait de s'échapper, l'enroula autour de ses mains, sous un autre hurlement de la créature.

Ashley cria et tous les cinq reculèrent d'un bond pour laisser de la place à Wendy.

De force, elle entraîna l'ombre près de Peter. Elle s'affaiblissait de plus en plus, se débattait de moins en moins, rassemblée à ses pieds.

« Peter ? » Une main sur l'ombre, Wendy plongea l'autre dans sa poche, en sortit le petit kit de couture. « Peter, tiens bon, tout va bien, j'y suis presque... » Les mains tremblantes, elle sortit une aiguille où était déjà enfilé un fil de soie blanche.

Pas le temps de réfléchir, elle devait juste agir.

Vite, elle perça la plante sale du pied de Peter avec l'aiguille avant de l'enrouler à travers l'ombre glissante. Elle la cousit aussi vite que possible, un pied après l'autre.

Ça allait marcher. Il fallait que ça marche !

Lorsque Wendy mordit le bout du fil pour le casser, Peter ne bougeait toujours pas. Les battements frénétiques de son cœur retentirent dans son oreille pendant qu'elle attendait, regardant tour à tour le visage fantomatique de Peter et l'ombre qui disparaissait très vite.

Elle continua de s'affaiblir, devint de moins en moins solide jusqu'à ce qu'elle ne soit plus qu'une ombre véritable sur le sol.

« *Pitié, pitié, pitié...* », supplia Wendy.

L'ombre bougea et se fit aspirer sous Peter. Elle disparut. Il n'en restait plus que les points inégaux sur la plante de ses pieds.

« Peter ? » Elle lui prit le bras, mais il ne bougea pas. Des larmes mouillèrent les cils de Wendy. « Peter... *s'il te plaît* », s'étrangla-t-elle.

Il fallait qu'il survive à cette nuit, lui aussi. Wendy en avait besoin, pas seulement pour ses frères, prisonniers au Pays imaginaire, mais pour elle aussi.

Elle posa ses mains tremblantes sur ses joues, scrutant son visage à la recherche du moindre signe de vie.

Sa peau était si pâle, ses taches de rousseur des traces grisâtres. Ses cheveux argentés encadraient son visage d'une lueur froide.

Wendy se pencha sur lui. « Peter ! » Elle avait tenu sa part du marché. Elle attrapa ses épaules et le secoua brutalement. « Peter Pan, réveille-toi *sur-le-champ* ! » Elle avait rattaché son ombre, maintenant il fallait qu'il... « RÉVEILLE-TOI ! »

Wendy sentit d'abord de la chaleur qui montait lentement sous ses doigts. Elle se redressa d'un coup, le regard affolé, cherchant d'autres signes. Petit à petit, la peau de Peter commença à se colorer. Elle brillait presque, baignée de soleil, radieuse dans l'obscurité des bois. Le rose s'épanouit sur ses joues. Les coupures à ses lèvres, les cernes noirs sous ses cils déployés s'effacèrent. Ses cheveux reprirent des tons de rouge et brun.

Soudain, il inspira une grande bouffée d'air. Il ouvrit grand les yeux, regarda autour de lui avant de croiser le regard de Wendy. Ses yeux pétillaient de l'éclat des étoiles dans l'océan de bleu profond, rêveur. « Wendy ? souffla-t-il, tendant une main vers elle. Tu… » Il plissa les yeux comme pour s'assurer qu'il ne rêvait pas.

Le soulagement coupa le souffle de Wendy.

Peter retira une brindille coincée dans ses cheveux. « Tu fais une de ces têtes », dit-il, un rire dans la voix, déjà.

Wendy écrasa une main sur son visage. « Tu… ! »

Peter lui prit la main et se mit debout. Il la souleva dans ses bras et la fit tournoyer dans les airs. Wendy se cramponna à ses épaules, craignant de tomber. Puis il l'embrassa et elle ne put que s'abandonner au baiser.

Un rire tremblant vibra à travers ses larmes. Elle passa les bras autour de son cou et savoura son étreinte, la chaleur de sa peau, la douceur de ses lèvres.

Peter appuya le front contre le sien. « Hé, pas d'explosion cette fois », lança-t-il tout bas. Son sourire éclatant creusa de profondes fossettes dans ses joues.

Wendy le lui rendit. « Je te préviens, Peter Pan, dit-elle en secouant doucement la tête, si tu recommences, je te tuerai de mes propres mains. »

Son rire avait tout d'une mélodie. « Entendu. »

Ils atterrirent. Lorsque Peter s'écarta pour la regarder dans les yeux, elle eut du mal à ne pas retourner contre lui, se réfugier dans sa chaleur.

« Tu as réussi ! » s'exclama-t-il, rayonnant.

Wendy ne put qu'acquiescer et rire, frottant ses yeux brouillés de larmes du bas de sa paume.

Peter pencha la tête sur le côté. « *Mais comment ?* »

En reniflant, elle haussa ses épaules crispées. « Elle a essayé de t'emporter...

— Wendy ? » La voix douce, tremblante, s'éleva de derrière elle.

Alex se tenait là, les genoux tremblants sous son sweat à capuche. Les poings refermés dans ses longues manches, il se cachait la bouche en regardant Wendy avec de grands yeux bruns inquiets. Derrière lui, Matthew et Joel étaient collés l'un à l'autre, ils observaient la clairière tout autour d'eux. Ashley se tenait toute droite, les muscles de sa gorge tendus. Sur le côté, Benjamin dévisageait Peter bouche bée.

« Elle a essayé de t'emporter, répéta Wendy, mais on ne l'a pas laissé faire.

— Est-ce que ça va ? » demanda Matthew, les traits creusés d'inquiétude.

Wendy acquiesça, un rire soulagé lui échappant.

Peter s'accroupit devant Alex. « Tout va bien ! » lança-t-il joyeusement, une main sur la petite épaule. Il adressa à chacun un sourire immense. « Vous avez été incroyablement courageux ! Cette ombre n'avait aucune chance !

— Est-ce qu'elle va revenir ? » demanda Ashley, la voix nouée.

Peter se leva, les poings sur les hanches. Tout de suite, Wendy baissa les yeux. Mais bien entendu, il faisait nuit, et ils se trouvaient au milieu des bois. Il n'y avait pas assez de lumière pour voir son ombre. Le ventre de Wendy se tordit, mais l'expression de Peter était confiante.

« Après ce que vous lui avez fait ? » Il agita la main. « Cette ombre est trop lâche pour s'attaquer de nouveau à vous. »

La tension disparut, chassée par les soupirs soulagés et les épaules qui se relâchaient.

Benjamin avait toujours les yeux ronds de stupéfaction.

« Ben… ?

— Tu es Peter Pan ? »

Wendy se figea. Elle fixa Peter.

« Qui ? » Il regarda autour de lui, se montra du doigt. « Moi ? » Il renversa la tête et lâcha un rire vif. « Bien sûr que non ! » Lentement, il s'éleva au-dessus du sol. Les mains sur les hanches, la tête penchée, les sourcils haussés. « Tout le monde sait que les contes de fées ne sont pas réels. »

Les yeux exorbités, Benjamin recula.

Tout le monde poussa des cris de stupéfaction et d'émerveillement. Des sourires éclairèrent les visages.

Peter adressa un clin d'œil à Wendy. Un lent sourire ourla ses lèvres.

« Hé ho ! » retentit une voix lointaine.

Tous sursautèrent. Alex se cramponna vite à la jambe de Wendy.

Au loin, des rais de lumière allaient et venaient à travers les arbres denses. Des voix résonnaient dans les bois, accompagnées par un bruit de pas assourdi et le frisson des sous-bois qu'on dérangeait.

« Il y a quelqu'un ? lança une autre voix.

— Le groupe de recherche », souffla Wendy, soulagée.

Peter atterrit à ses côtés en silence. « Il ne faut pas qu'ils me voient.

— Non, il faut que tu y ailles », convint-elle en pressant déjà les mains sur son torse.

Peter hésita. Une série d'émotions défila sur son visage.

Wendy la ressentait aussi, cette réticence à le quitter, mais la nuit serait longue et compliquée. La présence de Peter ne ferait qu'empirer les choses. Elle le poussa à nouveau doucement.

« Retrouve-moi après », lui dit-elle fermement, les doigts cramponnés à son T-shirt.

Cela prit encore une seconde, puis Peter se mordit les lèvres et acquiesça brièvement. Son T-shirt glissa des mains de Wendy, et il s'envola.

La lumière des torches devint plus vive, rejointe par d'autres voix et des bruits de pas.

Wendy agita le bras et, éblouie, plissa les yeux. « On est là ! »

CHAPITRE VINGT-DEUX

TROUVÉS

La clairière se remplit en ce qui parut quelques minutes à peine. Les véhicules ne pouvaient aller jusqu'au bout à cause de la densité des arbres, mais on les gara sur le chemin d'exploitation le plus proche. Des secouristes et des policiers se ruèrent vers Wendy et les enfants, les noyèrent sous les questions et vérifièrent que tout allait bien.

Wendy craignait que les enfants parlent de Peter. Elle ne cessait de se laisser distraire des questions du secouriste et de jeter des coups d'œil aux enfants interrogés par les policiers. Mais aucun des bouts de conversation qu'elle surprit n'abordait le sujet. Les enfants s'échangeaient des regards derrière les policiers et les secouristes. Ils étaient tous nerveux, peut-être même un peu effrayés, mais dessous, elle sentait la pulsation de l'excitation et de la victoire. La ressentait dans ses veines aussi, et l'aperçut dans leurs sourires.

Même Alex se montrait d'un courage exceptionnel, bien qu'il refusât de lâcher la jambe de Wendy. Il n'était qu'un tout petit bout disparaissant presque sous une couverture, pourtant elle voyait l'envie dans ses grands yeux. La même que lorsqu'il tenait le requin en origami à l'hôpital.

Un par un, leurs parents arrivèrent. On les mit dans des voitures pour les emmener à l'hôpital où ils seraient examinés de plus près.

En montant dans une voiture de police, Matthew et Joel parlèrent à toute vitesse de monstres à leur mère. Ashley affichait une mine courageuse, mais elle était presque muette, elle tremblait de tout son corps lorsqu'elle fut réunie avec ses parents. Benjamin souriait jusqu'aux oreilles, ce qui ne rassurait pas du tout sa mère. Elle ne cessait de lui toucher le visage, convaincue qu'il était fiévreux, délirant.

Alex ne quitta pas Wendy avant que son père arrive à grands pas entre les arbres. C'était un véritable géant. Il souleva son fils en larmes dans ses bras musclés et le berça avec tendresse. Alex s'endormit d'épuisement pur, la tête contre le torse massif, pendant que M. Forestay discutait avec un agent.

Wendy lâcha un gros soupir. Les enfants étaient à l'abri, et c'était le plus important. Même s'ils racontaient à la police ce qui s'était passé, personne ne les croirait.

Elle quitta la clairière avec les secouristes qui l'emmenèrent jusqu'à une ambulance.

L'inspecteur James ne perdit pas de temps pour l'interroger, ce qui irrita ses nerfs déjà à vif.

« Donc, vous sortiez la poubelle », répéta-t-il en lisant les notes griffonnées sur son carnet jaune. Il portait un coupe-vent noir élégant, imprimé du symbole du bureau du shérif dans le dos. L'inspectrice Rowan se tenait sur le côté dans une veste identique et parlait à l'un des enquêteurs scientifiques. « Vous avez vu quelqu'un dans les bois derrière votre maison, et vous avez décidé de le suivre plutôt que d'appeler la police ? » Il haussa son sourcil balafré avec désapprobation.

« Oui, acquiesça Wendy de la tête. Aïe ! » Elle écarta son bras de Dallas le Secouriste qui désinfectait une blessure.

« Et puis vous avez entendu les cris des enfants.

— Comme je l'ai dit, j'ai perdu la trace du type, j'ai juste suivi leurs voix. » Elle parlait avec assurance. Du moins, elle en avait l'impression. Elle devenait douée, pour raconter des mensonges.

« Et vous n'avez pas songé à appeler à l'aide ?

— Il n'y a pas de réseau ici », lui dit-elle, ce qui était vrai.

L'inspecteur James émit un petit grognement de réflexion, parcourant à nouveau ses notes. « Et vous les avez juste trouvés dans la clairière ?

— Ils s'étaient perdus, c'est évident.

— Et le kidnappeur s'est enfui ? »

Wendy haussa les épaules. « Il fait noir au milieu des bois, la nuit. Je n'ai pas vu où il est parti. »

Benjamin, Ashley, Joel et Matthew avaient raconté une histoire similaire. Alex n'avait fait qu'acquiescer et secouer la tête. Ils n'avaient pas bien vu le kidnappeur. Joel avait déclaré qu'on leur avait mis des bandeaux sur les yeux, les autres renchérirent très vite. Une explication bancale, mais les policiers d'Astoria semblaient trop soulagés que les enfants aient été retrouvés en un seul morceau pour remettre leur histoire en question tout de suite.

Sauf l'inspecteur James.

Il fit cliquer son stylo. « Comment vous êtes-vous retrouvée dans cet état ?

— En courant dans les bois, lui dit Wendy avec une grimace lorsque Dallas s'attaqua à une coupure à sa tempe. Je suis tombée plusieurs fois. Il faisait noir, et j'avais peur. »

L'inspecteur James l'observa. Wendy lui rendit son regard, craignant de bouger ou de ciller.

« *Wendy !* » La voix de son père retentit au loin et résonna entre les arbres. Elle sursauta si fort qu'elle faillit tomber de l'ambulance. « *Où est ma fille ?* »

Wendy sauta à terre. « Papa ? » Elle le chercha entre les gens qui se tenaient là, les yeux plissés pour se protéger des phares des voitures.

M. Darling déboula en trombe, écartant les gens de son passage. « Wendy ! » Il la prit par les épaules à presque l'en soulever du sol. Dallas s'écarta très vite. « Est-ce que ça va ? » Il la scruta de la tête aux pieds, le blanc dominant dans ses grands yeux écarquillés. Il posa les mains sur les côtés de sa tête, ses bras, faisant l'inventaire. « Est-ce que tu es blessée ? Que s'est-il passé ? » Face à son attitude protectrice, tout le monde s'écarta pour leur laisser de l'espace.

« Papa, tout va bien, je vais bien. » Elle lui pressa le bras.

Dans le sillage de son père, elle vit Donald Davies arriver au petit trot, pâle et exténué. Son regard fuyait celui des policiers et des inspecteurs.

D'instinct, Wendy se recroquevilla près de son père.

Ce geste attira l'attention de l'inspectrice Rowan. Elle regarda Wendy, puis M. Davies, avant de revenir à Wendy. D'un geste presque imperceptible, elle se rapprocha, posant la main de façon décontractée sur sa ceinture utilitaire.

« Où sont Matthew et Joel ? demanda M. Davies, de la sueur sur le front.

— Avec votre épouse sur le chemin de l'hôpital, répondit l'inspecteur James.

— Je suis venu dès qu'on m'a appelé, déclara M. Darling. Nous cherchions les enfants de l'autre côté de la forêt, et toi tu les as trouvés ? » Les mots se bousculaient. « Je t'ai dit de rester à l'intérieur quand ta mère et moi étions absents ! » aboya-t-il, furieux. Mais Wendy sentait combien ses mains tremblaient.

« Je sais. Je suis désolée.

— Monsieur Darling. » L'inspecteur James s'avança. « Nous…

— Papa, je sais où sont John et Michael », dit Wendy doucement.

Et toute l'attention se focalisa sur elle.

Son père se figea et elle se dépêcha d'enchaîner avant qu'il ait trop d'espoir.

« Ils sont enterrés sous le grand arbre de la clairière. »

Peut-être que si elle le disait tout bas, ce serait un peu moins douloureux.

Les mains de M. Darling retombèrent. Il recula d'un pas, comme si elle l'avait giflé. Sa respiration se fit entrecoupée.

Elle jeta un coup d'œil à l'inspecteur James. « Je m'en suis souvenue quand j'ai vu l'arbre. »

Il jeta un coup d'œil à sa partenaire. Elle appela tout de suite deux agents de la police scientifique et leur chuchota un ordre. Ils se dirigèrent vers la clairière mais l'inspectrice resta sur place.

Les paroles de Wendy flottèrent un instant dans l'air. Personne ne dit rien.

M. Darling était secoué, mais pas surpris. Peut-être qu'il savait déjà, qu'il avait attendu pendant cinq ans que quelqu'un le confirme. Il ouvrit les yeux.

Son père se tourna vers l'inspecteur James. Il essaya d'afficher cet air furieux que Wendy connaissait bien, toutefois son menton trembla et les larmes lui montèrent aux yeux.

« Qu'est-ce qui leur est arrivé ? Qui est responsable ? L'homme qui a enlevé les autres enfants ? demanda-t-il d'une voix étranglée.

— C'était M. Davies. »

Les regards rivés sur Wendy se tournèrent vers celui-ci.

Elle se prépara, elle s'attendait à ce qu'il proteste tout de suite, à ce qu'il se défende. Peut-être qu'il crierait même son innocence.

Au contraire, il devint pâle comme la mort. Il baissa les yeux. Il se pencha et se cacha le visage dans ses mains.

« Quoi ? » M. Darling brisa le silence en premier, regardant tour à tour Wendy et son ami. Son visage se crispa, des plis de confusion creusèrent son front.

« Vous en êtes certaine ? » interrogea l'inspecteur James avec soin, le visage de marbre. L'inspectrice Rowan se glissa en silence derrière M. Davies. Les doigts enroulés dans le bas de son T-shirt, Wendy acquiesça. « Comment le savez-vous, Wendy ? »

Elle referma les doigts sur le gland autour de son cou. « Je m'en suis souvenue. » Les coups de fusil dans les bois enneigés. Ses frères qui s'effondraient à terre. Les taches de rouge sur le blanc. L'éclat de la carabine. La veste à carreaux rouges de M. Davies. Elle était désormais gravée dans sa mémoire, pas près d'être oubliée. Probablement jamais. Une nouvelle série de cauchemars à subir encore et encore.

Elle aurait voulu que Peter soit là.

« Elle dit la vérité », gémit presque M. Davies en écartant les mains de son visage. Il fronça les sourcils, la bouche tordue, malheureuse. « C'était moi. » Son regard alla nerveusement de M. Darling à Wendy à l'inspecteur James.

Wendy vit ce dernier porter la main à sa taille. Son père ne bougea pas d'un iota.

M. Davies déglutit péniblement. « C'est moi... C'était un accident, bredouilla-t-il. Je chassais hors saison... J'avais bu... Je les ai pris pour des daims ! » Il parlait si vite que Wendy arrivait à peine à suivre. M. Davies enfouit les mains dans ses cheveux. « J'ai paniqué ! J'ai sorti une pelle de mon camion et j'ai... j'ai... » Il lâcha le gémissement d'un animal blessé. « Je voulais tout avouer », dit-il d'un ton suppliant à M. Darling. Le père de Wendy continuait à le dévisager. Des taches d'un rouge profond naquirent sur ses joues. « Mais j'avais mes deux petits garçons, et ma femme… »

Wendy n'éprouvait aucune sympathie pour lui. Ses paroles ne la trompaient pas. Il n'avait pensé qu'à lui. En cachant la vérité, il avait fait souffrir sa famille pendant des années. Parce qu'il avait gardé ce secret pour se sauver lui, ses parents et elle avaient traversé des années de chagrin non résolu. Il ne leur avait pas que pris John et Michael, il avait torturé sa famille. Il avait laissé faire. Il les avait regardés s'effondrer sous le poids de la perte de John et Michael.

De la salive envahit la bouche de Wendy, comme si elle allait vomir.

L'inspecteur James s'avança. « Avez-vous kidnappé Wendy et les autres enfants ? » Son regard était vif, son expression grave.

« Non ! Non, ça, ce n'était pas moi ! » La panique monta dans la voix de M. Davies. « Je n'ai jamais touché à Wendy ou à ces enfants ! Quand elle a disparu, je ne savais que croire ! J'ai commencé à douter de moi. Je croyais l'avoir tuée elle aussi, mais je n'avais pas vu son corps », essaya-t-il d'expliquer.

Wendy grimaça. Il le disait d'un ton si cavalier.

« Je pensais que la police les retrouverait, que ce n'était qu'une question de temps avant qu'on comprenne que c'était moi, mais non. Puis ces enfants ont commencé à disparaître, Joel et Matthew ont été enlevés… » M. Davies secoua la tête avec violence. « J'ai tué tes fils, mais je n'ai pas touché à ces enfants, tu dois me croire », supplia-t-il à l'adresse de M. Darling. Paniqué, il se tourna vers Wendy et avança d'un pas, les mains jointes. « Je suis tellement désolé, Wendy… je… »

Wendy recula vivement.

M. Darling sortit de sa torpeur.

« *Je t'interdis de t'approcher de ma fille !* rugit-il, les lèvres retroussées. *Tu as tué mes garçons !* » C'était un grondement guttural. Des postillons s'accrochèrent aux coins de sa moustache. « *Je vais te...* »

Le père de Wendy s'élança, les narines dilatées, les tendons crispés. M. Davies se recroquevilla et leva les bras pour se protéger. Autour d'eux, les policiers convergèrent vers lui et lui barrèrent le passage.

Wendy bondit et retint son père par le bras. « Papa, non ! »

M. Darling se figea, sans détourner les yeux de l'homme recroquevillé devant lui. Son torse massif se soulevait et s'abaissait avec violence. Wendy se cramponna à son père aussi fort que possible, mais c'était comme une enfant retenant un taureau en pleine charge.

« Il dit la vérité. Ce n'est pas M. Davies qui a enlevé les enfants, dit-elle à l'inspecteur James.

— Comment le savez-vous ? interrogea l'inspecteur sans détourner son attention des deux hommes.

— C'est l'homme qui m'a enlevée qui retenait les enfants en otage. » Elle ne savait pas pourquoi elle venait au secours de M. Davies, sinon qu'il s'agissait de la vérité : il n'était pas coupable. Wendy était déterminée à se montrer magnanime. Il y avait déjà bien assez de souffrance pour une nuit. « Quand j'ai suivi l'homme tout à l'heure et que j'ai vu son visage, je m'en suis souvenue, mentit-elle. C'est celui qui m'a enlevée dans les bois.

— Savez-vous à quoi il ressemble ? »

Wendy acquiesça.

L'inspecteur se tourna alors vers M. Davies. « Donald Davies, retournez-vous lentement et mettez les mains sur la tête. »

M. Davies adressa un dernier regard plein de chagrin à Wendy avant d'obéir. L'inspectrice Rowan le menotta et le tira jusqu'à l'une des voitures de police.

Il faudrait que Wendy invente la description d'un homme. Qu'elle fasse d'autres témoignages, réponde à d'autres questions. Mais pour le moment, elle voulait juste sortir des bois.

M. Darling resta immobile. Il regardait encore M. Davies qui s'éloignait avec fureur.

« Papa », dit doucement Wendy en lui tirant sur le bras.

Il se tourna vers elle. La douleur, le deuil et la rage se succédaient sur son visage. Brillaient dans ses yeux.

« Est-ce qu'on peut rentrer, maintenant ? demanda-t-elle d'une petite voix. S'il te plaît ? »

M. Darling s'essuya le nez du poing. Avec un hochement de tête raide, il mit le bras autour de ses épaules et la serra tout contre lui, en partant vers la voiture garée plus loin.

Lorsque Wendy et son père passèrent le seuil de la porte, Mme Darling était assise sur le canapé, son portable à l'oreille. Elle sursauta et se tourna vers eux, lâchant le téléphone. Ses cheveux bruns étaient tout désordonnés. Elle portait encore sa blouse, elle avait les yeux rouges, et la peau délicate tout autour était gonflée. À la vue de Wendy, elle prit un souffle tremblant, les mains contre le creux de sa gorge.

Derrière elle, la télévision était allumée. À l'écran, on montrait le chemin d'exploitation envahi au milieu des bois. La caméra fit un travelling sur les ambulances, les voitures de police et le ruban jaune. Là, tout au centre, se trouvaient les portraits de classe de John et Michael. Les mêmes que les médias avaient utilisés à leur disparition.

Cette fois, le bandeau indiquait : CORPS RETROUVÉS.

« Ils m'ont appelée », dit Mme Darling, la voix tremblante. Elle cligna des paupières et des larmes roulèrent sur ses joues. « Ils pensent qu'il pourrait s'agir de John et Michael. »

Wendy dépassa son père et rejoignit sa mère assise sur le canapé. Elle se prépara, essayant de trouver le courage de parler. Elle ouvrait et fermait les poings à ses côtés. Ses paumes étaient glissantes de sueur. Ses parents méritaient une explication, quelque chose qui compenserait ou calmerait la douleur, pourtant elle ne savait que dire.

Sa mère leva les yeux vers elle, les sourcils froncés de confusion et d'inquiétude.

Avec détermination, Wendy prit une profonde inspiration, tremblotante, qui se bloqua dans sa poitrine. Ses yeux se mirent à picoter, sa gorge à brûler. « Je… » Elle perdit son sang-froid. Un sanglot incontrôlable l'étrangla. « Je suis tellement désolée ! lâcha-t-elle, hoquetant, les larmes aux yeux. Tout est de ma f… faute, je suis désolée… je suis tellement désolée ! »

Elle le répéta jusqu'à ce que les mots se mélangent trop pour être compréhensibles. Tremblant de tout son corps, la poitrine prise de spasmes larmoyants, elle referma les bras très fort autour de sa taille.

Le choc sur le visage de sa mère s'adoucit.

De ses mains tendres, elle attira Wendy vers elle. Elle s'agenouilla sur le canapé et Mme Darling la prit dans ses bras. D'abord, Wendy se figea. Elle ne se rappelait pas la dernière fois que sa mère l'avait touchée ainsi, ne se souvenait même pas de la sensation. Mme Darling appuya le menton sur la tête de Wendy et l'étreignit. Elle lui fit de longues caresses lentes dans le dos, chantonnant à son oreille.

Elle s'écroula contre sa mère et se cramponna à elle en pleurant dans son épaule. De la salive et des larmes trempèrent la blouse verte.

« Je suis tellement désolée, s'étrangla-t-elle. C'est ma faute… J'étais censée les surveiller… J'étais là… » Elle étouffait sous l'écrou du chagrin. « J'ai vu ce qui est arrivé… Je n'arrivais pas à m'en souvenir… Je ne pouvais pas… C'est à cause de moi qu'on n'est plus une famille…

— Chut, ma chérie », dit sa mère tout bas à son oreille. Sa voix était sombre et troublée de douleur, toutefois tendre. Elle serra Wendy très fort et, sans cesser de lui caresser le dos, passa une main délicate dans ses cheveux. « Ce n'est pas ta faute. Rien de tout cela n'est ta faute. »

Le soulagement et le chagrin s'entrechoquèrent en Wendy. Elle se recroquevilla contre sa mère. Elle avait mis trop d'énergie à se retenir de pleurer, de crainte de ne plus jamais s'arrêter. Désormais, le frisson des larmes douloureuses l'emportait, et elle le laissa faire.

« Je suis tellement désolée, Wendy… »

Elle voulait protester, dire que sa mère n'avait aucune raison d'être désolée, que c'était *elle* qui était responsable de la mort de John et Michael.

« Nous avons essayé de te protéger, mais nous t'avons abandonnée. » Wendy ne put que secouer la tête. Un soupir souleva la poitrine de sa mère. « Au lieu de prendre soin de toi, nous nous sommes laissé aveugler par notre propre chagrin. Tu es si courageuse, Wendy Darling. »

Sa mère l'étreignit doucement, puis s'écarta.

Wendy sentit ses mains, fraîches contre la peau brûlante de ses joues. Wendy hoqueta et cligna des yeux à travers ses larmes. Le canapé s'enfonça. Son père s'asseyait à côté d'elle. Il posa une main sur son dos.

« Tu as été si longtemps tourmentée », continua sa mère, en passant les pouces sur ses larmes. Son sourire était petit, mais plein d'espoir. « Je veux que tu vives, Wendy, pas seulement que tu survives. »

C'était plus qu'elle ne pouvait en supporter, alors elle se laissa emporter. Elle se recroquevilla contre sa mère qui continua à lui caresser le dos. La main solide de son père resta là également.

« Tu les as trouvés, Wendy, chuchota sa mère dans ses cheveux. Ils sont à l'abri. »

Ils restèrent là un long moment, Wendy entre sa mère et son père, les laissant l'étreindre. Elle avait l'impression d'être au bord d'un puits sans fond qui menaçait de la dévorer. Mais chaque fois qu'elle s'apprêtait à plonger tête la première, elle fermait les yeux et se rappelait John et Michael.

Wendy appréciait le réconfort de ses parents, mais au bout d'un moment, il devint étouffant. Elle avait trop chaud, soif. Ses lèvres avaient un goût de sel. Elle avait besoin d'espace, d'air frais et de dormir.

Elle se libéra de leur étreinte et se leva.

« Je vais aller me coucher, dit-elle à travers ses reniflements, essuyant son nez qui coulait. Dans mon ancienne chambre. »

Ses parents échangèrent un regard.

« Ça va », les rassura Wendy, et cette fois, ce n'était pas un mensonge. Elle inspira profondément et réussit à esquisser un petit sourire. « Promis. »

Son père acquiesça enfin et sa mère lui pressa la main avec douceur avant de la laisser partir.

La porte déverrouillée s'ouvrit sans résister. Wendy se dirigea à pas lents vers la fenêtre et grimpa sur le banc. L'aube approchante colorait le ciel d'un bleu pervenche. Wendy s'appuya contre le mur et ferma les paupières. Passa le pouce dans le lien de cuir à son cou et serra le gland.

Une brise fraîche arriva des bois, apportant avec elle l'odeur du chèvrefeuille. Une main chaude et hésitante se posa sur sa joue. Wendy soupira et esquissa un sourire. Lorsqu'elle ouvrit les yeux, Peter était assis à côté d'elle, les jambes pendant à la fenêtre. Le premier rayon du soleil inondait sa peau. Son ombre se déployait sur le sol de la chambre à côté de Wendy.

« Est-ce que ça va ? » demanda-t-il. Toute sa lumière était revenue, mais il n'avait pas perdu ce pli inquiet entre ses sourcils.

« Oui. » Elle marqua une pause et secoua la tête. « En fait, non, pas vraiment, mais oui, ça ira. » Elle se redressa et replia les genoux contre sa poitrine.

Peter caressa le coin de ses lèvres du pouce avant de laisser sa main retomber. « Et tes parents ?

— À peu près pareil, je dirais. » Elle se pencha vers lui. « Est-ce que tu as vu ce qui s'est passé ? »

Il acquiesça et la contempla, pensif, les yeux emplis d'étoiles.

Wendy le regarda à son tour, essaya de s'emplir de lui et de le mémoriser entièrement. La courbe retroussée de son nez. La petite pointe de ses oreilles. Le tourbillon de cheveux auburn. Les éclaboussures de taches de rousseur sur ses joues. Elle savait que le temps leur était compté, qu'il fallait qu'il retourne au Pays imaginaire. Elle voulait savourer chaque seconde de leur dernier moment.

Wendy tendit la main et passa le pouce sur le pli entre ses sourcils. Il cligna des paupières avec lenteur. « Quand est-ce que tout reviendra à la normale ? » demanda-t-elle en donnant un coup de genou à son bras.

Peter lui adressa un petit sourire. « Bientôt. Je retrouverai ma forme et ma taille à mon retour au Pays imaginaire, je n'en doute pas. »

Wendy s'appuya contre lui. « J'aimerais m'en souvenir. Du Pays imaginaire. Il me manque encore d'énormes parties de mes souvenirs. J'aimerais me rappeler ce que c'était, d'être là-bas avec mes frères…

— Peut-être qu'ils te reviendront, maintenant, dit Peter en haussant un peu les épaules. Maintenant que tu les as libérés, d'autres suivront. De bons souvenirs. Heureux.

— Peut-être.

— Ou… » Le sourire de Peter se fit malicieux. Il se pencha vers elle d'un air conspirateur. « Tu pourrais simplement revenir avec moi. »

Avec cet éclat dans les yeux, difficile de savoir s'il était sérieux ou pas. Contre toute logique, l'espoir bondit dans sa poitrine. « Je pourrais rester avec toi ?

— Tu pourrais rester avec moi, répéta-t-il.

— Et revoir mes frères ?

— Oui. »

Wendy passa les dents sur sa lèvre inférieure. C'était bien sûr trop beau pour être vrai, trop simple. « Mais alors ils resteraient encore bloqués, n'est-ce pas ? »

Peter ne détourna pas les yeux, mais son sourire perdit de son éclat. « Oui. »

Wendy hocha la tête. « Et moi aussi… » C'était une idée merveilleuse. S'enfuir au Pays imaginaire avec Peter. Revoir ses frères. Plus de responsabilités. Pas de monde réel à gérer. Mais cela signifiait aussi renoncer à tant de choses. Elle lâcha un petit rire. « Avec ma chance, ça ne ferait que relancer tout ce cauchemar. »

Peter rit à son tour et lui donna un coup d'épaule. « Ouais, ce ne serait pas une bonne idée.

— Ou tu pourrais rester là et grandir, dit-elle, le cœur battant. Avec moi. »

Le sourire de Peter était doux et tendre. Rien que pour elle.

Elle connaissait déjà la réponse.

« Impossible. Je dois retourner m'occuper des enfants perdus. J'en ai envie, se corrigea-t-il. De prendre soin d'eux. »

Wendy acquiesça.

« De toute façon, grandir, ça a l'air horrible », dit-il d'un ton désinvolte en agitant la main. Il regarda les bois au-delà de son jardin. Ses yeux étaient particulièrement brillants et le bout de son nez rougit. « Encore que… » Il pencha la tête et regarda

Wendy du coin de l'œil. « Pas si horrible que ça si c'était avec toi. »

Elle rit et essuya ses larmes du plat de la main. « Tu leur diras, à John et Michael, quand tu les reverras ? Que je les aime et que je pense tout le temps à eux ?

— Bien sûr. »

Elle hocha la tête en tremblant, se jeta contre lui et l'étreignit. Peter la serra à son tour contre lui. Elle appuya l'oreille contre sa poitrine. Son cœur battait, rapide, mais régulier. Wendy tenta de taire l'angoisse qui l'étouffait.

« Il faut que tu partes, maintenant, j'imagine ? » marmonna-t-elle contre son épaule.

Ce n'était pas vraiment une question. Elle s'écarta pour lever les yeux vers lui.

Peter acquiesça. Ses cheveux chatouillèrent le front de Wendy lorsqu'il la regarda tristement dans les yeux.

Elle voulut lui dire qu'elle ne supporterait pas un adieu. Que l'idée de ne plus le revoir la terrifiait. Qu'elle avait besoin de lui, qu'elle voulait le garder, mais ses paroles ne purent surmonter la boule dans sa gorge.

Peter sourit. Il prit son visage entre ses mains. Elle ferma les yeux. Son baiser fut doux. Ses lèvres étaient aussi sucrées que le chèvrefeuille.

« Je ne t'oublierai jamais », chuchota-t-il contre ses lèvres.

Quand elle ouvrit les paupières, il avait disparu.

Wendy referma les bras très fort autour d'elle. La brise fraîche des bois lui chatouilla la peau.

Après une telle journée, il paraissait impossible que les choses reviennent à la normale. Au matin, il y aurait des questions. Elle devrait expliquer à Jordan ce qui s'était passé, du moins autant que possible. Elles se disputeraient encore sûrement. Mais le plus important, c'était que Jordan reste sa meilleure amie, pas d'avoir « raison » ou de sortir victorieuse de la conversation.

Des pages se tourneraient, ensuite. L'été serait bientôt terminé, elle commencerait l'université. Une nouvelle vie, une nouvelle voie.

Wendy leva les yeux vers les étoiles, et les étoiles lui rendirent son regard.

ÉPILOGUE

« *Eurgh !* » Jordan leva les mains de façon dramatique et se laissa tomber sur l'herbe. « Mais pourquoi tu m'as forcée à suivre ce cours ? cria-t-elle au ciel.

— Je ne t'ai forcée à rien du tout », répondit Wendy avec un petit rire. Elle rangea son livre de chimie organique dans son sac à dos. Chaque fois qu'il faisait beau, Jordan et elle avaient pour habitude de déjeuner sur l'immense pelouse. « On le suit parce que c'est un prérequis des études de médecine. » Haussant un sourcil désapprobateur, Wendy la regarda avec sévérité. « Tu te rappelles ? »

Jordan grommela.

Leur première année d'université s'était écoulée à toute vitesse. Wendy et Jordan avaient été placées dans le dortoir des sciences de la santé, chacune à un bout du couloir. Il avait suffi d'une semaine de cours pour que Wendy se rende au secrétariat et s'inscrive au cursus de médecine. Pendant qu'elle remplissait le dossier à l'accueil, Jordan avait poussé des cris de joie et d'encouragement, ce qui avait été à la fois embarrassant et merveilleux.

C'était incroyable, tout ce qui changeait en une année.

L'université disposait d'une excellente clinique, et la mutuelle étudiante comprenait des séances de suivi psychologique. Wendy avait vu le même thérapeute durant toute l'année scolaire, deux fois par semaine. Elle apprenait lentement à surmonter son trouble de l'anxiété.

Après avoir retrouvé ses souvenirs, elle avait expérimenté toute une série de nouvelles épreuves. Des cauchemars, des flash-backs et des crises d'insomnie. On lui avait prescrit de quoi calmer son anxiété et l'aider à dormir, mais certains jours étaient pires que d'autres. C'était dur. Parfois, son état lui semblait insurmontable. Heureusement, elle avait de l'aide. Ses parents, Jordan, ses objectifs qui la poussaient à avancer. Elle obtiendrait sa licence, continuerait ses études et deviendrait médecin. Pédiatre, plus précisément.

« Je dois aller à mon prochain cours », grommela Jordan. Elle fourra les papiers en désordre dans son sac, puis étira les mains au-dessus de sa tête, les doigts droits vers le soleil. « On se retrouve toujours pour nager demain matin ? »

Wendy acquiesça. « Bien sûr. »

Elles avaient toutes les deux été sélectionnées dans l'équipe de natation. Toutefois, originaires du petit lycée d'une ville tout aussi petite, elles n'avaient pas le niveau de l'équipe universitaire. Mais c'était agréable, cette bonne raison de faire des efforts. D'autant qu'une bonne séance de natation l'aidait à s'endormir.

« Super. » Le sourire de Jordan découvrit ses dents brillantes quand elle étreignit Wendy. Ça lui arrivait souvent, depuis la nuit où elle avait trouvé les enfants dans les bois. Lorsque Jordan était venue chez elle le lendemain matin, elles n'avaient même pas discuté de qui devait s'excuser, qui était désolée et pour quelle raison. Elle avait juste serré Wendy d'une force à lui faire craquer l'échine avant de la noyer sous des questions incessantes.

Wendy évitait de répondre à celles au sujet de Barry et ce qui lui était arrivé. Par moments, le mauvais portrait-robot de Peter la prenait toujours par surprise quand elle rendait visite à ses parents, accroché à une fenêtre ou à moitié déchiré sur un lampadaire. On le recherchait toujours, puisqu'il était le seul disparu qu'on n'avait pas retrouvé, mais plus de façon active depuis longtemps. La plupart considéraient qu'il avait été un vagabond de passage.

En la lâchant, Jordan tira sur une des mèches de Wendy. « Tu commences à avoir une sacrée tignasse », commenta-t-elle en se levant.

Wendy se passa les mains dans les cheveux. « Oui, j'envisage de les laisser complètement pousser... » Ils lui arrivaient déjà presque aux épaules.

Jordan hocha la tête. « Nouveau look, j'adore ! » chantonna-t-elle avec enthousiasme. Wendy rit et Jordan lui décocha un sourire radieux. « Je passe après les cours ! lança-t-elle avec un signe de la main en se dirigeant vers les bâtiments de briques. Il faut encore que je te montre comment faire des ramens dans ta cafetière !

— C'est dégoûtant !

— *C'est délicieux !* »

Wendy leva les yeux au ciel sans pouvoir retenir un petit rire. Lorsque Jordan disparut, elle se laissa tomber sur le dos. Elle tendit les bras au-dessus de sa tête et enfouit les doigts dans l'herbe. C'était l'endroit qu'elle préférait sur le campus, là où les rosiers longeaient la pelouse.

À Astoria, sa mère et elle avaient choisi et planté des rosiers dans le jardin, en quelque sorte à la mémoire de John et Michael. Celui de John était blanc, celui de Michael jaune. Mme Darling passait beaucoup de temps à parler aux roses en les taillant. La dernière fois, Wendy avait même surpris son père faire de même par moments, lorsqu'il se croyait seul.

Elle regarda les roses se balancer dans la brise et songea à Peter. Cela lui arrivait souvent. Lorsque tout était calme, ses pensées se tournaient toujours vers lui. Elle rêvait de lui parfois, mais à son réveil, il ne lui restait que l'impression fugace d'yeux étoilés et d'un sourire immense. De nombreuses fois, elle avait regretté de ne pas avoir de photo de lui, ou quelque chose de plus concret que ses dessins, à l'exception du gland qu'elle portait toujours au cou.

Wendy soupira. Le gland était niché au centre de sa poitrine, rassurant. Une nostalgie douloureuse lui revint, comme toujours quand elle pensait à Peter. Elle ferma les yeux et fit de son mieux pour invoquer son visage souriant. Le petit bout d'incisive qui manquait, la façon dont le coin de ses yeux se plissait. Elle sourit lorsqu'une brise s'éleva et fit danser l'herbe sur sa peau. Le vent, au parfum aussi délicieux que celui du chèvrefeuille, caressa ses joues. Sous le frisson des feuilles, Wendy aurait juré entendre le doux chant des criquets.

Elle retint son souffle. Et ouvrit les paupières.

REMERCIEMENTS

La création de *Les Disparus du Pays imaginaire* a duré sept ans, durant lesquels j'ai grandi, régressé et changé. Au cours de ces années, bien des gens m'ont aidé à faire grandir cette histoire ainsi qu'à me faire grandir moi. Je vous dois tant de remerciements.

Shelby Gagnon : ta famille et toi m'avez accueilli au cours d'un des moments les plus sombres de ma vie. Tu m'as fait visiter Astoria un week-end de printemps, et depuis, je suis amoureux de ces bois. Sans toi, cette histoire n'existerait pas.

À Kathryn Reiss, mon guide durant mes années universitaires à Mills. J'ai décidé d'écrire lorsque j'étais en première et que j'ai assisté à votre cours sur l'écriture de la littérature Young Adult. Sans vous, je ne serais pas l'écrivain que je suis aujourd'hui.

À Marisa Handler, dont les conseils ont fait naître l'histoire de Wendy de façon magnifique et poignante. Tu as été la force inébranlable quand tout semblait impossible à atteindre.

À Ellen McAmis et Mackenzie Bronaugh, qui ont organisé une intervention ridicule quand elles m'ont vu perdre pied, mais surtout, merci pour votre amour et votre loyauté indéfectible. Merci pour tous les fous rires et les câlins.

À Adwoa Gyimah-Brembong : sans toi, je n'aurais pas survécu à l'université. Tu es merveilleuse.

À Elisabeth Stelle et Tanya Lisle, mes incroyables partenaires en écriture. Merci de m'avoir encouragé à continuer à écrire, d'avoir été là durant tous les rebondissements de la publication de ce livre. Vous êtes de véritables héroïnes.

Merci à tous mes compagnons d'écriture de H.O.W., Genny, Maggie, Manasi, Mary, parmi les auteurs les plus talentueux que je connaisse, qui ont créé une communauté où j'ai pu améliorer mon écriture, explorer des lieux lointains et vivre la magie.

Remerciements particulièrement particuliers à Alison Morrison, l'une de mes plus grandes supportrices, qui a crié avec moi quand j'ai reçu le mail officiel durant un meeting très sérieux. Tu m'as aidé à me calmer à de nombreux moments critiques, et je ne doute pas qu'il y en aura bien d'autres. Merci d'être la meilleure Maman-ager que j'aurais pu avoir.

À Holly West, ma phénoménale éditrice, qui a aidé à transmuter mon histoire en or. Je n'arrive toujours pas à croire que je travaille avec quelqu'un qui comprend aussi bien mes histoires et mes personnages, parfois mieux que moi. Travailler avec toi a été l'une des meilleures choses qui soient arrivées à mon écriture et moi.

À Emily Settle, l'une de mes meilleures pom-pom girls, qui partage avec joie mon enthousiasme quand je lui envoie des pensées et des idées sorties de nulle part. Il paraît que c'est toi qui as trouvé *Les Disparus du Pays imaginaire* en premier et qui en as parlé au reste de l'équipe. Je t'en suis éternellement reconnaissant.

Il y a tant de personnes à Mac Kids qui ont touché cette histoire et l'on fait briller. Perry Minella et Melanie Sanders, qui ont pris mes mots et les ont rendus déchiffrables. Vous êtes de vrais MVP. Raymond Colón, qui a transformé mon histoire en un véritable livre que j'ai pu tenir entre mes mains. Rivh Deas et Mike Burroughs, qui ont créé une couverture aussi magnifique et réalisé un de mes plus grands rêves.

J'aimerais aussi remercier les autres membres de l'équipe Swoon Reads, Kat Brzozowksi, Lauren Scobell et Jean Feiwel. Il faut tout un village pour créer, et vous trois, vous avez été à mes côtés durant tout ce voyage.

À toute la Swoon Squad, je vous aime et vous suis reconnaissant, à chacun d'entre vous. J'ai la chance incroyable de faire partie d'un groupe de personnes tellement encourageantes, talentueuses et bienveillantes. Vous êtes ma seconde famille. Remerciement tout spécial à Prerna Pickett et Olivia Hinebaugh, venues à mon secours quand j'en avais besoin. Un grand remerciement à Caitlin Lochner qui m'a sauvé au dernier moment.

Et enfin, et surtout, à ma famille. Sans vous, je serais perdu.

À PROPOS DE L'AUTEUR

avec la permission de Aiden Thomas

Aiden Thomas est un auteur à succès figurant sur les listes best-sellers du New York Times. Il détient une maîtrise en création littéraire. Originaire d'Oakland (Californie), il est installé à Portland (Oregon). En tant que queer, trans et Latinx, il plaide pour une représentation de la diversité dans les médias.

Aiden Thomas utilise désormais les pronoms « il/lui » et « iel/ellui ».

Dans ***Les Disparus du Pays imaginaire***, Aiden Thomas propose une réécriture sombre du conte de Peter Pan, ancrée dans la vie réelle d'adolescents de notre époque. ***Les Disparus du Pays imaginaire*** est son troisième roman publié en France après *Cemetery Boys* et *Le Porte-Lumière*.

aiden-thomas.com
@aidenschmaiden
@aidenschmaiden
@aidenschmaiden